愿你被这世界
温柔以待

愿你被这世界
温柔以待

青枝

为你而来

子书简 著

天津出版传媒集团

天津人民出版社

图书在版编目（CIP）数据

为你而来 / 子书简著. -- 天津：天津人民出版社，
2023.3

（青枝）

ISBN 978-7-201-18816-4

Ⅰ.①为… Ⅱ.①子… Ⅲ.①长篇小说－中国－当代

Ⅳ.①I247.5

中国版本图书馆CIP数据核字(2022)第182801号

为你而来
WEI NI ER LAI

子书简　著

出　　版	天津人民出版社
出 版 人	刘　庆
地　　址	天津市和平区西康路 35 号康岳大厦
邮　　编	300051
邮购电话	（022）23332469
电子信箱	reader@tjrmcbs.com

责任编辑	谢仁林
特约编辑	王琳琳
封面插图	暖阳64
装帧设计	江　渝

制版印刷	玖龙（天津）印刷有限公司
经　　销	新华书店
开　　本	880毫米×1230毫米　1/32
印　　张	10.5
字　　数	280千字
版次印次	2023 年 3 月第 1 版　2023 年 3 月第 1 次印刷
定　　价	49.80元

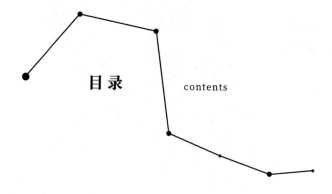

目录 contents

第一章　没礼貌先生

陆然下了公交车，步行三百多米，看见马路对面一块十分显眼的招牌——纪凡斋。

浅黄色木制牌匾上是行云流水的黑色毛笔字。

纪凡斋是家名气不小的中餐厅，分上下两层，装修得古香古色，与旁边的现代化建筑格格不入，尤显独树一帜。

"戴眼镜，穿驼色大衣，律师，二十八岁，白白净净，叫季……季什么来着？"陆然口中念念有词。

她是来相亲的。

从高中时代就跟她好得穿一条裤子的"死党"兼已经做了她五年大嫂的孟忆，吃饱了撑的，又帮她安排了一场相亲。

破事年年有，今年特别多。

入了冬，扑面的风寒意阵阵，像冰刀一样划过脸庞。陆然的小脸冻得微红，她缩了缩脖子，把脸藏进厚厚的围巾里，只露出一双眼睛。

难得的周末，她原计划是要睡到自然醒，九点却被孟忆的电话吵醒。

"十二点，纪凡斋，我给你物色了一个不错的小伙子。"

"啊？"

"他是我的一个同事，快三十岁了，叫季……戴眼镜，穿驼色大衣，长得挺白净……你打扮漂亮点儿，别迟到。"

"哦。"

接电话时她迷迷糊糊的，现在能记起来的就这些。

"季……"好像叫季大牛……应该是她记错了，谁家爸妈会给自家孩子取这么个名啊！

　　她吸了下鼻子，跟随人流穿过斑马线，来到纪凡斋门前。瞅一眼手机，十一点四十分，早到了二十分钟。

　　她在门前踟蹰，鉴于此前所有的相亲都以失败告终，她对这一次的见面也没抱任何希望，但是透过雕花木窗，她看见一楼大厅坐着个身穿驼色大衣的男人，目光瞬间便被吸引过去。

　　男人长得白白净净，很是英俊。看上去只有二十四五岁的样子，比她预想的要年轻些。他戴着金丝边眼镜，坐在那儿专心看着一本杂志，握着杂志的那双手干净、修长。

　　戴眼镜，穿驼色大衣，白白净净……除了不太像"奔三"的人，其他信息全对上了。

　　这位就是她的相亲对象季大牛？

　　隔着窗，她定定地看着男人。男人神态很悠闲，桌边放着一杯热茶，温煦的阳光透过窗洒在男人英挺的侧脸上，男人静坐不动，唯美得如同一幅精致的画。

　　陆然的心脏怦怦地跳，盯着男人一时间移不开眼了。

　　相亲这么多次，还是头一回遇上能入她那挑剔的法眼的男人。

　　就他了！

　　她激动地环视大厅，除了男人，还有两个穿旗袍的服务员在忙碌。

　　她背过身去，快速整理了一下自己被风吹乱的头发，腰板挺直，踩着小高跟走到门前，深吸一口气，推开门大方地走了进去。

　　没等服务员迎上来，她已走向相亲对象。在男人面前站定，她脸上堆起笑，礼貌地问道："季先生？"

　　男人抬起头，镜片后是一双深邃的眼眸，睫毛又密又长，单看这双眼睛都那么好看。

　　她这回是捡到宝了。

　　男人却是愣了足足两秒，才点头应道："我是。"声音寡淡、清冷。

　　"我是陆然，你好。"她抑制住内心的激动，尽可能表现得温和有礼。

　　男人依旧愣愣地看着她，礼貌地回了声"你好"。

她迫不及待地在他对面坐下，笑着说："季先生，你来得真早。"

她早到了二十分钟，结果男人比她还早到，显然他非常重视这一次见面。她暗暗想着，越想越激动。

"一向如此。"

"那可以点餐了吗？"

男人摘下眼镜，那双深邃的眸子更加清晰地展现在她眼前，又黑又亮。他用怪异的眼神看着她，薄唇轻启，淡淡地吐出几个字："在这里？"

"对啊。"

"……你随意。"

"……"

这个相亲对象似乎有那么点儿冷淡！

陆然心里纳闷，但也没多想，男人总体来说还算礼貌。她招呼服务员来，不客气地先接过了菜单。这里的菜单比较特别，每道菜都有一个优雅的名字，再仔细一看，最便宜的菜也要三百九十九元。

她差点儿被眼前可怕的菜单惊掉下巴。

这是个坑人的地方啊！

她犹犹豫豫地点了一荤一素后，把菜单递向对面的男人。男人却戴上眼镜垂眸看着杂志，没注意到她的这一举动。

"你喜欢吃什么随便点，虽然这里有点儿小贵，但你放心，我不会让你一个人买单的，公平起见，我们可以AA。"

男人闻言抬头，又是那副愣中带着诧异的表情。陆然把菜单又往男人面前递了递，男人没接，起身坐到隔壁桌继续低头看杂志。

服务员立刻将他的茶杯端了过去。

陆然："……"

凌乱了几秒，她歪着脑袋朝男人看过去，他的注意力全在杂志上。

陆然相亲没有十次也有九次，但还是头一回遇到这么怪的人，相亲相得好好的，对方却突然起身，还坐到了隔壁桌，这样的情况简直世上少有。

"那边阳光刺眼。"男人头也不抬。

"原来是这样啊，你早说嘛！"她松了口气，拿着菜单起身挪过去，又在男人对面坐下。

男人抬起眼皮瞥了她一下，都不算是正式地打量她，神情中却透着一丝显而易见的不耐烦。只见他果断地起身，坐到刚才的位子上去了。

"你不是说那里阳光刺眼吗？"

话音刚落，男人就"哗"的一下把窗帘拉上了。

"季先生，你是不是对我有什么不满？"她的微笑僵在脸上。

男人从杂志上方抬起头，淡漠地瞥了她一眼："没有。"

"那你为什么坐那么远？"

"我认为我可能有点儿打扰你。"

"没有没有，绝对没有。"

男人收回视线，继续坐在那里看杂志。

陆然啼笑皆非，尴尬得恨不得找条地缝钻进去。这应该是她相亲对象中最装模作样、最奇特的一个了。

"你有什么不满，可以直说，这样是不是有点儿太不礼貌了？"陆然实在是忍无可忍。

就算长得帅，也不能这样吧？

男人沉默不语，不理她了。

"你这个人到底懂不懂礼貌？"她还是尽可能地心平气和。

男人抬起眼皮，冷冷地看着她，语气明显夹带着不悦："你要点餐就点餐，不要妨碍我。"

"妨碍你？"陆然差点儿气炸了，"有这么相亲的？"

"请不要大声喧哗。"男人说完，又低头看杂志。

陆然正要发作，却惊讶地发现男人正在看的是她写的美食专栏，微微愣了愣，心想他会不会是想加深一下对她的了解，所以……

想多了，想多了。这男人根本就不是诚心来相亲的，看他那不可一世的态度，八成就是来走个过场的。

确切地说，他连过场都不愿意糊弄一下。

不管他吃不吃，这顿饭都得AA。如此想着，她也没必要跟他客套，拿起菜单，毫不客气地又点了最贵的几道菜，之后慵懒地往椅子上一靠，坐等大餐。

男人依旧坐在隔壁桌旁，静静看着杂志，丝毫没有要理睬她的意思。

爱理不理，以为本公主想理你呢？

陆然努力平复着情绪。作为一个美食专栏作家，第一次来到这传说中贵得吓死人的纪凡斋，不好好吃一顿，评价一番再走，实在对不起她美食"砖家"的称号，以及她从早上饿到现在的胃。

她倒要看看，一份最便宜也要三百九十九元的菜，究竟跟别的中餐厅的有什么区别。

相亲对象冷脸无视，她索性也冷下脸，从包里掏出手机，给孟忆发了条信息："你这安排的是个什么玩意儿？"

孟忆回得很快："什么什么玩意儿？"

"你介绍的相亲对象是个什么玩意儿啊！傲慢无礼、不可一世！你就不能安排个靠谱的？这人根本就不是诚心来相亲的。"

"是不是有什么误会？小季是有点儿不善言谈，但是很有礼貌。我先不跟你说了，马上要开会，回头聊。"

陆然也懒得回了。把手机放回包里的时候，她发现自己好像没带钱包，仔细翻了翻，她确定没带，心里咯噔了一下，下一秒，眼睛就不由自主地看向隔壁那位。

"季先生。"她小声说道。

"又有事？"男人闻言抬头，语气仍然十分不耐烦。

"那个……可能得麻烦你买单了，不过你不用担心，晚点儿我会把钱还给你。"

男人勾唇一笑，但那笑里多少带些讥讽："你让我帮你买单？"

"可能有些冒昧。"

"你吃饭，我买单？"

"准确说是AA。你先帮我垫付一下，行吗？"

"不合适。"

"季先生，你是来相亲的，全程这个态度已经让人非常无语，要不是我忘了带钱包，我会求你？"

男人眉头微挑，眼底笑意渐浓："你说什么？"

"相亲啊！"

"这位小姐，你可能搞错了，我可不是你的相亲对象。"

"那你……"

"这是我的店。"

"……"

戴眼镜，穿驼色大衣，长得白白净净，而且姓季……所有信息都对上了。

"你是不是姓季？禾子季？"

"我是姓纪，但是我是纪律的纪。"

"……"

完了，闹了一场大笑话！

"你刚才说你没带钱包？"这才是男人关注的重点。

她尴尬地点点头。

男人的第一反应就是招呼服务员过来，通知厨房刚才下的单不要做。奈何晚了一步，他正交代着，另一个服务员正好端来两道菜，其中一道是最贵的那个。

陆然想哭！

男人却笑了，起身走到她面前，居高临下地盯着她看了一会儿，说道："钱包没带，手机带了吧？"

"带了。"

"能手机支付吗？"

她摇摇头，临近月底，微信里哪儿还有什么钱？

"小姐，菜已经上来了，退肯定是不行的，你可以先吃，一会儿给你的朋友或家人打电话，让他们过来帮你付一下账，你觉得可以吗？"

"只能这样了。"

男人说了句"用餐愉快"，就又坐回隔壁桌继续看杂志，时不时抬头瞥她一眼，一楼的两个服务员也时不时地在她眼前晃悠。

她感觉自己像个犯人一样在被监视。自己这辈子，不，下辈子、下下辈子都不可能做出吃饭逃单的事，有必要这么监视吗？自己再不济，一顿饭钱还是付得起的。

要不是忘记带钱包，自己会这样？

不过，这顿饭确实吃得她忐忑不安、食不知味。当服务员把账单递给她的时候，她差点儿一口气没喘上来。

五千四百八十元！六道菜！

这是家黑店吧？六道菜就这么贵，快赶上她一个月的薪水了。

她一边心疼钱，一边心里纳闷，那位本该出现在这里的季大牛先生为什么到现在还没来？提前约好的事情怎么可以放她"鸽子"？

孟忆以前介绍的相亲对象虽然都不怎么样，但没有谁像这位一样连面都不露的。

服务员站在一旁，脸上挂着招牌式的微笑，已经盯她足足两分钟了："小姐，请问您是刷卡还是现金？"

"等会儿。"

她从包里拿出手机，已经快两点了，但这里始终只有她一个客人，之前也没见有人来。

这么贵的地方，一般人来一回恐怕不会再来第二回，再来的不是人傻就是钱多。真不知道孟忆是怎么想的，脑袋让驴踢了才会把相亲地点约在这么坑人的地方，她一个月挣多少工资，孟忆能不知道？

她给孟忆打电话，始终无人接听，估计还在开会。她给大哥陆清打电话，陆清也不接，这对律师夫妇总是那么忙，周末无休。

她翻了翻通讯录，能联系的人除了她二哥陆源，就剩陆源的未婚妻李雨诗了，但买单这种事情麻烦一个还没嫁进陆家的人恐怕不妥。于是她拨了陆源的电话，没人接，她又尝试着联系一下李雨诗，不出意外，这位跟陆源在同一家医院工作的护士也不接电话。

今天这些人都怎么了？大周末的个个不接电话……

她放下手机，偷看了一眼隔壁桌的纪先生，男人已经放下杂志，神态悠然地喝茶了。

"纪先生?"她脸上堆起笑,和和气气地叫了一声。

他回头看她,神色淡然。

"我能不能跟你商量个事?我可不可以回家拿一下钱包?"

"不可以。"

"我保证会回来买单的,我陆然不是吃霸王餐的那种人。"

"吃霸王餐的人脸上又不会贴标签。"

"……"

看样子,今天不把这顿饭的钱付了,她休想走出这个门。

既然如此,她索性就在这儿耗着了,一副没事人的样子,拿起筷子,继续吃吃喝喝。

标价三百九十九元的素菜其实就是一盘豆腐,这是她有生以来吃的最贵的一盘豆腐。

六道菜被她吃得干干净净,当她的肚子快要撑爆的时候,孟忆终于给她回过电话来。她愤愤不平地接起来,还没等孟忆开口,先是一通炮轰:"你开会开了三个多小时?"

现在已经是下午三点钟,她等了三个小时,就等哪位好心人先回电话给她,过来解救她,替她把这让人肉疼的账单结了。

"对,因为一个重要的案子,我们开会讨论的时间有点儿长。还有一件事情我非常抱歉,开会的时候我才知道小季临时被安排出了趟差。"

"你确实应该感到非常抱歉。"

"下次我再约个时间,让你们见见面。"

"别,你现在到纪凡斋来帮我把账付了,我忘了带钱包,已经在这里像个傻瓜一样坐了三个小时。"

"好家伙,我马上到。"

半小时后,看到孟忆匆匆忙忙地赶来,她可算松了口气。

孟忆把刷卡的回执单塞给她,冲她笑笑:"记得还钱。"

要不是孟忆安排的这个破事,她会花五千多元钱跑来这里吃饭?

出了纪凡斋,她上了孟忆的车,下意识地看了一眼还坐在窗户边的纪先生。

出乎她意料的是，他刚好也在看她。

孟忆一路将她送到公寓楼下，出于抱歉的心理，还将她送进了家门。

看到一百多平方米的公寓里，地上零乱地堆着几个打包箱，孟忆像看怪物一样看着她。

"你这是什么眼神？"

孟忆一脸鄙视："你搬来这里已经两周了，怎么还没收拾好？"

"忙！"

"你忙什么？一周一篇美食稿，能有多忙？"

"忙着吃饭、睡觉、打大黄。"

孟忆无言以对。

大黄是她的猫，长着一双蓝眼睛，通体雪白的毛发十分漂亮。当初给猫取"大黄"这个名字，是考虑到贱名好养活，她本来准备了好几个备选名，比如"铁柱""狗子"什么的，但她觉得不太适合猫。

大黄就不错，顺口又好记。

"我下午不去律所了，趁现在有时间，我帮你一起收拾收拾。"

她丝毫没跟孟忆客气，说："那就交给你了。"

她懒洋洋地躺在沙发上，撑得直翻白眼，价值五千多元钱的饭，没把盘子都舔了，她忽然觉得有些对不起自己。

"你好意思躺在那里不帮忙？"孟忆斜着眼睛瞪她。

她揉着快要撑爆的肚子，爱搭不理地说："我暂时动不了，你让我缓缓。"

"有病啊，吃那么撑。"

"拜托，五千块钱啊！"

"小家子气，你缺那点儿钱？"

"缺。"

孟忆无奈地一笑，转身去拆另一个打包箱。她和陆然高中的时候就认识，知道陆然的家世：陆然的父亲陆丙先是国内著名的脑科医生；母亲贾静淑是美容讲师；大哥陆清，也就是她的老公，跟她一样是律师；二哥陆源跟随了陆丙先的脚步，也成了一名医生。

这一家子个个都是精英，家底厚得很。陆然作为小女儿从小就得宠，但她并没有按陆丙先的期待成为医生，而是对美食感兴趣，毕业后就离开家，自己去《品味天下》杂志社应聘入职，成了一名美食专栏作家。

她的座右铭是：吃遍天下美食。

尽管薪水没那么高，但陆然做着自己喜欢的事情，薪水够她养活自己和她的猫就行了。她现在唯独让人操心的就是婚姻大事。

孟忆前前后后给陆然介绍了好几个相亲对象，但都没成功，陆然不是一般的挑剔。

第一个相亲对象，陆然说人家像个矮冬瓜，吃饭吧唧嘴……

第二个相亲对象，陆然又说人家太高太瘦，像根营养不良的竹竿。总而言之，这是孟忆第十次给陆然安排相亲，当然也是第十次失败。

"你到底喜欢什么样的男人？"孟忆好奇地看着在沙发上躺着的陆然。

陆然懒懒地抬起眼皮，想了很久，说："单从形象上来说，要纪先生那样的。"

"你说小季？"

"怎么可能？我连季大律师的人都没见着！你是不是忘了他放我'鸽子'，而且连个招呼都没打？首先他这个人就很没有礼貌，还没见面就给我留下了这么差的印象，拜托你千万别再安排我跟他见面了。"

孟忆纳闷了，一对眉黛皱起来，问她："那你说的是哪个季先生？"

"我说的纪，是纪律的纪。"

"你认识的人里有姓纪的吗？"

"现在有了。"

"谁？"

"纪凡斋的老板。"

"……"

孟忆的脸平时就刻板，在听到"纪凡斋的老板"这几个字后，她的表情更严肃了。

"怎么了，有问题？"陆然坐起身，狐疑地看着她。

她先是点点头，后又摇了摇头，沉默了一会儿说道："你说的那个人好像叫纪泽北，那个曾经风光一时的明星厨师。"

"明星厨师？他很有名气吗？我怎么不知道？"

"你入行的时候，他已经被美食界封杀，你当然不可能知道他。"

陆然吃了一惊，仔细回想了一下纪泽北的样貌。他长得白白净净的，很俊秀，年纪跟她差不多，而她入行已经三年，倒推一下时间的话，那纪泽北岂不是二十岁出头的时候就已经是个明星厨师了？

"他因为什么被封杀？"

孟忆的大红唇微微一撇，说："我怎么知道，我又不是你们美食界的，但肯定是因为什么不光彩的事，不然怎么可能会被封杀？"

陆然"喊"了一声，继续在沙发上躺着，还不忘澄清自己刚才的话："我说喜欢他那样的，说的是他长得挺帅的。"

"看人别单看长相，长得帅的不可靠。"

"我大哥就帅，你当初不就是贪图他的美色？"

孟忆顿时羞红了脸，那双冷厉的眸子透出温婉来，语气十分柔和地说："你大哥不一样，他很稳重，而且心思很细腻，好吗？"

陆然撇着嘴"啧啧"两声，揶揄道："你们孩子都俩了，怎么还跟新婚的时候一样？"

"那当然，这是因为爱情。"

"你有脸跟我提爱情？"陆然大声抗议。

自从孟忆开始跟陆然大哥谈恋爱，这五年来陆然当够了电灯泡。他们时不时在陆然眼前秀一把恩爱也就算了，现在还把张罗她相亲的事提上了日程。

她才二十五岁，就算要找个男人，也得自己找。

"我也想被爱情滋润，所以相亲这事能不能以后别再安排了？"

孟忆竖起一根手指冲她摇了摇，丢给她两个字："不能。"

"一大家子人都在操心你的人生大事，我受你爸妈之托，有义务帮你物色一个好男人。"

"就你介绍的那些？不是歪瓜裂枣，就是一身毛病。"

"既然你觉得纪泽北那样的帅，那我清楚你的审美了，我就按照这个标准帮你物色。"孟忆说完，继续低头忙活。

陆然躺在沙发上盯着天花板唤声叹气，单身其实没什么不好，一个人的生活简简单单，她想象不出自己的生活中突然多个男人会变成什么样。

自学生时代起，陆丙先就想把她培养成医生，所以禁止她谈恋爱。她大学上的是医学院，但她有晕血的毛病，所以她当不了医生。

要说她最大的爱好，那肯定是吃。

为了写好每一篇稿子，她时常飞往各地品尝那里的美食。在品和评这两方面，她认为自己是很有天赋的，加上入行已经三年，她也算是个有点儿资历的美食专栏作家了。

"冰箱里怎么什么都没有？"孟忆的声音从厨房里传出来。

"本来想今天去超市买菜回来的。"

"你明天再买，晚上到我家里来吃，正好你大哥有事找你。"

"知道了。"

孟忆忙活了一个钟头，大致布置好了公寓，甚至连猫砂盆里的猫屎都顺手给铲了。

她前脚铲完屎，大黄后脚就迈进了猫砂盆，用爪子刨了半天，拉下一泡新鲜的。

陆然捏住鼻子，一脸嫌弃地说："大黄的屎没有最臭，只有更臭。"

孟忆沉沉地一笑说："你是跟我一起走，还是晚上自己过来？"

她犹豫了一会儿，说："我自己去好了，正好散散步，消化一下。"

"那我走了。"

她躺在沙发上，目送孟忆出门，门快要关上的时候，孟忆的声音隔着门传进来："别忘了还钱。"

"……"

她又躺了一会儿，实在受不了阳台的"香气"，只好捏着鼻子爬起来把猫屎铲了。

盯着卫生间镜子里那张还有些婴儿肥的脸，她自恋地笑了起来。

今天的她，为了配合相亲特意化了一个精致、清秀的淡妆，更显得整个人灵气十足。

相亲十次，除了连面都没露的季大牛先生，另外九位都对她有好感。她才二十五岁，正当年，五官虽然不是非常艳丽、精致，但绝对称得上清秀可人。

如果找不到合适的另一半，她宁愿单着，宁缺毋滥没什么不好。

想这些的时候，她的脑子里突然闪过纪泽北的脸……

怔了几秒回神，她拍了拍自己的脸。怎么才见了一面就这么花痴？

第二章　神秘邻居现身

孟忆把她的家收拾得差不多了，临近六点的时候，陆然素面朝天就出了门。

陆然新搬的这栋公寓每层只有两户住户，她隔壁住着一个非常神秘的人，那人每天早出晚归，来无影、去无踪。整整两周了，每天凌晨五点钟，那位神秘的邻居肯定会准时出门，夜里回来的时间不固定，一般在十一点之后。

她原本想跟新邻居好好打个招呼，但一直没找到机会。

顺着走廊来到电梯间，她按下下楼键，耐心等着电梯。电梯正从三楼上来，这里是十八楼，中间停了几次。

"嘀"一声响后，电梯门"哗"的一声打开，她正要往里面走，却发现电梯里面站着位高个男人。

男人眉目清冷，身穿一件驼色大衣，围着浅灰围巾，一双乌黑深邃的眸子正定定地盯着她，愣了那么一瞬，便迈着大长腿从电梯里走出来。经过她身旁时，他无意间撞到了她的肩膀，非常礼貌地说了句"对不起"。

纪凡斋的老板纪泽北？她一双杏眼鼓圆了，难以置信地看着男人走到1802室门前，掏出钥匙开门走了进去。

原来神秘邻居就是纪泽北？

这一定是上天给她安排的惊喜，近水楼台先得月，她能不好好把握住机会？

她美滋滋地想着，回过神来时，电梯已经下去了。

她继续等电梯，眼神不由自主地老往1802室飘。

纪泽北怎么大白天的就回来了，正常情况下不是大半夜才回来？

今天他也是凌晨五点钟准时出的门，天天那么早出门，他都干什么去了？

　　她呆立电梯间里，直到电梯到了，门"哗"的一声打开，她才神游回来。

　　打车到了大哥家，她留下吃晚饭，陆清提起下周二是母亲的五十寿辰，他们准备大办一下，到时候她跟他们的车一起回去。

　　吃完饭，陆然坐车离开。

　　回到公寓经过1802室时，她想起在电梯间偶遇纪泽北，对方好像认出她了。

　　纪泽北有着一副好相貌，气质清雅，曾是明星厨师，肯定能做一手好菜。嗯，是她这个吃货的标配，得追。

　　奈何自己今天在纪凡斋糗大了，希望纪泽北是个记性很差的人，快点儿忘了才好。

　　她自我安慰着，掏出钥匙开了门，大黄屁颠屁颠地迎上来，冲她喵喵地叫，竖着尾巴在她腿上来回蹭。她伸手把大黄抱进怀里，顺手开了灯，然后在沙发上躺下来。

　　大黄趴在她肚子上，小爪子力度适中地揉着她的肚子，发出咕噜咕噜的声音。

　　她摸了摸大黄的头，喃喃道："妈妈今天丢人了，不但丢了人，还吃了一顿五千块钱的饭，这个月你没有罐头吃了。"

　　大黄："……喵呜！"

　　周一早上，陆然一到公司就盯着主编的办公室，九点整，程远准时到了。从办公室的落地窗外，可以清晰地看到里面。程远脱掉大衣挂在门边的衣帽架上，然后坐到老板椅上，照常先点上了一支烟。

　　他三十岁，一双潋滟的桃花眼，唇角总是勾着一抹痞帅的笑，说话又非常幽默，公司里的小姑娘都被他迷得团团转。

　　等他把烟抽完，陆然才起身走过去敲门。

　　"进来。"

　　她推开门，脸上马上堆起笑，冲程远挥挥手，说："程主编，早。"

"早。"他展现一贯的痞帅笑容。

"我周二有事，想请个假。"

"过来坐。"

程远起身移步到沙发前，坐下后，冲她招了下手。

她走过去，在他对面坐下。程远没什么架子，公司里的员工无论男女在他面前都不会太过拘束。

"请假的事我准了，但我要跟你谈一下读者反馈的情况。"

陆然微微一怔，又听程远说："《品味天下》是一份专业的美食杂志，你在这里工作三年，所有员工的投诉加起来都没你一个人多。"

"……"

"上一期的埃及菜Molokhia（锦葵汤）投诉最多，读者认为你给予的评价过高，大部分人尝过后都认为味道不错，但没你说的那么好吃。"

陆然挠挠头，用蚊子嗡嗡似的声音说："Molokhia是将一种苦菜的叶子剁碎之后，与煮熟的香菜、大蒜共同烹调而成的美食。作为埃及的国菜，除了受当地人欢迎，它还流行于整个北非，但每个人的口味不一样，就像有的人不吃香菜，有的人却偏爱。"

"杂志是给国人看的，知道国人和外国人的口味不一样就注意一点儿。你别老往国外跑，国内美食这么多，不够你写？对了，这一期你打算写什么？"

"还没想好。"

"想好以后跟我报备一下。"

"嗯。"

陆然起身想走，程远却将她叫住，话锋一转，说道："最近新上映了一部电影，听说不错，晚上你有没有时间？"

陆然有点儿犯难。程远不是第一次约她，但公司里明令禁止员工谈恋爱，所以她一直规避这样的事情。

尽管程远帅气又幽默，但她不敢接受他的邀请，她只想做个规规矩矩的打工人。

"如果方便，晚上我去接你？"

她挤出一丝笑容，笑得比哭还难看："晚上可能不太方便，我跟朋友有约了。"

"每次你都跟朋友有约，看来你朋友很多嘛。"

"主编说笑了，就是几个关系比较好的朋友，没事聚聚罢了。"只要被他约，她就这样笑着打哈哈。

程远倒也没为难过她。

"活着"从主编办公室走出来，她暗暗松了口气，刚回到座位上，手机铃声便响了起来，炸裂劲爆的铃声吓得她心脏怦怦直跳。

用这铃声是因为她睡觉太死。

早晚把这破铃声换了，她心想。顺了顺气，她拿起手机，打来电话的是编辑梁曼。梁曼就坐在她的斜对面，跟她距离没多远。

她诧异地看向梁曼，对方恰好也在看她，用一双黑亮的眼睛示意她接电话。她瞥了一眼主编办公室，发现程远又点上一支烟在吞云吐雾。她低下头，接起梁曼的电话。

"你打电话干什么，有什么话直接走过来跟我说不行？"她故意压低声音。

梁曼的声音比她的压得还低，问道："程主编有没有约你看电影或者吃饭什么的？"

"说实话……有。"

"我跟你说，程主编私下里约过公司里不少小姑娘，你可长点儿心，别让他骗了。"

"有这回事？"她吃了一惊。

"那是只老狐狸，离他远点儿。"

"谢谢，我会注意的。"

挂断电话，她朝梁曼看了一眼，对方已经恢复了平日里那副一本正经的模样。

她又瞥向主编办公室，此时的程远已经抽完了烟，不知在跟谁通电话，眉开眼笑，一口大白牙实力抢镜。

在这里工作三年，程远给她的印象一直都是一位好上司，从来没跟下属红过脸，待人向来彬彬有礼，除了时不时约她有些烦人，没别的毛病。

他真的像梁曼说的那样，约过公司里好几个小姑娘？她和梁曼没怎么深交过，但在公司里算是相处得最好的，梁曼工作认真负责，人也很好，就是有点儿八卦。

好在她对程远没什么非分之想，他若再约她，她还找借口拒绝便是，对方总不能因为她拒绝就炒她的鱿鱼吧？

况且办公室恋情是被禁止的，他敢解雇她，她就敢举报他。

抛开脑中杂七杂八的糟心事，她在电脑上查看电子版杂志下面的读者反馈，每一篇都有七八条回复，内容都算不上友好，但她发现有些读者一边骂她，一边继续关注她的文章。

挨到五点钟，她收拾一下办公桌，拎起包离开了公司。

像往常一样坐公交车回家，进门换完鞋后，她习惯性地换上猫咪图案的睡衣，然后窝在沙发里一边"撸"着大黄，一边在手机上点外卖。

她伸了个懒腰，翻身在沙发上趴好，一脸享受地任由已经严重肥胖的大黄压在她的腰上，用两只毛毛的小爪子给她按摩。

唯一美中不足的，就是阳台的小风时不时嗖嗖地吹来。

因为猫砂盆在阳台上，大黄的屎太臭，所以阳台的窗户她总是会开着，让室内通着风，不然大黄一泡屎能让屋子里臭一天。

不过，她懒得动弹。

不多时，门铃声响起。

她扭了扭屁股，将大黄赶到一边去，然后起身趿上拖鞋，一路小跑到玄关开了门。

"请问是'宇宙超级无敌美少女大黄'小姐吗？"外卖小哥确认完下单人的信息，冲她挤出一丝笑来。

"我是。"

"你的外卖。"

她伸手接了外卖，谢过外卖小哥，刚要关门，便见那外卖小哥转身走时，兜里掉出来一张皱巴巴的钱，是张五十元的票子。

"哎，帅哥。"她喊了一声，没见外卖小哥回头，就顺手把外卖放在门边，走出去捡起地上的钱，追着外卖小哥跑去。

"你的钱掉了。"

话音刚落，身后便是"咔嗒"一声轻响。

她心里慌了，下意识地回头，发现自家那原本大开着的防盗门已经被风吹得虚掩着了。

外卖小哥笑着接了她手里的钱，非常礼貌地向她道谢，她摆摆手，嘴上说着"不客气"，看都没再看外卖小哥，脚底像是抹了油，飞速地趿着拖鞋朝自家的门冲去。

还隔着几步远的距离，她瞥见大黄在门缝那里看她，接着，该死的大黄就伸起爪子抓门。

"大黄，别……"

毛茸茸的爪子接连几下拍在门上，"砰"的一声，门彻底关上了。

她僵在原地，还保持着飞奔的姿势。

晚上十点多。

纪泽北乘电梯上楼，这是他回来较早的一次。

到了十八楼，电梯门刚开，过道里忽然闪过一个人影，他微怔了几秒，没太在意，双手揣兜，迈着大长腿，不紧不慢地走出电梯间。

电梯门关闭的声音将过道的声控灯点亮。

几秒钟前他瞥见的那个人影，此时正面向墙角站着，是个女人，一头墨发如瀑，直达腰际。

女人瘦瘦小小的，穿着粉色睡衣，衣服挺单薄的，脚上是一双毛茸茸的拖鞋。也不知道是哪里跑来的神经病，这么冷的天，穿得这样少，还杵在他家外面，从头到脚都在抖，都快抖成筛子了。

他盯着女人多看了两眼，从兜里掏出钥匙开门，一只脚已经迈进屋，他忽然像想起什么似的，又朝那女人望了过去。

他隐约记得不久前，隔壁空了几年的房子，好像有人搬进来了。

陆然的内心是凌乱的，是抓狂的。

她知道身后的人是纪泽北，她盼着他快点儿进屋，可一直没听到关门的声音。

他在看自己吗？作为刚搬来不久的邻居，自己还没跟他好好打过招呼呢。被他撞见自己这副样子，好像有点儿难堪。

拜托，纪先生你进屋吧，别看了！

被猫关在门外已经够可笑的了，她可不想被他看见自己冻傻的样子，她坚决不能再给他留下任何不好的印象。

陆然面向墙哆哆嗦嗦地站着，她已经在门外杵了三个多小时，冷得手脚都没了知觉，她能感觉到身后有道灼灼的目光如芒刺在背。

他怎么还不进去？

她恨不得把自己戳进墙里去，怎么每次遇到纪泽北，她都这么背……

过了一会儿，她终于听到身后传来"砰"的关门声，声音不大，关门的力道显然很轻。

她舒了口气，转过身，想蹦一蹦跑一跑，活动一下暖暖身子，却惊见纪泽北站在1802室门外，抱着胳膊看着她。

男人与她，仅隔不到一米的距离。

她吓得倒退两步，后背贴了墙。嗞……好冷！她条件反射地弹开。

声控灯突然熄灭，过道陷入一片昏暗。

男人抬起手臂，打了个响指。"啪"的一声，声控灯又亮了。

男人面无表情，目光一动不动地睨着她，那双黑亮的眸子仿佛映着星河，深邃又神秘。

"你住1801？"纪泽北轻启薄唇，淡粉的唇瓣一张一合，发出来的声音清冷却富有磁性，真好听。

陆然一阵失神，盯着男人好看的眼睛移不开视线。

这般近距离与男人对视，陆然心跳加速，心脏简直快要从喉咙里跳出来了。

他长得是真好看，而且耐看，越看越让人受不了。

"我问你话呢，你是不是住1801？"纪泽北剑眉微蹙，语气冷了几分。

回了神的陆然用力点点头："是。"

"没带钥匙？"

"是，不是，我是被大黄……"算了，还是不要提大黄了吧，丢人丢得还不够吗？

男人显然也没兴趣了解她为何会杵在外面冻成这副德行，用钥匙开了门，丢下俩字"进来"，便先进了屋。

陆然心中窃喜。

纪先生真是人美心善，简直救她于水火啊！

她像兔子一样两步蹿到门前，走了进去。迎面就是一股暖暖的热气，她深吸一口气，空气中有股淡淡的茉莉清香。

她在玄关的脚垫上站着，环视纪泽北的家。跟她家的格局不太一样，她家是两居室，纪泽北家更大，应该是三居室。装修风格跟她家也不一样，完全是黑白灰冷色调，屋子里找不到一丁点儿鲜艳的颜色，纪泽北身上的驼色大衣，已经是最亮的颜色了。一眼望去，可以用一尘不染来形容。男人住的地方居然这么干净，着实让人惊讶。

男人把大衣脱了，摘了围巾，随手挂到玄关处的衣帽架上，慢条斯理地换了拖鞋，然后走向客厅，在沙发上坐下来。他像是忘了还有她这个人一样，掏出手机点了一会儿，也不知道在干什么，之后又拿起茶几上放着的一本书看了起来。

陆然："……"

她呆呆地在玄关站着，不知道该怎么办。片刻后，她手脚渐渐暖和过来，往前迈了一步，静默许久的男人突然冷冷地发声："别动。"

声音不大，却掷地有声，带着不容抗拒的威严。

她像是被定住了一样，一脚在前一脚在后，半步都不敢再挪。

"会踩脏地板。"男人说完，轻轻地抬了眸，盯住她，又说，"我预约了开锁的师傅，应该快到了，你再坚持一会儿。"

"……"

她保持着这个姿势没动，很快腿就有点儿发僵。

所以，他刚刚是在用手机预约开锁师傅？

考虑得倒是很周到，如果能让她进去坐着休息一会儿就更好了，站着实在累。纪泽北已经收回视线继续看书，她轻轻抬了脚，悄无声息地退回脚垫上，然后把自己缩成团，可怜兮兮地蹲着，像个被抛弃在角落里的小可怜。

"纪先生。"她唤他一声。

男人头未抬，声音清冷："干什么？"

"我口渴。"

"抱歉，我家不常招待客人，所以没有客人用的杯子。"

"……"

这男人应该有洁癖，而且是重度的。

她收回他人美心善那句话，不，他还是人美心善的，至少他没让她在外面继续冻着，还帮她叫了开锁师傅。

她误把他当成相亲对象那会儿，他起初并没有表现出不耐烦的样子，甚至还挺有礼貌的。

应该是因为那是他的店，进了门就是客吧。对待客人，他若是现在这态度，早把客人吓跑了。

她耷拉着脑袋，静静地等着，不敢乱动，也不敢出声。

屋子里一片死寂，只有时不时传来的翻书声。

这男人过的是什么日子啊？他平时除了去店里，回来以后就这般闷着？

她盯着他看，柔和的灯光下，他的脸部轮廓也显得柔和了几分，鼻子高挺，侧颜真好看。

"纪先生。"她又找死地唤他一声。

"干什么？"男人的语气无起无伏，淡得像水，不，是像冰。

"你结婚了吗？"

简直是明知故问，他家里根本没女人的东西。

"你猜。"

"我猜你单身，而且命里缺个女朋友。"

男人抬头瞥了她一眼，薄唇微张，似是想说什么，但还没出声，就被一阵手机铃声打断了。他拿起手机，说了两个"好"字便挂断了，然后对陆然说："开锁师傅在门外，你可以走了。"

"哦。"

她转身推开门，又回头对他道了声谢。

他垂眸看书，没什么反应。

锁开了，她进屋拿钱包付了账，师傅就离开了。她关上门，低头看了一眼仍在玄关地上放着的外卖，又转脸盯着在沙发上窝成一团、沉睡的大黄，竟没了脾气。

她拎着外卖进厨房，用微波炉加热，先喝了口热汤，一边喝一边想，纪先生帮了大忙，不然自己可能要在外面冻一晚。

该怎么谢谢他？

吃完饭，她在沙发上坐下。也不知道是不是在外面冻太久了，她觉得鼻子痒痒的，总想打喷嚏。刷了会儿微博，她觉得冷，起身钻进了被窝。闭上眼睛，她忽然想起隔壁的纪泽北。到底该怎么谢谢他呢？送礼？可送什么礼物合适呢？她自己拿不定主意，便打电话给孟忆。

孟忆接听她的电话时，声音闷闷的，好像已经睡下了。

"神仙！都几点了你还不睡？明天一早回滨市，你别睡太晚，免得睡过头。"孟忆说完就想挂电话。

陆然忙说："你别挂，我有事情想问你。"

"长话短说。"

"我想给一个不太熟但帮了我一个忙的朋友……不，称朋友不太合适。邻居？对，邻居！我想给邻居送个谢礼，你觉得送什么合适？"

"男的女的？"

"男的。"

"多大岁数？"

"大概二十四五？"

"结婚了没？"

"应该没。"

"把你自己打包送过去。"

真以为她嫁不出去了？

"挂了，有什么事明天再说。"

没等她反应，孟忆已经无情地挂了她的电话。

她蒙在被子里想了很久，实在想不出送什么谢礼给纪泽北合适，不知不觉竟已到了凌晨两点，她心头一慌，赶紧闭上眼睛睡觉。

翌日早八点，手机铃声大噪。

一只纤白的胳膊从被子里伸出来，摸到枕头边尖叫的手机，修长白嫩的手指轻轻一滑，接听。

"二十分钟后我们到你家楼下，赶紧收拾一下，别让我们等。"

听筒中传出孟忆清冷、霸气的声音。

她"哦"了一声，把手机放下，在被窝里磨叽了五分钟才爬起来。

头晕乎乎的，头重脚轻。

一出被窝她便冷得打了个哆嗦，佝偻着身子走进卫生间，快速洗漱之后，她换好衣服，窝在沙发上等着孟忆的电话。屁股还没坐热，电话来了。她拎着包起身，出门前裹了条厚厚的围巾。

上京市到滨市，开车两个小时。

陆然在后座迷迷糊糊地睡了一觉，越睡越冷。车内的暖风明明开得很足，可她还是觉得全身发冷。

十点半的时候，他们抵达滨市。车子开进滨江花园小区——熟悉的地段，熟悉的家。

进了家门，一屋子人，七大姑八大姨，还有附近几家处得较好的邻居都来了，家人忙乱地招呼着。客厅沙发正中间坐着她那过寿的妈，刚满五十岁，却保养得当，气质优雅，穿着一身鲜亮的大红裙子，妆容精致，笑靥如花，看起来不像她妈，像她姐。

陆清和孟忆拎着礼品上前，可把她那像姐一样的妈给乐坏了。

贾静淑和陆清、孟忆寒暄了几句，目光朝她移了过来。

两手空空，穿着肥大的棉服，围着厚厚的大围巾，裹得就像只熊。

贾静淑明显露出不悦之色，示意陆清和孟忆招呼一下客人，便迈着优雅的步伐来到她面前。将她从头到脚又打量一遍，贾静淑拽着她上了二楼。

"你可真是一点儿都没变。"贾静淑把她带到装修奢华的卧房中，推开衣帽间的门，一边帮她挑选着衣服和首饰，一边抱怨道："二十好几的人了，怎么都不知道保养一下自己？形象对一个女人来说有多重要，你怎么就是不明白？"

"妈，你别给我挑你那些衣服。"颜色都太艳，花里胡哨的，她一点儿都不喜欢。

偏偏贾静淑就要跟她对着干，挑了件大花裙子给她。

"赶紧换上，一会儿要介绍一个人给你认识，年纪跟你相当，事业有成，人长得高大帅气，配你是绰绰有余。"

她无奈地说："妈，我刚二十五岁，不急，再说今天是你生日。"

"二十五岁还小？你看看你大哥，孩子都有了，家庭事业双丰收。你二哥，事业顺风顺水，马上就要升主任，如今婚事也定下了。就剩下你，你说说你，老大不小了，成天就知道到处跑，到处吃，你给个破杂志写文章，一个月能挣几个钱？"

贾静淑唠叨起来没完没了。

陆然叹口气，接了花裙子走进衣帽间换上，贾静淑又挑了些首饰给她。

夸张的珍珠项链和手环，重到耳垂难以承受其重量的绿宝石耳坠。

花裙子底色是黑色，裙长过膝，上面的花是大红色，本不土气的一条裙子，却配了对绿耳坠……

"妈，你这审美什么时候变得这么夸张了？"她简直不敢看镜子里的自己，觉得辣眼睛。

"红配绿，是今年的主流搭配色。"

她翻了个大白眼，腹诽了一句："我只听说过红配绿，冒傻气！"

绾起的头发也被贾静淑放下来一阵捯饬，头发因为扎起来留下的印子，硬是被老妈喷了很多定型水给梳平了，但因为定型水喷得过多，显得她那头发像是糊了一层发油，又黑又亮，都快贴脑袋上了。

"差不多就行了。"她皱起眉头，越看自己越觉得丑。

贾静淑像是没听到她的话似的，挑了支大红色的口红，给她抹上。

更辣眼了！

"一会儿纪董就来了，你可别给我丢人。"

陆然搔了搔耳朵："哪个纪董？"

"住咱隔壁的纪建国，纪氏地产的董事长，今天就是要把他儿子介绍给你。"

陆然对这人没什么印象，却记得这人的儿子。她记得小时候，隔壁家的小胖子总偷偷翻墙，跑到她家往游泳池里扔石头，还用弹弓打落过树上的麻雀窝……

长相她倒记不清了，就知道是个胖子，类似球的那种胖。

天哪！

"你是亲妈吗？"她斜着眼睛瞪贾静淑。

贾静淑狠狠地掐了一下她的胳膊，语气不容商量："你给我好好表现。"

她揉着胳膊上被掐红的地方，不满道："那个小胖子特别讨厌。"

"没你讨厌。"

"……"

她开始怀疑自己不是贾静淑亲生的，可能是从垃圾桶里捡回来的。

"太太，江副董和她儿子来了。"家里保姆跑进来通报。

陆然耷拉下脑袋，一脸生无可恋的模样。

贾静淑拽着她走出卧房，一边整理她的裙摆，一边恨铁不成钢地说："江文佩江副董性子很柔和，你可别给人家脸色看，多笑笑，相亲又不是什么见不得人的事。"

陆然闷闷地"嗯"了一声，跟着贾静淑下了楼。

外厅聚集着不少人，除了亲戚，大多是生面孔。

那位江副董跟她的儿子此时就站在人群中央，背对着她们。

男人的背影高大挺拔，穿着裁剪得体的正装，气质不凡，不知怎么回事，陆然觉得这背影有那么一丝丝眼熟。男人并不像小时候那么胖，身材管理得非常不错。

尽管有些惊讶，但陆然对相亲是嗤之以鼻的，所以有点儿打不起精神来，贾静淑给她使了好几个眼色，她才勉强挤出一丝笑，跟着贾静淑走了过去。

"文佩。"贾静淑亲昵地唤了一声。

江文佩转过身，白净的脸，妆容精致、淡雅，衣着也是得体大方，并不像贾静淑那般夸张艳丽。

"静淑。"江文佩也笑着唤了一声。

"怎么没见纪董？"

"公司忙，他抽不开身，我来也是一样的。"

"这是我女儿，陆然。"贾静淑把陆然往跟前拉了一下。

陆然礼貌地冲江文佩微微一笑："阿姨好。"

"真是女大十八变，这才几年没见，昔日的小丫头已经出落得这么亭亭玉立了。"江文佩打量她一眼，伸手拽了下旁边的高大男人。

男人缓缓转过身，白细修长的手指捻着红酒杯，眸子清冷深邃，淡淡地睨着她，不带丝毫情绪。

"纪先生？"

纪泽北居然就是那个胖得像球、满肚子坏水的小屁孩？

"你好。"纪泽北态度冰冷地打了声招呼，浅浅地打量了她一眼，最后目光定格在她身上的大花裙子上。

他微蹙的眉头，明显对她这身夸张的打扮不太满意。

"你们认识？"江文佩和贾静淑几乎异口同声。

陆然难掩激动，说："纪先生跟我住同一栋公寓，他就住我隔壁。"

贾静淑眼睛笑眯了："既然你们认识，那我们就不多说什么了，你们好好聊。"

贾静淑拽着江文佩走到客厅的沙发上坐下，谈笑风生，没再管他们。

气氛有些尴尬。

纪泽北的目光移到她脸上，清俊的面容没什么表情，语气依旧淡淡的："好久不见。"

"……"

明明昨晚才见过。

但从另一个角度解读，他的话也没错，他们确实好久没见。

她记得纪泽北十岁左右就被送出国了，之后就再也没见过，她对邻居家小孩的印象还停留在他是个调皮捣蛋的小胖子的时候。这么多年没见，他竟长成这般英俊清冷、极具魅力的男人。

"昨晚真是谢谢你了。"

纪泽北："不客气。"

他转身走到窗前,一手揣兜里,一手举着高脚杯,浅抿一口红酒,深邃的眸子盯着窗外灰暗沉郁的天。

陆然走过去,冲他笑笑,他没反应,气氛再度尴尬。她敛了笑,没话找话道:"没想到你就是那个小胖子啊!"

纪泽北的眼神透出不屑:"十岁时的胖,算胖吗?"

"不算不算,你那时候一点儿都不胖。"也就像个球而已。

"嗯。"

陆然心里发笑,你还好意思"嗯"?明明胖得跑起来时全身的肥肉都跟着抖,你还不自知……

"纪先生,你什么时候回上京市?"

"下午两点。"

"我能不能搭个车?"

陆然原本是想留一晚的,因为她没车,陆清和孟忆明天一早才回,她得跟他们的车。但现在情况不同了,她可以搭纪泽北的车回去,还能趁机跟他套套近乎,增进一下感情。

不管是上京市还是滨市,纪泽北都是她的邻居,双方长辈还有意撮合他们,这该死的缘分,还有这近水楼台先得月的机会,她必须抓住了。

男人迟疑了几秒,点了点头。

"谢谢。"

她看中的男人,果然是人美心善。

"你从事什么工作?"纪泽北抿了一口红酒,转头看她。

黑亮深邃的眼眸,缀着碎碎的星芒,真好看。

"我在《品味天下》杂志写专栏文章,关于美食的。"

"哦。"

纪泽北有印象,他看过她写的文章,文笔不错,就是对美食的评价不怎么样。

"你是开餐厅的,我可以给你的餐厅写一篇专访文章,如果你不介意的话。"她满脸期待地看着他。

男人高出她一个头，每次看她都是居高临下，显得有点儿傲。

但陆然不在意，她喜欢他那个傲娇的劲。

"我介意。"

"……"

她一下子不知道该怎么接话，便冲他傻笑了两声。

他皱着眉头收回视线，转身去找江文佩了。

江文佩十分好奇他和陆然聊得如何，拉着他走到一旁，笑问："那姑娘怎么样？"

"不怎么样。"

"长得挺漂亮的。"

"衣品差，呆头呆脑，智商不太高的样子。"

"如果你不满意，我跟你爸肯定不会勉强你的。"

"不满意。"他脱口而出，没经任何思考。

陆然就站在不远处，她去桌边的小吃盘拿了个点心，刚咬了一口，就听到纪泽北对自己的这番差评。她不是故意偷听的，难听的话就那么自然而然地灌进了她的耳朵。

她顿觉脸上有些挂不住。

衣品差不能怪她，要怪就怪贾静淑，这条大花裙子是贾静淑逼她穿的。

呆头呆脑，智商不太高的样子？

"这么无聊的寿宴，你应付一下就好，我先走了。"纪泽北放下手中的高脚杯，径直走到玄关处，从衣帽架上取了大衣穿上，头也不回地走了。

陆然僵在原地，不知所措。

相亲数次，这还是头一回相亲对象对她不满意，而对方却是她比较中意的人。

她多少有点儿挫败感。

"然然，泽北怎么走了？你们聊得怎么样？"贾静淑走过来，笑眯了眼问她。

她在心里翻了个大白眼，把咬了一口的点心一下塞进嘴里，口齿不清地说："不怎么样。"

"什么？"

她看了贾静淑一眼，艰难地咽下点心，然后说："我说，不怎么样。"

贾静淑的脸瞬间就变了："你是不是给泽北脸色看了？"

"……"

"泽北多好一青年，他跟小时候可不像，过几年泽北要继承纪氏地产，这么好的条件打着灯笼都找不着，你可长点儿心吧。"

陆然从桌上端了杯红酒，一口气喝了。

贾静淑的唠叨让她的心情越发烦闷。

这次可不是她任性，是纪泽北没看上她。

纪泽北进屋的时候，才取下围巾，一道颀长的身影就向他冲过来，给了他一个大大的拥抱。

那是个顶着一脑袋奶奶灰头发的小子，个子比他矮，阳光俊逸的脸上漾着灿烂的笑容。

"哥，我还以为你不回来呢。"纪梓辰一只手挽着他胳膊，另一只手吊着，打着石膏。

纪泽北盯着纪梓辰那一脑袋扎眼的毛，剑眉微蹙："什么时候染的头发？"

"有一个月了吧。"

"赶紧给我恢复原状。"

"新发型多酷啊！"

"一个学生染一脑袋白毛，不伦不类的。"

纪梓辰也不生气，冲他嘿嘿地笑："爸在公司，不回来。"

纪泽北淡漠地点了下头，脱下外套挂在衣帽架上，目光又转向纪梓辰吊着的胳膊："胳膊怎么了？"

"打篮球的时候摔的，跟学校那边请了假，得在家休养半个月。"

"嗯。"纪泽北神色黯淡，迈开步子往二楼走。

纪梓辰跟着他，嬉皮笑脸道："哥，你今天回不回上京？"

"回。"

"把我带上，我去你那儿住几天，等拆了石膏我再回学校。"

纪泽北大步走着，头也不回，问道："什么时候拆石膏？"

"下周。我听妈说你今天相亲，见到人没？长得好看不？你喜欢不？"

"不好看，不喜欢。"一贯冷漠的态度。

"我听妈说，隔壁的那个小姐姐长得可好看了，从小美到大。"

纪泽北心里"呵呵"一声，在自己的房门口停住，回头看了一眼跟过来的纪梓辰，冷冷说道："我要休息一会儿。"

"好。"

他推开门走进去。许久不回来，自己的房间一点儿都没变，还保持着他离开时的样子。他在床上躺下来，正准备闭眼，纪梓辰进来了，在床边坐下，一双亮亮的眼睛望着他。

"我喜欢上一个女孩。"

"……"关我什么事？

他蒙上被子睡觉，纪梓辰把被子掀开一角，一张欠揍的脸凑到他面前，冲他笑。

"别吵我。"

"哥，那女孩吧，长得特好看，成绩特优异，就是太高冷，也不爱搭理人，我觉得她跟你是一类人。像你们这种高冷的生物，对我这种阳光帅气的男生，是不是不感兴趣？"

"是。"

"那你觉得我还有戏吗？"

"没戏。"

纪梓辰撇撇嘴："我就不该问你。"

真是自讨没趣。

他本来还以为可以跟大哥聊聊心事，得到一点儿安慰，或者让大哥帮他出出主意，结果……这果然是个错误的决定。他有些失落，耷拉着脑袋起身往外走，纪泽北却忽然开口："拾掇拾掇你那一脑袋白毛。"

"我不。"

"那女孩不会喜欢的。"

"……我这就去染回来。"

"等等。"纪泽北耐着性子叫住纪梓辰，"我下午两点走，你现在去染头发来不及。"

"那……"

"明天再说。"他还能勉强再忍受这一脑袋白毛一天。

中午吃饭的时候，也没见陆丙先和陆源露面，陆然小声问坐在她旁边的陆清："大哥，爸和二哥人呢？"

"有手术，晚上才回来。"

"哦。"

她下午要坐纪泽北的车回上京市，估摸是见不到他们了。

饭后，亲戚和邻居相继离开。

陆然换回自己的衣服，头发也全部梳起来，扎成一个丸子头。她在外厅的沙发上躺着，吃饱了就犯困。迷迷瞪瞪快要睡着的时候，门铃声响起。她眯着眼，看见保姆小跑着去开门。

"我找陆然。"

她一激灵，坐了起来。

是纪泽北的声音，平淡、清冷。

没等保姆过来叫她，她主动起身朝玄关走去。

纪泽北站在门外，身姿笔挺，看到她，也没废话，就说了仨字："两点了。"

"哦。"

"……"

这男人虽然对她不满，但是讲信用，同意让她搭车，两点钟准时就来找她了。

"你等我一下。"

她回头穿好外套，裹上大围巾，对保姆说："跟他们说一声，我先走了。"

出了门，男人迈步往街边走。街边停着一辆白色的奥迪车。

她跟着男人的脚步，男人大长腿，一步顶她两步，她落在后面，小跑几步才跟得上。

"上车。"男人说着，拉开车门坐进驾驶位。

她犹豫了一下，拉开后门，不料后座已经有人了，是个顶着一脑袋白毛的小子，一只胳膊还吊着。

纪梓辰冲她咧嘴一笑："小姐姐好。"

"你好。"

"我是纪梓辰，你就是我哥的相……"

"喀喀！"纪泽北咳嗽两声，打断了纪梓辰的话。

纪梓辰又笑了笑，说："小姐姐，你得坐前面了，我要在后座睡会儿。"

陆然若有所思地点点头，坐到了副驾驶位。

车子发动，驶出小区，不多时就出了滨市，上了高速。

陆然闷着不说话，眼睛一直盯着车窗外面。

"小姐姐，你觉得我哥怎么样？"后座的"白毛"突然问她。

她转头看向纪泽北，恰好他也转头看向她，四目相对的一瞬，耳边似乎回响起他对她的那番差评。她神色一黯，多少带着点儿报复的心理，说："不怎么样。"

纪梓辰笑得很欢，"哥，看来小姐姐对你不感兴趣啊！"

纪泽北："……"

"自以为衣品好，自以为智商高，其实不怎么样。"陆然"适时补刀"。

纪泽北剑眉微挑，淡淡地睨了眼身旁的人。

瘦瘦小小的身材，穿着件宽松的咖色棉服，裹着大围巾，只露出半张脸，油光发亮的头发扎成一个简单的丸子头，露出饱满白皙的额头。这样看，倒顺眼多了。

他喜欢简单、干净的人或者东西。

看陆然这反应，应该是听到他在寿宴上说的话了。

他忍不住侧头瞥了她几眼，她板着脸，转过头继续盯着车窗外面发呆。他收回视线，专心开车。

下了高速，忽听旁边的人打起了呼噜。

他放慢车速，惊讶地看了陆然一眼。

她歪着头，双手乖巧地放在腿上，微微嘟起的唇透着淡淡的粉色，饱满而莹润。

"哥，小姐姐这呼噜声有点儿吓人啊！跟咱爸一样。"纪梓辰拿着手机靠近陆然，一只手把手机高高举起来，镜头对着陆然和自己，"咔嚓"拍了一张照。

纪泽北眉头蹙了蹙，说，"梓辰，你坐好。"

纪梓辰"哦"了一声，乖乖坐回后座，手却没闲着，把刚刚拍下来的照片用微信发给了他哥。

纪泽北听到手机"嘀"的一声响，没理会。

车子进了上京市，二十分钟就到了公寓楼下。

将车停入地下停车场，纪泽北解开安全带，冷冷地说："到了。"

副驾上的人一动未动，呼噜声依旧。

纪梓辰伸手轻摇了下陆然的肩膀，她还是没醒。他跳下车，看着纪泽北下车，径直走到车右侧，拉开车门拿起陆然的包就朝他扔来，虽然有些不知所措，但好歹接住了。

再抬眸，就见他那不苟言笑的大哥把陆然从车里抱了出来，抱得那叫一个小心翼翼，唯恐惊醒了怀里熟睡的人。

他唇角一弯，问道："哥，你不是说她不好看，你不喜欢吗？"

纪泽北："嗯。"

"可你对她温柔得有点儿过分。"

"闭上嘴。"

纪泽北大步走进电梯，纪梓辰撇着嘴角跟进去。

陆然睡得又香又甜，脑袋还在纪泽北的胸膛上蹭了蹭，像只猫。

居高临下地看，她的脸颊肉嘟嘟的，肤如凝脂，忽略她那油腻的头发，这张脸倒是清秀可人。

"哥……"

在纪梓辰又要打开话匣子之前，纪泽北冷冷打断："闭嘴！"

纪梓辰："……"

第三章 "追夫"外援

出了电梯，纪泽北走到1801室门前，示意纪梓辰开门。

纪梓辰看了一眼1802室，有点儿蒙。他记得大哥住1802室，为啥让他开1801室的门？大哥又买了套公寓？

"包里有钥匙。"纪泽北耐着性子提醒。

他愣了几秒才反应过来，翻了翻陆然的包，找到钥匙开了门。

虽然不胖，但陆然裹得就像只熊，从地下停车场一路抱上来可不轻松。

纪泽北进屋后，把她放在床上，被子往她身上一盖，转身就走。

"哥，你这也太……"他刚夸大哥温柔来着。纪梓辰不满的话卡在喉咙，被纪泽北拿眼一瞪，硬生生给咽了回去。纪梓辰伸手把盖在陆然脑袋上的被子往下拉了拉，让陆然的脸露出来。

这时，一只白色的大猫跳上床，来到纪梓辰面前，拿脑袋蹭了蹭他的手，冲他"喵"地叫了一声，声音真是酥。

他眼睛都亮了。"哥，小姐姐养了只大猫，你看这猫肥的。"没人回应，他抬眼一望，纪泽北已经离开了。

他想撸猫，但忍住了。

陆然一觉睡到自然醒，已是晚上七点了。她揉着有些昏沉的脑袋爬起来，冷得浑身一抖，打了个喷嚏。好像感冒了！开了灯，她进浴室泡了个热水澡，将油油的头发洗了，穿好睡衣，她正准备吹头发，门铃声响起。

她一边用毛巾擦着湿漉漉的头发，一边跑去开门。

门外是一脑袋白毛。"白毛"咧着嘴，冲她笑。

"小姐姐，我能不能逗逗你的猫？"

"……进来吧。"

　　她侧身把纪梓辰让进屋。

　　纪梓辰奔着大黄就去了。大黄是个马屁精，并不怕人，见谁都跟见了亲人一样。

　　发丝上的水顺着脖颈滑下，好凉。

　　陆然打了个哆嗦，赶紧去把头发吹干。

　　"小姐姐，这猫养得可真水灵，它叫什么名字？"

　　她往脸上拍着护肤品，从卫生间里探出头，应了声："大黄。"

　　"噗！"好随意的名字。

　　"我哥也喜欢猫。"

　　陆然惊讶不已："他喜欢猫？"

　　"对，小时候他养过一只，但我妈对猫毛过敏，所以我爸就把那猫送人了，他难过了很久，后来就出国了，那会儿我还小，不记事，我也是听我妈说的。"

　　陆然欢快地点点头。原来他喜欢猫。她忽然知道自己该给纪泽北送什么谢礼了。

　　"你还没吃饭吧？"

　　她点点头。

　　纪梓辰笑道："我哥做了饭，过去吃。"

　　"这……合适吗？"

　　"没什么不合适的。"纪梓辰放下猫，也不顾她现在素面朝天，身上穿着套毛茸茸的睡衣，拽着她就往外走。

　　经过玄关的时候，她匆忙抓起放在鞋柜上的钥匙，然后硬被纪梓辰拽到了1802室。因为来过一次，她记得当时纪泽北的反应，所以她站在脚垫上没敢动。

　　纪梓辰已经走进去了，发现她没跟上，冲她招了下手："过来啊！"

　　她犹豫了下，脱了鞋，光着脚丫子踩在暖暖的地板上。

　　幸好是地暖，不冻脚。

　　"你脱鞋干什么？"纪梓辰一脸蒙。

　　"你哥爱干净，上次来，他不让我进，说会踩脏地板。"

"你管他呢，赶紧把鞋穿上。"

"没事，我不冷。"

话音刚落，纪泽北就从厨房里走出来。他穿着宽松的米白色毛衣、松垮的黑色长裤，很随性，骨子里透出的高贵气质却遮掩不住。

他清冷的眸子定定地看了她几秒，说："把鞋穿上。"语气不容商量。

"哦。"

她转回去，把毛茸茸的拖鞋穿好。

"来吃饭。"男人声音淡淡的，却很好听。

她受宠若惊，他居然没赶她走。

"快来。"纪梓辰跟她自来熟，拉着她进饭厅，还很绅士地帮她拉开椅子。她坐下，看着桌上的家常菜，有点儿不知所措。

纪凡斋三百九十九元一盘的豆腐闪过她的脑海。那虽是一盘豆腐，但每一块豆腐都被精雕成芙蓉花的样子，刀工没得说，盛在一个圆口小碗中，碗中有清爽的汤汁，点缀着绿绿的葱花，美得让人不忍下嘴。那道菜的名字就叫出水芙蓉。

纪泽北拉开椅子坐下，拿起筷子慢条斯理地吃。

陆然就在他正对面，很安静。他缓缓抬眸，目光在她脸上定住几秒，她吃东西的样子很秀气，一小块鸡蛋要分三口……

偶然瞥见她额角处有一个并不显眼的小伤疤，纪泽北微微一怔。

疤痕一半藏在发际线里，不仔细看发现不了。

"多吃一点儿。"他鬼使神差地夹了块肉放到陆然的碗里。

陆然瞪着眼，惊讶极了。

纪泽北收回目光，想起她额角上的那个伤疤，不由自主地陷进小时候的回忆中。那时候，他一不开心就会朝陆然家的游泳池里扔石头，因为他不能往自己家的泳池里扔，纪建国知道了会揍他。起初几次没被人发现，后来，他翻墙的时候被陆然逮了个正着。

"你再往我家池子里扔石头，我就告诉你妈去。"陆然双手叉着腰，气呼呼地说。

他被她突然的说话声吓了一跳，从墙上摔了下来，好在他皮糙肉厚，又摔在草丛里，没伤着。

"你为什么往我家泳池里扔石头？"

被陆然那双黑珍珠一样的大眼睛瞪着，他心里有点儿虚，面上却故作平静地说："我愿意。"

"你再敢扔一次，我就找你妈告状去。"

"哼！"他不屑地从地上捡起一块石头，扔进游泳池里。

陆然气坏了，攥起小拳头就在他身上打了两下，打完就跑。他正是心情烦闷的时候，追上去狠狠地推了她一下。

她脸朝地摔倒了，脑袋磕在一块石头上，额角流出鲜红的血。

她哇哇大哭，他不知所措，看见屋子里有人出来，他赶紧躲了起来。

后来，陆然被送去医院，回来时头上包着一层纱布，听说，她缝了四针，听说，她是自己不小心摔倒的。

她没告发他……

自那之后，他再也不往她家游泳池里丢石头了。他觉得自己欠她一句"对不起"，一直想找机会跟她说，这简直成了他心里的一个疙瘩。不久，他被安排出国，再没机会说出那句"对不起"。

看那个伤疤的位置，应该就是那个时候留下的。

从记忆中回了神，他愕然发现自己一直在给陆然夹菜，她碗里的菜堆成了一座小山，他刚夹过去的一块可乐鸡翅都没地方放了。

陆然和纪梓辰大眼瞪小眼，不知道纪泽北这是怎么了。

他从刚才开始就蹙着眉，一直往陆然的碗里夹菜。

"哥，你怎么光给她夹菜，不给我夹呀？"纪梓辰酸酸地嘀咕了一句。

纪泽北夹着鸡翅的手已经发酸了，顺势把那块没地方放的鸡翅放到纪梓辰碗里，用一贯平静、淡漠的语气说："吃吧。"

纪梓辰："……"

陆然碗里放不下了，大哥才夹给他。

说好的不喜欢呢？

他长这么大，从来没见纪泽北主动给谁夹过菜。纪泽北讨厌跟别人有直接或间接的肢体上的碰触，尤其是女人，可他今天不但主动给陆然夹菜，还抱了她。

他若有所悟地一笑，用筷子夹起鸡翅大口大口地吃了起来。

陆然还没从纪泽北的"体贴"中回过神来，看着碗里堆成小山的菜，她一点儿一点儿地吃着，时不时抬眼，偷偷观察对面的纪泽北。

纪泽北几乎没拿正眼瞧她，一直垂眸，慢条斯理地吃着饭。

一顿饭吃得安静又别扭。

陆然发誓，她从来没有这般在乎过自己的形象。纪泽北并未认真瞧她的吃相，但她还是小心翼翼地，没让自己露出半点儿丑态。平时大大咧咧惯了，突然扮起淑女来，她都没吃饱。

饭后，纪梓辰吵着要去撸大黄，她只好带着纪梓辰回了家。

"你哥小时候养的猫是什么样的？"她好奇地打探道。

大黄窝在纪梓辰怀里，脑袋蹭着纪梓辰的手。纪梓辰一边给大黄挠痒一边说："好像是一只黑色的大猫。"

"哦。"

"突然问这个干什么？"纪梓辰抬眼看她，他有一双和纪泽北神似的深邃眼眸，但面部轮廓不太像纪泽北。

"没什么。"

"我哥好像很喜欢你。"

陆然闻言，心中不免暗自窃喜。

纪梓辰笑呵呵地说："你可要珍惜我哥，他很少对人这么温柔体贴。"

对他，纪泽北从来都是冷冰冰的。

陆然顿时脸颊热热的。不知怎么的，想起纪泽北往她碗里夹菜的样子，她觉得纪梓辰的话有些道理，纪泽北好像对她有意思。

"你哥他喜欢什么，不喜欢什么？"

趁着纪梓辰在，她得打探一下纪泽北的喜好，知己知彼，百战不殆。

纪梓辰想了想，说："他喜欢……"半天，他终于憋出俩字——"干净"。

"你哥有洁癖，对吧？"

纪梓辰点头如捣蒜："他的洁癖超级严重，你能想象到他的厨房一点儿油污都没有，壁砖都擦得锃光瓦亮吗？"

陆然："……"

重度洁癖!

"他平时喜欢干什么?有没有什么兴趣爱好?"

"运动算不算?"

陆然点点头:"算。"

"钓鱼。"

陆然起身跑去书房,拿了个本子出来,把纪梓辰说的全都记在本子上。

纪泽北是个非常享受孤独的人,他的兴趣爱好基本都是一个人就可以完成的。他每周健身两次,周末会去钓鱼,偶尔心血来潮去登山。

好可怜的一男人!

"你哥他没有朋友吗?"

纪梓辰苦笑道:"有是有,但他那种性格,没事不会主动联系别人的。"

"有就行。"

之后,她又从纪梓辰那里打听到不少关于纪泽北的事情,收获颇丰。

纪梓辰一直在她家待到晚上十一点,纪泽北一通电话打来催,他才依依不舍地告别了大黄。

次日,凌晨五点。

陆然醒了。外面的天还暗沉沉的,听到隔壁的关门声,她一骨碌爬起来,快速在身上裹了件棉服,凑到门前,透过猫眼往外看。过道上的声控灯亮着,不见人影。她听到电梯的声响,心想一定是纪泽北。

他每天凌晨五点都会外出,她实在好奇他这么早干什么去了,一时之间也顾不上多想,穿上鞋子便悄悄出门跟了上去。电梯门快关上的时候,陆然伸出白嫩的小手将电梯门挡住。站在电梯里面的人的确是纪泽北,男人身姿笔挺,穿着修身的黑色大衣,裹着浅灰围巾,双手揣在兜里,目光沉冷地看着她。

她笑着问他:"纪先生,这么早你去哪里?"

纪泽北:"海鲜市场。"

"这么巧,我也去海鲜市场,能不能让我搭个车?"

"可以。"男人答应得十分痛快,然后大步走出电梯,拽开她挡着电梯门的手,又说,"去把衣服穿好。"

电梯门缓缓合上,电梯下去了。

陆然垂眸看了看自己,出来的时候太着急,棉服里面穿的还是睡衣。

"那你等我,不准先走。"她不安地对纪泽北说。

纪泽北点点头,静静地站在电梯间里。

她兔子一样跑回家,换好衣服,用生平最快的速度洗漱,戴了顶毛茸茸的帽子,穿好棉服又出了门。

纪泽北仍在电梯间里等着她,似是等得有些不耐烦了,剑眉微蹙,见她来了,他立即伸手按了电梯。

她在他身旁站定,歪着脑袋看他。

"纪先生,你每天这个时间都会去海鲜市场吗?"

男人"嗯"了一声,电梯一到便迈步进去。

陆然跟着他,伸手摸了摸兜,一把将即将关上的电梯门挡住,不好意思地冲他笑笑:"我没带钱包,纪先生,麻烦你再等我一下,就一下。"

纪泽北:"……"

真是个丢三落四的女人!

看着陆然飞速冲出电梯,他伸手挡住了电梯门。陆然很快就拿着钱包跑了回来。他耐着性子问道:"还有没有忘东西?"

她想了想,摇摇头。

电梯下到负一层。

她上了纪泽北的车,车子平稳地驶出地下停车场,一路出了市区。陆然有点儿纳闷,这不是去海鲜市场的路。

"纪先生,你是不是走错路了?"

男人目视前方,专心开车,淡漠地答:"没错。"

"我们已经出了市区。"

"嗯。"

"……"

陆然闷头不说话了。

管他车子往哪儿开,他总不能把自己卖掉。

半小时后，车子驶入一个临海的小镇，镇上的人大部分是以打捞海产品为生的渔民，上京市的海鲜市场很大一部分海产品都是这些渔民供应的。

为了弄到最新鲜的海产，纪泽北每天都亲自驱车到这里来，直接从渔民手里购买，价格自然要比从上京市的海鲜市场买的便宜很多。

车子停在许多渔船停靠的码头，纪泽北下了车，径直朝着一个满脸络腮胡子的中年男人走去。

中年男人戴着塑胶手套，穿着塑胶围裙，一看见纪泽北，便笑着跟他打招呼："小纪，来了啊！"

纪泽北浅浅勾唇："老杨，我要的活海参、海虾，给我留了吗？"

"留了留了，你交代的，肯定给你留。"

陆然坐在车内，眼睛一动不动地看着纪泽北。

这男人真是奇怪，跑这么远就为了活海参和海虾……明明纪凡斋的生意惨淡得令人唏嘘。

纪泽北把存放海产品的泡沫箱搬到后备厢里后，没急着上车，而是径直走到副驾前，敲了敲车窗。陆然把车窗放下。

"你要买什么？"

她挠挠头，其实没打算买海鲜，她又不会做，她就是单纯地想知道他每天凌晨五点出门要去做什么。

"不买？"

她点点头。

纪泽北转身跟老杨说话去了，陆然关了车窗，在车内等了一会儿。纪泽北终于回到车上，开着车原路返回，且将她送到上京市的海鲜市场。

陆然："……"

"你不是要去海鲜市场？"男人剑眉微挑。

"你可以等我一下吗？"

看来还是得买点儿海鲜回去，不然这谎圆不了。

"不行。"

"就等五分钟。"

"一分钟都等不了。"

因为丢三落四的陆然，他出门比平时晚了二十分钟，从老杨那里买了海产品回来，已比平时迟了半个小时。如果他继续等陆然，就得送陆然回公寓。这一来二去耽搁的时间就太长了。

"你自己打车回去。"说完，他替她解开安全带，推开车门。

这种时候，她实在不好再赖着不下车了。

陆然下了车，刚想说什么，车门就被纪泽北"砰"的一声关上。男人掉转车头，开车走了。陆然站在来来往往的人群之中，内心凌乱了很久，她没进市场买海鲜，而是抬步朝着不远处的花鸟鱼虫市场走去。

她向来对海鲜不感兴趣，不爱吃，也不会做。

一进花鸟鱼虫市场，就听见一阵叽叽喳喳的清脆的鸟叫声。已经快七点了，在市场里穿梭的人不少，大多是大爷和大妈，像她这样的年轻人满场也找不到第二个。整个市场快走到头的时候，陆然瞥见一只被关在笼子里的小黑猫，那猫看起来也就两三个月大的样子，团成一个球，在笼子的角落里冻得瑟瑟发抖。

这么冷的天，笼子就摆在店外面，可真不厚道。

她拎着笼子进了店，里面是专卖各种观赏鱼的。

一个裹着红色大棉袄的胖乎乎的中年女人拿着扫把在扫地。

"老板，这猫是你家的吗？"她礼貌地问。

女人抬头看她一眼，不冷不热地应了声："是啊。"

"这猫是卖的吗？"

"卖，我们自家的猫下了几只小猫崽，其他的都卖了，就剩下这一只了。"

"多少钱？"

"五十块。"

真便宜！

她没多想便把这只猫买下了，也没要那个脏兮兮的破笼子，而是把小黑猫揣在怀里，付完了钱，先打车带小黑猫去兽医那里做了个检查。

小黑猫没什么大问题，就是体质弱，感冒了。

她给小黑猫拿了些药，买了盒羊奶粉，先带回家调养，想着等小黑猫感冒好了，再送给纪泽北。

纪梓辰说纪泽北小时候养的是只大黑猫，那猫被送走后，他难过了很久，她想，他一定会喜欢这只小黑猫的。

在家把小黑猫安顿好，已经快九点了，她早饭都没来得及吃便匆匆忙忙赶去公司。她的工作是每周五交一篇美食稿，其他时间如果出外勤，大多是在外搜罗美食，可以不用到公司报到，跟她的编辑梁曼打声招呼即可，工作还是非常自由的。

今天已是周三，她却还没想好这周的稿子要写什么。

刚到公司，梁曼就告诉她："程主编找你。"

她硬着头皮敲开了主编办公室的门。

"进来。"

她推开门，程远一如往常地叼着一支烟，坐在办公桌后吞云吐雾，见她进来，他将手里燃了一半的烟按进烟灰缸里，起身坐到沙发上，示意她坐。

她在他对面坐好，笑问："主编，你找我？"

"这周的稿子打算写什么？"

她想了想，问："主编，你知道纪凡斋吗？"

"知道。"

"我有幸在那里吃过一次饭，味道很不错，就是价格有点儿不'美丽'。"

"你想写纪凡斋？"

"如果主编同意的话，那里的菜品都够写一个系列的文章了。"

程远罕见地皱起了眉头，沉思片刻说："纪凡斋这地方……怎么说呢，纪凡斋的老板有点儿问题，我记得他被封杀过，写他名下的餐厅，恐怕不太好。"

既然程远提到了封杀，陆然自然要问："他为什么被封杀了？"

"那位纪老板的名声不太好，他在M国出名，蝉联两届美食大赛的冠军，但在挑战'食神'的那一场大赛里，他直接在现场扔下厨师帽，愤然离席，影响非常不好。还有传闻说他之所以蝉联两届美食大赛冠军，全是因为他背后的老女人。"

陆然大感意外，问："背后的老女人？"

"传闻不太好听，大抵就是他疑似受他女朋友的影响，后来他被美食界联名封杀，二十二岁时回了国。"

"他二十岁就拿到了美食大赛的冠军？"

"没错，在当时，他可以说是轰动美食界的人物了。不过他的事迹在M国比较轰动，回国后的他相当低调，开了家餐厅，餐厅的生意也是不温不火。"

陆然蹙着眉，心里很是在意关于纪泽北女朋友年纪大的传闻究竟是真是假。可事实是，纪泽北家境那么富裕，不会吧？

"我建议你写别的。"

陆然思索了一会儿，说："他是被M国美食界联名封杀的，对吧？"

程远不假思索地点了下头。

"可他现在不在M国，他在国内啊！他的餐厅也开在国内，国内又没有封杀他，为什么不能写他？"

程远不置可否。

陆然又说："纪凡斋的菜真的超级好吃。"

"你知道他是西餐厨师吗？"

"……"

"身为一个西餐厨师，却开了一家中餐厅。"

陆然用力一拍大腿，激动道："这是个很好的噱头啊！一个曾经轰动一时、蝉联两届美食大赛冠军的西餐厨师，为何开了一家中餐厅？你不觉得这是个很好的卖点？"

程远备感头疼，问道："你非写纪凡斋不可，是吗？"

陆然坚定地点点头："非写不可。"

程远无奈地叹口气："那就随你高兴好了。"

"所以，你是同意了？"

"我仔细想了想，认为你说的话也不是没有道理。"

"那吃饭的钱，公司给报销吗？"

"有发票就给报销。"

"好！"

陆然瞬间干劲十足："我准备写一个系列，没问题吧？"

"如果反响好的话，你可以继续写，如果不好就及时止损，懂吗？"

"懂了，谢谢程主编。"

"别急着谢我，"程远起身走到办公桌前，拿起烟盒，抽出支烟衔在嘴里，点燃，吸了一口，将烟雾缓缓吐出后，睨着陆然似笑非笑地说道，"这周六陪我吃个饭、看场电影吧？"

陆然："……"

"陆然，我约你很多次了，每次你都拒绝我，着实让我很难堪，这次我同意让你写纪凡斋，其实也承担了一些风险，你应该知道什么叫礼尚往来吧？"

陆然尴尬一笑。

这话听着怎么那么像是在威胁她？

"其实我也没有别的意思，只是单纯地想请你吃个饭、看场电影，这没什么见不得人的，你说呢？"

陆然认真想了想，脸上堆起笑："程主编，我觉得我们还是不要……"

"我不想听到拒绝的话，如果你这次再拒绝我，那么纪凡斋的系列专题，我就有必要再考虑了。"

陆然一时竟无语凝噎。她不傻，听得出程远话里话外的意思。如果她想写纪凡斋的系列专题，就得答应陪程远吃饭、看电影……

"只是单纯地吃饭、看电影？"她再三确认。

程远浅浅勾唇，笑容带着一贯的痞气："公司又没规定上司不能和下属成为朋友，下班时间，朋友一起吃个饭、看场电影，我想是很正常的。"

"你说得对。"

"你不要想歪就好。"

陆然在心里"呵呵"一声，对程远仍旧满面笑容："我不会想歪，希望程主编也不要往歪处想。"

"那是自然。"

陆然点了下头。

"那就这么说定了，这周六我联系你。"

"好。"

从主编办公室出来，陆然恨得牙痒痒。她只能告诉自己，要往好处想。跟梁曼报了一下自己的工作内容和行程，临近十一点的时候，她带上数码相机和工作笔记本，出发去了纪凡斋。

下了公交车，步行三百多米，她跟着人流穿过斑马线，来到纪凡斋门前。

与之前不太一样的是，一楼大厅已经有两桌食客，临窗的位置没发现纪泽北的身影。

她推开门走进去，穿着旗袍的漂亮服务员笑着迎上来。

"你好，请问几位？"服务员笑容温婉，声线甜美。

她笑了笑，刚想说话，兜里的手机突然响起来。她示意服务员稍等，径自在临窗的一个位置坐下。打来电话的人是孟忆。

孟忆："你在哪里？"

"纪凡斋。"

"你又去那里干什么？"

她笑道："这回是工作。"

"你在那儿等着我，我找你有事。"

"哦。"

挂了电话，她对服务员说："两个人。"

服务员："现在点餐吗？"

"点。"

她没像上次一样狮子大张口，只点了两个人的量，纪凡斋的招牌豆腐她自然没落下，之后又点了一荤一素、一份汤。

孟忆来得挺快，陆然透过落地窗看见孟忆在外面停车。孟忆下车后，她隔着窗冲孟忆挥了下手，对方看见了她。

一进门，孟忆快步来到她面前，急切地说："小季差不多十分钟后到。"

"谁？"

"季东俞。"

陆然愣了："季东俞是谁？"

孟忆耐着性子解释："我们律所新来的律师，上次介绍给你认识，你们没见过面。"

陆然想起来了，是那个放她鸽子的相亲对象。她诧然地看着孟忆，问："他不是叫季大牛吗？"

孟忆难以置信地瞪大双眼："我什么时候跟你说过他叫季大牛？"

"……"

果然是她记错了。

"我不是跟你说过不要再安排我跟他见面了吗？"第一印象这么差，根本就没必要再见。

孟忆却说："不是我安排的，是他想见你，给你赔个不是，上次临时出差是急事，他来不及告诉你。"

"哦。"

"让你等了三个小时，他觉得很抱歉。"

听起来倒是个很有礼貌的人，还知道赔不是。

"你跟纪泽北相亲的事，昨天我听你妈说了，对方不满意你，这事肯定成不了，所以我认为你应该见见季东俞，他无论长相还是家世，并不输于纪泽北。"

孟忆苦口婆心地劝她，她却心不在焉，耳边一直萦绕着孟忆那句"对方不满意你，这事肯定成不了"。

纪泽北不满意她，为什么会同意让她搭车，还做饭给她吃？

"我跟你妈提了季东俞的情况，她觉得不错，坚持要你跟他相处一下看看。"

陆然搔了搔耳朵，丢给孟忆一个大白眼："你怎么老是'你妈''你爸'的，他们是你公公和婆婆，也是你爸和你妈好不好？"

孟忆干笑道："习惯了。"

这时，外面停了一辆车，是辆跟纪泽北同款的黑色奥迪。

"来了。"孟忆认出车牌号，有些激动地起身到门口迎接。

陆然透过窗，看着从车上下来的男人，高高的个子，穿着黑色大衣，身材颀长、挺拔。

男人长得白白净净，戴着副黑框的近视眼镜，大背头显得很是干练。

"小季，快来。"孟忆在门口跟那人招手。

男人浅浅勾着唇迎上去，声线低沉："她来了吗？"

"来了，就在里面，我带你进去见见。"

陆然突然有点儿紧张，并不是因为见到了季东俞，而是纪泽北的车出现在她的视线范围内，他在停车，刚好就停在季东俞的车子旁边。

纪泽北从车上下来，还是早上那身打扮。似乎是发现了她，他定定地站在车旁，看着她所在的方向。

与他目光交会的一瞬，她心脏猛地一跳，快速收回视线。

孟忆已经带着季东俞过来了。

"陆然，这位就是我之前跟你提起的季东俞。"孟忆笑着介绍。

她起身，向季东俞伸出手。

季东俞非常礼貌地与她握手后，示意她坐下。他脱了大衣放在椅背上，面色平静地在她对面坐下。

孟忆倒是眼力见十足，把人带到，互相介绍后，便说："我突然想起来我还有事，你们先聊着。"

走之前，孟忆冲陆然挤眉弄眼，示意陆然主动些，这才走了。

"听孟律师说，你来这里是为了工作？"季东俞淡淡开口，声音是很低沉的那种，极富磁性。

她点点头。

"上次的事情不好意思，我走得太匆忙，没来得及跟你打声招呼，让你白等了。"

"没关系。"

气氛僵凝。

陆然对季东俞的第一印象不好，此刻见到他本人，虽然他确实相貌堂堂，高大英俊，但她提不起一丝兴趣。

纪泽北推门进来，挺拔的背影让她一时间移不开眼。

他径直走到吧台，跟里面的服务生吩咐了一句什么，突然转身朝她这边走来。他在看她，眸子清冷，不带丝毫情绪，这让她没来由地紧张，心跳加速。

她以为纪泽北是冲着她来的，却不料，他在隔壁桌的位置坐下了。

"认识的人？"季东俞看一眼纪泽北，视线缓缓移回到陆然脸上。

陆然的眼神依旧定格在隔壁那个男人身上。

他的眸光冷了几分，又说："陆小姐，你点过餐了吗？"

陆然收回视线，尴尬一笑道："点过了。"

"下午你有没有时间？"

"我要写稿子。"

"晚上呢？"

"我……晚上……"

"如果陆小姐晚上没有别的安排，我想请你吃饭，算正式的约会。"

陆然都蒙了，这么快就正式约会？这明明是第一次见面，他对她还没有任何了解。

"季先生，你未免有点儿着急了吧？"

季东俞轻轻一笑，很认真地说："家里长辈催得紧，我快三十了，确实要把结婚生子的事情提上日程。"

陆然："……"

八字都还没一撇呢！

"我晚上有约了。"她果断拒绝。

季东俞失望之余，目光扫向隔壁桌的男人，男人静坐在那儿，低头盯着手机。服务生端着一杯热茶过来，放在男人面前。男人抬头，看了服务员一眼，薄唇勾起浅浅的弧度。"谢谢。"声音一贯的清冷。

服务员脸颊一红，笑靥如花："不客气。"

这一幕，陆然也看在眼里。

纪泽北好像很讨女孩子喜欢，店里的漂亮服务员看他的眼神满是对他的崇拜和仰慕，简直就是见到偶像时的样子。

服务员端来一道菜，是出水芙蓉。

陆然定定神，从包里拿出数码相机，对着桌上漂亮、雅致的菜品，找了一个很好的角度连拍几张。

她的这一行为引起了纪泽北的注意。

"你在干什么？"

听到他的声音，她放下相机冲他"嘿嘿"一笑："上次吃这道菜，很好吃，所以想写篇文章。"

纪泽北剑眉微蹙，明显不高兴。

"你放心，我不会给差评的。"豆腐的雕工没的说，口感鲜滑细腻，这么好看又好吃的豆腐，她怎么可能不给好评呢？

"随便你。"纪泽北收回视线，盯着手机不再看她。

之后的菜品上桌，陆然都是先找好角度拍照，然后在工作笔记本上写下菜名，细细品尝后，写下自己的评价。忙完这些，她一抬头就对上了季东俞镜片后那双平静无波的眸子。

意识到自己冷落了他，她尴尬笑道："抱歉，我光顾着自己的事了。"

"没关系，我觉得还挺有意思的。"

"现在可以吃了。"

季东俞一本正经地摇头说道："不了，我中午其实约了朋友。"

"哦。"

"不打扰你了。"季东俞起身，拎起椅背上搭着的大衣，从兜里摸出一个精致的名片盒，抽了一张名片递给她。

"这是我的名片，上面有我电话，等你有时间的时候，记得打给我。"

她接了名片，起身想送送季东俞，对方却说："不用送，赶紧吃饭吧。"他说完就踩着那擦得锃光瓦亮的皮鞋，头也不回地走了。

陆然长舒一口气，看了一眼手中的名片，随手塞进包里。

"又在相亲？"纪泽北挑眉看她。

她呵呵一笑："家里人着急，净瞎折腾，给我添乱！"

"今天带钱包了吗？"

"……带了。"

纪泽北收回视线，丢给她俩字："吃吧。"

陆然："……"

如果自己说没带钱包，他是不是就不让吃了？

已经中午了，见纪泽北是一个人，她想邀他一起吃，话卡在喉咙里好半天，她才终于鼓足勇气开了口："纪先生，我一个人吃不了这么多，要不你过来跟我一起吃？"

纪泽北头也不抬，依旧盯着手机，也不知道在看什么。

他淡淡地回："不了。"

她正要厚着脸皮再劝劝，一阵爽朗的笑声传来，她循声望去，就见纪梓辰吊着胳膊从门口那边过来了。

他那一脑袋白毛已染成黑色，小伙子十七八岁的样子，个子挺高，笑容阳光，发色恢复正常以后顺眼多了。

"小姐姐，原来你也在啊！"纪梓辰笑着跟她打招呼，"你们怎么没等我就吃上了？"

她正要解释自己来这里是为了工作，纪梓辰就已经在她对面坐下，冲隔壁桌的纪泽北招招手，大大咧咧地说："哥，你害什么羞啊？赶紧过来。"

纪泽北："……"

陆然脸上热了。

纪泽北坐着没动，纪梓辰直接起身，将人硬拉过来，还把他推到了陆然跟前。

他一个没站稳，踉跄着坐在了陆然腿上。

陆然几乎屏住了呼吸，一张脸如同被火烧一样，憋得通红。

纪梓辰哈哈大笑，大厅里两个穿旗袍的服务员看到这滑稽的一幕，也忍不住笑了。

纪泽北条件反射般地站直了身，脸颊泛起一丝红晕，故作镇定地理了理衣服，却也掩饰不住神色间一闪而过的狼狈和尴尬。

他狠狠地瞪着纪梓辰，说："你胡闹什么！"

纪梓辰憋着笑："没胡闹。"

这小子故意撮合他和陆然，撮合得简直太明显。他已经清清楚楚、明明白白地说了，他不喜欢陆然！

"坐过去。"他示意纪梓辰去隔壁桌坐。

"为什么？"纪梓辰不解，想三个人一起吃，人多热闹，吃饭香。

陆然绷着身子，僵硬如石，一张脸烫得像个火炉，她感觉全身的血液都在往她的脸上冲，七窍都快喷血了。

"让你坐过去你就坐过去，哪儿那么多为什么！"纪泽北沉声道。

纪梓辰偏不买账，依旧坐在那里，还伸手招呼服务员说："小姐姐，我想点菜。"

服务员立刻拿着菜单上前。纪泽北的余光瞥向陆然，她端端正正地坐着，一张脸红得像是快要滴下血来，头微微低着。

他清了清嗓子，道了声"抱歉"便坐回隔壁桌，端起杯子喝了一口茶。

"这个，这个，还有这个，我都要。"纪梓辰一口气点了好几道菜。

服务员走开后，纪梓辰看向隔壁桌的纪泽北，笑呵呵地说："哥，我就在这儿跟陆然姐姐一起吃，你要么过来跟我们一块儿吃，要么你就自己重新点菜。"

纪泽北："……"

本来是跟纪梓辰这小子约好在店里吃饭，没想到这小子一见到陆然就有点儿得意忘形。服务员过来上菜的时候，他交代了一句："让厨房随便做点儿吃的给我。"

"好。"

这话听得纪梓辰直撇嘴，揶揄道："哥，你这么可怜兮兮的干什么？过来一起吃啊！"一桌子的菜，自己和陆然根本吃不完。真想不通纪泽北在摆什么架子。

"吃你的饭，少管我的事。"纪泽北丢给纪梓辰一个冷眼，收回视线继续看手机。

陆然的情绪已经平复下来，脸上的红晕也褪去了一些。她抬眼看着纪梓辰，小声问："你哥怎么一直盯着手机？他在看什么？"

"看书。"

"什么书？"

"关于烹饪的书，他除了美食，对别的都没太大的兴趣，我给他起了个绰号——厨痴。"

纪梓辰的嗓门很大，隔壁桌的纪泽北皱起眉头，显然听到了他们在谈论他。

陆然心里有点儿慌，示意纪梓辰小点儿声，纪梓辰没心没肺地一笑："我又没说错。"

不多时，服务员给纪泽北端来一盘炒饭，色泽金黄，配料有鸡蛋、胡萝卜丁、玉米粒、黄瓜丁、青豆。搭配了一小碗紫菜汤和一份清淡下饭的小菜。

纪泽北放下手机，拿起勺子先喝汤，之后慢条斯理地吃着炒饭。

陆然感到很奇怪，纪泽北吩咐厨房随便做点儿吃的给他，厨师就真的非常随意地做了一份炒饭，他好歹是这家店的老板！不过话说回来，纪泽北好像是不怎么挑食。

纪泽北的食量比陆然想象的要小，一盘炒饭只吃了不到一半，他就将勺子放下了。服务员过来将碗、盘撤走，他喝了会儿茶，侧头看着正吃得津津有味的纪梓辰说："我要出去一趟。"

纪梓辰喃喃道："去哪儿？"

"去机场接个人。"

纪梓辰大大咧咧地一摆手："去吧，我一会儿去陆然姐姐家撸猫。"

陆然："……"

纪泽北起身，去吧台交代了几句，直接走了。

陆然歪着头，透过雕花木窗，注视着男人上车，车子驶离视线范围，目光才幽幽收回。

纪梓辰盯着她，眼里噙着似有若无的笑意："你看上我哥了，对吧？"

"……嗯。"

她不想掩饰什么，她确实看上纪泽北了。

"我哥这人的性格吧，其实可以用一个字来形容，那就是'呵'。有时候他真能把人气得咬牙切齿，你还拿他一点儿办法都没有。他挺腼腆的，对待感情应该不会太主动，不过你稍微主动一些就好了。放心，我会帮你的。"

陆然微怔，忽然对这个纪梓辰好感爆棚。

"你为什么帮我？"昨天纪梓辰还向她透露了许多关于纪泽北的事，她现在大概知道纪泽北喜欢什么，讨厌什么了。纪梓辰微微一笑，没回答。等纪梓辰吃饱喝足了，陆然起身去吧台结账，收银员笑着对她说："这单老板说他请。"

"哦。"她感到非常惊讶。

不过，他请客应该是因为这顿饭是纪梓辰跟她一起吃的，反正不可能单独为她免单。

她拎着包回到座位上，问纪梓辰："走不走？"

"你很着急？"

"我想回去写稿子。"

"我可以去你家撸大黄吗？"

"走吧。"

人家都说帮她了，她哪能拒绝这小小的请求。

回到家，她给纪梓辰倒了杯水，让纪梓辰随意，便转身进入书房，打开电脑认真写稿。纪梓辰没来打扰她，她一个小时就搞定了稿子，连同文章的配图全部发到梁曼的邮箱。从书房出来，她看见纪梓辰窝在沙发里，怀里抱着大黄，一人一猫昏昏欲睡。

第四章　迎接叶知安

在机场出口，纪泽北已经等候多时，飞机晚点了二十分钟。

一大拨人走出来的时候，他双手插兜，神色淡定地寻找着陌生面孔中的那一抹熟悉。

"这里。"他抽出一只手，锁定乌泱泱的人群中戴着墨镜、白皙清俊的一张脸，轻抬了下手臂。

那人年纪和他一般大，个子跟他差不多高，穿着件高领灰色宽松款毛衣，下身是条休闲的黑色长裤，臂上搭着件军绿色外套，拉着一个黑色行李箱，气质卓群，步伐轻盈。

"老纪。"叶知安看见他，唇角勾起长长的弧度，激动地冲他笑着。

上来就是一个热情的拥抱。

叶知安把行李箱塞到他手里，胳膊自然地搭上他的肩，一手拉低了墨镜。墨镜就那么架在叶知安秀挺的鼻梁上，露出一双单眼皮的黑亮的眼睛，足足盯了他十秒，叶知安笑呵呵地说："三年不见，老纪你一点儿都没变。"

纪泽北轻轻一笑："你也一样。"

"让你帮我找公寓，找好了没？"

"没，自己去住酒店，房子自己找。"

"不靠谱。"

"我忙，没空帮你找房子。"

"就纪凡斋那破生意，你能有多忙？该不会是忙着泡妞呢吧？"

纪泽北瞪他一眼，沉笑着丢给他一个字："滚。"

叶知安笑说："我都想我的小妹了。"

"什么时候让我见见你的小妹？"

"别急，肯定让你见着。"

叶知安的小妹，是他高中时代的一位女同学，跟他关系特别铁。他高中毕业后直接被家里安排出国，也没跟小妹断了联系，只是联系得不那么频繁。最近一次跟小妹联系差不多是一个月前，他说自己快回国了，小妹高兴得不得了，说要给他接风洗尘。

他琢磨着还是给她一个惊喜好，所以就没告诉她自己今天的飞机，而是让纪泽北来接他。出了机场，他上了纪泽北的车。

"嗬！车不错啊！"

纪泽北把行李放进后备厢，上了车："一般般。"

"你最近怎么样？"

"挺好。"

……

开车将叶知安送到提前预订好的酒店，纪泽北说："你先在这儿住下，房子慢慢找，晚饭我来安排。"

"怎么着，去你店里吃？"

纪泽北摇头道："订了一家西餐厅。"

"我想叫上我的小妹，正好介绍给你认识认识。"

"行。"

纪泽北也不抵触，在M国的时候就经常听叶知安提起他的小妹，据说是宇宙无敌、清纯可爱，这倒真勾起了他想见见的欲望。

但他估摸着是叶知安夸张了，这小子一向很夸张。

"休息一下，倒倒时差，餐厅地址我一会儿发给你，晚上七点，别迟到。"

叶知安把外套扔在沙发上，伸了个懒腰，回道："行。"

"我把我弟弟带上。"

"他在上京啊？"

"今年考上的京大，打篮球的时候把胳膊摔了，这几天在我那儿赖着呢。"

"正好，带来一起见见。"

纪泽北点点头："我走了，你休息吧。"

他前脚刚走，叶知安就往沙发上一倒，从兜里摸出手机，迫不及待地给自己的小妹打电话。

陆然刚轻手轻脚地将一条毛毯盖在纪梓辰身上，兜里的手机突然铃声大作，炸裂的电音舞曲把纪梓辰和大黄吓得均是一抖，大黄全身的毛都爹起来了，一人一猫睁大眼睛，愣了两秒，幽怨地抬眼瞪向她。

她尴尬地笑笑："不好意思，吵醒你们了。"

随后，一人一猫放松警惕，又缩回沙发里眯着眼睛酝酿睡意。

陆然走到阳台上接听电话。看到来电显示时，她又惊又喜，是她的好哥们儿叶知安打来的。以往他都是给她发电子邮件，或者在电脑上跟她视频通话，这次居然直接给她打电话。

"你什么时候回国？"

她想起叶知安上次跟她视频通话时说的话，急切地问。

算算时间，都过去一个多月了，他该回来了吧？

"告诉你一个好消息，我今天的飞机，刚落地。"叶知安兴冲冲地说。

"你回来怎么不提前跟我说？"

她可以去机场接他的。

"一朋友去接的我，他晚上请吃饭，你跟我一块儿去，早就想把他介绍给你认识了。"

一听这话，陆然撇嘴："怎么着，连你都要给我介绍对象？"

听筒中传来叶知安没心没肺的笑声，笑毕了，他又一本正经地说："哪能啊，就是单纯介绍个朋友给你认识。人家高冷挑剔，还不一定能看上你呢！"

"……"

陆然想了想，勉为其难地答应了。

"你不是搬家了吗？新地址是哪里？六点我去接你。"

"一会儿短信发给你。"

"行，那我眯会儿。"

挂了电话，陆然正编辑着短信，突然来了一条微信添加好友的消息，是叶知安发来的，她通过好友申请后，在微信上把地址发了过去。对方发来一个很搞笑的表情，陆然看了看他的头像，也很搞笑，倏地就笑了。

"你不是不用微信吗？"

对方消息回得很快："这都回国了，就注册一个呗，方便联系。"

"你还走吗？"

"不走了。"

她兴奋不已，给他发了一个转圈圈的可爱表情。

"不跟你说了，我困了。"

"睡吧。"

陆然给叶知安加了个备注——蔫儿坏。

叶知安平时就是蔫儿坏蔫儿坏的。

回了屋，看见纪梓辰和大黄窝在一起睡着了，她轻手轻脚地收拾了一下凌乱的茶几，把攒了两天的衣服洗了，晾到阳台上，在屋里做了个大扫除，以免叶知安那个蔫儿坏的来了，又说她邋遢。忙完差不多是一小时后。

门铃声响起。她走到玄关处，透过门上的猫眼往外瞅，看到一张清冷、俊秀的脸。

纪泽北？

她愣了一瞬，回头看了眼睡在沙发上的纪梓辰，心想他一定是来接他弟弟的。她深吸一口气，脸上堆起笑，打开门。

"我弟弟在不在这里？"

她点点头。

纪泽北推门迈步进来，不过他站在玄关处的脚垫上，没往里走，应该是发现地面刚刚拖过，还有水渍。他探头往客厅看了一眼，瞥见纪梓辰睡得很沉，便对陆然说："叫醒他。"他声音很轻，却透着不容商量的霸道。

"哦。"

她转身走向沙发，伸手戳了下纪梓辰的肩膀，纪梓辰没醒。

"喂，你哥来了。"他还是没醒。

她摇摇纪梓辰的肩膀，依旧没反应。睡得可真够死的，跟她有一拼了。她挠挠头，从兜里摸出手机，直接播放自己的手机铃声，炸裂的舞曲响起，沙发上的人一个激灵，睁开了眼。

"你哥来了。"她忍住没笑。

纪梓辰揉了揉惺忪的睡眼，摸了摸怀里的大黄，依依不舍地将大黄扒拉到一旁，起身。

"你们真是够讨厌的，睡个觉一直吵吵吵！"纪梓辰低声嘟囔着，看见纪泽北在玄关处等自己，便迈着慢悠悠的步子走了过去。

两道颀长的身影一前一后出了门，走在后面的纪泽北绅士地冲她点了下头，顺手将门带上。

她长舒一口气，在沙发上坐下来，把被纪梓辰焐热的毛毯搭在腿上，忽然让她想起在纪凡斋的时候，纪泽北不小心坐到她腿上的一幕。

他当时并没用力，一只手扶着桌，轻轻那么一坐，很快就起身了。

她记得他当时的脸，红了。原来他还有害羞的时候。她"扑哧"一声笑出声来，大黄眯着眼看她，一张毛茸茸的脸，让人忍不住想捏。她摸了摸大黄，突然记起那只小黑猫，从刚才到现在一直没见到。她起身，把屋里翻了个底朝天，终于在沙发底下发现了那黑黑的一小坨，小东西蜷缩在昏暗的角落里，像只煤球一样。她颇费了一番力气，才把沙发挪开，把小黑猫抱起来。

小黑猫倒不怕人，窝在她怀里不多时就发出咕噜咕噜的声音。猫在发出这种声音的时候，代表它很舒服，并且信任你。

"你就叫'煤球'吧！"

这名字很适合它。她给煤球调了一小碗羊奶喝了，二十分钟后，又给它强行喂了药，煤球窝在她怀里睡着了，睡得很沉。

另一边，纪泽北一进屋，就冷眼睨视纪梓辰，语气里带着一丝责备："你没事别总往隔壁跑。"

纪梓辰诧愕问："怎么了？"

"人家一个女孩子独居，你老往她家里跑，像什么样子。"

"呵！吃醋了。"

纪泽北："……"

这个弟弟真是越来越不正经了。

"我喜欢大黄。"

"不就一只猫？"

"那你养一只啊，养一只我就不去串门了。"

"……"

说起来，自从他小时候养的大黑猫被纪建国送人后，他就再没养过小宠物。如今他又这般洁癖，家里有一丁点儿灰尘他都接受不了，更别提养猫了。

"今晚出去吃饭。"他边说边朝书房走去。

纪梓辰懒洋洋地倒在沙发上，喃喃地问："你去机场接的人呢？"

"在酒店。"

"谁啊？"

"一个朋友。"

"晚上是跟你这个朋友一起吃饭？"

他"嗯"了一声，进了书房，刚关上门，纪梓辰的声音就隔着门板传了进来："哥，我下去买零食。"

真是个吃货！

纪梓辰一来，屋子里就一团糟。纪梓辰从来不会好好铺床，被子总是裹得乱七八糟。茶几上各种小零食、水果、瓜子皮……这么邋遢，以后肯定交不到女朋友！

"咚咚咚"，卧室门被敲响。还没等他说话，纪梓辰就推开门，冲他嘿嘿一笑："哥，我想下去买零食。"

他揉着发疼的额角，轻声说道："你去啊！"

纪梓辰："我卡刷爆了，没钱。"

"……"

这小子不是说自己不缺钱吗？

纪泽北蹙眉摸出钱包，抽了张一百元的。

纪梓辰嫌少，又说："妈这个月不会给我钱，你多给点儿。"

"要多少？"

"给我五千块。"

"用来干吗？"

纪梓辰这小子花钱没节制，给他一万元都能马上给你花光。

"我想请我未来的女朋友明天一起吃饭、看电影。"

"吊着一条胳膊去？"

纪梓辰不好意思地挠挠头："哥，这你就不懂了，我这个样子她要是看见，准心疼。"

纪泽北："……"

思索了一会儿，他无奈地说道："我给你转一千块，等你回学校以后，剩下的四千块再给你，记住，这是给你的生活费。"

知道他不好说话，愿意给一千元已经不错了，纪梓辰连连点头。

晚六点。

陆然已经梳妆打扮好，一头黑长直发，化了精致的淡妆，穿着件驼色的羊绒大衣，内搭白色高领毛衣，配以黑色长裤，踩着一双黑色小短靴，简约时尚。她快速从衣帽架上扯了条围巾，正准备出门，叶知安打来电话问："你家几楼？"

"十八楼。"

"时间还早，我上去坐坐。"

陆然不着急了，把围巾又挂回去，电话没挂，等着叶知安上来。

几分钟后，门铃声响了。

她拉开门，一个黑影快速蹿进来，上来就是一个大大的拥抱。她的脸猛地撞在男人坚硬的胸膛上，男人把她抱得很紧，她几乎动弹不得，差点儿被憋死。

"我想死你了，快说，你有没有想我？"叶知安的声音自头顶传来。

"啊……啊……"她用力在他胳膊上拍了一把，他才意识到自己抱得太紧，赶紧松开。

她大喘一口气，一张脸憋得通红。

"你想憋死我？"

叶知安哈哈一笑："抱歉，我太激动了。还不是因为太想你？你没事吧？"

"没事。"

她顺手把防盗门关上，再回头，叶知安已经进了屋。

他环视着她的公寓，笑着说："可以啊，都买公寓了。"

她笑道："你知道的，我那工作薪水不高，我把我爸妈给我准备的嫁妆钱偷偷拿来买了这套公寓。以前租房住，房租可是一笔不小的开支。"

"哟！嫁妆钱都拿来用，那你以后嫁人的时候，岂不是没嫁妆了？"

"嫁妆钱我慢慢存就是了，哥们儿我还年轻。"

"说得好，我支持你。"

叶知安参观完她的温馨小窝，目光突然定格在她身上，将她从头到脚一阵打量，目光灼灼，说："几年不见，变漂亮了。"

"本来就漂亮。"

"我的意思是更漂亮了。"

"那必须的。"

"一直单身？"

"嗯。"

叶知安很自然地抬起手臂，搭在她肩上说："一会儿让你见的那个朋友贼帅，我向你保证，绝对是你的菜，我帮你撮合撮合，怎么样？"

"不必，哥们儿我已经有心上人了。"

叶知安下意识地提高了音量，问："心上人？"

陆然羞涩地点点头。

"谁？"

"隔壁'男神'。"

叶知安："……"

陆然把大衣脱了挂好，问他："喝什么？"

叶知安有点儿心慌："来杯冰水压压惊。"

"神经病，这么冷的天喝什么冰水？"她嘟囔着走进厨房，冲了杯咖啡给他。

他接过杯子捧着，喃喃道："我本想把我朋友介绍给你的。"

陆然若有所思地看他，虽然经常视频通话，但几年过去，他变化真的很大，走的时候还是个青涩大男孩，如今已是个英俊倜傥的男人了。

他一米八几的大个子，穿着夹克款的皮衣，内搭黑色高领毛衣，黑裤黑鞋，短发清爽干练，举手投足间潇洒随性，浑身上下都透着一股子难掩的英气。

"随便坐，别拘谨。"

叶知安大大咧咧地往沙发上一坐，瞥见一旁的大黄，他伸手摸了一把，又抬头看她，一脸疑惑："你真有心上人了？"

她开心地说："是的。"

"可惜了。"

这时，外面传来"砰"的一声响，是隔壁的关门声。

这公寓样样都好，就是隔音有点儿差。

叶知安闻声，放下手里的杯子惊呼道："隔壁？"

"嗯。"

叶知安猛地起身，大步往玄关处走。

"你干什么？"

"我要瞧瞧隔壁是个什么人。"

陆然一惊，连忙将他拉住："你别胡闹。"

"不胡闹，我就看看。"

"没什么好看的。"

陆然死死抓着叶知安不放，等叶知安挣脱她冲出去的时候，电梯已经下到第十层了。她拽着叶知安回屋，千叮万嘱："你可千万别胡来。"

她和纪泽北现在的状态可以说连朋友都算不上，顶多就是个邻居，八字都还没一撇，倘若叶知安真的找上纪泽北一闹，她的脸就没地方搁了。

纪泽北性子冷漠，不能一下子追得太紧，得慢慢来。

六点半的时候，两人下楼，乘出租车前往预订好的西餐厅——位于市中心的旋转餐厅。

走进餐厅，叶知安向前台的服务员报了预约信息——纪先生预订的四人位。

她心脏不禁猛地一跳。叶知安的好朋友姓纪？最近怎么跟姓纪的这么有缘……

服务员带着他们来到座位，是个临窗的四人位，那里已经坐着两个人，且是两张熟悉的面孔。清冷、俊秀的脸，灯光下，缀着碎碎星芒的黑亮眼眸，深邃又勾人。

陆然心跳如擂鼓。

叶知安的朋友，竟是纪泽北！简直太巧了。

纪泽北旁边坐着的，是吊着一条胳膊的纪梓辰。纪梓辰先看到他们，满脸的惊喜。

"陆然姐姐！"他咧着嘴笑，冲他们激动地挥挥手。

纪泽北不经意地抬眸，恰好对上陆然灼灼的目光，心脏没来由地颤了一下。

"你们认识？"叶知安一脸意外。

陆然脸颊微烫，点头道："纪先生住我隔壁。"

叶知安的眼眸一点点瞪大，说："隔壁……"

陆然的心上人，隔壁"男神"，就是纪泽北？

叶知安用了几秒钟消化这意外情况，他定了定神，心中了然，和陆然先后坐下。

"既然都认识，那就不用我再介绍了。"

"你们是怎么认识的？"陆然忍不住问。

叶知安和纪泽北是朋友，她真是万万没想到。

纪泽北沉默着拿起菜单看，叶知安则故作神秘地一笑，说："我跟老纪都是皇家厨院的学生，还一起参加了美食大赛，不过老纪蝉联了两届美食大赛的冠军。"

纪泽北沉沉一笑。

叶知安尴尬地摸了摸后脑勺说："我两届都是亚军，不服啊！老纪，早晚有一天我要再跟你比一场，我一定要打败你，哪怕赢一次。"

纪泽北当初在挑战"食神"的大赛现场愤然离席，让他这个蝉联两届的亚军有了挑战"食神"的资格，只可惜第一场PK（对决），他就败给了"食神"。

那可真是一段不堪回首的往事。

觉察到叶知安的眼神一点点黯淡下去，陆然赶紧打住这个话题，叫来服务员点餐。

她只要了一份牛排，这让叶知安感到不可思议："你什么时候点餐变得这么秀气了？我记得你一顿要吃一份牛排、一份意大利面、两块比萨，之后还要吃一份甜点的。"

陆然："……"

纪泽北和纪梓辰眼睛微微睁大了些。

既然已被拆穿，她也不好再装模作样，索性加了一小份意大利面，询问过纪梓辰的口味后，要了一份至尊比萨、一份蔬菜沙拉，餐后甜点要的是香草口味的提拉米苏。

纪泽北和叶知安各要了一份五分熟的牛排。

"这次回来还走吗？"纪泽北问。

叶知安摇头说道："明珠大酒店邀我去做主厨，给的条件相当不错，我已经应下了。"

"什么时候入职？"

"下月初。我刚回来，需要时间安顿一下。"叶知安顿了顿，转头对陆然说，"帮我找找合适的公寓，最好在你公寓附近找，方便你来蹭饭，我总不能一直住在酒店。还有，抽时间陪我去4S汽车店逛逛。"

陆然点头应允。

这顿饭的气氛还不错，基本上都是叶知安这个话痨在叽里呱啦地说个不停，纪泽北偶尔应一声。陆然和纪梓辰非常沉默，两个吃货负责吃，嘴巴几乎没停过。

饭后，叶知安提议去酒吧喝两杯。纪泽北开车载着他们到了酒吧街，四人进了一家小静酒吧。

陆然想要杯橙汁，叶知安那货却给她要了一杯威士忌。她瞪叶知安，对方却冲她挤眉弄眼。

纪梓辰还吊着条胳膊，纪泽北禁止他喝酒，帮他要了罐可乐。

一杯纯度四十的威士忌，陆然几口就干了，当喝水一样，喝完觉得喉咙和胃里有股灼烧感，这口感跟红酒不太一样。她平时不喝酒，只在一些应酬场合喝一点儿，而且只喝红酒，绝不贪杯。叶知安见这情形，吓了一跳，在她耳边低声说："你疯了，哪有你这么喝的？这可是纯酒。"

"那该怎么喝？"

"……"

叶知安没敢再给她要酒，而是要了罐可乐给她。

起初，她没觉得一杯威士忌喝下去有什么太大的不适，但没过多久，她就感觉酒劲上头了。

洋酒杯满杯是三百毫升，六两。一般人要一杯威士忌都是慢饮小酌，陆然这种一口气干了半斤多的喝法极易醉。

她感觉头晕乎乎的，头重脚轻。

纪泽北淡淡地看着她，她在笑，而且是冲着他傻笑，一双迷离的眸子已尽显醉意。

"她喝酒一直这么猛？"他问叶知安。

叶知安坐在他和陆然中间，摇头道："她不喝酒。"

"从来不喝酒？"

"我记得她以前不喝酒，现在喝不喝，不清楚。"

"那你把她看好了。"纪泽北话音刚落，就看见陆然离了座位，一步一个脚印，晃晃悠悠地朝着卫生间的方向走去。

纪泽北正要提醒叶知安，对方却突然重重拍了一下他的肩膀，说："你看看她去。"

"我？"

"快去。"

"……"

"我酒劲上头了，有点儿晕，是兄弟就帮个忙。"

"……"

无奈之下，他只好跟着陆然去了。

陆然进了卫生间，他等在外面，隔老远就听到里面传出惊天动地的呕吐声。他在外面听着，胃里一阵翻江倒海，忍不住干呕一声，差点儿把晚饭给吐出来。陆然晚饭吃得多，奈何一杯酒下肚，全给吐干净了。她晃晃悠悠地走到洗手台边，接了口冷水漱口，又用冷水洗了把脸，大脑倒是清醒了几分，但周边的一切仍然天旋地转。

"叶知安，敢灌我！"

她用手背抹了把脸上的水珠，摇摇晃晃地往外走，刚出门就撞进一个人怀里。

那人倒是眼疾手快，一把搂住她的腰，将她给扶住了。

她缓缓抬眸，看清楚眼前的人是纪泽北，本就因为醉酒有些泛红的脸颊变得更红了。

"纪先生！"她顺手环住男人的腰。

纪泽北："……"

"纪先生！"

一杯威士忌就醉成这样了？

纪泽北头疼起来，想把怀里的人推开，对方却赖皮，抱着他不撒手，脸颊还贴在他胸膛上，像猫一样蹭了蹭。

"陆小姐，你醉了。"

陆然沉沉一笑："没醉，我特别清醒。"

不趁着酒劲占纪泽北便宜，什么时候占？

男人的怀抱很温暖，衣服上有股清香，她贪心地深吸一口气，胃里却涌上一股酸水。

"呕——"

纪泽北倒抽一口气，仰起头来闭了闭眼，瞬间想掐死这女人的心都有了。

第五章　怎么还打呼噜

　　另一边，叶知安和纪梓辰已经开启了侃大山模式。两人是头一回见，不过叶知安听纪泽北提起过纪梓辰几次，知道他有个弟弟，两人性格都外向，倒是自来熟。

　　纪梓辰眯了眯眼，笑道："你刚才是故意的吧？"

　　叶知安装傻："故意什么？"

　　"你想撮合我哥和陆然姐姐。"

　　"你不觉得他们很般配？"

　　纪梓辰想了想，说："我想吃大果盘。"

　　叶知安打了个响指，招呼吧台的服务生："来个大果盘。"

　　"痛快！"

　　纪梓辰满意地搓搓手："看样子，我们已经是站在统一战线的兄弟了。"

　　"你觉得我的小妹怎么样？"

　　"漂亮。"

　　"想不想有个这么漂亮的大嫂？"

　　"想。"

　　"这周六一早去爬山，去不去？"

　　纪梓辰了然一笑："当然要去，我叫上我哥，你叫上陆然姐姐。"

　　"小子，很有觉悟嘛！"

　　"我本来就想撮合他们，你来了，我正好多一个帮手。"

　　洗手台前，纪泽北拧眉清理着衣服上的污渍，站在一旁的陆然摇摇晃晃，眯着一双眼看着他。

　　"纪先生。"

他抬眸，从面前的镜子里看着她，问："干什么？"

"我有点儿晕。"

"……"不晕才怪，六两纯洋酒一口闷，你以为是在喝汽水吗？

他快速地把呕吐的污渍清理干净，转身想搀扶陆然，她却搂住他的脖子，动作有些笨拙地往他身上一蹿，像只树袋熊一样挂在了他身上。

纪泽北："……"

她的身子慢慢下滑，他能感觉到她的腿在努力夹紧他的腰。

他忍耐着叹了口气，声音寒冽如冰："松开。"

"我不。"

"……"

陆然醉得一塌糊涂，起初她还知道自己在干什么，但现在，她就想赖着他，他身上的味道很好闻，让她觉得很舒服。

叶知安和纪梓辰正吃着果盘，忽见纪泽北他们朝他们走来。只见纪泽北单手抱着陆然，而陆然整个人挂在他身上，双手搂着他的脖子，腿环在他腰间，脑袋靠在他肩头，眼睛半睁半眯的，已经快睡着了。

叶知安咬了一口的西瓜"啪嗒"一下掉在桌上。

纪梓辰一口可乐呛在喉咙里，剧烈地咳嗽起来。

纪泽北沉着脸走到两人面前，极度隐忍地从牙缝里挤出三个字："她醉了。"

叶知安伸手想把陆然从纪泽北身上扒拉下来，陆然却赖着纪泽北，越是扒拉她，她越是抱得紧。

"打电话叫个代驾。"纪泽北的一张俊脸黑如锅底。

叶知安马上掏出手机联系代驾。付完酒钱不多时，代驾来了。

纪泽北费了好半天的力气才把陆然塞进车里，他刚坐进去，陆然又搂住他的脖子，整个人往他身上赖。

"我这是招谁惹谁了？"他心里犯嘀咕。

他们先把叶知安送回酒店，叶知安下了车，不放心地看了陆然一眼，对他千叮万嘱："你可把她安全送回家。"

"放心。"

"一定要安全送回家，到了给我来个电话。"

纪泽北示意代驾开车。半小时后，车子直接驶入公寓的地下停车场。他付钱给代驾，然后想把陆然从车里抱出来，她却搂住他的脖子，又挂他身上了。他无奈地苦笑。

这女人上辈子肯定是只树袋熊……

纪梓辰被他哭笑不得的样子逗笑，说："哥，陆然姐姐这么主动，你就从了她吧。"

"滚！"

"好嘞。"纪梓辰快步跑向电梯，没等他，先乘电梯上去了。

他一手抱着陆然，一手拎着陆然的包，进了另一部电梯。出了电梯间，没见到纪梓辰的踪影，那小子居然真的不等他就进屋了。在1801室门前站定，他从包里翻出钥匙，开门。刚走进去，一只肥猫就迎了上来，挨着他的腿不停地蹭。

他嫌弃地瞥了眼靠在他肩头的陆然，快步走进房间，想把人直接扔床上，奈何身上的人却怎么都甩不掉，她就这么挂他身上，死活不肯放手。

"到家了，松手。"他胸腔之中窝着一团火。

陆然闭了眼，嘴里喃喃了一句什么，仍旧赖着他，双臂如蛇般缠在他脖子上，扯都扯不动。

"陆小姐，请你放手。

"你是不是故意的？

"陆小姐……"

身上的人丝毫没反应。他尝试着挠她痒痒，没用！

纪梓辰换完睡衣，正准备进卫生间洗漱，玄关处传来开门声，他探头望去，就见纪泽北回来了，还把"树袋熊"一起带了回来。

他瞪大眼睛，问："什么情况？"

纪泽北一双眼睛通红，忍耐已到了极点："她不放手。"

纪梓辰哈哈大笑，长这么大，还是头一回见他哥被欺负成这副德行。

"既然她不放手，那你就抱着她一起睡吧。"

纪泽北狠狠地瞪他一眼，说："滚去睡你的觉。"

"好嘞。"

纪梓辰进了卫生间，半天没出来。

纪泽北带着"树袋熊"走进房间，在床边坐下来，女人仍旧紧紧地缠着他不放。

"陆小姐，你是不是故意的？"

女人闻言，缓缓睁开眼，在柔和的光线下，她的目光显得十分温柔，樱红的唇瓣抿了抿，竟凑到他脸上，"吧唧"的一下亲了一口。

纪泽北头皮一麻，浑身的寒毛都倒竖起来。他用力扯住陆然的手臂，想把她的手扯掉，他越是用力，她的手臂缠得越紧。他感觉她再用力一点儿，自己就有可能要被她勒死，无奈之下，只好收了手。

"纪先生，你好香。"

纪泽北："……"

"纪先生……"陆然口齿不清地喃喃着什么，他已听不真切了。

翌日。

纪梓辰醒得早，一睁眼就看见窗外雪花飘落。他爬起来，凑到窗前往外望，白茫茫的一片。这雪定是下了一夜，也不知是从什么时候开始下的。

想起纪泽北昨晚把陆然带进了房间，他快步走出去，轻手轻脚地靠近纪泽北的房间，小心翼翼地把门推开一条缝，眯着眼往里瞧。

床上，两个人还穿着昨天的衣服，纪泽北连大衣都没脱。陆然的胳膊和腿都搭在纪泽北身上，脸颊靠着纪泽北的胸膛。纪泽北眉头微蹙，一只手搂着陆然的肩。两个人睡得还很沉。

纪梓辰心中一阵激动，摸出手机来，对着两人"咔嚓"拍了一张照，然后又轻手轻脚地退出去，把门关上。

纪泽北习惯性地凌晨五点钟就醒了，但陆然紧紧抱着他不放，他脱不开身，索性又闭上眼睛，不知不觉就睡着了，再醒来时已是上午十点钟了。

陆然靠在他身上，呼噜声震天响，好在她没有再像只树袋熊一样把他当成树干抱着不撒手了。

他把她搭在自己身上的胳膊和腿轻轻挪开，起身。一晚上被陆然折腾得够呛，他现在肩颈酸痛得厉害。他淡淡地回眸，盯着床上睡得香沉的陆然，微蹙的眉头渐渐舒展。

她睡着的样子像个小孩，圆嘟嘟的小脸，透着淡淡的绯红，樱红的唇瓣微张着，模样竟有那么几分可人。

看着她莹润饱满的嘴唇，他的脑海中忽然闪过她在他脸颊上亲了一口的画面，心脏居然不受控制地猛跳了两下。纪泽北不喜欢这种感觉，目光沉了沉，快步进入浴室洗澡。出来时，陆然还在睡，他的床被她搞得乱七八糟，被子一半拖在地上，等她离开后，他不得不大扫除一下，床单全部换新，室内仔细消毒。

他不喜欢私人领地留下别人的味道。走出房间，他听到厨房传来动静，走上前看，发现纪梓辰吊着一只胳膊正在煮东西，厨房被这小子弄得一片狼藉。

"你在干什么?！"他隐忍地出声。

纪梓辰闻声回头，冲他咧嘴一笑："煮粥，给你们两个大懒货做的。"

"……"

他走进去，发现锅里的粥熬得倒是像模像样，只是他的厨房被糟蹋得有点儿过分。他挽起衣袖，把纪梓辰轰出厨房，戴上塑胶手套，开始打扫卫生。

纪梓辰站在厨房门口，撇嘴道："你看着点儿粥。"

"走开。我警告你，不准再进我的厨房。"

纪梓辰："……"

陆然醒来，已经临近中午，睁眼的一瞬，看到的是白得有些晃眼的天花板。她疲惫地坐起来，头疼，胃也疼。

环视四周，是个陌生的房间，灰色窗帘，白色床单，家具都是白色的，这陌生又有点儿熟悉的冷色调好像是纪泽北的家。她心头一惊，脑海中涌入一段又一段记忆。自己昨晚好像借着酒劲跟纪泽北撒泼耍赖，抱着他不撒手。六两纯酒并没有让她断片，该记得的她都记得，她还吐了纪泽北一身。

糟糕!

像纪泽北那种有洁癖的人，肯定嫌弃死自己了。

她正呆呆地坐着，房间的门被人推开。

纪泽北走进来，手里拿着一套白色的床上四件套，伸手把她从床上往下一提溜，便开始换床单。

她怔在一旁，难以置信地看着这个有重度洁癖的男人。

这床，她就在上面睡了一晚而已……

"纪先生，昨晚……"

"出去。"纪泽北冷冷地打断她的话，又说，"喝完粥再走。"

"粥？"

他给她熬了粥？简直让人受宠若惊。

她想进卫生间洗把脸，却被纪泽北叫住。男人淡淡地看着她，语气无起无伏，冷得像冰："别把浴室弄脏，喝完粥回自己家洗漱。"

陆然："……"

他居然这么嫌弃自己。

她耷拉着脑袋走出房间。纪梓辰慵懒地窝在客厅的沙发里，见她醒了，冲她笑了笑，起身进厨房给她盛粥，出来时，原本站在客厅里的人已经不见了，他只听到玄关处传来"砰"的关门声。

"哥，陆然姐姐走了。"他冲纪泽北的房间喊了一嗓子。

纪泽北眉头微皱，快速把床单换好，被子铺平整，然后将换下来的床单等全部扔进卫生间的洗衣机里。

正忙着，纪梓辰跑进来，说："哥，陆然姐姐粥都没喝，直接走了。"

"嗯。"

"嗯？"纪梓辰瞪大眼睛，纳闷道，"你是不是说什么难听的话了？她看起来好像不高兴。"

纪泽北："……"

那女人给他添了这么多麻烦，一句谢谢都没有，脾气还不小！

他开了房间的窗，拿起消毒水，边边角角都喷了喷。

纪梓辰用看怪物一样的眼神看着他："哥，你这是病，得治。"

他一个白眼飞过去："马上把你房间的床给我铺好。"

"哥，你这真是病。"

"立刻去。"

纪梓辰噘着嘴，一脸不爽地回了房间，正在铺床，纪泽北跟进来，开窗通风后，给这个房间也喷上了消毒水。不知道他哥用的是什么牌子的消毒水，并没有刺鼻的味道，反而带着一股茉莉清香。印象中，大哥的家里总是有股茉莉香味，他原本以为纪泽北养花，可屋子里连一盆绿植都没有，更别提花了。

“哥，叶大哥说周六一早去爬山。”他想起跟叶知安约好的事，赶紧提醒了一下纪泽北。

纪泽北“嗯”了一声，转身又去客厅喷消毒水。

陆然进了家门，便往沙发上一倒，头疼，胃里还有股烧灼感，根本不想吃东西。

大黄跳上来，冲她喵喵地叫。

她爬起来，给大黄添了粮和水，又去冲羊奶，喂煤球。忙完这些，她进卫生间洗了个热水澡，换上毛绒睡衣，之后给梁曼打了一通电话。这周的稿子她已经提前交了，去公司也是坐着，没什么事可忙，索性在家休息了。她叫了一份外卖，点了一碗粥，正喝着，叶知安的电话打了进来。

“你还好吗？”叶知安的语气有点儿担忧。

“挺好的。”

“下午我想看看房子，你有时间吗？”

“有。”

“我两点到你公寓楼下，你直接下来。”

“好。”

挂了电话，她慢吞吞地喝着粥，胃不适，便没什么胃口，一小碗粥都没喝完，她就放下了勺子，躺在沙发上闭目养神。

临近两点的时候，她换好衣服，提前几分钟出门。

等电梯的时候，她听到1802室的门开了，眼神下意识地移了过去。

纪泽北走出来，手里拎着一个黑色塑料袋。

“扔垃圾啊？”她主动搭讪。

纪泽北神情淡淡，“嗯”了一声，瞥她一眼，问：“你要出去？”

“叶知安让我陪他去看房子。”

"你头不疼了？"

"疼。"

"胃不难受了？"

"难受。"

"那你还不在家休息，瞎跑什么！"

"……"

男人声音清冷，但话里话外透着对她的关心。

她忽然觉得心里一暖，冲纪泽北温柔一笑说："想出去呼吸一下新鲜空气。"

"吃过饭了吗？"

"吃过了。"

"不能喝酒，以后就不要喝。"

"哦。"

这时，电梯门开了。纪泽北正要迈步往里走，手里的黑色垃圾袋突然被陆然拿了过去。

她快步进入电梯，冲他笑笑："垃圾我帮你扔。"

男人穿着单薄。"你快回去，外面冷。"女人唇角勾着甜甜的笑，直到电梯门关上，她的笑容还映在他的脑海中。

他定定地站在电梯前，半晌才回过神。楼道的窗户开着一条缝，一阵小风吹进来，冷得他一颤，也让他飘忽的思绪清醒了几分。

陆然走出公寓的时候才发现下雪了，她深吸一口气，一股沁人心脾的清凉涌入鼻腔。

她把垃圾扔到垃圾箱中，大步朝公寓外面走去。

刚出公寓大门，一道熟悉的身影撞进她的视线，叶知安穿着黑色大衣，双手插兜，围着条浅灰色围巾，高高的个子，步伐不紧不慢。他正在过斑马线。

陆然停在路边，冲叶知安挥了挥手。

叶知安很快就发现了她，回了一个微笑。

"打算看哪里的房子？"她问。

叶知安走近她，胳膊自然地往她肩上一搭，笑呵呵地说："我联系了一个房产经纪人，约的两点钟，就看附近的公寓。"

"远不远？"

"不远，我们步行过去。"

步行了十分钟，他们来到一栋公寓前，经纪人迫不及待地把他们带进公寓。有好几套结构不同的公寓可选，叶知安先看了最大的那套，二百平方米，复式，房子内是空的，家电、家具需要重新配置，但阳台的风景极好。

之后又看了其他几套，叶知安最终选了最大的复式结构公寓，当场就签了全款购买合同，并约好去房产交易大厅办理过户的时间。

陆然茫然地被叶知安带到不远的一家商场里。

"现在买家具、家电是不是有点儿早？等房子过完户再买也不迟吧？"

叶知安笑道："谁说要买家具、家电了。"

"那来商场干什么？"

"买登山服，周六一早去爬山。像你这么懒的人，肯定没有爬山的习惯，你应该好好锻炼一下身体，正好给你买套登山服，周六我们一起去。"

陆然撇着嘴，脑袋摇成了拨浪鼓："我不去。"

"哦？看来只能我和老纪去了。"

一听纪泽北要去，陆然惊了，问："纪先生要去？"

"对啊，还有他弟弟，我们约好的。"

"那……"她突然又想去了。

叶知安知道她心里那点儿小九九，却故作不知，去男士区给自己挑登山服了。

陆然像跟屁虫一样追在他后面，再三确认："纪先生真的答应跟你一起去爬山？"

他漫不经心地答："是啊。"

"早上几点？"

"六点集合。"

"……"早了些，不过她还能接受。

陆然起初拒绝是考虑到周六那天她答应陪程远吃饭、看电影，不过既然爬山是早上，那应该误不了跟程远的事。

程远那边她不过是想应付一下，不露个面，关于纪凡斋的美食专题估计会被程远否掉。

买了登山服，两人又看了看背包和水杯，之后就去商场的一家咖啡厅坐了会儿。

陆然捧着热咖啡，盯着坐在他们不远处的一对小情侣，脑海中忽然闪过昨天晚上自己抱着纪泽北耍赖的画面。

自己好像还……亲了他！

纪泽北会不会因此反感自己？

如果他在意或者他问起来，怎么办？

装傻？反正自己当时醉了，纪泽北若真的问起，就只能装傻充愣了。

"你想什么呢？脸都红了。"叶知安抬手在她眼前晃了晃。

她回了神，伸手摸了摸自己滚烫的脸，傻呵呵地说："没想什么。"

"我还没问昨天晚上你和老纪……"

没等叶知安把话说完，她抢着说："什么都没发生。"

叶知安眯着眼，一脸狐疑："真的？"

"真的什么都没发生。"

"你酒量可真不怎么样，以后别在老纪面前喝酒了，丢人。"

"……"

"晚上我请你吃饭。"

她点点头。

"我们去纪凡斋，照顾照顾老纪的生意。"

"好。"正合她意。

两人从商场出来，已经快五点了。冬天的天黑得格外早，外面又飘起了小雪。

叶知安在路边拦了辆出租车。两人一前一后上了车，告诉司机目的地后，叶知安习惯性地把胳膊往陆然肩膀上一搭，语气平和地说："过户手续办好以后，家具、家电的事你就帮我处理吧，我相信你的眼光。"

陆然一个大白眼丢过去，"万一我的眼光不合你心意，你岂不是要找我麻烦？”

"不会不会，我给你留张卡，家具、家电你去商场，依你的眼光随便挑。"

陆然诧异了："那你呢？"

"我回趟滨市，把驾照的事情处理一下，这事比较麻烦，得回户籍所在地办。如果你能在一周时间内把房子布置好，那我回来就可以直接入住了。"

陆然想了想，冲他伸出手，他一愣，问："干吗？"

"卡！"

"哦。"

他赶紧掏出钱包，从许多张卡中抽了一张给她，还把密码直接用微信发给她。

她把卡收好，说："你就不怕我把你的卡刷爆？"

"你随便刷，如果有喜欢的东西，你就给自己买几样，就当是我送你的礼物。"

出租车停在纪凡斋门口，陆然抢着把车钱付了，这让叶知安一脸受伤。

往店里走的时候，叶知安还在絮絮叨叨："你抢什么抢？让我很没面子啊！"

陆然笑道："你昨天不是请喝酒了吗？我仅仅付了回车钱而已。"

"下次不准这样了。"

"下次你想让我付，我还不付呢！"她的情况叶知安是非常清楚的，每月薪水就那么点儿，她得养自己和她的猫。

之前在纪凡斋吃的那顿饭是孟忆帮她付的钱，那钱她得还，虽然孟忆并没催她的意思，可终究还是要还的。

想她堂堂陆家的千金小姐，自小衣来伸手，饭来张口，现在怎么过得这般落魄了，身边每一个人发展得都比她好？

她大哥和二哥虽然都接受了家里一定的帮助，但主要是靠自己，而她现在住的这套公寓，虽说是用自己的嫁妆钱买的，但那笔钱是爸妈为她准备的，说到底，她还是靠家里买的房子。

推开门，一股暖暖的风扑面而来。

她下意识地往临窗的位置走，一楼冷冷清清的，除了吧台里的收银员和大厅里那两个穿旗袍的漂亮服务员，没见其他人。

她和叶知安在靠窗的位置面对面坐下，一个服务员拿着菜单走了过来。

"你们老板人呢？"叶知安接了服务员递过来的菜单，直接给了陆然，盯着服务员问。

服务员笑答："老板不在。"

"他什么时候来？"

"不太清楚。"服务员心里有些纳闷，但面上没表现出来。

纪泽北基本上全天都在店里，而且他每天一早就会来，厨房用的海鲜等食材都是他负责购买的，今天他不但没来，食材也没准备。不过，今天生意并不好，中午只有两桌客人，直到现在，陆然和叶知安是店里迎来的第三桌客人。

叶知安环顾大厅，喃喃了一句："生意果然很惨淡。"

陆然苦笑了一下，点了道素菜，就把菜单递给了叶知安。

"你就点一道菜？"

"你是行家，剩下的你来点吧。"

"行。"

叶知安自小家境就非常富裕，花钱从来都是大手大脚的，他根本不看菜单上的价格，非常痛快地点了好几道菜。

服务员走开后，他立刻掏出手机给纪泽北打电话。

此时的纪泽北仍在家中，他坐在沙发上，斜着眼睛瞪旁边在嗑瓜子的纪梓辰，瓜子皮落得到处都是。每次纪梓辰来他这里小住，他都要忍受纪梓辰的祸害，而纪梓辰从不在意他的眼神，依旧想干吗干吗。

手机铃声突然响起，纪泽北收回目光，拿起茶几上放着的手机，看到来电显示，没犹豫，直接接了。

"我在纪凡斋。"叶知安明快的声音传来。

"你自己？"

"我和我的小妹，过来照顾你的生意。"

"喊！算了吧，这单免了。"

"那可不行，我们可是专程来照顾你生意的，纪凡斋的生意比我想象的还要惨淡啊，要不你高价聘请我？"

"你一西餐厨师，捣什么乱？"

叶知安哈哈大笑："说得好像你不是西餐厨师一样。说到这个，我一直没想明白，你为什么要开一家中餐厅。"

"我乐意。"清清冷冷、毫无情绪的表达。

叶知安感觉也问不出什么来，便催促道："你什么时候过来？"

纪泽北犹豫了一会儿，问纪梓辰："想不想去店里吃饭？"

纪梓辰一边嗑瓜子一边漫不经心地问："就我们俩？"

"还有昨天那俩。"

"去。"

"……"

纪泽北应了叶知安便挂了电话。

知道纪泽北要来，陆然反而不自在，好在她把情绪掩饰得很好，叶知安大大咧咧的并没有发现她有任何异样。

十几分钟后，纪泽北和纪梓辰来了。纪梓辰一进门，便热情地冲他们挥手："陆然姐姐，叶大哥。"

她回了个微笑，叶知安直接招呼纪梓辰往自己那边落座，纪梓辰非常不客气地在他旁边坐下了。这样一来，四人位的餐桌，纪泽北就只能坐在她旁边了。

"纪先生。"她故作镇定地冲走过来的纪泽北笑了笑。男人轻点了下头，脸上没什么表情，非常从容地拉开她旁边的椅子坐下。她与他离得很近，能闻到他身上似有若无的清冽香气。

一想到厨师，陆然脑海中闪现的是那种脑袋大脖子粗，手里拿着大铲勺，嘴角叼着一根烟，因为长期被油烟熏而油光满面的大叔。可她身旁的男人，以及坐在她对面的男人，职业都是厨师，两人都是白白净净，长相俊秀，无论如何都很难让人联想到厨师这一职业。

"点菜了吗？"纪泽北淡淡开口，话是冲她说的。

他突然搭腔，让她微愣了一下，忙说："点了。"

"老纪，你要不要这么重色轻友啊？你怎么不问我，光问她呢？"叶知安坏坏地一笑，故意揶揄。

纪泽北剜了他一个白眼，回头朝吧台方向看了看，然后招呼服务员，要了一壶热茶。

纪凡斋有招牌茶，二百八十元一壶，当然也有用来免费招待客人的茶水，但招待叶知安，他并不想那么随意。

不多时，菜都上了桌，叶知安点够了四人的量，满满一桌。

没有人先动筷子。

纪泽北侧头看陆然，问："不拍照？"

"啊？"

"你不是要写专题文章？"

"我……没带相机。"

"你可以用手机拍。"

"算了，下次我带相机来。"工作和生活还是要分开的。

纪梓辰拿起筷子，小声问："可以开动了吗？"

陆然点点头："可以了。"

纪梓辰伤的是左胳膊，而他惯用右手，所以即使吊着一条胳膊，也并没影响他的正常生活。

几个人开动了。

叶知安提到和陆然一起在商场买登山服的事，以及周六一早爬山的约定，纪泽北没吭声，对此似乎并不反感。

陆然忐忑的心一下子平静了许多。她感觉自己追到纪泽北的可能性还是很大的，她不傻，也不迟钝，能明显感觉到叶知安和纪梓辰都在撮合她和纪泽北，而纪泽北本人看起来并不抵触叶知安和纪梓辰的努力撮合。

她昨天都亲到他了，他不提，也没表现出对她反感，所以应该是对她有些好感的。如果没有好感，像他这样清冷的人，估计不会答应周六一起去爬山。抑或他是看在叶知安的面子上。都说女人心海底针，男人心何尝藏得不深呢？

陆然叹了口气，这突如其来的一声叹息，引得在座三人不约而同地抬眸看她。

她尴尬地一笑，说："好吃。"

纪泽北："……"

好吃自然是好吃，他店里的菜怎么可能不好吃？问题是她昨天那样喝纯酒，宿醉后胃肯定不舒服，早上的粥她没喝，直接就走了。

看她有些苍白的脸色，他怀疑这是她今天的第一顿正餐。

思索半分，他让服务员上了一碗汤，是养胃的汤，只给她要了一份。

叶知安酸了："怎么就要一碗？你看不见我和梓辰？"

纪泽北开启装瞎模式："谁在说话？"

叶知安："……"老纪果然是个重色轻友的主儿，他没看错人。

陆然受宠若惊，难掩心中的激动，红着一张小脸把养胃的汤喝得一滴不剩，但喝完了汤，她没胃口再吃别的。

刚放下筷子，手机响起来，是孟忆打来的电话。

她微微侧身，接听起来。

孟忆清冷的声音传来："你和季东俞联系了没？"

"……没。"

"为什么不联系？"

"为什么要联系？"她说得很清楚了，她对季东俞第一印象不好，不过季东俞上次礼貌的道歉行为，让她对季东俞倒说不上讨厌了。

听筒中传来孟忆无奈的笑声："咱妈希望你和东俞相处一下，如果不合适，再分开就是了。"

"不合适。"

"还没跟人相处，你怎么就知道不合适了？"

"我就是知道。"

"你妈……不是，咱妈为你的事操心得不行，她不敢打电话问你，就老给我打。"

陆然喃喃道："让她直接给我打电话。"

"我怕你俩吵起来。"

"不会的，我这人从小就尊老爱幼，怎么会跟长辈吵架呢？"

"当年是谁跟咱爸因为工作的事情吵得脸红脖子粗的？"

陆然："……"

"东俞今天找过我，问了你的电话号码，我告诉他了，还有……"孟忆欲言又止。

"还有什么？"

"你的住址。"

"……"

孟忆连忙解释："我知道你肯定介意，但我没有办法，咱妈觉得季东俞条件非常合适，职业又是律师，跟我在同一律所，算是知根知底，她非要我撮合一下，再说季东俞主动要你的联系方式，证明他对你有好感，至少他想更进一步认识和了解你。"

陆然不知道该如何回应，她完全晕了，她不敢相信孟忆居然把她的家庭住址告诉了一个她不太看好的男人，仅仅是因为她妈觉得那个男人不错。

贾静淑女士真的很胡来，铁了心不把她立马嫁出去，誓不罢休！

"陆然，你不会生我气了吧？"孟忆的语气软了些，没什么底气。

陆然轻笑道："没有。"她知道孟忆的难处，婆婆吩咐的事，当儿媳妇的哪敢怠慢。

"你不怪我就好。"

"不怪，如果季东俞联系我，我会跟他说清楚的。"

"你自己看着办，我的任务已经完成了。"

听到孟忆长舒一口气，陆然扯了扯嘴角，想笑却又笑不出来。

一个纪泽北就让她难以招架了，这男人太清冷，不好追，如今还要应付一个季东俞……挂了电话，发现叶知安一脸八卦地看着自己，她笑道："我太难了。"

"季东俞是谁？"

"一个相亲对象。"

叶知安眉头皱了一下，下意识地看了眼纪泽北的脸色，他居然毫无反应，神色平静、不慌不忙地享用着美食。叶知安自认为对纪泽北还算了解，就算纪泽北对陆然有好感，大抵也是不会主动表现出什么的，这种人就是死要面子活受罪。

片刻后，纪泽北吃好了，他放下筷子，用餐巾纸擦拭了一下嘴角，淡淡地睨了眼在身旁低头看手机的陆然，冒出来一句："季东俞是上次跟你见面的那个人？"

陆然点点头。

"看起来不错，你应该考虑一下。"

"……"

叶知安急得把手里的餐巾纸团成团，对着纪泽北那张俊脸就扔了过去，砸了个正着。

纪泽北望着叶知安，不冷不热地问道："干什么？"

"你看不出我小妹不愿意啊？"

"她愿不愿意好像跟我无关。"

"你……"叶知安快要气死了。

陆然耷拉下脑袋，瞬间蔫儿了。她耳边回响起纪泽北那句轻描淡写的"你应该考虑一下"，心头不禁有点儿堵。她完全坐不住了，起身道："我突然想起来，今天还没喂猫呢，我先回去了。"

没等叶知安说话，她就拎起包和装登山服的袋子，从椅子后面绕了一下，有些狼狈地逃走了。

透过雕花木窗，看着陆然在路边招手拦了辆出租车，坐进去，车驶离，叶知安收回视线，恨铁不成钢地瞪着纪泽北。

纪泽北不满道："你这是什么眼神？"

"你是真不懂，还是装不懂？"

"懂什么？"

"陆然她……"

"哥，我觉得你真的应该看一下医生。"纪梓辰插了句嘴，正好打断了叶知安的话。

叶知安："看什么医生？"

"我哥他有病。"

纪泽北无奈道："你才有病。"

纪梓辰撇撇嘴："你说说你，重度洁癖！不把地板擦得能照出人影来，你就浑身难受。你都二十五岁了，该谈恋爱了，放着陆然姐姐这么漂亮的小姐姐不追就算了，你怎么还把她往别人身上推呢？"

纪泽北："……"

"你是不是有问题？总之，我现在严重怀疑你的审美观。"

纪泽北面色微沉，说："小小年纪，屁事还挺多。"

"哥，我真的担心你。"

"管好你自己。"

纪泽北冷着脸起身，走到吧台叮嘱收银员这顿饭免单，然后转身去了卫生间。

叶知安愣在原地，消化着纪梓辰刚才的话："老纪他不会真的审美有问题吧？"

纪梓辰看了叶知安一眼，摇头说："我觉得不会，他对陆然姐姐可温柔了，我亲眼看到的，他以前从来没这样过。"

"那他现在是什么情况？"

"可能他还没有认真考虑谈恋爱的事吧。"

纪泽北回到座位上的时候，瞥见陆然刚才坐的椅子上放着一个粉色的水杯，上面有一排粉色的卡通猪图案。他将水杯拿在手上，听叶知安说："那是陆然的。"

"这品位……"

"登山用品店里的水杯她觉得难看，就在外面挑了一个，小女生都喜欢粉粉的东西，很正常。"

他没说话，把水杯放在桌上。

叶知安灵机一动，笑道："你跟陆然是邻居，一会儿麻烦你把杯子给她，她神经大条，经常丢三落四的。"

纪泽北沉默了几秒，点头同意了。

叶知安吃好了，起身去结账。

"不用，我请。"纪泽北说。

"那怎么好意思？"

"应该的。"

"生意这么差，你还是别请了。"

纪泽北笑了一下，说："不差你这一顿。"

他跟纪泽北推推搡搡了好半天，纪泽北死活不收他的钱。

"本来就是照顾你生意才来的，你居然免单！太不给面子了。"

纪泽北笑道："就是给你面子才免单的。一般人可没这待遇。"

"行，我回去了，你别忘了把水杯还给陆然。"叶知安走之前叮嘱道。

纪泽北是在叶知安走后半小时才离开的，快出公寓电梯时，他把粉色水杯往纪梓辰的怀里塞。纪梓辰知道他心里在想什么，故意把手往兜里一插，迈着轻盈的步伐走出电梯，吹了声口哨，幸灾乐祸地说："你发现的水杯你去还，别想把跑腿的事推给我，你又没给我跑腿费。"

纪泽北："……"

走出电梯间，眼看着纪梓辰没等他，独自进了屋，他垂眸看了看手中的水杯，迟疑了一会儿，终是来到了1801室门前，按响了门铃。

陆然正躺在沙发上打盹儿，门铃声突然响起。她慢慢吞吞地爬起来，有气无力地走到玄关处，把门打开了一条缝，一只白皙修长的手从门缝递进来一个粉色水杯。"你的。"声音清冷。

她惊讶地抬头，透过门缝，视线撞上纪泽北深邃乌黑的双眸，心头莫名地咯噔一下。

"你的杯子忘在店里了。"纪泽北把水杯又往她跟前递了递。

"哦。"她接过杯子，道声谢。

正准备关门，男人伸手挡了下门："关于吃饭时我说的话，你不要放在心上。"

陆然略一犹豫，问："哪句话？"

"呃……总之，我的话你不要放在心上，我随便说说而已。"纪泽北的神色和语气别别扭扭的。

她还没反应过来，男人已经转身进了1802室。

吃饭时他说的话？难道是让她考虑季东俞那句？想到这里，陆然唇角不由自主地勾起一抹笑意。现在她的心情瞬间阴转晴了。

她把门关上，捧着水杯回到沙发上躺着，越往深处想，她越觉得纪泽北是因为喜欢自己，后悔吃饭的时候说了那些让她情绪低落的话，所以专程来向她解释。当晚，她做了个美梦，梦到自己把纪泽北轻轻松松拿下了。梦里，纪泽北紧紧抱着她，在她耳边无数遍柔声呢喃："我亲爱的小然然……"

第二天醒来时，一睁眼，映入眼帘的便是两张背着光的毛茸茸的脸。她愣了几秒，惊讶地发现自己连人带被子睡在地上，怀里还抱着个枕头，大黄和煤球趴在床边，一大一小两只猫居高临下地看着她，那自上而下的鄙夷眼神，宛如在看一个傻瓜。

她爬起来，抓了抓凌乱的头发，麻溜地把被子和枕头全部扔回床上。

她都不知道自己是什么时候滚下床的……

进卫生间洗漱的时候，两只猫跟进来，在她腿边蹭来蹭去，冲她不停地喵喵叫。

她发现煤球的感冒已经痊愈了，精神状态非常好，她暗暗琢磨着要不要把煤球给纪泽北送过去。

还是送吧！本来她就打算等煤球的感冒好些把它送给纪泽北。早送晚送都是要送的。

她给猫添了粮和水，然后煎了个蛋，吃完，便翻箱倒柜找出一个漂亮的方形盒子，把煤球放进盒子里，带上煤球的一盒羊奶，按响了隔壁的门铃。

现在是早上八点多钟，半天没人来开门，她心想这个时间纪泽北可能不在，正准备打道回府，门"啪嗒"一声开了。

一个乱如狗窝的脑袋从门缝里探出来。

"陆然姐姐，早啊！"纪梓辰边说边打了个哈欠。

她笑了笑，问："你哥在不在？"

"不在，他一早就出去了，你找他有事？"

"我想把煤球送给他。"

"煤球？"

陆然把怀里抱着的盒子打开，煤球圆圆的小脑袋立刻伸出来，小爪子扒在盒子边上，冲纪梓辰"喵"了一声。

纪梓辰眼睛一亮，问："它叫煤球？"

"黑色的猫，你哥不是喜欢吗？"

纪梓辰直接把煤球从盒子里抱出来，摸了摸它的头，侧身把陆然让进屋。

陆然走进去，发现客厅乱糟糟的。

"我代我哥把煤球收下了。"纪梓辰笑呵呵地说。

她点点头，忍不住问了句："你哥能忍受家里这么乱？"

"不能忍受。昨天他睡得比较早，不知道我折腾得这么乱，得在他回来之前收拾干净，不然我就死定了。"

"我来帮你。"她放下手中的盒子和羊奶，挽起袖子开始忙活。

纪梓辰抱着煤球在沙发上坐下来，在手机上购买猫咪用品。

陆然把茶几上的垃圾清理干净，正准备找抹布擦一下桌面，玄关处突然传来钥匙开门的声音，她有点儿心慌，下意识地退后一步，却不小心碰翻了垃圾桶，垃圾撒了一地。

下一秒，门开了。

纪泽北走进来，手里拎着两份外带的早餐，看到站在客厅里脸色煞白的陆然，他微微一愣。

陆然的脚边，垃圾桶倒着，垃圾撒得到处都是。

再看纪梓辰，臭小子盘腿坐在沙发上，怀里抱着一只小黑猫，没心没肺地冲他咧着嘴笑。

他面色一沉，一张脸黑得如同锅底，一脚将身后的门重重地踢上。门板"砰"的一声响，惊得陆然跟着打了个哆嗦。

她连忙蹲下去，把散落一地的垃圾往垃圾桶里捡。

纪泽北拧着眉快步上前，一把将她从地上拽起来。

"你在干什么！"几乎是冲她吼。

她吓了一跳，整个人都呆住了。帮他打扫卫生有问题？何况垃圾桶是她不小心碰翻的，她只是想补救一下。

纪泽北一甩手，把她甩到了一旁。"你起开。"他厉声喝道。

陆然瞬间往后连退数步，后背猛地撞到红酒架上，只听噼里啪啦一阵响，

为你而来
090

几瓶红酒砸在地上，碎了，红酒流了满地。陆然完全慌了神，笨手笨脚地去收拾地上的酒瓶碎片，一个不小心，手被割了好长一道口子，鲜红的血液顺着手指流下来，滴在地板上。

鼻腔里充斥着血腥味，看着那红艳艳的液体，陆然只觉头晕目眩，浑身都瘫软了。

"血……"

她猛地倒在地上，一张脸苍白如纸，把纪梓辰吓了一跳。

纪泽北还算镇定，放下手里的早餐，快步走到她面前，也不顾她的衣服被红酒浸湿了一大片，就将她抱起放在沙发上，瞥了眼仍在流血的伤口，他抬手一掌招呼到纪梓辰的后脑勺上，冷冷地说道："别愣着，快去拿药箱。"

纪梓辰回过神来，连忙放下怀里的煤球，跑去找来药箱。

纪泽北手法娴熟地把陆然手上的伤口包扎好，起身进入卫生间，用冷水浸了一条毛巾，拧干，又拿着毛巾走出来，用毛巾擦了擦陆然脸上沾染的红酒渍。

冰凉的触感，让陆然逐渐恢复了意识。她睁着一双黑亮的眼睛，看着纪泽北皱眉帮自己擦脸那认真的模样，心脏扑通扑通地跳。

沙发被她身上的红酒渍弄脏了一片，她意识到这一点的时候，立刻起了身，一边退后一边向纪泽北道歉："对不起，沙发我可以付钱找人来洗。"

"无所谓。"

"对不起，我太笨手笨脚了。"想帮忙，却净帮倒忙！

纪泽北沉着脸，把她按坐在沙发上，一字一句地叮嘱道："坐着别动。"

她真的没敢动。

看着男人走进卫生间，出来时，袖子已经挽起，还戴了一副塑胶手套，她无奈地看了一眼身旁的纪梓辰。

纪梓辰似乎对这一幕早已习以为常，没什么太大的反应。

"陆然姐姐，你是不是晕血啊？"

她无奈地点点头。

纪梓辰摸了摸自己的兜，掏出一颗水果糖，把糖纸剥了，把糖块递给她说："吃颗糖吧。"

她感激地接过去，把糖放进嘴里。

是西瓜味的，很清甜。

纪泽北动作利索，清理完地上的垃圾，又去清理酒瓶的碎片，之后提来一个不大的塑料桶，用抹布一点点把地上的红酒渍擦擦干净。做完这些，他又彻底把客厅的卫生清理了一遍，最后，他开了窗，拿着消毒水在客厅的边边角角喷了喷。

空气中红酒的味道在一点点消散，取而代之的是淡淡的茉莉香气。

这一切做完，纪泽北只用了半小时。

真是个行动派，做事毫不拖泥带水。

看着这样帅气又能干的男人，陆然觉得自己好像更喜欢他了。她一动不动地注视着纪泽北，想起他在她捡地上垃圾的时候，条件反射般一把将她拉起来的样子，心头忽然一阵悸动。他应该是不想让她捡地上那些垃圾，所以才那样做的。

纪泽北把消毒水放回卫生间，用洗手液把手仔仔细细清洗了好几遍，再出来时，视线恰好撞上陆然灼灼的目光。

她冲他挤出一丝笑，他叹了口气，走到她面前，瞥见又钻到纪梓辰怀里的黑猫，问："哪儿来的猫？"一贯的清冷声音。

"陆然姐姐送的。"

"送你的？"

纪梓辰摇摇头，说："我石膏拆了就回学校，宿舍又不让养猫，当然是送给你的。"

"……"

陆然挠挠头，伸手摸了摸煤球的圆脑袋，对他说："它叫煤球，是只小母猫。"

"我能不能拒绝？"纪泽北的内心是崩溃的。

他想象不出家里多只猫会是什么样子。

"不能拒绝。"

"你家里已经有一只猫了，再多养一只对你来说没差别。"他说着，单手拎起纪梓辰怀里的猫，要往陆然怀里送。

陆然大急："不行，我家大黄排斥煤球。"

"……"

"你不觉得煤球很可爱吗？"

"……"他没觉得可爱，只知道它掉毛。

"你先养一段时间，如果你实在不想要它，我再帮它找领养，行不行？"陆然用商量的语气对他说。

见他没说话，她又说："煤球特别可怜，是我从垃圾桶旁边捡的，你弟弟说你小时候养过一只黑猫，我就想，你一个人住，有只猫陪你，至少你不会太无聊。"

"给它洗澡了没？"

"还没，不过我带它去医院检查过了，有点儿小感冒，现在感冒已经好了。"

纪泽北一脸嫌弃地把猫拎到跟前闻了一下，有股似有若无的屎味。他撇着嘴，一把将猫扔到纪梓辰身上，转身进入卫生间洗手。

陆然不明白他这是什么意思，便小声问纪梓辰："这猫，你哥是要还是不要？"

纪梓辰爽朗地一笑："要。"

"你确定？"

"确定，一定，以及肯定。"不要的话，纪泽北二话不说就会把猫扔出去。

陆然松了口气："那我就放心了。"

半天没见纪泽北出来，陆然转头看向自己刚刚不小心撞到的红酒架，上面只剩下一瓶红酒了。她起身走过去，拿起那瓶红酒，发现那是售价很贵的特级葡萄酒。

"你哥平时喝这种酒？"她问纪梓辰。

纪梓辰想都不想就点头，笑着反问："你该不会想赔他几瓶红酒吧？"

陆然的脑袋顿时摇成了拨浪鼓："不，我没有，我不想，你别瞎说。"

那么贵的红酒，她可赔不起。

虽然买得起这套公寓，但她是偷偷用了父母给她准备的嫁妆钱，况且用嫁妆钱来买公寓的事，父母至今不知道。

纪梓辰低下头，继续在手机上购买猫咪用品。

几分钟后，纪泽北从卫生间里走出来，一双手洗得发红，像是快要渗出血一样。

陆然难以置信地看着他，发现这男人的洁癖实在是严重，这是洗了多少遍才把手洗成这个样子的啊！

看到纪泽北出来，纪梓辰抬起头来，冲他晃了晃手机，笑呵呵地说："我给煤球网购了一些东西，以后给煤球洗澡的事情恐怕得麻烦你了，我胳膊不方便。"

纪泽北眼珠子差点儿瞪出来："什么？"

"给煤球洗澡啊。"

"你让我给那只屎猫……"

没等纪泽北把话说完，陆然抢着说："这种事情，还是让我来吧。"

光是看纪泽北那反应，她都替纪泽北手疼。若真让纪泽北给煤球洗澡，估计事后他那双手真的会洗出血来。

听了她的话，纪泽北面色稍缓，并点头同意："你把那只屎猫带回你家去洗洗，多洗几遍，洗干净了再送过来。"

万万不能让这只小臭猫弄脏了他的浴室。

陆然苦笑，纪泽北都这样说了，她还能怎样？当然是乖乖听话啊！她立刻抱着煤球离开了。陆然前脚走，纪泽北就沉下脸，没好气地对纪梓辰说："赶紧把你身上的衣服换下来，去浴室好好洗个澡。"那么臭的一只猫，这小子居然爱不释手。

纪梓辰撇撇嘴，问："我这胳膊上还打着石膏呢，怎么洗啊？"

"那你把衣服换了。"

纪梓辰一脸的不愿意，但在纪泽北威逼的目光下，不得不起身回房，换了身干净的衣服。

"把手洗干净。"纪泽北的声音从客厅传来。

纪梓辰小声抱怨着进卫生间洗了手，出来时，忍不住对纪泽北说："你一个大老爷们儿，怎么能让陆然姐姐给煤球洗澡呢？"

"她送来的，当然她负责。"

"可是陆然姐姐手上有伤……"

他不提，纪泽北都忘了这事。只见纪泽北面色阴沉下来，在沙发上不安地坐了几分钟，起身，大步奔进卫生间，之后，他身上穿着塑胶围裙，戴着塑胶手套，还戴了口罩走出来，可以说把自己捂了个严严实实。

"你这是要干吗？"

纪泽北："洗猫。"

他三步并作两步出了门，按响了1801室的门铃。

陆然刚把水温调好，听到门铃声，匆匆忙忙地跑去开门。拉开门的瞬间，她先是被来人这身打扮吓了一跳，但她很快就认出他那双深邃幽亮的眸子。

"纪先生，你这是……"

"洗猫。"

男人侧身进屋，沉默着在室内扫了一圈，看到煤球在猫窝里，他走上前，单手拎着小家伙进入卫生间。门"砰"的一声被他关上，不多时，陆然就听到里面传出煤球的惨叫声。

他武装成那样，就是为了过来给猫洗澡的？

煤球惨叫了半小时，之后吹风机的声音将它的惨叫声淹没了。

陆然耐心地坐在沙发上等着，终于，卫生间的门开了。

纪泽北拎着洗得干干净净、奓着毛的煤球走了出来。

"很抱歉，用了你家的卫生间。"纪泽北一本正经地对她说。

她缓缓地点了下头。

"我腾不出手收拾，麻烦你善后一下。"

"……好。"跟她还真是客气。

"我先走了。"

纪泽北拎着猫扬长而去。

过了一会儿，陆然起身走进卫生间。好家伙，刚给大黄买的沐浴露，被纪泽北用掉了半瓶，地上又是水又是煤球的毛，还有一堆凌乱的脚印……纪泽北进来的时候，她忘记让他换鞋了。一眼望去，卫生间一片狼藉。

她头疼不已，耐着性子走进去，把卫生间的地面冲洗干净。把煤球就这么交给纪泽北，她现在想想，还真不放心。那男人的洁癖程度已经近乎变态，不晓得他能不能忍受家里多了只猫。

纪泽北把用过的塑胶围裙、手套和口罩全部塞进了垃圾桶。

"哥，我给你预约了一个心理医生，医生的联系方式我已用微信发给你了。"纪梓辰突然说。

他一个冷眼瞪过去，问："你有病？"

纪梓辰抱着煤球，摸了摸猫头，冲他笑。

"你什么时候拆石膏？"

"下周。"

"赶紧拆了石膏滚回学校！"他已经忍这个臭小子很久了。

纪梓辰一脸委屈："帮你预约医生还不是为了你好？你这个样子，怕是要吓到陆然姐姐。"

"……"

不想再理睬纪梓辰，他索性把自己关进了书房。

猫咪用品是同城购，当天下午就送来了，三大箱东西。一个猫砂盆就占用了一个箱子，还有一箱猫砂，另外一箱是猫碗、猫玩具、猫窝、幼猫粮和猫咪小零食，这些东西一共花掉纪梓辰八百元。本来有一千元，现在只剩二百元了。之前他想约未来的女朋友出去吃饭、看电影，结果被她拒绝了。他这么阳光、这么帅气，篮球打得那么棒，居然被拒绝了……

纪梓辰叹口气，清点了一下猫咪用品，往猫砂盆中添了些猫砂放到阳台上，又在室内找了个合适的位置，摆上猫咪吃饭的碗和喝水的碗。

煤球第一时间去阳台拉了一泡新鲜的，味道酸爽极了。

纪梓辰捏着鼻子跑向书房，敲响房门。

纪泽北不耐烦的声音隔着门板传来："有事？"

纪梓辰推开门，冲躺在单人沙发上的人喊道："哥，煤球拉屎了，快去铲屎。"

纪泽北："……"上辈子造了什么孽？自己为什么会头脑发热收下那只猫？

"哥，煤球……"

"我听见了，不用重复。"纪泽北打断纪梓辰的话，生无可恋地闭了闭眼，调整了一下自己的心态，起身去卫生间武装一番，然后在纪梓辰的示意下，缓步靠近阳台的猫砂盆……

煤球还小，需要特别照顾，纪泽北还算有耐心，因为煤球比他想象中乖巧得多。让他真正头疼的反而是纪梓辰，客厅总是被纪梓辰折腾得乱七八糟。

挨到周六这天，他五点半起来洗漱，随后敲响了纪梓辰的房门。没人应，他直接推开门走了进去。

纪梓辰蜷在被子里，还在睡。

"醒醒。

"起来。

"快六点了。"

叫了长达五分钟，愣是没把纪梓辰叫醒。

"不是说好去爬山吗？"他把纪梓辰的被子掀了。

纪梓辰瞬间被冻醒，眯着眼睛把被子扯回身上紧紧裹住，喃喃道："我不去，我要睡觉，你们去吧。"话音未落，整个人就又睡死过去了。

纪泽北无奈地叹了口气，穿好登山服，往背包里装了两瓶水和一些野外必备用品后出了门。等电梯的时候，他听到1801室传来关门声，紧接着一阵匆忙的脚步声靠近他，他转头看去，就见陆然一身白色的登山服，背着一个不大的双肩包，素面朝天，手里拿着个小镜子，正往脸上拍粉底呢。

陆然本来定了五点的闹钟，但闹钟响过她又睡着了，再次睁开眼已经快六点了。她慌慌张张地爬起来，用生平最快的速度刷牙、洗脸，扎了个丸子头，换好衣服，胡乱往兜里揣了几样化妆品就跑出了门。与纪泽北撞个正着，她吓了一跳，连忙背过身去，匆忙把脸上的粉底拍好。

本想化个精致的妆容，让纪泽北眼前一亮，结果正巧碰到了纪泽北。

电梯这时候到了，纪泽北走进电梯，耐心地等着。

陆然深吸一口气，果断地跟进去，但她依旧背对着纪泽北，从兜里摸出匆忙准备的几样化妆品，快速往脸上捯饬一番，脸色终于看上去不那么苍白了。电梯抵达一楼时，她已经把化妆品塞进了背包："纪先生，这么巧，早啊！"

一想起素颜的自己被纪泽北看见了两回，她恨不得找条地缝钻进去。

她发现纪泽北是自己邻居那次也是素颜，今天又一次……

两人一前一后出了公寓大门，叶知安已经在路边等他们了，跟他俩一样的打扮——登山服，背着个双肩包。

叶知安咧着嘴冲他们笑，精神状态看起来很不错，一口大白牙实力抢镜。

其实他一整晚都没睡，时差没倒过来，根本睡不着，索性早早起来准备，然后过来等他们。

"你弟弟呢？"发现少了个人，他问。

纪泽北苦笑道："叫不醒。"

三人在附近的早餐铺吃了饭，打车直奔枫山。

之所以叫枫山，是因为山上有成片的枫树林，不过眼下已是寒冬，欣赏不到枫树林的美景。枫山位于远郊，开车需要一个多小时。

他们抵达山脚下时，已经快八点了，但天阴沉得很。

"这天，估计会下雪。"纪泽北抬头看着黑沉沉的天空说。

叶知安笑道："天气预报说夜间有小雪，天黑之前下山就行。"

三人开始沿着山路往上走，山顶有间寺庙，叶知安此行的目的，就是想去庙里烧炷香，祈个福。如果沿汽车通行的山路往上走，天黑他们都到不了山顶，于是他们早早变了道，开始走小路。小路蜿蜒崎岖，地面上还有之前的少量积雪，泥泞且湿滑。

陆然走得很吃力，落在了最后面，从来没有爬过山的她，实在不能理解为什么会有人喜欢爬山这项运动，这简直是自找苦吃。要不是因为纪泽北，她才不会像个神经病一样，放着温暖的被窝不去拥抱，一大早就跑来这里灌西北风。尽管风冷得彻骨，但陆然一直在走着，所以她并未觉得冷，反而出了一身汗。

两个男人倒是步伐矫健，一看就是经常运动的主儿，他们已经超过她一大截了。

她看着他们越走越远，忍不住喊了一声："能不能等等我？"

纪泽北回了头："你怎么这么慢？"

"……"

叶知安也停下来等她。

她用了几分钟的时间追上他们，没等她喘口气，两人继续往前走。

"你们……"真的是人类吗？

不多时，她又与两人拉开了距离，她顿时有些哭笑不得。

他们不是人类，绝对不是！

纪泽北和叶知安每过一会儿就会停下来休息，等她好不容易追上他们，他们就继续走。

"你们懂不懂什么叫怜香惜玉？"她冲着两人的背影大声呵斥。

这苦差事，下次她肯定不会参与了，就算是单独跟纪泽北来爬山，打死她都不会再来。

临近中午，他们到了半山腰，纪泽北和叶知安没有继续往前走，而是停下来休息、喝水。

陆然追上他们，见他们在地上坐着没动，她连忙从背包里拿出水杯，咕咚咕咚一口气喝下大半杯。

叶知安从背包里拿出事先准备的面包，分给纪泽北和陆然。

纪泽北不是第一次来枫山了，他对这里非常熟悉，甚至在山上的农户家住过一晚，那是夏天的时候，他被暴雨困住，山上有几户农家，待人都非常热情。

陆然上气不接下气，折腾了一上午，她早就饿了，爬山爬得这么狼狈，她已经顾不上什么形象了，一个面包她几口就吞下去，一杯水几口她就喝光了。

"小妹，感觉如何？"叶知安笑呵呵地看着她。

她一个白眼翻过去："除了累，我还能说什么？"

"你要多亲近大自然。"

纪泽北把面包吃完，喝了一点儿水，伸手指着不远处的一间农舍说："今年夏天我在那里借住过一晚，当时遇到暴雨。"

陆然顺着他手指的方向望去，还真有间农房，不大，看着破破烂烂的。

"住一晚多少钱？"叶知安问。

纪泽北瞪他："庸俗！人家大爷大妈非常好客，乐于助人，谈钱多俗。"

"所以你没给钱？"

"给了二百块。"

三人起身，继续向山顶进发。下午两点钟，他们来到寺庙，每人上了一炷香。今天并不是烧香的日子，庙中很清静，三人在寺庙逛了逛，不知不觉快四点了。三人开始沿着来时的路下山。

这一次，陆然跑在最前面，累了大半天，她迫不及待地想回家，步子迈得很急，把叶知安和纪泽北落下了老远。

"陆然，你慢点儿。"叶知安的喊声从后面传来。

她停下来，冲几十米外的两人挥了挥手臂："你们能不能走快点儿？"

冬天天黑得早，五点的时候天开始黑了，他们只有两个小时的时间下山，不然就得摸黑走山路。

"你小心点儿，别摔着。"叶知安不安地冲她喊。

"没事。"

话音刚落，她脚下突然一滑，摔了个结结实实。

纪泽北看见她摔倒，加快脚步走上前。

"没事吧？"

陆然摔了满脸泥，身上的白色登山服也沾上了泥，她抬起头来，冲纪泽北大大咧咧地一笑："没事。"

"起来。"纪泽北向她伸出手。

她的手上全是泥，脏兮兮的，往衣服上蹭了蹭，她抓住他的手，又大又暖。

他的臂力不小，猛地将她拽起来，她往前跟跄了两步，一头撞到他胸膛上。她似乎是撞得太猛了，他往后退一步，脚下打滑，两人都摔倒了。

还在后面慢悠悠走着的叶知安大笑起来："你们干什么呢？泥里打滚，

好玩？"

陆然爬起来，这段路面上的积雪全化了，地面又湿又滑，她还没站稳，脚下又是一滑，纪泽北想伸手拉她一把，奈何被她扯住了衣领。

两人顺着斜坡滚了下去。

看着两人抱作一团，往下滚了十几米远，叶知安挠挠头，冲滚下山坡的两人大喊一声："泥里打滚有瘾是不是？"

陆然忍不住笑起来。此时的她被纪泽北紧紧抱在怀里。刚刚从山坡上滚下来的时候，纪泽北一直护着她的头，她的脸始终埋在他胸膛上。

他的怀抱非常温暖，安全感十足。

听到她的笑声，纪泽北眉头微蹙："好笑？"

"好笑，想起小时候养的狗，它最喜欢在泥地里打滚了。"

纪泽北："……"

叶知安加快脚步走向他们的时候，却在陡坡那里摔了个屁股蹲儿，他大叫一声："怎么没人拉我一把？"

陆然抬头望去，就见叶知安自己站起来，刚走了两步，又摔了一跤。

"我建议你用滚的方式，滚下来比较快。"

叶知安大喊一声："滚你个头。"

"你想压死我？"纪泽北突然发声，一双乌黑的眸子定定地注视着压在他身上的人。

他的脸上溅了几处泥点子，衬得皮肤更白了。

陆然用袖子把他脸上的泥擦干净，笑着起了身。

纪泽北坐起来，回头就见叶知安在山坡处走几步滑一跤，都快摔成泥人了。

"陆然说得对，滚比较快。"他说。

叶知安冷笑："那你上来，抱着我往下滚。"

"你还是多摔几个跟头吧。"

"老纪，以前没看出来你是这么重色轻友的一个人啊！"

话音刚落，叶知安又摔了一跤。

天空突然飘起了雪，雪花纷纷扬扬地落下，地面很快就覆了一层白。由于下了雪，下山的小路越来越难走。三人慢慢绕到大路上，天色已渐暗。

"天黑之前我们肯定回不去了。"叶知安用纸巾仔细擦着手上的泥。

陆然指着斜前方的一间农舍说："我们去那里借住一晚吧。"

纪泽北借住过的地方，她想去体验一下。

叶知安耸耸肩说："那就在农家住一晚好了。"

纪泽北无奈地一笑，因为陆然指的那间农舍恰好是他之前借住过的地方。

雪越下越大，三人步行了十几分钟，终于来到农舍前。

农舍的老大妈和老大爷看见三个泥人，先是吓了一跳，后认出其中的纪泽北，脸上立刻露出了笑容。

老大妈问："小伙子，又来爬山了？"

纪泽北点点头，礼貌地问道："阿姨，雪太大了，路不好走，能不能在这里借住一晚？"

"当然可以了，不过只有上次你住过的那个房间，你们三个人得挤一挤了。"

"没关系。"

这是个不到二十平方米的房间，角落放置着一个深褐色的古董柜子，没有床，只能打地铺了。

"我去拿个取暖器给你们。"老大妈慢吞吞地走出去，不多时提来了一个小太阳取暖器。

老大妈在古董柜子里翻找一会儿，找出三套衣服，一套是她的，两套是她老伴的。

"你们赶紧把身上的脏衣服换下来，别着凉了。"老大妈笑着把衣服分别递给三个人。

棉衣是大红色的，复古的款式，很土气。棉裤是黑色的，裤管从上到下一般粗，这身衣裳穿在陆然身上，应该能瞬间让一个城市姑娘改变气质，但她看得出这套棉衣和棉裤是新的，老大妈自己应该都还没穿过。

她转头看向纪泽北和叶知安，虽然老大妈给他们找出来的衣服非常干净整洁，但不是新的。

"你们两个小伙子去隔壁换衣服。"老大妈真是个贴心的人!

陆然把登山服脱下来,换上厚实的棉衣棉裤,身上立刻暖和多了。

她坐到小太阳前烤着冻僵的双手,几分钟后,门被推开,纪泽北和叶知安一前一后走进来,两人已经换上了老大爷的衣服,一左一右坐在她身旁,三个人围着小太阳大眼瞪小眼。

陆然看看纪泽北,又看看叶知安,然后低头再看看自己,忍不住"扑哧"一声笑了出来。她怎么看都觉得纪泽北和叶知安现在的样子,完全就是那个小品里的黑土,当然,她自己也好不到哪里去。

"傻笑什么啊!"叶知安瞪她一眼。

她止住了笑,掏出手机对着叶知安拍了张照。

叶知安狠狠瞪她:"赶紧删了,不要留下我的黑历史。"

陆然不但没删,还把照片通过微信发给他,本想给纪泽北也发一张,但她还没有纪泽北的电话号码和微信号。她淡淡睨了纪泽北一眼,刚想要微信号,手机突然响起来。炸裂的来电铃声吓得叶知安一激灵。

"你这铃声是想吓死谁?"

她笑道:"我睡觉比较死。"

是程远。

她这才记起今天是周六,她和程远有约,现在已经快六点了。她犹豫了一下,接听起来。

"餐厅我已经订好了,需不需要我过去接你?"

她挠挠头,说道:"实在抱歉,我不在市里,我今晚赶不回去。"

听筒中的人沉默了几秒,又发出声音:"你在哪里?"

"我在枫山,今天一早和朋友爬山,突然下雪了,现在被困在山上了,程主编,可以下次再约吗?"她巴不得不约。

若不是程远拿纪凡斋专题的事情威逼,她才不会答应陪他吃饭、看电影。

"你真的在枫山?"程远似乎不信。

她挂掉电话,在微信上向程远发起了视频聊天,对方接得很快,视频连上以后,她立即起身走到外面去,把四周的环境拍给程远看。

"你瞧，我现在在山上的一个农户家里，外面的雪下得很大。"

视频那边的程远明显精心打扮过，穿着西装，发型打理得一丝不苟。

看到陆然身边的环境，以及陆然身上那件土得掉渣的红色大棉衣，程远无奈地一笑："既然如此，那就改天吧。"

"谢主编理解。"

挂掉视频，陆然长舒一口气。外面的雪越下越大，地面上已经积了一层薄雪，不晓得这雪什么时候会停，明天能不能顺利回市里。她转身回屋，快步来到小太阳前，烤了烤微微冻红的双手。

叶知安诧异地看着她，问："你跟谁有约？"

"我们杂志社的主编。"

"那个程主编是你的相亲对象之一？"

陆然"扑哧"一笑："不是，他是我上司。"

"所以，你在跟上司约会？"

"不是约会。"她是被逼的。

"那是什么？"

"他只是单纯地约我吃饭、看电影罢了。"

"这你都信？"

"……"她当然不信，但她没有办法。

她很想跟进纪凡斋的美食专题。

"那个程主编是不是在追你？"

陆然摇摇头，说不可能，眼神下意识扫了一下旁边的纪泽北，他双手插兜，面向小太阳安静地坐着。橙红的光洒在他脸上，衬得他神色柔和。一个有重度洁癖的人，在家里那般爱干净，在野外摔了一身泥，怎么没见他抓狂、崩溃？而且他现在穿着农家老大爷的衣服，没表现出任何嫌弃。

"小伙子，过来帮帮忙。"外面突然传来老大妈的喊声。

纪泽北面无表情地起身，走出去。

老大妈搬来了一张小方桌，还提了一壶刚沏的热茶，配了三个小杯子。

纪泽北直接把小桌接过，搬进屋。

老大妈冲三人笑笑说："你们饿了吧？"

陆然点点头。

老大妈说："我这就给你们弄点儿吃的去，稍等片刻。"

叶知安可吃不惯农家人做的菜，于是拽上纪泽北跟着老大妈去了厨房，陆然也好奇地跟了上去。

两个专业厨师，就眼下有的食材亲自下厨。两人配合无间，刀工了得，三下五除二就炒出几道菜来。老大妈和老大爷眼睛都看直了，之后跟着他们围坐到饭桌前，尝到专业厨师的手艺，对他们赞不绝口。

叶知安笑得合不拢嘴，一旁的纪泽北却异常沉默，他低头慢悠悠地吃着饭，眉头紧锁，看上去不太高兴。陆然给他夹了一块鸡蛋放进碗里，他却十分嫌弃地挑出来，扔到叶知安的碗中。

陆然："……"

这么不给面子吗？

气氛突然有些尴尬。

陆然轻咳一声，喃喃道："好吃。"

饭后，她帮着老大妈把饭桌收拾了，想帮忙洗碗，老大妈却坚持不要她大冷天的碰水。她回到房间时，纪泽北和叶知安正围坐在小太阳前悠闲地喝茶。

纪泽北的脸色依旧阴沉，陆然不明白他这是怎么了，明明之前还好好的。

"你想想办法，找辆车一早来接咱们。"叶知安用商量的语气跟纪泽北说。

纪泽北沉默了一会儿，拿出手机拨了个号，简明扼要地告诉电话那头的人明天一早来枫山接人，然后就挂了电话。

"你给谁打的电话？男的女的？"叶知安兴奋地问。

"许佳嘉。"

"她还跟着你呢？"

纪泽北点点头，淡漠地回道："她现在是纪凡斋的主厨。"

叶知安瞪大了眼睛，惊叫道："你是怎么做到的？"

"什么？"

"一个西餐厨师回国后开了一家中餐厅，还把同样学西餐的助手培养成了中餐大厨，你究竟是怎么做到的？"

纪泽北："……"

虽然他们学的是西餐，但毕竟是中国人，对中餐自小就耳濡目染，纪泽北其实更偏爱中餐，所以回国后钻研了一段时间中餐，便开了一家中餐厅。

生意是惨淡了些，但比他预期的好很多。纪凡斋自开业以来，已经培养了一批忠实的老顾客。再者，他不缺钱，就算纪凡斋的生意一直是亏损的，他也不是很在乎。

陆然坐在一旁，一直插不上话，给自己倒了杯茶，捧着杯子暖手。

不过，她记住了许佳嘉这个名字。似乎是一个跟纪泽北很熟的人，而这个人叶知安也认识。

"陆然，你还没见过许佳嘉吧？"叶知安突然问她。

她闷闷地"嗯"了一声。

"正好明天她来接我们，你们认识一下。"

"……哦。"

还没见到许佳嘉的人，她对许佳嘉已经产生了一种距离感和不安，想起叶知安和纪泽北刚才那番对话，她感觉许佳嘉和纪泽北的关系好像不一般。

他们被困在山上，借住在农家，实在是没什么娱乐，陆然一直低头玩手机，直到手机没电自动关机。老大妈和老大爷抱来了三床铺盖，怕他们打地铺会冷，还贴心地送来了暖宝宝。

"这个是贴在足底的。"老大妈说。

陆然谢过大妈，先在脚底贴了两贴。一到冬天她就冰手冰脚，哪怕身上裹得像熊，手脚还是很难暖和过来。

叶知安和纪泽北忙着打地铺，由于房间面积小，三床铺盖紧挨在一起，叶知安最先占了左边的位置，这让纪泽北和陆然都有些不知所措。

"我……我……"纪泽北"我"了半天，也没"我"出个所以然来。

气氛有些尴尬。不管选中间还是选右边的位置，睡在他旁边的人都是陆然。

"纪先生，你睡哪里？"

陆然红着一张脸，耳根子都红了，她不好意思直视他的眼睛，眼神乱转了一会儿，落到了叶知安身上。叶知安正冲她挤眉弄眼。显然这是叶知安故意先占了左边的床位，把难题留给她和纪泽北。

纪泽北缓缓抬眸，深邃的眸子定定地注视着她，与她四目相交的瞬间，他脱口而出两个字："中间。"

叶知安满意地笑了，在足底贴了暖宝宝，脱掉身上的棉衣，钻进了被窝里。

陆然把小太阳关掉，说："我要关灯了。"

纪泽北闻言，坐在中间的铺盖上没动。

陆然拉了下灯绳，室内陷入一片漆黑。她摸黑脱掉棉衣和棉裤，钻进被窝里。黑暗中，她听到窸窸窣窣的声音，纪泽北应该也是在摸黑脱棉衣。之后，她感觉到他在旁边躺下了。

周围突然安静下来。

她能闻到一股淡淡的茉莉清香，是纪泽北身上的味道，她心脏突突地跳，紧张得手心都在出汗。

"睡不着。"叶知安的声音响起。

作为还没倒完时差的那一个，叶知安入睡十分困难，他已经好长时间没睡过觉了。

"数羊。"陆然说。

叶知安嗤笑一声："没用。"

"晚安。"

叶知安："……"

陆然虽然很紧张，但爬了一天的山早就累了，躺下没多久就睡着了，呼噜声很快响起来，睡得很沉，雷打不动。

"她这呼噜打得怎么跟大老爷们儿似的？"纪泽北叹着气，被吵得无法入睡。

旁边困得眼皮直打架，却还是没能睡着的叶知安苦笑道："是不是很有节奏，很带感？"

纪泽北："……"

后半夜，纪泽北好不容易习惯了陆然的呼噜声，快要睡着的时候，一只手突然伸过来，搭在了他身上。他摸到枕边的手机，打开手电筒，发现陆然整个人晾在旁边，身上的被子卷到一起，半个后背都晾在空气中。他伸手想帮她把被子盖好，她却一翻身，滚到他跟前来了，似乎是冷，她伸手拽他的被子。

"躺回去。"他推她一下。

她没反应，一双白嫩的小手依旧在扯他的被子。他拽着自己的被子，瞪大眼睛看着她。

她扯不动被子，就本能地往暖和的地方钻。

他严守阵地，奈何还是被她攻破了。

她钻进了他的被窝里，一只胳膊还搂住了他的腰。

这女人怎么净跟他耍赖皮……

他抬手，在她脑门上轻轻弹个脑瓜崩，"咚"的一声。她皱皱眉，哼唧两声，开始往他怀里钻。他有点儿慌，用手推她。

叶知安喃喃道："你要真烦她，想让她离远点儿，最好拿脚踹。"

纪泽北回头，发现叶知安还醒着，他一手撑着头，眯着一双泛红的眼睛，连连打哈欠。"反正她明天醒了，也不记得你踹过她，她睡觉就像死猪。"

纪泽北皱眉："我才没那么暴力。"

"那你就老老实实抱着她睡，别折腾了。"

"……"

陆然一觉睡到了大天亮，睁开眼睛，映入眼帘的便是纪泽北俊美的脸。她大惊失色，环顾四周，发现自己在纪泽北的被子里，一只胳膊紧紧搂着纪泽北不说，一条腿还搭在他身上。她慌了手脚，趁着他还没醒，她收回自己的胳膊和腿，慢慢挪出他的被窝，刚要钻回自己的被子里，身后一只手突然伸过来，抓住了她的后领。

"占完了便宜就想跑？"清冷中略带沙哑的声音传来。

她回头，纪泽北正看着她，一双眼睛深邃又勾人。

她冲纪泽北抿嘴一笑道："我哪有占你便宜。"

"打一晚上呼噜就算了，你压得我快半身不遂了，说吧，怎么补偿？"

"我……不打呼噜。"

纪泽北淡定地拿起手机，播放了一段录下的呼噜声，那声音跟马达似的，不但有节奏，还很带感。

陆然坚决否认："不，这不是我，绝对不是我。"

纪泽北又播了一段视频，镜头正对着陆然的脸，这该死的拍摄角度，简直把她拍得要多丑有多丑。

视频中，她睡得像死猪，呼噜声震天响。

陆然："……"

纪泽北关掉视频，收好手机："这是证据。"

"我……"睡着的人，怎么可能知道自己睡着以后是什么样子的。

陆然压根儿就不知道自己睡觉打呼噜。

她解释道："可能是爬山累的。"

"不，你平时就打呼噜。"

"……"

"我一晚上几乎没睡，回去以后我要睡觉。"

陆然很是尴尬。

"照顾梓辰和煤球的任务交给你，饭你做，卫生你打扫，就当是你的补偿。"

"……没毛病。"

纪泽北起身，快速穿好衣服，走到外面去给许佳嘉打电话，让许佳嘉来的时候，带三套衣服。

陆然趁他在外面打电话，把棉衣和棉裤穿好，叠好被子，把叶知安叫醒。

叶知安一副受了天大委屈的样子。"你真是个神仙！"他好不容易才睡着，居然就这样被她叫醒了。

"回酒店再睡。"陆然说完便去叠他的被子。

他耷拉着一张脸，把衣服穿好，坐在一旁困得直打盹儿。

他们吃过了农家做的红薯粥，许佳嘉九点多的时候终于来了，开着一辆白色越野车，停在了路边。

车上下来的许佳嘉一头微卷的齐耳短发，妆容精致，瓜子脸，鼻子很挺，眉深目阔，很是漂亮。她气质清冷，穿着黑色大衣，脚踩黑色短靴，从头到脚一身黑，连耳钉都是黑色的，活像个特务。她从后座上拿了三个纸袋出来，里面是纪泽北托她带的衣服。

纪泽北早就在门口候着了，见她来了，唇角浅勾，还上前迎了几步。

"有病？没事老往山上跑什么？"女人淡漠地开口，然后把手里的三个袋子往纪泽北怀里一塞。

纪泽北接过衣服，冲她一笑："冬天我是很少来山上的，是个有病的人组织的。"

屋内的叶知安听到这话不乐意了："老纪，不准背后说我坏话。"

许佳嘉听到他的声音，觉得耳熟，不解地看着纪泽北："谁啊？"

"叶知安。"

"姓叶的，怎么不出来迎接我？我可是来解救你们的。"许佳嘉冲着屋里喊了一声。

叶知安起身走出去，顺手理了理身上土得掉渣的棉服，有些不好意思地挠挠头，说："好几年不见，刚回来就让你看见我这个样子……"

许佳嘉瞥他一眼，轻笑道："这身打扮很适合你。"

叶知安："……"

陆然坐在门口的台阶上，双手揣兜里，定定地看着许佳嘉，比她想象中年轻漂亮。看得出来许佳嘉跟纪泽北非常熟，说起话来那随性的语气让她羡慕。

纪泽北把唯一的女装递给她时，许佳嘉终于注意到她了。

与她目光对视的一瞬，许佳嘉先开了口："她谁？"话是对纪泽北说的。

叶知安抢着介绍道："她是我小妹陆然，之前我跟你提过的。"

"哦。"

许佳嘉把她从头到脚打量一番，倏地笑了。

陆然尴尬得真想找条地缝钻进去。她接过纪泽北递来的衣服，冲许佳嘉挤出一丝笑来，问："这是你的吗？"

许佳嘉点点头。

"谢谢，我洗干净后再还给你。"

"不用了，你留着吧，别人穿过的我不会再穿。"

"……"

第六章　加个微信好吗

把叶知安轰到隔壁，陆然关上门，换上许佳嘉带来的衣服，是件黑色的大衣和一条黑色的长裤，穿着有点儿紧。很明显，许佳嘉很瘦，比她瘦！

纪泽北和叶知安的衣服，是许佳嘉一早到纪泽北的公寓，纪梓辰拿给她的。

谢过了老大妈和老大爷，三人跟着许佳嘉上了车。

纪泽北很自然地坐到副驾驶位，这让陆然更加在意他和许佳嘉的关系了。

叶知安认识许佳嘉，他一回国就忙着撮合她和纪泽北，可想而知，许佳嘉和纪泽北还不是她担心的那种关系，至少到目前为止还不是。

雪下了一夜，地面积了厚厚的一层。许佳嘉车速放得很慢，临近中午的时候，他们终于回到市区。

"佳嘉，你先把老纪和陆然送回公寓，然后送我去一趟4S汽车店，陪我看看车。"叶知安说。

许佳嘉闷闷地"嗯"了一声，缓缓提了车速，抵达公寓大门口，停了车。

陆然率先下车，她把包搭在肩上，回头看纪泽北，他已经下了车，在跟许佳嘉说话。

"辛苦你了，今天你就休息吧，不用去店里。"

许佳嘉点了下头，问他："你这里有没有需要我帮忙的？"

"没有。"

纪泽北关上车门，道了声"再见"，然后径直朝陆然走来。

"回家。"经过她身边时，他丢下俩字，还顺手把她肩头的包给拎了过去。

她愣住了。

纪先生什么时候变得这么体贴了，还知道帮自己拎包？见他已经往公寓楼走了，她喜出望外地跟上去。

看着一高一矮两人的背影，许佳嘉面色微沉，问后座的叶知安："他们俩什么关系？"

"老纪喜欢我小妹。"

许佳嘉笑了："你开什么国际玩笑！他怎么可能会有喜欢的女人？"

叶知安反问道："他为什么不可能有喜欢的女人？"

许佳嘉："……"

陆然怎么看都不像是纪泽北喜欢的类型。

"不要因为陆然是你的小妹就把她介绍给泽北，你的小妹会因为泽北而受伤的。"她好心提了个醒。

叶知安不以为然："那可不一定。"

"到时候关系搞僵了，连朋友都没的做，你夹在他们中间，尴不尴尬？"

"你想多了，老纪昨天晚上可是跟她睡的一个被窝。"这是他亲眼看见的，"老纪的弟弟还告诉我，老纪对我的小妹很温柔，他以前没对女孩子那么好过。"

也是因此，他才决定撮合一下。

纪泽北没谈过恋爱，对待感情岂止是木讷。叶知安和纪梓辰已经商量好，无论如何都要帮纪泽北一把。当然，他也想帮自己的小妹。

许佳嘉像是听到了什么爆炸性的消息，一对眼珠差点儿瞪出来。她回头看着叶知安，难以置信地问道："你刚刚说什么？"

"他俩昨天晚上睡的一个被窝？"

"泽北……真的喜欢那个女孩？"

"是啊！"

"不可能，绝对不可能。"许佳嘉语气笃定。

"天底下没有什么事情是绝对的，老纪都二十五岁了，该谈恋爱了。"

许佳嘉摇摇头："泽北不是那么随便的人，他跟我说过，他不会结婚。"

"现在是谈恋爱的阶段，等时机成熟，自然而然就想结婚了。"

这话无疑给了许佳嘉当头一棒。

许佳嘉怔住，脑海中一遍又一遍地闪过陆然坐在农舍门前的台阶上，穿着大红棉衣、黑色肥棉裤的样子。

纪泽北那么挑剔的一个人，到头来，就看上了这样一个土包子？

"你到底开不开车？要么送我去4S汽车店，要么送我回酒店，现在已经快中午了，你要是不介意，就跟我一块儿吃个午饭，我饿了。"叶知安伸手在她眼前晃了晃。

她冷冷地瞥了叶知安一眼，仍然不相信叶知安说的那些话。

纪泽北不可能喜欢陆然，那女孩看着有点儿呆，纪泽北说过，他喜欢聪明的女人。

出了电梯间，纪泽北把背包还给陆然："回去收拾一下再过来。"话说完，不等陆然反应，纪泽北便径直朝着1802室走去。

看着男人进了门，门没有完全关上，给她留了一条缝，她心潮起伏地一笑。回到家，她先给猫添粮添水，铲完猫屎便进入卫生间洗漱，之后把身上勒得要死的衣服换掉，用生平最快的速度简单打扫了一下家中的卫生。化了个淡淡的妆后，她拿起手机、充电器和家门钥匙出了门。敲了下1802室的门，没听到有人应声，她直接推开门走进去。

门关上的瞬间，煤球屁颠颠地朝她跑来，虽然她只养了煤球几天，但煤球跟她很亲。

她抱起煤球，一边摸它的头一边打量室内，客厅乱得像是遭了贼。不愧是纪梓辰，他哥才一晚上不回家，他就不知道自己姓什么了，一个人在家疯狂搞破坏。

她的目光定格在灰白相间的沙发上。之前她不小心把纪泽北家的沙发弄脏，上面沾了些红酒，其实清洗一下就可以，但那套沙发已经不见，她眼前的是一套全新的沙发。陆然正盯着沙发发呆，纪泽北从房间里走出来，他已经换上居家服，似是刚洗过澡，发丝还微微有些湿。

男人神情漠然地走到她面前，塞了二百元钱给她。

她盯着手里的钱，有点儿不明所以。

"为什么给我钱？"

"冰箱里食材不多，你去买一些，剩下的就当辛苦费，我要睡觉，不准吵我。"

她"哦"了一声，问："你弟弟呢？"

"还在睡觉。"

真行！

她把钱收好，没急着外出，而是挽起袖子开始打扫客厅的卫生，纪泽北站在一旁，神情严肃地看着她，时不时指挥一两句。

"边边角角都要擦干净，不要留任何死角。"

陆然耐着性子喃喃道："你不是要去睡觉？"

"是。"

"那你去啊！"老在这里指挥她干活，烦死了！

她是个成年人，打扫卫生这种事情，不需要别人手把手地教她。

纪泽北微怔，墨黑的眸中闪过一抹幽光，张了张嘴，却没再说什么，转身朝房间走去。

外面突然传来门铃声。

不是纪泽北家的门铃在响，是她家的。陆然停下手上的活，转身去开了门，发现自家门口站着个一身正装的男人，男人手里捧着一束红玫瑰。她只看到侧脸，就认出是季东俞。

好家伙，都找上门来了。

她脑袋一缩，刚想悄悄关门，季东俞却发现了她。

"陆小姐？"

陆然："……"

"你住1802室？"

"不是，你没敲错门，我只是在这里帮邻居照看一下他弟弟。"

陆然以为纪泽北已经回了房间，谁知他就站在她身后不远处。他听到了季东俞的声音，也听到了她口中的那句"邻居"。

他咧嘴微笑，好一个"邻居"！

季东俞没多想，走到陆然面前，十分绅士地把手里的花送上："我是从孟律师那里打听到你的住址的，我给你打过电话，你关机，所以我就直接过来了。"

陆然看着眼前一大捧鲜红的玫瑰，不知是该接还是不该接。

"你忙完了没？"

她摇摇头。

"本来想中午一起吃饭，看来得改晚上了。"

"……"她好像还没答应跟他一起吃饭。

"我会提前订好餐厅，晚上七点。"

陆然心里发笑，这个季东俞也不问问她愿不愿意跟他一起吃饭，就开始自顾自地张罗，一副她肯定不会拒绝的样子，哪儿来的自信啊？

"我晚上没时间。"

"晚上还要照看邻居的弟弟？"

"那倒不是……"

晚上的话，纪泽北应该已经睡醒起来了。

"那你有别的事？"季东俞神色平静，嗓音浑厚低沉。

她挠挠头，笑着说："季先生，很抱歉，我不想跟你出去吃饭，这花，我不能收。"

季东俞愣了几秒，把花收了回去，动作干脆利落。

"你对我不满意！"他语气笃定地说。

她连忙摆摆手，解释道："不是，你很优秀，但我已经有……""喜欢的人"四个字还没有说出来，季东俞就打断她说："既然不是对我不满意，那我就当陆小姐是在欲擒故纵了。"

"……"欲擒故纵个啥呀！

"餐厅的位置我会短信发给你，晚上七点，不见不散。"季东俞说完，转身要走。

陆然暗暗抓狂，赶紧将人叫住。

"季先生，你搞错了，我的意思是我跟你之间不可能，我不喜欢你。"

这应该是最直接的拒绝方式了。

季东俞停住脚步，回头看着她，依旧是那副平静的样子，说："现在不喜欢，不代表以后不喜欢，感情可以培养。"

"……"

"我妈已经了解过你的情况，对你非常满意，届时会抽个时间双方长辈见见面。"季东俞说。

陆然一个头变成了两个大。这年头，直白的拒绝都不好使了吗？那她换委婉一点儿的，实在不行就发好人卡吧。她冲季东俞挤出一丝笑来："季先生，像你这么好的条件，应该可以找到比我更好的姑娘。"

"我觉得你就挺好，很合适。"

"……"

陆然瞪大眼睛，突然很想一记无影脚朝季东俞脸上踹过去。

身后传来"扑哧"一声笑。

陆然恼怒地回头，就见纪泽北兄弟俩站在她身后不远处，其中，纪泽北双手插兜，强忍住笑意睨着她。

她顿时整张脸都烧了起来。

"晚上七点，不要迟到。"季东俞自信满满地补充一句，走了。

就这么走了？

陆然咬牙切齿，气得浑身都在抖。

季东俞是个怪物啊！真是百年难得一遇……

重重地将门关上，她埋着头继续打扫卫生，无视一旁仍在笑话她的纪泽北。

陆然一张脸红得发紫，忍无可忍地把手里的抹布朝兄弟两个扔过去。纪泽北轻松一闪，避开了。纪梓辰还没反应过来，抹布正好扔在他脑袋上。

他伸手把抹布扯下来扔到一边，冲陆然笑笑："大清早的，别这么大火气。"

陆然："……"

这火，还不是让纪泽北给勾起来的？

纪泽北沉沉一笑，似乎心情不错，双手插兜哼着小曲儿进了房间。

"中午吃什么？我快饿死了。"纪梓辰几步走到沙发前坐下，抱起跟到他脚边的煤球，手法娴熟、自然地挠了挠煤球的下巴，煤球发出咕噜咕噜的声音，一脸享受地眯起了眼睛。

　　陆然拾起抹布，一边擦茶几桌面一边说："我一会儿去趟超市，买些食材回来给你做饭。"

　　纪梓辰有点儿不可置信地问："你做饭？"

　　"嗯。"

　　"你跟我哥一晚上没回来，是不是进展……很顺利？"

　　陆然笑了，脸上红彤彤的："别问了。"

　　快速收拾完卫生，陆然拿着纪泽北给的钱出了门，直奔附近的超市。

　　另一边，许佳嘉把叶知安送到4S汽车店。

　　汽车店位于三环外，挺远的，都快到郊区了。

　　她把车停在路边，冷冷说道："到了。"后座没动静。她回头一看，叶知安竟睡着了。她解开了安全带，伸长了胳膊"啪"的一巴掌抽在叶知安脸上。

　　叶知安醒了，一脸迷惑。盯着她看了几秒，他感觉脸上疼，摸了摸自己的脸，他觉得刚才好像有人打他了。

　　"你打我？"

　　许佳嘉神情无辜："我没有啊。"

　　"你没打我吗？"

　　许佳嘉摇摇头，伸手一指外面："到汽车店了。"

　　他看了眼窗外，"哦"了一声，说："还是先吃点儿东西吧，我饿了。"

　　许佳嘉："……"

　　"吃完饭你再把我送回酒店，我得好好睡个觉，昨晚都没怎么睡。"叶知安困倦地打了个哈欠。

　　他一提昨晚，许佳嘉就想起他说纪泽北和陆然睡一个被窝的事，心里有点儿堵得慌。

　　"愣着干什么？开车啊！"叶知安催促她一声。

　　她冷下脸，不爽道："你当我是你司机？"

　　"今天你就勉为其难给我当个司机，我这时差倒不过来，整晚整晚睡不好，我都这么可怜了……"叶知安的废话还没说完，许佳嘉已发动车子，猛轰了一脚油门。

车子"嗖"的一下驶出去，吓了他一大跳。

进了市区，两人进入一家餐厅，是一家中档的西餐厅，在临窗的位置坐下，各自点好了餐，等餐上桌的时候，许佳嘉问叶知安："他们进展到哪一步了？"

叶知安："什么进展到哪一步了？"

"我说泽北和你的小妹，关系进展到哪一步了？"

"我不知道。"

"你不是说他们俩昨晚睡在一个被窝里吗？"

"是，但他们什么都没做啊。"

"……"所以就是单纯地睡觉？

果然是纪泽北，一般女孩是不可能让他动心的。他不碰她，就证明不喜欢她，但没有推开她，证明他也不讨厌她。

不讨厌已是一个非常危险的信号了。

许佳嘉神色凝重，叶知安忍不住笑了，揶揄道："你紧张个什么劲？怎么着，你喜欢老纪啊？"

"……"

"你不会真喜欢……"

"你觉得呢？"

叶知安无言以对，心里还真有点儿酸。其实他早就有这种感觉，只是纪泽北和许佳嘉多年来一直没什么实质性的进展，所以他没觉得两人之间有什么可能。

但许佳嘉放弃在M国的大好未来跟着纪泽北回国这事，如果不是因为喜欢，还真没别的合理解释，一般人可做不到这样。

他沉默下去，不知该说什么了。气氛忽然变得有些压抑。

许佳嘉看出叶知安脸色不对，便没再继续这个话题，问他："你打算在国内待多久？"

"不走了。"

"工作呢？"

"我顶着光环回来的，国内几家星级酒店那是抢着高价聘请我。"

"有着落了？"

"当然，没着落又能怎么的，我可以自己开餐厅。"

本就不是缺钱的主儿，所以，这方面许佳嘉倒不是特别担心他。

"住处呢？"她问。

"买了套公寓。我明天回趟滨市，把驾照的事搞定，估计过几天再回来，到时候，我小妹应该就把公寓帮我布置妥当了，我拎包入住。"

许佳嘉点点头："那就好。"

又一阵沉默后，叶知安开了口："有句话不知当讲不当讲。"

许佳嘉白了他一眼："有话就说，有屁就放。"

他嘿嘿一笑："我就是想不明白，纪凡斋生意那么惨淡，应该一直是亏损状态，你为什么还留在那里？"

"谁说亏损？"

"没亏？"

"还好，大部分情况下收支是平衡的。"

叶知安撇了撇嘴，又问："老纪怎么开了一家中餐厅？"

"他对中餐有兴趣。"

"那你呢？"

"我对他感兴趣的都感兴趣。"

"……"

这话题没法聊了。

陆然从超市回来就一头扎进厨房准备午饭。她不知道纪泽北喜欢吃什么，但印象中纪泽北不是个挑食的人，所以她就打算做几样自己勉强能做的菜。

番茄炒蛋、黄瓜炒蛋、青椒炒蛋……反正都是鸡蛋。她自己做菜是从不炒肉的，受不了肉下锅时的惊吓。

纪梓辰看到她在厨房雄赳赳、气昂昂的身影，以为能吃到大餐，等他看到桌上的四盘菜分别是番茄炒蛋、黄瓜炒蛋、青椒炒蛋、胡萝卜炒蛋时，他的脸一点点垮了下去。

"吃饭吧。"陆然笑着说，"别嫌弃，我只会做这种简单的菜式。"

论吃，谁都没她会吃，但是做菜这种事情她就不行了。

纪梓辰苦着脸，问："肉呢？"他向来是无肉不欢的。

陆然挠挠头："没买。"

纪梓辰"哇"的一下就哭了。

陆然吓一跳，简直不敢相信自己的眼睛。

纪梓辰哭了？就因为菜里没肉……

纪梓辰就像个三岁小孩似的，只见他边哇哇地哭，边朝着纪泽北的房间走去，一副受了天大委屈的模样。

她赶紧跟上去。

纪泽北说了，不准打扰他睡觉。

她想拦住纪梓辰，大不了给他叫份外卖，奈何她晚了一步，纪梓辰已经推开了纪泽北房间的门，哭着走了进去。

纪泽北睡觉很轻，听到纪梓辰哇哇的哭喊声，他皱了皱眉，睁开了眼。

纪梓辰站在床前，哭丧似的看着他。

"哥，菜里没肉。"

纪泽北："……"

"我要吃肉。"

"……"

陆然跟到门边，站在门前不敢往纪泽北的房间多迈一步。

纪泽北缓缓坐起身，抬眸看了一眼真落下泪来的纪梓辰，忽然有些哭笑不得。

"停！"

纪梓辰的哭声戛然而止，委屈巴巴地吸了吸鼻子，喃喃道："哥，我要吃肉。"

纪泽北下了床，径直走到陆然面前，问："你做的什么？"

陆然："番茄炒蛋，还有……"

纪泽北走出去，她跟在后面报菜名，菜名还没报完，纪泽北已经看见了桌上的四道菜。

"这都是你做的？"

"嗯。"

"还不错。"

没料到纪泽北会夸她，她忽然有点儿飘飘然。

"给梓辰叫红烧肉外卖，堵上他的嘴！"他已经脑袋疼了。

他本来入睡就非常困难，好不容易睡着了，谁知被纪梓辰那小子一闹，现在已然没什么睡意了。

看着桌上花花绿绿的菜，他倒是有点儿饿了。

陆然用手机叫外卖的时候，纪泽北已经进了厨房，盛了饭出来，然后坐到桌边开始吃了。

纪梓辰听到纪泽北说给自己叫红烧肉外卖，已经不哭了，坐在沙发上一边嗑瓜子一边等着。纪梓辰从小就不喜欢吃蔬菜，一顿没肉，就要闹要哭的，打小就这样，让家里人惯的，没办法。

陆然叫好了外卖，发现纪泽北吃得津津有味，她有点儿惊讶。

"好吃吗？"她问。

纪泽北抬起头来，淡淡一笑："还不错。"

他难得冲她笑得这么温柔，她心里像吃了蜜糖一样甜。

她没管纪梓辰，坐到纪泽北旁边拿起筷子开动。

尝了一口黄瓜，她差点儿一口喷出来。太咸了。

纪泽北家的调料都是非常精致的小罐，上面带孔的。盐是一整罐，也没个勺，不是普通家庭那种带勺的调料盒，她手上没个准，盐放多了。

她尝了另外几道菜，都咸。

她疑惑地看向纪泽北，又问："好吃吗？"

纪泽北眉头皱了一下，一脸"这个问题你不是才问过"的表情，略有些不耐烦地点了下头。

"你真的觉得不错？"

"有问题？"

陆然猛摇脑袋。

可能他口味比较重？

这么咸都吃得下去？这是什么口味？

然而，男人却吃得很香，甚至可以用大快朵颐来形容。

"纪先生……"

"叫我泽北。"男人淡淡地开口。

陆然心头一跳，瞬间忘了自己想要说的话，激动得如小鹿乱撞。

"泽北。"她唤他一声。

他"嗯"了一声。

她又唤他："泽北。"

他抬眸："什么事？"

她摇头："没事，就是叫叫你。"

"……"

"我还没有你的电话和微信，"她想趁这个机会要到纪泽北的电话号码和微信号，"加个微信好友吧。"

男人沉默了一会儿，说："我不怎么用微信。"

"是吗？"

男人不说话了，饭吃完，放下筷子起身，朝房间走去。他在门口站定，回头看着在沙发上跷着二郎腿嗑瓜子的纪梓辰，叮嘱道："天塌下来也别吵我。"说完他进入房间，把门关上。"啪嗒"一声响，他把门从里面反锁了。

外卖很快就到了。陆然吃不下自己炒的菜，便和纪梓辰一起吃外卖。

"你哥不用微信？"

纪梓辰大大咧咧地回道："用啊。"

"……"所以，他是不想加她好友。

"你没加我哥微信？"

她摇摇头。

纪梓辰嘿嘿一笑："我一会儿发给你，你扫码加他就行。"

"哦。"

美滋滋地吃了一顿肉，纪梓辰心情大好，吃完了饭，就立刻把纪泽北的微信推送给了陆然，陆然却犹豫要不要加。纪泽北当面说他不用微信，显然是不想加她好友。可是微信号都弄到手了，不加的话，又不甘心。最终她还是申请添加纪泽北为好友了，申请那一栏信息她直接打上一句：我是陆然。

他若是不加，证明她是真的没戏。

消息发送成功以后，她起身收拾桌上的碗筷，正在厨房洗碗，忽听手机响了一声，是微信的提示音。

她连忙把手上的水渍擦干净，掏出手机看了一眼。

纪泽北已经同意添加她为好友。

她激动得眼睛都亮了。

他的微信名字很简单，一个"北"字，头像是一只黑色的猫。

她迫不及待地想翻一翻纪泽北的朋友圈，却发现他的朋友圈设置了三天可见的权限，而最近三天内，他没有发表过任何动态。她收起手机，哼着歌继续洗碗。

主卧室内，纪泽北还没睡着，他躺在床上拿着手机，放大陆然的微信头像，是只粉红猪，跟她水杯上的粉红猪一样的。

他截了张图，把图片发给纪梓辰："这是什么猪？"

纪梓辰秒回："佩奇猪。"

后面又发来一句："这好像是陆然姐姐的头像，她很喜欢佩奇猪，你要是想送她小礼物，送佩奇猪再合适不过，最好一家四口猪打包一起送。"

"……"谁要送她小礼物？

他只是纳闷这头猪为什么长得这么奇怪。

陆然收拾好厨房的卫生，看着自己的劳动成果，满意地点点头。她是按照瓷砖能照出人影的标准打扫的，相信纪泽北醒来之后，不会因为她没把残局收拾干净而责怪她。

吃饱喝足的纪梓辰懒洋洋地躺在沙发上，怀里抱着煤球，一人一猫已经昏昏欲睡。她去纪梓辰的房间找到一条毯子，给一人一猫盖上，然后轻手轻脚地出了门。

纪泽北给她的钱，她只用了几十元，剩下的全部放在了茶几上。

她回到自己的小窝自然就不用拘谨了，打开电视机，又去厨房切了点儿水果拿出来，在沙发上半躺着，一边吃水果一边追剧。她迷迷糊糊睡着了，醒来时，天色已经暗了下来。她拿起手机，微信上有两条未读消息，都是大约一小时前发来的。一条来自叶知安，他发来的语音："明天一早回滨市，早上我把公寓钥匙给你，八点你下楼来拿。"

她回了一个"好"字，又点开另外一人的消息。

是程远。

他发来的是文字消息："今天晚上有没有时间？"看他这意思是昨天的晚饭要改到今天？怎么办，她还是想拒绝……

思忖许久，她决定撒谎："不行啊，我还在山上。"

对方像是一直在盯着手机等着她回消息似的，马上回复道："还没回市里？"

"没有，雪路不好走，我们都是徒步上山的，一时联系不到车。"

"那你明天上班怎么办？"

"我尽量想办法，我手机快没电了。"对方果然没有再发消息。

她松了口气，抬头瞅了大黄一眼，那肥货在猫爬架的顶端眯着眼打盹儿。猫真好，不用上班，不用做事，每天吃了睡、睡了吃，长胖都不用担心被人笑话，反倒是越胖越可爱。

将手机放下，她伸了个懒腰，却懒懒的不想动。

晚上好想去纪先生家里蹭饭！这个时间不知道纪泽北起来了没。她又拿起手机，盯着纪泽北的微信，猫咪头像和纪泽北本人反差实在太大。嘴角勾起一抹浅浅的笑，她琢磨着发点儿什么过去，在脑中酝酿了许久，最终只发了三个字："醒了吗？"

她盯着微信看，他没回，甚至没有显示"正在输入"的字样。

可能他还没睡醒吧。

她正要放下手机，突然来了一条短信，是个陌生号码发来的。她点开信息内容，上面是一家餐厅的位置和预订的桌位，后面还有一句提醒："七点钟，不见不散。"

她瞬间了然，这是季东俞发来的。

现在才五点四十分，还不到六点。

她本想不理睬，但想了想，还是回了条信息："我不会去的。"还是礼貌性地拒绝一下比较好。

谁知对方秒回消息："我会等到你来，你不来，我不走。"

"那你一个人吃吧，祝你用餐愉快。"

季东俞没有继续回消息，陆然以为对方想通了，谁知他却打来了电话。

尽管没有存季东俞的号码，但她一眼就认出他的号码，尾号是三个5。

她没接，把手机调成了静音模式。她在沙发上躺着，六点多的时候，觉得有点儿饿，便爬起来去厨房找吃的，打开冰箱，里面只剩下两根胡萝卜，虽然勉强能炒盘菜，但冰箱里没有鸡蛋了。她想起纪泽北家还有鸡蛋，犹豫着要不要去借两个。

这年头还有借鸡蛋的吗？她不是买不起鸡蛋，她就是想往隔壁跑。拿起手机，发现纪泽北回了消息，而且是很长的一段，她不禁有些激动。

她赶紧点开内容："亲亲，我醒了，正在做饭呢，你要不要过来一起吃？非常好吃哦。"

后面还发了一个勾引的表情包。

她万分惊讶。

这是纪泽北发的？

不太像他的风格……

不过他邀请她过去一起吃饭，她还是很兴奋的。

她快速整理了一下发型，拿着钥匙直接上1802室敲门去了。

开门的人是纪梓辰，小伙子挑眉冲她笑道："来得真快。"边说边把她拽了进去。

厨房里有个人影在忙碌。

"你哥叫我过来吃饭，我有点儿受宠若惊。"她小声说。

纪梓辰憋笑道："其实，那消息是我回的，我哥不知道。"

"……"

陆然第一反应就是溜。趁着纪泽北还没发现她，早走早脱身。免得他看到她以后，以为她不请自来。陆然刚转身走了几步，身后就传来纪泽北清冷的声音："有事？"她浑身一僵，回头，冲男人咧嘴一笑，回道："没事。"

男人腰间围着围裙，神色淡淡的，手里端着一盘刚出锅的炒腰花。

"既然来了，就留下吃饭吧。"

"啊？"

"让你留下吃饭。"纪梓辰拽着她往屋里走。

被纪梓辰按坐在沙发上，她还有一点儿狐疑。刚刚是纪泽北亲口说让她留下吃饭的？今天的太阳从哪边出来的？她还以为他一定会赶她走。

不多时，三人围坐在餐桌前，桌上是几盘色香味俱全的菜，纪梓辰吃得津津有味。

陆然埋头吃着，时不时抬眼偷看对面的男人两眼。

男人已经脱了围裙，身着一件白色宽松毛衣，如墨的头发没经过仔细打理，带着起床后的随性、自然。

"叶知安来过消息，让我陪你一起帮他布置一下公寓。"男人突然打破沉默，声音一贯的清冷。

陆然点点头。她知道，这是叶知安在想方设法给她和纪泽北创造机会。

叶知安啊叶知安，不愧是好哥们儿！

陆然的内心激动澎湃，面上却没有表现出来。

"听说他把卡给你了。"纪泽北语气依旧淡淡的。

"嗯，让我随便刷。"

"晚上去商场逛逛？"男人主动邀约。

陆然埋头偷着乐。

"去不去？"纪泽北问。

她敛了笑，抬起头来一本正经地说："去。"

第七章　花心男的套路

饭后，陆然匆忙跑回家换衣服。跟纪泽北一起出去，她当然要打扮得美美的。

十分钟后，两人在电梯间会合。他们乘电梯直达地下停车场，出了电梯，陆然跟着纪泽北上了车，一双眼含情脉脉地盯着驾驶位上的男人。

他穿着黑色大衣，气质清冷。

"把安全带系上，别看我，我脸上没安全带。"男人平静地说。

陆然尴尬地笑了笑，收回目光，把安全带系好。

车子平稳地驶出停车场。一路上，陆然心里如小鹿乱撞，总是忍不住偷看男人。

"老看我干什么？"男人侧头扫她一眼。

她笑道："你好看。"

"……"

到了商场，纪泽北把车开进地下停车场，随后两人乘电梯上楼，直接来到家具、家电区。

"现在买了，什么时候送？"陆然问身旁的男人，想知道他什么时候有时间。

纪泽北垂眸看着她，回道："最好是下午。"

"好。"

两人先逛家电区，洗衣机、冰箱、电视机、饮水机等家电选了些高档可靠的品牌，一口气全买下了，安装时间统一定的是下午两点。

陆然留了叶知安公寓的地址后，就拽着纪泽北去了家具区。

公寓内是精装修，把家具、家电备齐，剩下的小件物品慢慢补齐则可。

陆然是个闲人，一周一篇美食稿，她有大把的时间可以张罗。

为了岔开时间，不至于太忙乱，家具定的配送时间是下午三点。

搞定了大件的，陆然兴冲冲地拽着纪泽北往生活用品区走去。

"你累不累？"男人诧异地看着她。

她嘿嘿一笑："不累，就是有点儿渴。"

"我去买水。"

她点点头，伸手指着生活用品区说："我到那里看看餐具。"

"嗯。"

两人分开。

陆然在一家精美的餐具店里仔细挑着，以他对叶知安的了解，其他的东西随意一点儿他不会介意，但对锅碗瓢盆什么的，作为厨师的他一定很讲究。

"我看中了一套餐具，特别好看。"娇滴滴的声音灌进陆然耳中。

她循声望去，就见一个身材高挑、模样俏丽的女人挽着一个高个男人的手臂走进来，男人正左右张望，看摆在架上的餐具样品。

看清男人的样貌，陆然心里咯噔一下。居然是程远！

陆然虽然不认识他身边的女人，但见过，她是公司人事部的一个同事。

好家伙！没约到她，程远马上就转移目标约了别人。

陆然背过身去，低着脑袋，心跳加快。绝对不能让程远看见她，她此时此刻应该还被困在山上才对，若是被发现，谎言就兜不住了。

"就是那一套。"女人惊喜地伸手一指。

陆然更慌了，那女人指的就是她这个方向。她快速往前走了几步，竖起大衣领子，缩着脖子，脑袋深埋，恨不得把脑袋扎进胃里。

"小姐，需要推荐吗？"一个售货员走到她面前，正好挡了她的路。

她摆摆手，埋着脑袋想找机会溜出这家店。余光瞥见程远和那女人朝她这边靠近，她绕过面前的售货员，走到另一边。程远和那女人并没有看她，注意力都在餐具上。

她加快脚步，正要往店外走的时候，好巧不巧，纪泽北来了。

他拿着两杯外带咖啡，一进门就跟做贼心虚的她对上目光，眉头不禁皱了一下。

看个餐具还能看成这副贼眉鼠眼的样？又不是没带钱，刚才刷卡的时候不是挺潇洒的？

陆然冲他一个劲儿地摆手，示意他不要过来。

他没管，径直走到她面前，问："你不是渴了吗？"他把咖啡递给她，她却不接，脑袋越埋越低。

"怎么了，不舒服？"

她重重地点点头。

"哪里不舒服？"

她声音极小："浑身不舒服，我们快走。"她拽着纪泽北的胳膊，急切地想出去，却不小心碰洒了他手里的一杯咖啡，咖啡溅到纪泽北手上，烫得他眉心一紧，暗暗咬了咬牙。

"到底怎么了？"纪泽北语气重了一些。他没看出陆然不舒服，反而觉得她像是在躲什么人。觉察到她偷偷往另外两个顾客身上扫了一眼，他瞬间明白了。

"躲男人还是躲女人？"

陆然快急死了，眼看着程远和那女人离她越来越近，小声回道："男人。"

"他是你前任，还是……"

没等他把话说完，陆然就急眼了，从牙缝里挤出一句话来："那是我上司，我不能让他看见我。"她声音压得很低，唯恐让旁人听到。

有眼力见的售货员看到纪泽北手中的咖啡洒了些许出来，微笑着递上纸巾。

纪泽北把没洒的那杯咖啡塞到陆然手中，接过纸巾，擦了擦手背上的咖啡渍。

陆然双手捧着咖啡纸杯，脑袋依旧深埋着。

纪泽北侧头看着程远，对方似乎感觉到有人在看自己，突然抬头，纪泽北没犹豫，毅然站在陆然身侧，用自己的身体把她挡住。

程远淡淡地看了他一眼，收回视线。

纪泽北抬起手臂，紧紧搂住陆然的肩膀，说："走。"

陆然的一颗心悬在嗓子眼儿，跟随纪泽北的脚步往前走，他倒不慌，步子迈得不紧不慢。好在直到出了这家店，程远都没有再抬头看他们。她暗暗松口气，刚要跟纪泽北道声谢，忽见程远和那女人出来了。陆然左右张望，无处可躲，索性一头扎进纪泽北怀里，整张脸都埋在他的胸前。

男人沉笑的声音自头顶传来，语气带着一丝无奈："花样还真多。"不时地变着法儿占他便宜。

陆然："……"

"你觉得太贵吗？我不觉得贵啊，你给我买吧。"娇滴滴的女人声音传进陆然耳中。

之后便是程远敷衍的回应："这不是贵不贵的问题，那套餐具不好看，没格调。"

"是吗？"女人的声音没那么高昂了，有点儿小失落。

"我们去另一家店看看，选餐具还是要选有格调的。"

"那你会买给我吗？"

"有格调的当然买。"

两人的声音渐渐远了。

陆然抬起头来，深吸一口气，刚刚一直憋气，差点儿把自己给憋死。

"周末看见上司你躲什么？"纪泽北垂眸，一双墨黑的眸子定定地看着她。

她挠挠头，想起自己刚刚一头扎进他怀里，脸颊微微有些发烫，回道："他以为我还在山上。"

"你上司是不是经常骚扰你？"

"算是吧。"

纪泽北皱了一下眉头，问："什么叫算是？"

陆然苦笑，她不知道该怎么说，程远确实约过她几次，之前她都拒绝了，这次答应跟他一起吃饭、看电影，是因为她想写纪凡斋的专题。毕竟还没有真正跟他出去吃饭、看电影，所以他的行为目前算不上骚扰。不过看他勾搭上了人事部的漂亮女同事，八成他是个到处拈花惹草的主儿。梁曼说得对，程远就是只老狐狸。

"你想继续逛还是回家？"纪泽北面无表情地问她。

她喝了口咖啡，想了想说："保险起见，还是回家吧。"

车子驶进公寓地下停车场时，陆然的手机响了起来，尾号三个5，是季东俞打来的，估计还在餐厅等她吧。

她没接，直接挂掉了，然后将手机调成静音。

陆然和纪泽北乘电梯一起上楼，男人十分沉默，气氛沉寂到她连大气都没好意思出。

她先走出电梯，身后却传来男人清冷的声音："明天需要帮忙尽管找我。"

她脚步一停，转身，男人没料到她突然停下来，险些跟她撞个满怀。她的额头轻轻撞到男人的胸膛上，熟悉的茉莉清香在鼻尖缭绕。陆然深吸一口气，唇角勾起一丝浅笑。

纪泽北眉头皱了皱，伸手一推她的脑门，硬生生把她往后推了两三步。

"别挡路。"

陆然："……"

她往旁边站了站，男人径直从她面前走过，直奔1802室，再没说什么，直接开门进去了。她尴尬地站在原地，好半天才回过神来。

这天夜里，她做了一连串光怪陆离的梦。陆然从梦中惊醒时，口中还惊叫着，结果猛地一翻身，"咚"的一声摔下床，脸颊跟地面来了个亲密接触，半边脸都摔麻了。

大黄屁颠屁颠地跑来，凑到她跟前闻了闻，又一脸嫌弃地走开。

她呆愣了几秒，揉着摔麻的脸爬回床上，被子一裹，准备继续睡觉。

然而一想到那个梦，她就不敢闭眼了，睁着一双眼睛直直地盯着天花板。

外面的天刚蒙蒙亮，她抓起手机看了一眼时间，才六点多。手机上有好几通未接来电，都是尾号三个5的那位"仙人"打来的。她取消了手机静音，叹了口气，记起叶知安今天一早八点要来送钥匙，她果断起床。

给猫添粮加水、铲完猫屎后，她洗了个澡，给自己热了杯牛奶，之后就无所事事地躺在沙发上，边喝牛奶边看电视打发时间。无聊地调换了几个频道后，她停在一档综艺节目上。

临近八点的时候，她穿好衣服下楼。

叶知安还算准时，没让她等太久。

将公寓钥匙交给她的时候，叶知安嬉皮笑脸地说道："我跟老纪交代了一声，让他帮你，剩下的你自己看着办。"

"谢了。"

"回头请我吃饭。"

"你得了吧。"

她帮叶知安布置公寓，到头来，她还得请叶知安吃饭……

叶知安狡猾地一笑，冲她摆摆手，示意出租车司机可以走了。

陆然目送车子驶离，索性直接去超市购买了一些生活用品，随后拎着大包小包去了叶知安的公寓。

今天周一，无论如何还是要去公司报个到。她没在公寓久留，东西放下便打车到公司，进门时刚好九点钟，没迟到。她刚坐下来喘口气，手机就收到一条来自程远的微信消息。

"你马上来我办公室一趟。"

她顿时有点儿心虚，担心昨晚他在商场看到她了。

朝程远的办公室扫了一眼，她见他坐在沙发上，指间夹着一根烟，正在吞云吐雾。她深吸一口气，做好心理准备大步走过去。

敲响办公室的门，听到里面传出一声"请进"，她脸上立刻堆起笑。

推开门，她走进去："主编，早上好。"

程远笑着冲她招了下手："过来坐。"

她在程远对面坐下，他似笑非笑地看着她："你怎么回来的？"

"啊？"

"你怎么从山上回来的？"

"我……"她暗暗松了口气，开始睁着眼睛说瞎话，"是这样的，天还没亮，朋友就开车上山接我们了。"

"以后少往山上跑，不安全。"

她微笑着点了点头。

"我叫你来是想跟你说，上周那篇纪凡斋的文章写得不错，这周你可以再写一篇。你上次说你想写一个系列？"

"对。"

"写吧。"

"那……我还用陪你吃饭、看电影吗？"

程远看着她脸上比哭还难看的笑，眉头皱了一下，语气略显不悦："怎么，跟我吃顿饭就这么难为你？"

"当然不是，主编你想多了，能跟主编一起吃饭，那是我的荣幸。"

"我已经说得非常明白了，就是单纯的朋友之间吃个饭，看场电影，你能不能不要老往歪处想？"

"没没没，我没往歪处想。"

"我是因为欣赏你，所以想跟你交个朋友。"

她保持着脸上的笑容，心里却把程远祖宗十八代都亲切地问候了一遍。

交朋友？骗鬼呢！昨天她可是亲眼看到他跟人事部的一个女同事出现在商场，两人举止十分亲昵，怎么看都不像是朋友关系。

梁曼之前告诉过她，程远已经约过公司里好几个小姑娘，昨晚她见到的不过是其中之一。

"吃饭的事情以后再说，这段时间你就专心写你的专题，如果可以，采访一下纪泽北本人。"程远突然把话题又扯回到工作上。

陆然眼睛一亮："没问题。"

"他毕竟是蝉联了M国两届美食大赛的冠军，在国内还是可以搞一下噱头的。"

"采访的事情交给我，保证办成。"

程远摆摆手。

出了主编办公室，陆然兴冲冲地走向梁曼。

"我接到一项新的任务，这几天可能不来公司报到了。"她说。

梁曼抬头看她一眼，点点头，不忘提醒道："周五的稿子记得准时交。"

"好，那我先走了。"

"再见。"

她回座位上拿了包，溜了。

第八章　帮我买个东西

陆然坐公交车到公寓附近下了车，她去超市买了一些食材，家里的冰箱已经空了，总不能厚着脸皮一直去纪泽北家里蹭饭。拎着食材往公寓楼走的时候，一辆熟悉的白色奥迪车从停车场驶出来，车子突然在她身旁停下，副驾驶位的车窗放下来，纪梓辰探头冲她笑笑。

"陆然姐姐，我要去医院拆石膏了。"

她笑道："终于要拆了吗？"

纪梓辰开心地点点头，回头看了眼驾驶位上神色冰冷的纪泽北，转头问陆然："买肉了吗？"

陆然微笑着摇摇头。

她是很少买肉的，因为她不会做，买了浪费。

"陆然姐姐，你这么瘦，要多吃点儿肉。"

"……可我不会做啊。"

"你不会，我哥会啊，让我哥教你。"

纪泽北："……"我招谁惹谁了？

陆然闷闷地"嗯"了一声。

纪梓辰冲她摆摆手："我们先去医院了，回见。"

"再见。"

目送车子驶离公寓大门，陆然拎着食材走进公寓楼。回到家，她把食材放进冰箱，时间尚早，她没急着张罗午饭，而是在笔记本上列出今天早上给叶知安的公寓购买的生活用品。清点完后，她把还需要补齐的一并列了张清单，打算吃完午饭就去买，之后直接带到叶知安的公寓。

中午简单做了一个番茄炒蛋，她吃着，大黄在旁边看着。

吃饱喝足后，她带着清单去了附近的商场，把清单上的东西买齐，成套的餐具和杯具，雪平锅、小煎锅、平底锅……

抵达叶知安的公寓时，已经快两点了。她把公寓地址发给纪泽北，便开始收拾买回来的东西。家电配送员非常准时，两点电话就打来了，把大件的东西一件件搬进屋，安装师傅随后赶来。

屋子里乱成了一锅粥。陆然没有关防盗门，主要是方便配送员和安装师傅进出。临近三点的时候，又来了一拨配送家具的，陆然忙前忙后，累得满头大汗。

纪泽北带纪梓辰去医院拆了石膏，之后直接把人送到学校，收到陆然发的消息，他一刻没敢耽误，立即开车朝着叶知安的公寓驶去。

原本两点二十左右就能赶到，不料许佳嘉突然打来电话，说是店里有客人打架，拉都拉不住。纪泽北临时改道，开着车先回店里。

店员已经报了警。他到店里时，警察也到了。一楼乱七八糟的，桌椅被撞翻，碗盘也被打碎了很多。

警察出面调解，客人的情绪这才慢慢稳定下来。

经过调解，店内被打砸坏的东西，由两方客人共同赔偿。

"你最近购买海鲜不积极。"许佳嘉抱怨。

纪泽北神思恍惚地"嗯"了一声，心中还挂念着陆然给他发的那条消息，昨天晚上一下子买了那么多东西，她一个女人不知道搞不搞得定。不管怎样，自己还是应该过去帮帮忙。

出门前，他对许佳嘉说："需要买什么发给我，明天一早我去海鲜市场。"

"你去哪里？"许佳嘉问他。

他没应声，大步走出去上了车，火速朝着叶知安的公寓驶去。

按照陆然给的地址，他来到叶知安的公寓门口。门开着，里面传出电钻的声音。他走进去，客厅的家电和沙发基本安装好了，电钻的声音是从一间卧室里传出来的。

他循声走去，两个安装师傅正要安装床和衣柜。陆然站在一旁，一手扶墙，一手捂着肚子，脸色苍白如纸，额头满是细密的汗珠。

他快步上前，一把抓住陆然的胳膊，问："怎么了？"

陆然看了他一眼，忙从兜里摸出一张五十元面额的钱塞给他："你来得正好，帮我去超市买个东西。"

"买什么？"

她拽着纪泽北走出卧室，声音小得如同蚊子："姨妈巾。"

纪泽北一愣，问："什么东西？"

"就是……女孩子每个月都要用到的那个……"陆然尴尬至极，用手给他比画了一下。她没想到自己突然来了月事，在卫生间看到血的时候她差点儿晕过去，好在每次她都尽可能调节好自己的紧张情绪。她当时几乎是从卫生间里爬出来的。

尽管眼下她已经差不多缓过劲来了，但去超市对她来说还是有些艰难，她不认为以自己现在的状态能够坚持走到超市。

"你让我帮你买……"纪泽北声调高了几个分贝，言语一顿。

他想起陆然晕血的问题，到了嘴边的话终是被咽了下去。

"麻烦你了。"陆然白着脸说。

纪泽北皱眉，一张俊脸阴沉着，很是无奈地把她扶到沙发上坐下，一字一句地说道："乖乖等着，别乱动。"

新送到的沙发上面还包着一层塑料膜，不必担心弄脏沙发的问题。因此，陆然直接在沙发上侧身躺下。

男人把手里的五十元塞进她兜里："钱就算了。"说完，他迈着大长腿快步走了出去。

卧室里的电钻声还在响着，她闭上眼睛，一时也顾不上衣柜和床的安装进度了。

纪泽北脚步匆忙，走进超市时，发现收银员是个年轻的小姑娘，他眉头一皱，下意识便想转身离开，可考虑到陆然的情况，以及大部分超市的收银员都是女孩子，他还是硬着头皮走了进去。找到放置姨妈巾的货架，看着上面一排排方形包装、品牌众多的姨妈巾，他目瞪口呆、不知所措。

刚刚忘了问她平时用哪个牌子的……

算了，随便选一个。

他抬起手臂，刚要拿一包，一个女人走过来，他缩回手，大步走到前面的货架。

女人从他身旁走过时，用怪异的眼神看着他。他抬头，发现自己所在位置的货架上是整整齐齐一排脱毛膏。

他退回放置姨妈巾的货架，看都没看，随手拿起一个便直奔收银台。这辈子第一次为女人买姨妈巾……想起收银员看他的眼神，他恨不得找条地缝钻进去。

他拿着买好的东西匆忙赶回去，送到陆然手上。

陆然盯着手里的一包护垫，哭笑不得。

"大哥，你买错了，不是这个。"

"都是差不多的包装。"

"大包装的才对。"

纪泽北深吸一口气，问："你的意思是让我再去一趟？"

陆然眨了眨眼睛，微笑着看他："可以吗？"

"……"

纪泽北第二次进超市挑选姨妈巾的时候神色从容淡定。反正是丢人，他已经无所谓了。这家超市他打死都不会来第三次。

收银员还算贴心，把姨妈巾都装进一个黑色的大塑料袋中。

他付完了钱，提着黑色袋子昂首挺胸地走出去。

陆然感觉到自己即将血脉偾张之时，纪泽北终于回来了，手里提着一个黑色的袋子。

男人径直走到她面前，把袋子往她身上一丢："去吧。"

她起身，打开袋子看了一眼，好家伙，给她买了好几包，不同的包装，不同的品牌。

"为什么买这么多？"

男人绷着张脸，一本正经道："备用。"

陆然提着袋子走进卫生间，半天没出来。

纪泽北进入次卧，发现床和衣柜已安装得差不多了。他又走到其他房间看了看，主卧室的家具早已安装完毕，其中一间客房，两个安装师傅正在进行收尾工作，还有一间让陆然布置成了书房。餐厅的桌椅都是陆然挑选的，跟公寓的装修风格很搭，厨房里已经有一些锅碗瓢盆，都是非常高档的品牌货，不知道陆然什么时候买的。

　　他发现陆然的眼光还不错，虽然她看起来笨笨的，但叶知安托她办的事，她一点儿都没有怠慢。收尾工作完成，安装师傅喊了一声："先生，都装好了。"

　　"辛苦了。"

　　"您过来验收一下。"

　　纪泽北闻声走进客房，确定没问题后，安装师傅收拾了一下安装工具便离开了。他不慌不忙地清理着地上的纸箱和垃圾，忽听外面传来"咚"的一声响，他探头往外面看了一眼，就见陆然倒在卫生间门口，已经晕过去了。他叹口气，扔下手里刚刚拆好的纸箱走出来，把陆然抱到沙发上。

　　女人出了一头的冷汗，一张脸惨白，连嘴唇都透着病态的白。

　　他从陆然购买的日用品中找到一条毛巾，把毛巾浸湿，擦了擦她脸上的汗，之后给她凉了杯热水。

　　她清醒得倒快，躺在沙发上睁着一双红红的眼睛看着他。

　　纪泽北把一杯热水放在茶几上，居高临下地看着她，迟疑了几秒，问道："你有没有看过医生？"

　　"我就是学医的。"

　　"哦？"这倒是让纪泽北有些吃惊。

　　学医的人晕血？

　　"你晕血的问题是从什么时候开始的？"

　　陆然的声音带着一丝沙哑："小时候开始的，自从被某人推倒，脑袋摔破流了很多血，就一直是这个样子。"

　　纪泽北心头一凛，她口中的"某人"好像是自己……

　　他下意识地移开了视线，没敢看她。

　　本以为她已经忘了这件事，没想到她记得这么清楚。意识到陆然灼灼的目光定格在他身上，他咳嗽两声，淡淡地看她一眼，伸手指了一下她的头，问："那个疤是那时候留下的？"

"嗯，托某人的福。"

"喀喀……你休息吧，剩下的我来。"

陆然侧身躺在沙发上，目光跟随着男人的脚步。男人动作利落，几下把纸箱拆好叠放在一起，用了不到半个小时的时间，就将室内的卫生打扫了一遍。

"我去扔垃圾。"

男人把一捆纸箱提起来，正要往外面走，陆然将他叫住："纸箱可以卖钱，扔掉多可惜啊。"

他不在意地回头，问："这能卖几个钱？"

"一毛钱也是钱，这么一大捆纸箱，应该能卖些钱。"

纪泽北放下纸箱，无奈地一笑。他走进卫生间，反复洗了几遍手才出来。

外面的天色已暗，已经快六点了。

"这里除了窗帘没有安装，还需要什么？"他问陆然。

陆然想了想，摇头说："该买的差不多都买了。"

叶知安已经可以拎包入住了，再缺什么，让他自己买就是了。

"走，回家。"纪泽北说。

陆然起了身，去卫生间把一大袋姨妈巾拿出来，想塞进包里，但塞不下。

纪泽北担心她又昏厥过去，接过她手里的包和黑袋子，另一只手搂住她的肩膀。

她受宠若惊，心脏狂跳，苍白的脸上不多时浮上两抹红晕。她低着头，一路沉默。

上了车，纪泽北把手里的包和黑袋子都扔到后座，见陆然低着脑袋不系安全带，他靠过去，伸长胳膊扯住安全带帮她系上。

男人突然靠近，带着一股淡淡的茉莉清香，她屏住呼吸，心跳如擂鼓。

纪泽北悄然抬眸间，与她的目光撞上。

她的脸红透，眸子黑亮有神。

"想憋死？"男人声音清冷，"呼吸。"语气十分霸道。

她深吸一口气，冲纪泽北挤出一丝笑。

男人坐直身体，启动车子。

"你把公寓钥匙给我，安装窗帘的事情我会看着办。"

陆然有点儿迟疑，但她很快就意识到他是考虑到她接下来几天的情况，显然不打算再让她张罗叶知安公寓的事，心里顿时一暖。

她把钥匙掏出来给他，他接过去，又说："晚上想吃什么？"

"啊？"

"晚上想吃什么？"

"我……都行，我不太挑食。"

纪泽北没接话。

车子平稳驶离公寓，汇入来往的车流中，不多时停在一家中餐厅外面。是一家中档餐厅，装潢普通，地理位置有些偏，格调自然跟纪凡斋没得比。

下了车，陆然跟着纪泽北走进餐厅。

店内生意十分红火，一楼几乎满座，两人到二楼找了个安静的小单间面对面坐下。服务生随后进来，把菜单递给他们。

"你点。"纪泽北看都不看桌上的菜单。

陆然第一次来这家店，以前没注意到这里还有家餐厅。

她拿起菜单，点了两道特色菜。

"就这些？"纪泽北难以置信地看着她。

一顿要吃一份牛排、一份意大利面、两块比萨，还要吃餐后甜点的人，两道菜怎么够？

他拿起手边的菜单，随便又点了两个。

纪泽北给陆然倒了杯水，声音清冷："多喝热水。"

"谢谢。"

等待晚餐上桌的这段时间比想象中漫长，单间内的气氛尴尬又沉闷。

陆然双手捧着杯子，一直低着头。今天让纪泽北帮她买姨妈巾，在纪泽北面前她丢人丢大了，不过她脸皮够厚，还好意思跟着他来吃饭。纪泽北没有直接送她回去，而是带她出来吃饭，着实让她吃了一惊。

"纪先生。"她鼓起勇气抬头。

她后面的话还没说，纪泽北便打断她道："叫我泽北。"

"泽北，"她心里甜甜的，脸上开始发烫，强作镇定地问，"你弟弟回学校了吗？"

"回了。"

"他之前说让你教我做菜的事情，还算数吗？"

"我并没有答应教你。"

"可你当时也没不答应。"耍赖皮她还是很有一套的。

纪梓辰已经回学校了，该帮她的都帮了，剩下的全都得靠自己了。

仔细回想一下纪泽北对自己的态度，他显然不讨厌自己，既然不讨厌，那就随时有可能变成喜欢。

纪泽北没有对自己一见钟情，那么只能日久生情了。男人向来不主动，所以主动的事情由自己来做。把厚脸皮的精神发挥得淋漓尽致，就不信纪泽北不拜倒在自己的石榴裙下。

"你随便教我两下子就行。"她厚颜到了极点，冲男人眨巴着水灵灵的大眼睛。

男人不为所动："我建议你去图书馆买本食谱。"

"……"

真是意外！

她打算继续跟他磨，直到他答应为止，岂料还没开口，单间里突然响起一阵手机铃声，是纪泽北的手机在响，铃声是很单调的手机自带来电音。

男人从大衣兜里掏出手机，看了一眼来电显示，接听起来。

不知是谁打来的电话，纪泽北一句话都没说，将手机递给了她："找你的。"

她惊奇道："找我？"

"叶知安。"

她连忙接过手机。

"喂。"

听筒中传来叶知安笑嘻嘻的声音："给你打电话你不接，我就猜到你肯定和老纪在一起。"

陆然摸了摸大衣兜，发现手机没带，应该是放在包里了，而包在纪泽北的车上。

"公寓布置得如何了？"

"家具、家电已经备齐了，还没装窗帘。"

"慢慢来，不急。"

"你什么时候回来？"

"还不一定，我想在家陪陪爸妈。对了，你和老纪进展得怎么样？"

陆然抬眸瞟了纪泽北一眼，对方没有看她，而是正在打量这个不大的单间。

手机没开免提，可叶知安的声音出奇得大，她真怕纪泽北听到叶知安刚刚说的话。

她压低了声音，回道："还好。"

"还好，是……有进展？"

"就是一起逛逛商场，帮你布置一下公寓什么的。"

"机会难得，你自己把握住。"

电话那头的叶知安此时正躺在书房的沙发上，跷着二郎腿，十分悠闲自在。书房的门开着，保姆悄无声息地出现在门口，见叶知安在打电话，敲了一下门，恭敬地说道："晚饭已经准备好了。"

他看了保姆一眼，笑道："马上来。"

保姆走后，他又跟陆然聊了几句，这才不慌不忙地起身往外走。下了楼，见保姆经过大厅，他随口问了句："我哥回来了没？"

"他晚上有应酬，不回来吃饭。"

"这么拼？"

"嗯，刚接管公司不久，已经连续一个月没在家吃过晚饭了。"保姆轻描淡写地说道，似乎对此已经习惯了。

叶知安不是独生子，他还有个哥哥叫叶崇明，只比他大两岁，年纪轻轻就展现出惊人的经商才能，父母对其期望很高。于是接管家族事业这事从来就没落在叶知安头上过，父母对他基本是放养的态度。他从高中就开始"浪"，

"浪"着"浪"着，就把自己"浪"到了国外，对西方的美食了解多了，他对西餐产生了浓厚的兴趣，经过一番努力，他考进皇家厨院，在那里结识了纪泽北。

"我哥有女朋友了吗？"他走近保姆，小声问。

保姆还不到五十岁，头发却已半白，答道："据我所知还没有，他是个工作狂。"

"我知道了。"

叶知安松了口气。

回家一次就要面对老妈不厌其烦地催婚，而他每次都把叶崇明拉出来当挡箭牌，只要叶崇明还没有结婚，他这个当弟弟的就不会结婚。

这叫长幼有序。

一家三口围坐在餐桌前吃饭的时候，老妈果然问起他的感情生活。

"谈女朋友了没？"

他摇摇头。

"老大不小了，婚姻大事你要放在心上。"

他笑道："我才二十五岁，急什么？"

"崇明的心思都放在工作上，他暂时还不考虑结婚的事，不过在他身边打转的小姑娘很多，我并不担心他，反倒更担心你。"老妈打开话匣子就没完没了了。

叶知安急道："妈，你别担心我，我刚回来，目前就想好好发展一下事业。"

说到事业，老妈的脸色沉了沉："你说说你，干什么不好，非要去当个厨子，咱们家好歹不愁吃喝，你做这伺候人的工作，起初我和你爸就不同意。"

"厨子？"他瞪大眼睛，"麻烦你尊重一下我的职业，我好歹是米其林三星大厨，不要用'厨子'这个字眼。"

"米其林几星大厨，还不都是个厨子？"

"……"

真是话不投机半句多，叶知安选择了沉默。老妈觉察到他脸色不对，忙又把话题扯回到感情生活上。

"我给你物色了一个不错的姑娘，你什么时候方便就跟人家见见面。"

叶知安头皮一麻，不耐烦地说道："老妈你下次再这样，我就不回家了。"

"我只是让你见见那个姑娘，你要是不喜欢就算了。"

"我不想见。"

"那你是有中意的姑娘了？"

"我……"他一时语塞，脑海中一闪而过许佳嘉那张清冷的面容。

"有没有？"

他被老妈问烦了，索性直言道："有。"

"叫什么？在哪儿认识的？什么时候认识的？有没有正式交往？对方家世如何？"老妈瞬间抛来一大串问题，问得他烦不胜烦。

"八字还没一撇呢，所以这个话题能不能先打住？"

"看来是还没追到手？"

"……"

不是没追到手，是他还没开始追。这世上，可没他叶知安追不到的女人。

不过许佳嘉这女人不是一般的倔，从她跟着纪泽北回国，甘愿为了纪泽北钻研中餐来看，她对纪泽北岂止是有想法，简直是非常非常有想法！

对纪泽北，叶知安还是很了解的，如果纪泽北对许佳嘉有意，他们早就在一起了。

许佳嘉显然不是纪泽北的菜。

叶知安那么努力撮合陆然和纪泽北自然有他的私心，他在M国的时候就不断地在纪泽北耳边提起自己的小妹，灌输自己的小妹是多么美，多么优秀，甚至使用了大量夸张的词语形容陆然，例如宇宙无敌、清纯可爱、仙气十足……

事实上，陆然就是个一般人，长相确实清纯，但没他形容的那么夸张。

回国后，让他感到意外的是，陆然竟住在纪泽北隔壁，还对纪泽北一见钟情，既然如此，他当然选择帮助自己的小妹。陆然和纪泽北若是成了，那他就是帮自己，何乐而不为？

"用不用妈给你支几招？追女孩子特别好使。"老妈冲他挑眉。

他苦笑着说："不用，你儿子我长得这么帅，哪个女人会不喜欢？"

老妈一听这话，当即撇嘴道："虽然都是我生的，但我还是觉得崇明更帅。"

"……"

万箭穿心！

叶知安一口老血卡在喉咙里，差点儿喷出来。

"我不是说你不帅，你当然帅，我的两个宝贝儿子都英俊，都比较像我，要是像你们老爸，那就惨了。"

叶知安已经不想说话了，伤自尊了。他埋下头，安静地吃饭。

另一边，陆然和纪泽北吃完饭就离开餐厅，直接回了公寓。电梯抵达十八楼，"嘀"的一声响。陆然先走出去，纪泽北跟在她身后，脚步很轻。

"有需要就找我。"

她回头冲纪泽北笑笑："好，我不会跟你客气的，毕竟我额角上的这个疤是你造成的。"

纪泽北："……"

"有需要就找你，这句话我记住了。女孩子脸上留疤可不好看，再说这件事情本来就是你的错，你得补偿我。"她微笑着跟他耍赖皮。

那个时候，爸妈问她头上的伤是怎么来的，她没有告发纪泽北，而是撒了个谎，说是自己不小心摔倒了。其实，当时她的心理是害怕纪泽北事后报复她，所以她不敢告发。

纪泽北愣了好半天，最终闷闷地"嗯"了一声。

他认了。谁让他小时候确实推倒过她，害她磕破了头？

他欠她一句"对不起"，一直欠到现在……

不过疤痕在额头的位置，一半隐藏在发际线里，不仔细看根本看不出来。

额角上那么不明显的小疤，也能算是脸上的疤？

"那我先回去了，谢谢你请我吃饭。"陆然保持着微笑。

第九章 惹他生气了

陆然用钥匙开了门，她想象中的自己应该是潇洒地走进屋，留给纪泽北一个优雅的背影，谁知得意忘形，突然被门槛绊了一跤。

"咚"的一声，她华丽地摔了个狗吃屎。

陆然有点儿晕，而且是在晕的状态下被纪泽北扶了起来。

"还好吗？"纪泽北一改清冷，声音柔柔的。

她红着眼睛，抬头看着他，那水汪汪的大眼睛带着一丝委屈，楚楚可怜，仿佛下一秒就要落下泪来。她摸着自己的膝盖骨，憋出来一个字："疼。"

不知道自己刚才摔得丑不丑，为什么想在纪泽北面前留下自己美的一面如此艰难？

出糗一两次就算了，一直出糗……

"以后小心一点儿，别那么冒冒失失。"纪泽北扶她进屋时，耐着性子叮嘱她。

进自己家门还被门槛绊倒，真够笨的。

陆然在沙发上坐下来，用手揉着自己的膝盖，大黄颠颠地跑来，一点儿都不黏她，反而跑去蹭纪泽北的腿，冲着纪泽北喵喵地叫。

纪泽北只是淡淡地看了大黄一眼，视线就转移到陆然脸上。

"早点儿休息。"语气已恢复一贯的冷漠。

陆然点点头，目送男人离开。

听到门"砰"的一声关上，她紧绷的神经终于放松了一些。

从兜里摸出手机，她点开微信，看着纪泽北的黑猫头像思索了一会儿，果断发过去两个字："泽北。"

对方消息回得很快："有事？"

"没事，我就想叫叫你。"

"……"

接下来的三天，陆然窝在家里没出门，每个月的这几天对她来说是最难挨的，她总是大门不出，二门不迈。好在她的工作灵活度比较高，不需要天天到公司报到。

周五这天，是月事的最后一天，也是交稿的日子。

陆然如同重获新生，天还没亮就爬起来洗漱。她把自己打扮得美美的，热了杯牛奶垫垫肚子，带好数码相机和工作笔记本。在临近五点的时候，她算好时间出门，正好撞见纪泽北。

她知道他要去海鲜市场。

"能不能让我搭个顺风车？"她微笑着问纪泽北。

男人神情冰冷，没拒绝。

她跟着纪泽北走进电梯，之后在地下停车场上了纪泽北的车。车子一路驶出市区，陆然从包里掏出数码相机，对着纪泽北的完美侧颜连拍了几张。

听到机相的快门声，男人转头看她一眼，问："你在干什么？"

"工作。"

"你的工作就是偷拍我？"

陆然嘿嘿一笑："其实我想采访你。"

"不接受。"没有片刻迟疑的拒绝，让陆然万分讶异。

她写纪凡斋的美食专题他都没拒绝，居然会拒绝采访？

"这是能够帮助纪凡斋提升知名度的好机会，你在M国蝉联两届美食大赛冠军，这是个很好的卖点。"

纪泽北沉默了，专心开车。

"听说你曾经有机会挑战'食神'，为什么当时在挑战赛现场扔下厨师帽愤然离开？"陆然问出了心中的疑惑。

男人面色一沉，突然一脚踩住刹车，车子倏地停住。

陆然吓了一跳，慌忙看向纪泽北，男人正用冷冷的目光瞪着她。

"叶知安告诉你的？"

她摇了摇头。

这些都是从程远那里听来的，其中有几分是真、几分是假她还不确定，正是因为不确定，所以才问纪泽北本人。

"下车。"

陆然呆住了。

"我让你下车。"

"可是这里……"

"下车。"

"……"

只是因为，她刚才问了不该问的问题？

她厚着脸皮坐着没动，不料纪泽北伸手解开她的安全带，还帮她推开了车门。

"这里打不到车的。"她委屈巴巴地看着他。

"下车。"不容商量的语气，透着冷进骨头的寒意。

陆然拿着相机和包，慢慢吞吞地下了车。

关上车门的瞬间，纪泽北轰了一脚油门，车子飞速驶离。

天还没完全亮，整条公路上不见来往车辆，陆然呆呆地站在原地，不敢相信纪泽北居然就这样把她扔在了公路上。这里离市区已经很远了，开车到市区都要半个多小时，何况步行……

她把相机装进包里，掏出手机给孟忆打电话，结果孟忆的电话关机。她把大哥和二哥的电话都打了一遍，没人接。还不到凌晨六点，气温低得令人发指。陆然瑟缩着身子，把脸埋进厚厚的围巾里，缓步沿着公路往回走。

不知道走了多久，天渐渐亮起来，身后终于传来汽车声。

她回头，发现一辆货车在飞速行驶，她伸手拦车，货车没停，而是从她身边疾驶而过。之后有几辆私家车经过，她伸手拦车，几辆车都没停。

她又给孟忆打电话，开机了，但是没人接。大哥和二哥的手机号码对她来说没有用，就是个摆设，反正十次有九次联系不上这俩人。

就在她犹豫着要不要给编辑梁曼打电话，麻烦梁曼过来接她的时候，手机突然响了起来。

来电显示是一串陌生号码，但尾号有些眼熟，三个5。

这好像是季东俞的号……

接还是不接？不接联系不上其他人，接了吧，总觉得让季东俞过来接她不合适。

"阿嚏——"她打了个喷嚏，感觉越来越冷了。情急之下，她只好接了季东俞的电话。

对方的声音低沉浑厚："陆小姐，很抱歉这么早打扰你，请问这个周末你有没有时间？"

"你现在有没有时间？"陆然急着反问。

"有。"

"能不能麻烦你来接我一下？"

"你在哪里？"

陆然把自己所在的大概位置告知对方，对方连句回应都没有，直接挂了她的电话。

她顿时有些迷茫。来还是不来，倒是给句痛快话啊！

她不能把希望寄托在季东俞身上，依旧脚步不停地往前走着。

临近七点的时候，前方出现了一辆黑色轿车，由于对方跟她是完全相反的方向，所以她没伸手拦车，不料车子靠近她的时候，突然停了。

看清楚那是一辆奥迪车，她眼睛一亮。季东俞的车好像就是四个圈……

"陆小姐。"从车上下来的人穿着大衣，身材很高大。

真是季东俞。

陆然快步走过去，还没开口说话，季东俞就拉着她上车。

他的手又大又暖，上了车，一阵暖风扑面，很快就让陆然的身子暖和过来。

她冲驾驶位上的季东俞笑了笑，说："谢谢你来接我。"

季东俞表示不能理解，问："你一个人在这里干什么？"

"我……"

因为说错了话就被人丢在公路上，她自己都有些难以启齿。

"你不想说就算了。"

季东俞没有继续追问，马上掉转车头。透过后视镜，陆然看见后方驶近一辆白色奥迪车，看清车牌号的瞬间，她认出那是纪泽北的车，心脏不受控制地猛跳了一下。

车子快速从旁驶过。

陆然自嘲地一笑，纪泽北还真够刻薄的，把自己扔在路上不闻不问就算了，回程的路上都不找找自己吗？

纪泽北的车驶出去几十米远，突然停下来，迅速向后倒车。

季东俞给了一脚油门，车子慢慢前进，车速一点点提起来。

突然，他发现前面的车一直在向后倒，丝毫没有要停或者要掉转方向的意思，他不得不踩住刹车。白色奥迪车退到离他们不远处，猛地横在他们正前方，正好挡了他们的路。

季东俞皱眉不悦，拉开车门就朝着前面的车走去。

陆然坐在车内，心里七上八下。她知道那辆车上坐着的人是纪泽北。他为什么停车？

难道是看到她上了季东俞的车，不高兴了？

正纳闷着，就见纪泽北从车上下来，无视走上前的季东俞，直直地朝她这边走来。

纪泽北一把拉开后座的车门，不由分说，一把将她拽出去。

"跟我走。"

陆然："……"

季东俞蒙了："你谁啊？"

季东俞挡住纪泽北的路，一只手紧紧抓住陆然的手臂，再看纪泽北，好像有点儿面熟。

陆然才是最丈二和尚——摸不着头脑的那个。

分明是纪泽北让她下车的，现在又拉她走，莫名其妙！

她夹在两个男人中间，不知所措。

"你谁啊？"纪泽北一脸不屑地睨着季东俞。

季东俞不甘示弱："我是她朋友。"

"巧了，我也是。"

"你把手放开。"

"你怎么不放？"

两个男人针锋相对，一副随时都有可能打起来的样子。陆然用力把两条胳膊都抽回来，伸手拉了一下季东俞的衣角，小声说："我们走吧。"

要说不生纪泽北的气那是不可能的。就算她说错了什么话惹他不高兴了，那也不是故意的，她可以向他道歉，他却连道歉的机会都不给她，直接把她赶下车。他把她丢在公路上的行为实属过分。

季东俞丢给纪泽北一个警告的眼神，护着陆然上车。

纪泽北杵在原地，脸色铁青，眼睛定定地看着陆然。

"把你的车挪开。"季东俞冲他冷喝一声。

他站着没动，对季东俞不屑一顾。

陆然目瞪口呆。

纪泽北这是怎么了？

"下来。"纪泽北透过车窗注视着她。

她顿时感到非常为难。

一个把她丢在路边不管，一个专程跑来接她。

她该怎么办？

内心有一个声音十分犯贱，让她立刻跟纪泽北走，可理智告诉她，不能惯着纪泽北的臭毛病。以为她没脾气？

"你把车挪开。"季东俞放下车窗，探头冲纪泽北又喊了一声。

纪泽北不为所动，像是没听到他的话似的，目光依旧定格在陆然脸上。

"你朋友到底怎么回事？"季东俞缩回脑袋，看着副驾上的陆然。

陆然的表情复杂到难以形容："他可能……神经病发作。"

季东俞："精神有问题？"

说话间，他拿起手机就要打电话。

陆然怕他报警，拦了一下，问："你干什么？"

"当然是联系精神病院。"

"……"

这个季东俞的脑回路未免太奇怪了。

"他不是精神病？"季东俞问她。

"不是。"

"该不会是你男朋友吧？"

"也不是。"

"那你们什么关系？"

"……朋友。"

"是吗？"

"普通朋友。"

这四个字说出来，陆然心里非常不是滋味。她抬头看向外面的纪泽北，他还在看着她，像在等她下车。

好想去他身边……

这个念头一冒出来，陆然恨不得抽自己两巴掌。

怎么可以这么贱！

是纪泽北让她滚下车，还把她扔在路边的。

"撞过去。"她说。

季东俞吓一跳："什么？"

"直接撞过去，车撞坏了，我赔。"

季东俞觉得这个女人现在非常不冷静，甚至有点儿疯狂。

撞纪泽北的车这种事情，作为律师、向来理智的他不可能干出来。他再次将头探出车窗，语气比之前平静了许多，对纪泽北说："先生，麻烦你把车挪开，让我们过去。"

纪泽北看了他一眼，冷冷地勾了勾唇。

纪泽北迈步靠近副驾驶门，拉开车门，胳膊很随性地搭在车门上，居高临下地盯着陆然，一字一句地问道："你到底下不下车？"

陆然眼神坚定，语气笃定："不下。"

"那我就得罪了。"

"你要干吗？"

陆然狐疑地看着眼前的纪泽北，只见他伸手夺了她的包，一把将她从车里拎出去，跟拎小鸡崽似的。更令她惊慌失措的是纪泽北紧接着就把她扛到肩上，动作一气呵成，连喘息的机会都没给她。

一阵天旋地转之后，她整个人已经挂在了他肩头上。

"纪泽北，你干什么？玩绑票啊你？"她惊叫一声，拳头往他背上用力地砸。

纪泽北迈着从容的步伐，把她扛到车前，拉开后座往里面一丢。

她的脑袋"咚"的一声磕在门框上，疼得眼泪差点儿掉下来。

纪泽北却是丝毫不懂得怜香惜玉，把手里的包扔给她，火速关上了车门。

她揉着撞疼的脑袋，回过神来的时候，纪泽北已经上了车。

他猛打方向盘，深踩一脚油门，车子开起来了。

她回头望去，发现季东俞正在后面追车，但跑了没多远，季东俞就停了。

季东俞一手撑在膝盖上，一手捂着胸口大喘气，目测他跑了三十米都不到，居然喘成这样？平时是多缺乏锻炼……

"纪先生，你这是演的哪出啊？"她狠狠地瞪向开车的纪泽北。

纪泽北默不作声，唇角勾着浅浅的笑。

"纪泽北，我在跟你说话。"

"单纯不放心你的人身安全。"纪泽北说。

"什么？"

不放心她的人身安全？

这算什么回答？

"不要随便上男人的车，你妈没教过你？"

"纪泽北，是你让我下车的，现在你又来管我算什么？"话音刚落，她的手机便响了起来。炸裂的铃声吵得她头疼。她从包里翻出手机，来电显示是季东俞。

她不假思索地接起来，听筒中传来季东俞粗重的呼吸声。

"你还好吗？"季东俞的语气中带着一丝焦灼。

"我还好，你没事吧？"

"我还行。"

"……"

什么叫还行？

"抱歉，我有哮喘，实在是追不动，你有没有办法让你朋友停车？我随后就来。"

听到这话，陆然心里忽然心生不安。

"你真的没事吗？"

"没事，我随身带着沙丁胺醇气雾剂。"

"沙什么剂？"

"药。"简单明了的一个字。

陆然了然。

"你确定你没事？"

季东俞的呼吸声稍显平稳了些："真的没事。"

"那你不用担心我了，他不会把我怎么样的，谢谢你专程来接我，这周末我请你吃饭吧。"毕竟让人家跑了一趟，耽误了人家大律师的宝贵时间，最后还闹成这样。

"我请你。"

"那不行，还是我请吧。"

"那个人真是你朋友？"季东俞突然话锋一转，语气中夹带了一丝不悦。

"是。"

"怎么这么粗鲁不讲理？"

"……"

"我劝你离这种人远一点儿。"

陆然不知道该说什么好了。

纪泽北平时待人虽然有些冷淡，但从来没这么简单、粗暴过。

"既然你没事，那就周六见吧。"季东俞结束了通话。

电话一挂断，陆然当即松了一口气。

她揉了揉还隐隐作痛的后脑勺，抬眸看了一眼专心开车的纪泽北，说："你一会儿找个能打到车的地方把我放下就行。"

纪泽北没回应。

"我跟你说话呢。"她语气加重。

纪泽北懒懒地掀了掀眼皮，透过后视镜看了她一眼，问："吃枪药了？"

"你在前面把我放下。"

"不行。"

"如果你坚持要送我回家，那就随你的便好了。"

之后两人都不说话了。

二十分钟后，车子进入市区。纪泽北既没找个能打车的地方把陆然放下，也没送陆然回公寓，而是直接把车开到了纪凡斋。

陆然下车，背上包准备闪人，纪泽北却一把将她拎了回来。

"跟我来。"纪泽北的语气霸道得不容商量。

她叹口气，被他拽到建筑后方，从后门进了店里。

"随便坐。"

丢给她这句话，他转身出去，不多时搬进来一个盛放海产品的泡沫箱进入厨房。

她在临窗的一个位置坐下来，是纪泽北经常坐的那个位置，阳光从窗户透进来，光线比较亮堂。

大门还上着锁，店员们还没来上班，偌大的店里只有她和纪泽北两个人。

纪泽北把海鲜放进厨房的冷藏柜后，泡了两杯茶，将其中一杯放到陆然面前，在她对面坐下。

"开始吧。"

陆然问："开始什么？"

"你不是要采访我吗？"

"……"

"在我改变主意之前，你最好速度快点儿。"纪泽北提醒一句。

她从包里拿出工作笔记本，还没开始提问，纪泽北先提了一个条件："不想回答的问题，我有权选择沉默。"

"行。"

你帅你有理！

陆然事先准备了几个问题，依次提问，纪泽北都非常耐心地回答了，唯独对在"食神"挑战赛现场愤然离席的事缄口不语，看样子这个问题真的触及了他的底线。

传闻他蝉联两届美食大赛冠军跟他背后的老女人有关……

这样的问题她自然是不敢再问了，免得又惹这位神仙生气，一言不合把她赶出去。

"就这些，谢谢你的配合。"她不紧不慢地收拾着自己的东西。

纪泽北有些突然地问她："早饭有没有吃？"

"喝了一杯牛奶。"

"饿不饿？"

"其实……有点儿饿。"

"等着。"纪泽北起身朝后厨走去。

十几分钟后，他端着一份西式早餐出来。几片煎培根、两根烤肠，还有一个煎了双面的蛋。把早餐放到她面前，他在她对面坐下，神态悠然地说道："吃吧。"

"你先道歉。"

纪泽北眉头微挑："什么？"

"向我道歉。"

"道什么歉？"

"你把我扔在路上的事情我还没跟你算账呢，如果你诚心诚意地向我道歉，我可以不跟你计较。"

好记仇的女人！

他悠闲地品了口茶，说："我把你从那个相亲男手里解救出来，接受了你的采访，还亲自做了早餐给你，你不但不感谢我，还让我道歉？"

什么叫解救出来？季东俞是什么土匪强盗吗？

想让纪泽北承认一下错误，简直比登天还难。

陆然埋头吃早餐，纪泽北就在她对面坐着，神态自若地喝茶，好像从未向她发过脾气，从未把她扔在公路上一般。

"我觉得季东俞挺好的，"她说，"我打算周末请他吃饭。他是律师，长得帅，经济条件又好，关键是脾气好，我一通电话他就专程跑来接我，这样的男人至少是靠谱的。"

正在气头上，她故意这么说，想看看纪泽北的反应。

谁知他的表情没有丝毫变化。

本来她还怀疑纪泽北把她从季东俞面前强行带走是吃醋的表现，现在看来，果然是她多想了。

门口突然传来开锁的声音。陆然朝正门望去，就见许佳嘉推开门走进来。

许佳嘉又是一身黑衣，妆容精致冷艳。

看到陆然，许佳嘉表情先是一僵，随后目光看向她对面的纪泽北，声音冰冷："什么情况？"

纪泽北撇撇嘴："就是你看到的情况。"

"这里是我们工作的地方，别把闲杂人等带来，这里不是早餐铺。"冷冷地说完，许佳嘉踩着黑色细跟高跟鞋，利落地朝后厨走去。

陆然被许佳嘉的态度气得不轻。什么叫闲杂人等？说话未免太难听了。

她抬眼瞪着纪泽北，气得腮帮子都鼓了起来："你不是很凶吗？你怎么不凶她？有这么跟自己老板说话的员工吗？"

纪泽北生生被陆然鼓着腮帮子气呼呼的样子逗笑了。

陆然不敢相信自己的眼睛："你还笑？"

"她说话一直那个样子，我习惯了。"

"你习惯了，我可不习惯。"

陆然总觉得许佳嘉看她的眼神非常不友好。

她俩人一共见过两次面，第一次是在山上，当时见面气氛就不好，这一次许佳嘉直接没给她好脸色。

收拾好东西，陆然气得想走人，可细细一想又觉得自己不能走，她要是走了，不是正好顺了许佳嘉的意？她把东西放下，对纪泽北说："午饭我在这里吃，要你们主厨亲自下厨。"

纪泽北没什么意见："可以。"

"味道不好我是会给差评的，你知道我是做什么工作的。"

这话带着一点儿威胁的味道，纪泽北却一点儿也不在意。

"你高兴就好。"

"……"

纪泽北现在心情大好，早上让她下车的时候完全是另外一个样子，真是让人琢磨不透。

八点的时候，店员陆续来了。

两个漂亮的女孩子身穿旗袍在一楼打扫卫生，一个长发绾起，一个齐耳短发。

她们的目光时不时扫向临窗位置上坐着的两个人。看到陆然和纪泽北坐在一起已经不是第一次了，她们不禁有些怀疑陆然和纪泽北的关系。

"老板是不是谈恋爱了？"短发服务员嘀咕。

另一个服务员同样用低低的声音说："老板的女朋友难道不是咱们主厨吗？"

"谁说的？"

"许主厨和老板的关系一直不一般，两人经常同进同出的，听说他们在国外的时候就是好朋友，难免让人怀疑他们在交往。再说了，你见过老板身边有许主厨之外的女人吗？"

短发服务员撇嘴示意了一下陆然，喃喃道："那不就是吗？"

"那个女的是美食专栏的作家，她应该是因为工作上的事情才跟老板有接触的。"

"可老板刚才冲她笑了，还笑得那么好看，老板都很少冲我们那样笑的。"

"我们只是打工的，人家老板怎么可能天天冲我们笑。"

"你这么说，好像有道理。"

"本来就是，赶紧干活，你别成天瞎想了，就算老板要找女朋友，也肯定找不到你头上来。"

"喊，我觉得我长得可漂亮了呢！每次我给老板端茶倒水，他都会对我笑。"

"花痴。"

陆然吃完纪泽北给她做的早餐，埋头整理采访记录。沐浴着温煦的晨光，她的脑袋开始昏昏沉沉，好想睡觉！

"后面有间员工休息室，你可以去躺一下。"纪泽北说。

"不用了。"

她努力睁大眼睛，把采访记录整理好，见服务员已经把一楼的卫生打扫完了，便拿起相机在一楼四处走动，随手拍了几张照片。

"二楼可以去吗？"陆然回头问纪泽北。

他淡淡地"嗯"了一声。

她轻手轻脚地上楼，这还是她第一次到二楼，二楼跟一楼的装修风格一样，古香古色。二楼有单独的雅间，每一间都起了一个很古典的名字。二楼的面积比一楼大，桌位也更多，因此二楼的服务员有四个，都是年轻漂亮的姑娘，个个穿着旗袍，那高挑优雅的身段不去当旗袍模特实在可惜。

在二楼拍摄了几张照片后，陆然回到一楼，在吧台要了一壶水，一坐就是一上午。

许佳嘉来找过纪泽北几次，主要是谈工作上的事情，每次来发现陆然还在，脸色是一次比一次难看。

陆然反倒心里美滋滋的。看到许佳嘉斜视自己的眼神，她确定许佳嘉不喜欢她，甚至可以说讨厌她。

第十章　我是他女朋友

中午时分，陆续有食客登门。

陆然也开始点餐了，她特意点了之前没有吃过的，还询问过纪泽北烹制难度，点的都是制作起来相当复杂的菜式。

临近一点的时候，点的菜上齐，她先用相机从不同角度拍摄桌上的几道菜，分别尝过味道以后，在工作笔记本上做好记录。

"味道怎么样？"纪泽北饶有兴趣地看着她工作，随口问了句。

她很想给差评，但许佳嘉做的这几道菜味道实在是好极了。

作为一个专业的美食专栏作家，她不能昧着良心撒谎。

"还不错。"她说。

纪泽北沉沉一笑："慢慢享用，这顿我请。"

"不用，不用。"陆然忙摆手，"这是工作，公司会给报销的。"

"是吗？"

陆然点点头，随即问道："我一个人吃不完这么多菜，要不，你跟我一起吃？"

"不了。"纪泽北没打算跟陆然共进午餐，拿了车钥匙起身离开。

"你去哪儿？"

他回头，冲她浅浅地一笑："回家喂猫。"

纪泽北走后没多久，许佳嘉就来到陆然面前。她穿着工作服，头发绑在脑后，戴着一顶厨师帽，表情严肃而清冷。

工作时间她突然出现，让陆然有点儿惊讶。

"有事？"

"你和泽北什么关系？"女人张口就是一句质问。

陆然不甘示弱，心想着气势上绝对不能输，便冷着脸反问："你跟他什么关系？"

"我是他女朋友。"

"……"

许佳嘉一句话噎得陆然大脑死机，刚刚用筷子好不容易夹起来的滑溜溜的丸子"啪嗒"一声掉在桌上。

"如果你认为泽北是单身，那你就大错特错了。"许佳嘉进而"补刀"。

陆然咽了咽口水，故作镇定地用筷子重新夹起一个丸子放进嘴里，喃喃道："他是不是单身关我什么事？"

"不关你的事当然最好，希望你不要对泽北有什么不该有的想法。"

陆然："……"

"祝你用餐愉快。"

许佳嘉宣示完主权，转身走开了。

陆然极力控制住自己，可一想到许佳嘉那句"我是他女朋友"，就感觉胸口隐隐作痛。

纪泽北已经有女朋友了？叶知安和纪梓辰撮合她和纪泽北撮合得那么起劲，纪泽北为什么态度那么不明确？倘若他真的有女朋友，应该直接拒绝她才对。

她开始怀疑许佳嘉那句话的真实性。

"服务员。"她喊了一声。

一楼的短发服务员微笑着朝她走来。

"你好，请问有什么需要？"

陆然："你们老板和主厨是不是在交往？"

短发服务员明显愣了一下："这个问题……"

"他们是不是在交往？"

"这种私人的事情，我一个服务员怎么会知道呢？小姐，请问你还有其他需要吗？"

陆然："买单。"

第十一章　他有两把刷子

离开纪凡斋，陆然气呼呼地打车回家。走出公寓电梯的时候，看到纪泽北家的门，她越想越气，抬腿就在门上踹了一脚，踹完又心虚，赶紧掏出钥匙逃回自己家。

纪泽北推开门，外面空无一人。

错觉？

陆然肚子里窝着火，直奔书房写稿。她没有写纪泽北的专访，而是把今天中午吃到的几道纪凡斋的特色菜做了汇总。交完稿子，她开始给家里进行一次彻底的打扫，之后还抓住大黄，给这肥猫洗了个澡。大黄全程一副生无可恋的样子。

刚忙完，手机响了。

陆然抓起手机，看到来电显示是孟忆，她接起来。

"找我？"孟忆一贯清冷的调调。

"我什么时候打的电话？"陆然尽可能心平气和。

"早上。"

"现在什么时候了？"

"中午。"

"早上的电话你中午才回，就算有事情找你黄花菜也凉了啊，大姐。"

"叫大嫂。"

"……"

"谁惹你生气了？"孟忆很平静地说，"让我猜猜，你是不是在大扫除？"

"你怎么知道？"

"果然是在生气。"

"什么意思？"

"你难道没发现，你这个懒货只有在生气的时候才会大扫除？好像还会洗猫。"

陆然翻了个大白眼："我哪有。"

"别解释，认识你这么多年了，我对你非常了解。对了，小季说你约他周末一起吃饭，是真的吗？"

"嗯。"

"你们这是有进展？"

陆然懒得把前因后果对孟忆讲，她估计孟忆也没有闲工夫听她说那么多，便闷闷地说了句："只是单纯地吃顿饭，没进展。"

"其实你们可以有进展的，小季真的不错。"

陆然身子一歪，倒在沙发上，转移话题："你不忙吗？"

"忙。"

"那你快去忙，我就不耽误你的时间了啊。"

"陆然……"

没等孟忆再说什么，她果断地挂了电话。

擦过的地板还没完全干，她窝在沙发里懒得动弹，用电视遥控器打开电视机，看着无聊的综艺节目，她开始打盹儿。迷迷糊糊快要睡着的时候，手机铃声响了。她长舒一口气，抓起手机连来电显示都没看就接了起来。

"哪位？"

"陆然姐姐。"

纪梓辰？

她本能地想到了纪泽北，顿时有点儿烦躁，正想挂电话，听筒中却传来纪梓辰略带哭腔的声音："陆然姐姐，我好像失恋了。"

"……"她好像也失恋了。

一段还没开始就以悲剧收场的单相思。

"陶碧瑶有新欢了。"

"谁？"

"陶碧瑶。"

"你女朋友？"

"不，是我未来的女朋友。"

"……"

"最近几天我发现她跟一个男生走得特别近，两个人老是在一起，她还不搭理我了。"

陆然此刻的心情不比纪梓辰好多少。

她纠缠纪泽北这么久了，纪泽北如果真的在跟许佳嘉交往，那么对她的各种示好不拒绝、不说破，还任其发展，无疑是"渣男"的表现。

她不愿相信纪泽北是个"渣男"，她的眼光和运气不可能会这么差。

"陆然姐姐，你有没有在听我说话？"纪梓辰的声音又响起来。

"有。"

"我现在情绪非常低落。"

听筒中除了纪梓辰的说话声，还有呼呼的风声，风声清晰入耳。

"你在哪里？"

"我在实验楼天台。"

陆然心头一沉，忙问："你想干什么？"

"不想干什么，就是在天台上吹吹风。"

"你别在那么高、那么危险的地方待着。"

"我心情不好。"

"……"姐心情更不好。

"我能不能去找你？"

"来吧。"总比在天台上吹风强。

"算了，我还是继续在天台上吹风吧。"

"你没有想不开吧？"

纪梓辰哈哈大笑："你想什么呢？我是那么经受不住打击和考验的人吗？我只是在琢磨。"

"琢磨什么？"

"怎么诚心诚意地向陶碧瑶表白。我必须让她知道我喜欢她，非常非常喜欢她。"

陆然的嘴角抽搐两下，心想人家现在都不理你了，你挑这种时候表白，那还不是一拒一个准？

"那个陶碧瑶为什么不理你了？"她耐心地问。

"自从我送她花，她就不理我了。999朵玫瑰，整整一大捧花呢，她不可能不喜欢的。"

"……"财大气粗！

"花她没收，还说我没诚意。"纪梓辰叹气道。

"可能她不太喜欢你送花的示好方式。"

"女孩子谁不喜欢花，我给她，她就应该拿着，还闹什么脾气呀？"

陆然皱眉问："你周末要不要回来？"

"有可能回，有可能不回。"

"等你回来，到时候你多给我讲一些陶碧瑶的情况，或许我可以帮你出出主意。"

"陆然姐姐，你真好！"

"你之前帮过我，所以我帮你出出主意也是应该的。"

"对了，你跟我哥进展怎么样？"

"彻底结束了，你哥已经有女朋友了。"

"啊？"纪梓辰惊叫一声，"怎么可能！"

"许佳嘉，纪凡斋的主厨。"

"不可能，你肯定误会了，那个姐姐成天一张苦瓜脸，我哥才不会喜欢她，我拿项上人头向你保证，我哥绝对还是单身。"

这话陆然自然是爱听的，可是许佳嘉喜欢纪泽北，这已是不争的事实。两个人在国外的时候就认识，单凭这一点，许佳嘉就已经甩她八条街了。她没有许佳嘉了解纪泽北，没有许佳嘉和纪泽北相处的时间长。总之，目前的情形对她十分不利。

"陆然姐姐，你不要想太多，我哥肯定喜欢你更多。"纪梓辰说。

陆然笑起来，心里多少有了一点儿安慰。

"你不要再给陶碧瑶送花了，她不会要的。"

"你怎么知道她不会要？"

"听我的准没错。"

"那我该送什么？"

陆然想了想说："送温暖。"

电话那头的纪梓辰一头雾水，问："请问温暖怎么送？"

"你先自己慢慢琢磨琢磨，记住了，不要再送花了。"

陆然跟纪梓辰聊了差不多一个小时。她知道纪梓辰周日那天会回来，所以她请季东俞吃饭的事情必须在周六解决。她伸了个懒腰，发现地上的水渍已经完全干了，当即爬起来点了一盘檀香，屋子里很快就被熏得很好闻。

大扫除清理的两袋垃圾还在玄关那儿放着。她往身上披了件外套，一边用手机拨出季东俞的电话号码，一边把钥匙装进兜里，然后拎起玄关处的垃圾走出去。等电梯的时候，电话接通了。

季东俞似乎在忙，电话那头很嘈杂。

"明天周六，中午一起吃饭可以吗？"她问。

季东俞一口答应下来："没问题。"

"订好餐厅，我会把餐厅位置发给你。"

"好。"

"你先忙……""吧"字还卡在喉咙里，季东俞已经挂了电话。

律师果然都很忙。

下楼扔完垃圾，陆然回到家，在手机上搜索了一下附近环境不错，但价位不太高的餐厅，最后选了一家音乐餐厅，订好两人位，把订位信息发送给季东俞，对方晚上九点多钟回了一个"好"字。临近十点的时候，微信上来了一条好友添加消息，申请一栏的内容言简意赅——我是季东俞。

陆然犹豫再三，最终还是没有通过季东俞的好友申请。

当时，季东俞得知她一个人在公路上，他火速赶到，通过这一点，她对季东俞的印象已经没有之前那么差了，但她心里很清楚，她和季东俞之间是不可能的。

她不愿意耽误人家。

翌日，她一早就被大黄的佛山无影爪拍醒，一脸蒙地爬起来看看，发现大黄的碗里已经没粮了。她眯着眼给猫添粮加水，又去阳台铲屎。忙活到九点钟，她给自己热了杯牛奶，开始梳洗打扮。跟季东俞约好的见面时间是中午十二点，她不慌不忙地化着妆，门铃声突然响了。她放下手里的睫毛膏，顶着凌乱的鸡窝头跑去开门。

门拉开的瞬间，她看到纪泽北单手拎着煤球站在门外，"砰"的一声关上门，快速整理着自己的一脑袋"鸡毛"。头发理顺一些，看起来不那么"梅超风"了，陆然重新拉开门。

"纪先生，早啊。"她微微一笑。

"煤球好像病了。"纪泽北拎着手里的猫说。

"我看看。"

她把猫接过来，抱在怀里，煤球一靠近她便发出咕噜咕噜的声音，还眯着眼睛往她怀里蹭，黏人又可爱。

"有没有呕吐？"她问。

"没有。"

"便便正常吗？"

"没注意。"

"你每天不铲屎吗？"

"我把原来的猫砂盆换成了全自动智能清洁猫砂盆，无须手动。"

"那它有没有正常吃东西？"

纪泽北点点头，又说："它一直在睡觉，我认为它精神不太好。"

陆然苦笑道："猫一天有三分之二的时间在睡觉，这是正常的，如果它没有呕吐、食欲不振，或者便便不正常，就证明它没事。"

纪泽北无话可说了，伸手把猫拎过去，转身走了。

陆然关上门，继续臭美。化好妆，换好衣服已经十一点半。她拎起包出门，才把门锁好，隔壁1802室的门突然开了。

纪泽北走出来，手上依旧拎着煤球。

"它确实精神不太好。"他一本正经地说。

陆然挠挠头，盯着男人手上拎着的黑猫，猫眼的瞳孔呈一条直线，显然是困的状态，这种状态下的猫不可能有精神。

"纪先生，你太紧张了，它没事，它只是想睡觉，你让它踏踏实实睡觉好不好？"

纪泽北："你有没有觉得煤球有点儿秃？"

"啊？"

"我的意思是……它的毛发不旺盛。"

陆然垂眸看了一眼他手中的煤球，笑了笑："确实有点儿秃，你买支营养膏给它吃。"

"什么东西？"

"营养膏。"

"哪里买？"

"宠物医院就有。"

"保险起见，你跟我一起去一趟宠物医院，我想给它做一个全面检查。"男人的语气不容商量。

陆然却有些为难，问："现在？"

"不然呢？"

"现在不行，我中午有约。"

"跟谁？"

"季东俞，说好请他吃饭的，都约好了，我总不能放人家鸽子。"

纪泽北不说话了，在原地呆站了几秒，转身回屋，门被他"砰"的一声重重摔上。

陆然一头雾水。

今天的纪泽北好奇怪，有种没事找事的感觉。

她也没多想，赶快乘电梯下楼，打车赶到约好的餐厅。

季东俞已经到了，他一身正装，手里捧着一束百合，端正地坐在临窗的位置。看到她来，他起身迎了几步，笑着将手里的百合送上。

"我问过孟律师，她说你不喜欢玫瑰，喜欢百合，难怪上次的玫瑰你不收。"

陆然尴尬地一笑，有些勉强地接过季东俞送的花。

"请坐。"

季东俞非常绅士地帮她拉开椅子，她有些意外，笑着道声谢，坐下去。

一个穿着黑衬衫的高个服务生走过来。

季东俞在她对面坐好，向服务生示意女士优先。

服务生微笑着把菜单递给陆然。

这是一家中餐厅，每天都推出一道特色菜，而今天的特色菜是海鲜。她平时很少吃海鲜，加上她对面坐着的是一个患有哮喘病的人，不宜食用海鲜，她直接忽略特色海鲜，点了几道荤素搭配的家常菜。

季东俞认为她点菜点得太客气了，抬头对服务生说："再加一道你们今天的特色菜。"

陆然："……"

一个不能吃海鲜，一个平时从来不吃海鲜，为什么非要点个特色海鲜？关键的问题是今天的特色海鲜贼贵！

陆然心疼，但作为请客的人，她不好驳了季东俞的面子，所以她选择了沉默。

服务生下好单，端来一壶热水。两人面对面坐着，气氛有些尴尬。

"陆小姐，不知道你下周有没有时间，我觉得是时候安排一下双方家长见面了。"季东俞主动打开了话匣子。

陆然的大脑里轰隆隆地响，如同遭到雷劈。她就是想单纯地感谢一下季东俞昨天一早的仗义行为，但他好像误会了什么。

"那个……"

"你的工作我大概从孟律师那里了解了一下，似乎挺清闲的，下周末应该没问题吧？"他自顾自地说。

"其实我……"

"那就这么说定了。"他再一次打断她。

陆然深吸一口气，压下火气，但该说的话她还是要说："季先生，你好像误会了，我请你吃饭，就是想表达一下我对你的感谢，没有别的意思。"

季东俞神情微变，略显失落。

"所以我们现在不算约会？"

"不算。"

手机"嘀"的一声响，是微信提示音。

陆然拿起手机看了一眼，竟然是纪泽北发来的消息。

是一张煤球正在睡觉的照片，黑黑的一小坨。

紧接着，纪泽北发来一行文字："煤球的精神状态依然不太好，你有没有推荐的宠物医院？"

她刚要回消息，季东俞开口说话了，语气略带不悦："我妈说了，跟别人吃饭的时候看手机是很不礼貌的。"

"……"又是你妈！怎么哪儿哪儿都有你妈。

陆然把手机放下，没急着回消息。

季东俞又说："如果是紧急的事情，你可以回个消息，我不介意。"

"……"话都让你说了。

请季东俞吃饭，果然是一个错误的决定。

陆然恨不得马上吃完走人。

似乎觉察到陆然脸色有些难看，季东俞解释道："不好意思，我这个人性格太直了，如果我说了什么让你不高兴的话，请你不要介意。"

"没关系。"

"妈宝男"是这样的。

她自己要请季东俞吃饭，就是跪着也要把这顿饭请了，她才不要欠他人情。

"你餐厅选得不错，"季东俞转移话题，"听说这里味道很好。"

她闷闷地"嗯"了一声，看到服务生来上菜，心里可算舒坦了一点儿。

她只想早点儿吃完结束，季东俞却说："过两天是我妈的生日，我想买个礼物送她，但不知道送什么好，如果你下午没事……"

"我下午有事。"陆然终于学聪明了，她抢着说话。

季东俞被突然地一噎，愣了一下。

"那你明天……"

"明天也有事。"陆然再次抢着说。

季东俞："看来你不像孟律师说的那么清闲。"

陆然暗暗抓狂。好在服务生陆续把菜端上桌，两个人开动了。

特色海鲜摆在桌子正中央，两个人谁都没动。

"你不吃海鲜？"季东俞惊讶地问道。

陆然点了下头，说："不喜欢，觉得腥。"

"这家的海鲜味道还不错，你可以尝尝。"

"你吃过？"

"没有。"

"那你怎么知道味道不错？"

"听说。"

"……"

这顿饭得自己请，可不能白瞎了这么贵的一盘海鲜，陆然便尝了尝味道，还不错，但实在不喜欢海鲜，就没有多吃。

饭吃到一半，季东俞突然起身，说："我去一下卫生间。"

没等陆然回应，他已经走开了。

陆然趁机给纪泽北回消息，告诉纪泽北一家宠物医院的地址和联系电话，对方秒回："你什么时候回来？"

"我还在吃饭。"

"已经一小时了，还没吃完？"

"……"

从出门到现在差不多是有一个小时了，可到了餐厅，光等菜就等了差不多二十分钟，她和季东俞才开始吃没多久。

这可是她请别人吃饭，客人还没吃好，她怎么好意思先走？

她不知道该说什么，索性没回消息，纪泽北也没再找她。

看到季东俞回来，她把手机放下继续吃。

"我吃好了，"季东俞说，"你慢慢吃，不急。"

陆然抬起头来，问："你吃这么少？"

饭量居然比纪泽北还小……

季东俞勾唇一笑："我要保持身材。"

陆然："……"

吃饱喝足，两人起身朝收银台走去。

陆然报了桌位，正准备付账，收银员却告诉她："这位先生已经买过单了。"

她茫然地看向身旁的季东俞，他正冲她微笑着说："走吧。"

她心里不高兴，本来她只是欠他一个人情，现在又多欠他一顿饭了。

出了餐厅，季东俞朝停车位上的黑色奥迪车走去，陆然跟过去，没有上车，而是对季东俞说："说好我请你吃饭，你把单买了，让我很有负担啊。"

季东俞笑起来，露出一口皓齿："下次你请。"

"花了多少钱，我给你吧。"

"我是要那一顿饭钱的人吗？"

"……"

她不知道该怎么办了，她并不想跟季东俞再吃一顿饭，因为这货有可能还会偷摸抢着买单。

"如果你真的那么有负担，那不如今晚邀请我去你家吃饭，你做给我吃。"季东俞提出解决方案。

陆然皮笑肉不笑。都是套路！看不出季东俞这家伙，竟然有两把刷子。

"你觉得怎么样？"季东俞微笑地看着她。

"行。"她还算痛快地答应了。

与其在外面请季东俞，不如直接请到家里来，这下季东俞总没办法再抢着买单了，而且趁今天一天把人情还完，了事！

"上车。"季东俞绅士地帮她拉开车门。

她坐进去，示意去前面不远处的商场："先去那里。"

她得买些食材回去，家里虽然有些食材，但全是素菜，她总不能给季东俞准备一桌子素菜。

季东俞直接开着车进入商场地下二层的停车场，车停稳，陆然先下车，说："我去超市，你在这里等我。"

季东俞不解："我不能一起去？"

"不能。"

免得买个食材，这货也跟她抢着买单。

季东俞一脸无所谓地推了推鼻梁上的眼镜，说："那好吧。"

他放下车窗，手臂随意地搭在车窗边，目送她走进电梯。

超市在地下一层，陆然一出电梯，就推着一辆购物车进入超市，快速购买所需食材，大多是肉食类。正挑着鸡翅，她感觉脸上痒，耳朵也痒，脖子更痒。伸手挠挠，摸到一层小疙瘩。她心头有点儿慌，赶紧去日用品区找了面小镜子照了照，发现脸上和脖子上起了很多小红疙瘩，就连嘴巴都有点儿红肿了。

好像是过敏症状，八成是海鲜惹的祸。

好歹是医学院毕业的，陆然并不是很慌张，她加快速度买完食材，去收银台结账，然后拎着一大袋子新鲜食材乘电梯回到停车场。

季东俞还乖乖地坐在车内等着她，远远看见她走出电梯，他下车快步迎上去，接过她手里的袋子。

她忍住过敏引起的奇痒，坐进车内，告诉季东俞出去以后先找一家药房。

"你嘴怎么了？"季东俞吃惊地看着她。

"过敏。"

季东俞眼睛瞪大，问："要不要去医院？"

"不用，出去找药房！"

"好。"

季东俞性格倒是沉稳，一点儿都不慌，开着车出了地下停车场。车子汇入车流，拐过一条街后，他看到路边有家药房，立刻靠边停车。

陆然下车径直走进药房，季东俞却头也不回地朝着旁边不远处的超市走去。

"你去哪儿？"

季东俞没回应。

陆然有点儿纳闷，她走进药房，买了抗过敏药物，刚走出药房，就见季东俞手里拿着一瓶矿泉水，大步朝她走来。

"先把药喝了。"他拧开瓶盖，把水递给她。

她有点儿意外地说："谢谢。"

没想到季东俞还挺会照顾人。

季东俞开着车把陆然送到公寓楼下，显然没有要跟她进去的意思。

他淡淡一笑，说："你好好休息一下，今天如果不方便，饭可以改天再吃。"

陆然连忙摆摆手："不用改天，就今晚。"

今天能了的事，她不想拖。

"那我晚上七点钟过来，没问题吧？"

"没问题。"

陆然下了车，从后座拎出食材，目送季东俞驾车驶离。

回到家，陆然把食材拎进厨房，然后冲进卫生间照了照镜子。好家伙，她的嘴已经肿得像香肠一样了，耳朵也肿得透亮。

药已经吃了，她现在能做的就是休息，等药效发挥作用，症状才能缓解。

她在沙发上躺下来，掏出手机查菜谱。

大黄拖着肥胖的身体来了，跳到她身上，转了一圈，选了个舒服的姿势团成一个球，眯着眼睛发出咕噜咕噜的声音。

陆然看了一会儿菜谱，把几道菜的详细做法截下图来，打算今晚试试。

其实隔壁就有一位大厨可以请教，可毕竟她是请季东俞来家里吃饭，还是不要让纪泽北知道的好，免得误会她随随便便往家里带男人。

之后，陆然撸了会儿大黄，迷迷糊糊睡了一觉，醒来时，外面天色灰暗。她抓起手机看了眼时间，已经五点多了。她爬起来走进卫生间，发现嘴巴已经消肿，脸上和脖子上还微微有些小红疙瘩，但没那么痒了。

季东俞七点钟来，她还有不到两个小时的时间张罗出一桌菜。

她挽起袖子走进厨房忙活，按照下午手机上截图的菜谱，她井然有序、不急不慌地准备着。

忙活了一个多小时，一桌菜终于准备好了。

她在桌上放好两套餐具，门铃声突然响起来。

看了眼时间，距离七点还有二十分钟。她一路小跑着来到玄关，以为季东俞这么早就来了，拉开门才发现门外站着的竟是纪泽北。

男人穿着居家服，神色淡漠，手里拎着煤球。

她无可奈何地问："猫又怎么了？"

"它没怎么。"

"……"

那么，纪先生你来干吗？

她现在正忙，还有最后一道汤要做，季东俞应该在来的路上了，好慌。

"在做饭？"男人瞥着她身上粉红色的围裙，围裙上面有一只粉红猪。

纪泽北认识那猪，纪梓辰告诉过他，那是佩奇猪。

"是啊。"

"我家冰箱空了。"

纪泽北边说边侧身进了屋。

陆然怔住。

"冰箱空了的话，我今天买的菜比较多，要不你拿一些回去？"

纪泽北把煤球放在地上，煤球立刻欢快地朝大黄跑去，小东西跟大黄许久不见，上去就抱住大黄一顿啃。大黄不跟小猫一般见识，懒洋洋地躺着，眯着眼睛任由小东西在自己身上又啃又舔。

"既然你已经在做了，我就勉为其难尝尝你的手艺。"纪泽北在沙发上坐下来，惬意地交叠着大长腿。

他所在的位置，正好可以看见餐厅，桌上已经摆放好的两套餐具，在他看来很是刺眼。

陆然有点儿困惑，问："你的意思是你要留下来？"

"不行？"

"呃……"难得纪泽北主动来找她，还想尝尝她的手艺，但今天季东俞要来。

上次两个男人就针锋相对，一会儿见了面，估计场面不好控制。

"纪先生，今天不太方便。"她笑着说。

纪泽北懒懒地掀了掀眼皮，墨黑的眸子定定地盯着她，问："怎么不方便？"

"我今天有客人。"

"男的女的？"

"呃……"

陆然挠挠头，忽然间有点儿不知所措。她发现纪泽北太反常了，从来不主动到她这里来，今天怎么一直找她，还强行要蹭饭，还问她的客人是男是女，这是吃醋了？

可她又立刻想起许佳嘉说的那些话。"你家冰箱空了，怎么不让你女朋友给你买菜送来呢？"她硬生生把话题转移了。

纪泽北剑眉微挑，饶有兴趣地问道："我怎么不知道我有女朋友？"

"纪凡斋的许大厨不是你女朋友吗？"

"胡说八道。"

"……"

"我要是有女朋友，我会到你这儿来蹭饭？"

真让纪梓辰说中了，纪泽北还是单身。

"许大厨亲口告诉我说，她是你女朋友。"

纪泽北笑了："她胡说的。"

"我怎么知道是你胡说，还是她胡说？"陆然趁机想一探究竟。

她必须弄清楚纪泽北到底是不是个骗子。

男人下巴微抬，微笑着说："我的字典里从来就没有'胡说'这两个字。"

话音刚落，门铃声响了。

陆然一颗心瞬间提到了嗓子眼儿，她看了眼手机上的时间，刚好七点。

肯定是季东俞来了。这人还真准时，卡着点一分不差。

"你一会儿别乱说话，我让你走的时候你就走，我晚点儿给你留饭，不会让你饿着的。"她小声叮嘱纪泽北，男人非常配合地点点头。

她深吸一口气，跑到玄关处开了门。

季东俞站在门外，一身正装，手里捧着一束百合。

"送你的。"

季东俞把花递到她面前。

她尴尬地笑着，心想中午不是才送过，怎么又送？

她接过花，把季东俞让进屋。

季东俞非常礼貌地站在玄关处的脚垫上问："需不需要脱鞋？"

"不用。"

季东俞笑着走进去，看到沙发上坐着个人，正是昨天早上当他面粗暴地把陆然带走的那人，脸上的笑容顿时僵住，取而代之的是一脸的阴沉与不屑。

"怎么又是他？"

季东俞眉头微皱，回头看着陆然。

陆然笑着解释："他是我邻居，带猫过来玩的，他马上就走。"

纪泽北："……"还真赶自己走？

"我的客人来了。"陆然对纪泽北说，边说边偷偷冲他眨眨眼。

他自然看得懂陆然的眼色，可他既然来了就没打算走。

他坐在沙发上没动，微笑地看着季东俞，说："你好，我是纪泽北。"

季东俞："……"

"不介意共进晚餐吧？"

季东俞："……"我很介意。

"今天特别不巧，我家电路系统出了问题，所以你就委屈一下，跟我们共进晚餐吧。不用客气，随便坐。"纪泽北一副不把自己当外人的态度，让陆然大惑不解。

她记得他来的时候说的是他家冰箱空了，怎么现在又成电路系统出问题了？这胡说八道的本事，丝毫不亚于许佳嘉。

他的字典里不是没有"胡说"这两个字吗？

季东俞整个人僵在原地，走也不是，留也不是。他以为今晚会跟陆然来一顿浪漫晚餐……

"听说你是律师？"纪泽北起身，迈步朝饭厅走去。

季东俞转头看陆然，问："他经常来你家？"

陆然本想实话实说，可想了想，她决定利用这个机会，让季东俞对她彻底死心，于是她不好意思地点点头："我和他从小就是邻居，现在又是邻居了，所以关系走得比较近。"

"你一个单身女孩子，随随便便让男人进家门，成何体统？"

"现在都二十一世纪了，谁还……"

"我妈说了，女孩子要懂得分寸，尤其要懂得保持好自己与异性之间的关系。"

陆然一听到"我妈说了"这四个字，就特别想脱了鞋用鞋底子抽人。

"你妈懂得可真多。"她脸上堆着笑。

"既然你这里还有别的客人，那这顿饭不作数。"季东俞正经八百地说。

"什么叫不作数？"

她忙活半天，就是想今天把季东俞的人情还了，照他的意思是还有下次？

"你们怎么都不来坐？"纪泽北的声音从饭厅传出来。

陆然探头往里面看了一眼，纪泽北已经拉开椅子坐下了，丝毫没把自己当外人。

她万万没想到事情会演变成这样。"季先生，今天就委屈你了啊。"她小声说道。

季东俞依旧正经脸，走进饭厅，直接在纪泽北对面坐下。

两个男人的面前各有一套餐具，陆然只好再去厨房给自己加套碗筷。

既然人已经到了，汤索性就不做了。

"开动吧。"她尴尬地挤出一丝笑来。

季东俞拿起筷子，夹了一筷子自己跟前的鱼香肉丝尝了尝，然后连连点头，称赞道："陆小姐，你的手艺真不错，味道好极了。"

纪泽北沉沉地一笑："律师先生不挑食啊。"颇为不屑的语气。

陆然："……"

季东俞冷笑道："不挑食，好养活。"

陆然夹在两人中间，不知道该怎么办，索性埋头吃饭。

纪泽北几乎没怎么动筷子，他看着对面的季东俞，季东俞每尝一道菜，便对陆然一顿夸，夸得天花乱坠，连陆然都觉得不好意思，而且尴尬极了。

"明天恐怕要去趟宠物医院。"纪泽北突然对陆然说。

陆然猛然抬头，问："为什么？"

"今天下午我特意观察了一下煤球的排便情况，它的排泄物不太正常，带血块。"

对面刚吃了一口毛血旺里的鸭血的季东俞呛了一下，剧烈地咳嗽起来。

陆然赶紧给他倒了杯水。

纪泽北唇角勾起浅浅的笑，说："律师先生，慢点儿吃，没人跟你抢。"

季东俞缓过劲来，一双眼睛都红了，他怒视着纪泽北，没好气道："吃饭的时候，你说什么排泄物？懂不懂礼貌？"

"抱歉，我家猫病了，我在向专业养猫人士请教。"

说完，他将视线转移到陆然脸上，又问："猫是不是需要定期驱虫？如果在排泄物里发现寄生虫，是不是证明要驱虫了？"

陆然："……"

季东俞深吸一口气，强忍住不悦，决定无视对面那个讨厌的家伙，结果刚拿起筷子，对面讨人厌的家伙又开始描述他所看到的寄生虫的样子，白色的，长长的……

他忍无可忍，一把将手中的筷子拍在桌上，猛地站起身。

陆然被他突然的举动吓了一跳。

"陆小姐，我看我们还是改天再约吧。"对待陆然时，他尽可能地心平气和。

陆然苦着脸，见季东俞大步走出饭厅，她赶紧跟了出去。

"抱歉，我朋友他，"陆然边说边指着自己的脑袋，唯恐被纪泽北听到，小声说，"他这里有点儿问题。"

季东俞："看出来了。"

陆然尴尬地笑笑。

"我先走了，改天再约。"

季东俞头也不回地往玄关处走去。

陆然跟过去，目送他出门。

"我建议你远离脑筋不正常的人。"季东俞临走前留给她一句"忠告"。

回到饭厅，纪泽北神情得意地看着她，问："他走了？"

"是啊。"硬生生被你恶心走了。

"吃饭吧。"纪泽北笑着拿起筷子。

陆然坐回自己的位置，然而看着一桌子快冷掉的菜，她想起纪泽北恶心季东俞的那些话，忽然就没什么胃口了。

纪泽北却像个没事人似的，慢条斯理地吃着。

"好吃吗？"

纪泽北抬头看她一眼，说："还不错。"

"你胃口挺好的，而且不挑食。"

"不挑食，好养活。"

陆然无奈地一笑，看着纪泽北吃她做的菜吃得那么津津有味，不禁回想起他今天一系列的反常行为，以及他故意把季东俞恶心走的事。越往深处想，她越觉得这是纪泽北在意她的表现。

"你是不是喜欢我啊？"她忍不住问出了口。

纪泽北被一口饭呛到，咳嗽起来。

她不慌不忙地站起身，给他倒了杯水。

他咳得眼睛都红了，缓过劲来，红着脸，一本正经地说："你是不是还没睡醒？"他看都没看她。

"你的意思是说我在做梦吗？"

"年纪不大，悟性挺高。"

"……"

如果他不喜欢她，那他今天一天这是瞎折腾什么呢？

"你真不喜欢我啊？"她不死心，又问。

纪泽北放下手中的筷子，说："我吃好了。"

"你还没有回答我的问题。"

"煤球，该回家了。"纪泽北选择性装聋，起身走出饭厅，径直朝着沙发上的煤球走去。单手把煤球拎起来，他回头看向还坐在饭厅里的陆然，淡淡一笑："谢谢你的热情招待。"

陆然："……"

纪泽北就这么走了。

陆然一个人呆呆地坐在饭厅里，面对一桌子几乎没怎么动过的菜，心情许久平静不下来。

纪泽北回到家，随手把煤球放在地上，走进厨房拉开了冰箱门。

双开门大冰箱的保鲜层，水果、蔬菜、饮品一应俱全。他拿了一瓶矿泉水，拧开盖子喝了一口，然后懒洋洋地坐到沙发上，拿起旁边放着的一本书。

头顶的吊灯明晃晃的，灯光有些刺眼。

他若有所思地勾了勾唇角，想起自己在陆然面前扯的那些谎，竟然觉得有些可笑。

他家的冰箱怎么可能会空？

他家的电路系统怎么可能出问题？如果真出问题，整栋楼都得出问题。

今天他好像做了一些无聊的事情，实在不像他的风格。

"你是不是喜欢我啊？"陆然的问题萦绕在他耳边。

他眉头紧皱，思绪莫名有些凌乱，翻开手里的书，却一字一句都看不进去。

手机"嘀"的一声响。

他拿起手机，是陆然发来的一条微信消息，点开，内容让他颇感意外："纪先生，你是不是喜欢我呀？"文字后面还加了一个害羞的表情。

他犹豫着要不要回，对方又发来一串卖萌表情包，一直刷屏，直到那句"你是不是喜欢我呀"看不到了才停止。

他不知道该回什么，就习惯性地回了一个句号。

陆然看到他的回复，脸上是笑着的。她能感觉到纪泽北已经有点儿喜欢她了。

第十二章　他不喜欢我

翌日。

纪泽北凌晨五点准时出门。

陆然迷迷糊糊听到了隔壁的关门声，这公寓哪儿都好，就是隔音差，不过她已经习惯了早上纪泽北出门的声音。

她蒙上被子继续睡，再醒来时，已经快中午了。都怪她昨晚过于兴奋，一直到凌晨两点多才睡着。她爬起来把冰箱里的剩菜加热，凑合着填饱了肚子，走进书房，开始写纪泽北的专访文章。一直忙到下午两点钟，纪梓辰的电话打进来，她停下手上的工作，接起电话。

"陆然姐姐，你在不在家？"纪梓辰的声音听上去无精打采。

"在家，你回来了？"

"在我哥这儿。"

"你哥在家？"

"不在，他去叶大哥那里了，叶大哥刚回来，他去送公寓钥匙。"

"你过来吧。"

她现在正好想休息一下，听纪梓辰说说有关陶碧瑶的事。挂了电话，她走出书房去玄关处开门，纪梓辰已经在门口等着了，他怀里抱着煤球，把煤球一起带了过来。

这一幕让她想起昨天纪泽北单手拎着煤球几次敲门的场景。兄弟俩对待煤球还真是天差地别。

"快进来。"

陆然侧开身，将纪梓辰让进屋。

纪梓辰一进门就喃喃道："有没有吃的？"

冰箱里只有剩菜了。她挠挠头，说："我给你叫外卖吧，你想吃什么？"

"肉。"

"好的。"

"还要啤酒。"

"酒就不要了吧？"

纪梓辰现在情绪这么低落，还不是沾酒就醉？

"不，我要。"

"……好吧。"

她随意点了两个罐啤。

不料外卖送到后，纪梓辰撇嘴道："陆然姐姐，你怎么这么抠？"

"……"

"两个罐啤就想打发我？"

"我怕你喝多。"

"弟弟我千杯不醉。"

陆然笑笑，一般说自己千杯不醉的，十个里面有九个都是吹牛。

"那你想喝多少？"

"来一箱。"

陆然咽了咽口水，琢磨了一下说："我去楼下超市买，你先吃着。"

"好。"

纪梓辰一直在帮忙撮合她和纪泽北，不把纪梓辰这位小爷伺候好了，怎么追他哥？

她把整箱啤酒搬到桌上，躺在沙发上歇了会儿。

就下楼去了趟超市的工夫，纪梓辰已经喝光了一罐啤酒，打开了另一罐。

"你悠着点儿。"

纪梓辰冲她嘿嘿一笑，说："没事，我酒量那是我哥的好几倍。"

听到这话，陆然来了兴趣，问："你哥酒量不好？"

"那是相当不好，酒品还差。"

"有多差？"

"喝醉了就乱亲人。"

"……"

纪梓辰喝了一口啤酒，接着说："不过你别担心，他从来不跟女人一起喝酒的。我满十八岁的时候跟他喝过一次，差一点儿被他强吻了，幸好我躲得快。估计他和叶大哥在国外的时候一起喝过酒，叶大哥可能就没有我那么幸运了。"

陆然想象着那个画面，忍不住"扑哧"一声笑起来。

"陆然姐姐，你的酒品就更不怎么样了，跟我哥一样。"纪梓辰话锋一转，边说边冲她坏坏地一笑。

她顿时脸上一阵发烫，脑海中闪过自己上次喝醉抱着纪泽北不撒手的画面。

"论酒品，你跟我哥还真是绝配。"

陆然："……"

下次她应该把纪泽北灌醉，这样一来……嘿嘿嘿！

想象着纪泽北喝醉酒会强吻她，她就忍不住坏笑起来。

纪梓辰大概猜到她的脑瓜里在想什么，没拆穿她。"一个人喝酒太没意思了，陆然姐姐，你陪我喝一点儿。"

陆然笑笑说："我不行，我一会儿还有工作。"

"一罐啤酒又不会怎么样。"

纪梓辰从箱子里拿了一罐啤酒扔给她。

"行吧，看在你失恋的分上，姐姐我就陪你喝一点儿。"她打开啤酒罐，起身坐到纪梓辰对面。

"跟我说说你未来的小女朋友吧。"

纪梓辰苦笑道："我估计我没戏了，她今天早上还给了我一巴掌。"

陆然刚喝了一口啤酒，"噗"的一下全喷了出来。

纪梓辰表情尴尬，说起自己被打的前因后果："你说让我送温暖，我一大早就去女寝给她送早餐，但是一进门就被她打了一巴掌。"

"你们学校女寝让男生进？"陆然惊奇地问。

纪梓辰压低了声音，做贼心虚地说："当然不让进了，我是偷偷溜进去的。"

　　"她为什么打你?"

　　纪梓辰叹了一口气,说:"我没敲门就直接进去了,然后……她正在换衣服。"

　　"……"活该被打!

　　"我当时太激动了,就忘了敲门,不过还好,她没去老师那里举报我,我猜她肯定是心疼我,怕我被老师处罚。"

　　陆然想给他一个白眼。

　　通过纪梓辰接下来的叙述,陆然得出了一个结论:陶碧瑶不但不喜欢纪梓辰,还讨厌他。

　　"要不我今天晚上去她寝室楼下给她弹吉他、唱情歌?"纪梓辰问陆然的意思。

　　陆然抬手一巴掌就招呼到他的后脑勺上,他被突如其来的一掌打得有点儿蒙。这手法怎么跟他哥有点儿像……

　　"不准去。"陆然聊到了兴头上,开始给纪梓辰出谋划策。

　　凭她追求纪泽北的经验,她拍拍胸脯,很得意地对纪梓辰说:"你信不信我?"

　　纪梓辰犹豫了一下,点点头。

　　"那我就告诉你该怎么追女孩子。"

　　"怎么追?"

　　"先提升好感。"

　　"什么?我这么帅的男生还用提升好感?我纪梓辰单单往那儿一站……"话还没说完,他后脑勺又被陆然拍了一巴掌。

　　他摸着脑袋,一时有点儿急了:"你好好说话,能不能别打我?陶碧瑶老骂我笨蛋,你再打我,我脑子就更不灵光了。"

　　"你欠打,哪有你那么追女孩子的?冒冒失失,把人家女孩子对你的好感都败光了。"

　　不知不觉一罐啤酒下肚,陆然又开了一罐,跟纪梓辰边喝边聊。

她出了很多点子，纪梓辰越听越入神，甚至还从她的书房里拿了个笔记本，一句句地记下来。

两人聊到傍晚时分，一箱罐啤已经被他们喝掉了差不多一半。

"我说的你都记住了没？"陆然醉眼迷离地看着对面一直晃来晃去的纪梓辰，皱眉道，"你别晃了，晃得我头晕。"

纪梓辰笑着说："我没晃。"

他忙着记笔记，根本没怎么喝，陆然一个人就喝了差不多六罐啤酒，中途她去了三趟厕所，吐了两回。

"姐，你醉了。"

陆然摆摆手："没有，我还能喝。"

"……"

见陆然把手伸进箱子里，又要往外拿啤酒，纪梓辰赶紧把箱子搬到了一边。明明是他想大醉一场，结果陪他喝酒的陆然却醉了。

想起陆然喝醉酒抱着他哥不撒手的画面，他猛地打了个寒战。

"今天就聊到这里，你醉了，早点儿休息，我先回去了。"他拿起桌上的笔记本，撒腿就跑。

刚跑出门，1802室的门就被纪泽北一把推开。

"哥。"他逃命似的冲到纪泽北面前。

纪泽北眉头微皱，问："你喝酒了？"

"一点点。"

跟着纪梓辰出来的陆然虽有些醉了，走路也有些不稳，但意识十分清醒。看到纪泽北，她傻傻一笑，瞬间黏上去，紧紧搂住纪泽北的手臂。不趁现在占便宜，什么时候占？

纪泽北眉头皱得更深了，看了一眼身旁的纪梓辰，漠然问道："她喝了多少？"

"六罐啤的。"

"你明知道她不能喝酒。"

上次他被陆然折腾得够呛，纪梓辰这小子是亲眼看到的，居然还敢让她喝。

"我不管了，她就交给你了。"

"纪梓辰——"他冷喝一声。

纪梓辰心想不好，脚底像是抹了油，几步冲进屋里，结果被站在客厅里的许佳嘉吓了一跳。

许佳嘉穿着高跟鞋踩在地板上，身上的大衣和皮包都在，看这样子是刚来不久。

纪梓辰回头看了一眼纪泽北，发现纪泽北也没换鞋。应该是纪泽北回来以后看到他留的便条了。

"喝酒了？"许佳嘉看着他，一如既往的冷漠脸。

他点了下头，没说话，快步朝自己的房间跑去。

纪梓辰不喜欢许佳嘉，一直都是。已经有一个高冷大哥的他，对再有一个高冷大嫂这件事接受不了。他认识陆然没多久，但陆然那样软绵绵的性子就很讨喜，比起许佳嘉，他更希望陆然做他的大嫂。

许佳嘉见纪泽北站在外面许久没进来，走到门口，发现陆然脸颊通红，双手紧紧抱着纪泽北的胳膊不放，像强力胶一样黏在男人身上。

以往纪泽北遇到这种撒酒疯的女人，二话不说就会把对方甩得老远，可此时此刻的纪泽北十分有耐心，说："陆小姐，麻烦你把手松开。"

陆然摇摇头，把他搂得更紧了："你先说你喜不喜欢我，昨天你没回答。"

纪泽北宠溺地笑了："你把手松开我就告诉你。"

"你先告诉我。"

看着两人你一句我一句没完没了，许佳嘉走出去，一把扯住陆然的衣领，非常粗鲁地将她从纪泽北身上拽开。

陆然踉跄了几下，险些摔倒，稳住身子，她看向刚刚扯自己衣领的人，一身黑衣，抹着大红嘴唇，眼神冷厉如冰。

"'女特务'？"她瞪大眼睛盯着不知道从哪里蹦出来的许佳嘉，大吃一惊。

许佳嘉："……"

纪泽北双手抱胸，憋住笑。

形容得还挺贴切。跟许佳嘉认识这么多年，他从来没见过许佳嘉穿黑色以外颜色的衣服。

"喝成这样就不要出来丢人现眼了，滚回你自己家，你想怎么耍酒疯我都没意见。"许佳嘉毫不客气地推着陆然的肩膀，试图把她推回家去。

陆然被她一直推推搡搡的，火气突然就上来了。她用力甩开许佳嘉的手，没好气道："有话说话，你别动手。"许佳嘉的手背被她的巴掌打到，白皙的皮肤红了一片。

纪泽北上前，看了眼许佳嘉泛红的手背，刚要说什么，手臂再一次被陆然一把抱住。

陆然并没有抬头看他，而是怒视着许佳嘉，伸手一拽他的衣领。没料到她的力气会这么大，他毫无防备地被她一拽，猛地向前跌了一步，而她顺势将双手揽上他的肩头，搂住他的脖子，踮起脚，一个吻不偏不倚地落在他的唇上。

纪泽北："……"

她的唇瓣凉凉的，很软，蜻蜓点水似的碰了一下他的唇。

"不管你喜不喜欢我，反正我喜欢你。"她注视着他，目光一动不动。

他的心脏剧烈跳动。

许佳嘉被这一幕气得双拳紧握，以她对纪泽北的了解，接下来他应该用力推开陆然才对，可他任由陆然搂着他的脖子，还与她四目相对。

"疯婆子。"

许佳嘉终于忍无可忍了，她一把将陆然从纪泽北身上扯下来。陆然晃晃悠悠没站稳，一屁股跌坐在地上。她上前一步，抬手就要冲陆然亮巴掌，奈何挥起的手臂突然被纪泽北死死抓住。

"你干什么？"

她感到难以置信。

纪泽北居然拦她？

过去她替他挡了多少烂桃花，这一次，他居然护着陆然这个趁着喝醉在他面前装疯卖傻的女人？

　　"今晚恐怕不能研究新菜谱了。"他很平静地说。

　　许佳嘉自然听得懂纪泽北话中的意思，他这是对她下了逐客令。

　　陆然刚刚当着她的面吻了纪泽北，分明就是故意做给她看的。

　　她恨恨地咬着牙，用力将胳膊抽回来。

　　"纪泽北，我没想到你的眼光这么差，居然喜欢这种人。"

　　许佳嘉丢下这句话后愤然离开。

　　纪泽北回头，居高临下地睨着还坐在地上的陆然，神色微沉。

　　陆然脸上带着得意的笑，慢慢吞吞地爬起来。

　　跟许佳嘉这么一闹，她的酒已经醒了大半，尽管还有点儿晕乎乎的，但她知道自己都干了些什么。本来是想借着酒意让纪泽北承认喜欢她，哪怕只有一点儿喜欢，结果许佳嘉竟然突然出现。那女人都跟到纪泽北家里来了，她不做点儿什么，哪能让许佳嘉知难而退呢？

　　发觉纪泽北的脸色有些难看，她挠挠头，冲他干巴巴地一笑，说："'女特务'好像被你气走了。"

　　"酒醒了？"

　　"醒了，醒了。"

　　"既然醒了，回去吧。"

　　"……"

　　亲都亲了，他居然让她回去？

　　难道他就没点儿什么表示？

　　男人转身进屋，她赶紧跟上去，谁知男人突然关门，她来不及刹车，"咚"的一声就撞在了门上，眼前顿时金星直冒。她扶着墙，晃了晃晕乎乎的脑袋。

　　门"哗"的一声又被纪泽北拉开，男人背光而立，墨黑的双眸定定地看着她，表情无奈至极。

　　她忙摆摆手，说："没事，意外。"

　　"你刚才在踹门？"

　　"……"冤枉啊！她哪里敢踹他家的门。

　　"你流鼻血了。"

　　她一愣神儿，刚要伸手去摸自己的鼻子，男人突然把她拉到怀里，抱了起来。她恍惚地看着他，感觉他在晃，房子也在晃。

　　纪泽北把她放在沙发上，从茶几上的抽纸盒中抽出几张纸，抬高她的下巴，面无表情地擦着她的鼻血，最后还把她的两个鼻孔都用纸塞住。

　　她张开嘴呼吸。

　　纪泽北没让陆然看到沾了血的纸巾，直接把那一堆红红的纸团扔进了垃圾桶。

　　"你可以在这里休息一下。"

　　"那我能不能躺一下？"

　　头太晕了，再晃下去就要吐了。

　　"随便你。"

　　纪泽北进了厨房。

　　陆然在沙发上躺下来，闭上眼睛，头晕感终于得到了一定的缓解。

　　纪泽北家的沙发又软又暖和，比她家的舒服多了。

　　迷迷糊糊快要睡着的时候，她听到纪梓辰惊讶的声音。

　　"陆然姐姐怎么在这里？"

　　"她流鼻血了。"纪泽北回应得不冷不热。

　　"血止住了吗？"

　　"应该止住了。"

　　陆然感觉到鼻子里塞的两团纸被人拿掉了，呼吸瞬间变得顺畅了。

　　"你明天不会又换一套新沙发吧？"纪梓辰揶揄道。

　　"我有病？"

　　"上次陆然姐姐在沙发上躺了一下，你就把沙发换掉了，这次……"

　　"这次又没弄脏。"纪泽北不耐烦地抢话。

　　陆然闭着眼，迷迷瞪瞪地听着两人说话。

　　"她今晚是不是就睡这儿了？"

　　纪泽北的语气冷了几分："当然不。"

　　"可她已经睡着了。"

　　"一会儿叫醒她。"

"我看就让她在这里睡好了，我去给她拿条毯子。"

接着陆然就听到一阵很轻的脚步声，不多时，身上便被盖上了一条毛茸茸的毯子，毯子上有股淡淡的清香。她缓缓睁开眼睛，灯光刺得她眼睛生疼，她眯起眼，发现纪梓辰站在餐厅门口，身子倚着门框，背对着她这边，站姿吊儿郎当的。

他正在看着纪泽北，而纪泽北站在餐桌前，正专心地做着什么。

桌上似乎有几盘食物，他在认真地摆盘。

她揉着仍有些晕的脑袋缓缓起身，忽听纪梓辰笑呵呵地问："哥，你是不是喜欢陆然姐姐啊？"

她瞬间神经紧绷，朝着纪泽北看了过去，男人正专注于自己的事情，头也不抬，冷冷地说："不喜欢。"

纪梓辰接着问："不喜欢你为什么对她那么好？"

"因为不讨厌。"

"这……这算什么？"

陆然心头微微一沉，注视着纪泽北的目光都黯淡了些许。

"我觉得陆然姐姐挺好的，你给她个机会吧，感情可以慢慢培养的。"纪梓辰不遗余力地帮她说好话。

纪泽北沉默下去，懒得理睬纪梓辰了。

纪梓辰觉得非常扫兴，转身准备回房间，余光却瞥见原本躺在沙发上的人已经起来了。他朝陆然看了过去，发现陆然呆呆地坐在沙发上，一双眼睛定定地看着餐厅里正在琢磨新菜品摆盘的纪泽北。

"陆然姐姐，你什么时候醒的？"他故意抬高嗓门。

纪泽北听到他的话，正在摆盘的手突然僵了一下。纪泽北抬眸，朝沙发的方向看去，恰好与陆然的视线撞上。

她在看着纪泽北，眼神有点儿呆滞，像是还没睡醒。

"陆然姐姐，你什么时候醒的？"纪梓辰快步走到陆然面前，重复着刚才的话。

陆然反应有些迟钝，淡淡地看了他一眼，有气无力地说道："刚醒。"

　　纪梓辰感觉陆然情绪不对劲，直觉告诉他她可能听到了他们刚刚的对话，本想安慰她几句，谁知她竟站起身，晃晃悠悠地朝玄关处走去。

　　"陆然姐姐，你要回去了吗？"为了让纪泽北出来送送，他故意吊着嗓子说。

　　谁知话音落下，也没见纪泽北从餐厅出来。

　　陆然推开门，头也不回地走了。

　　他叹了口气，回到餐厅门口，望着专注于工作的纪泽北，气呼呼地说："你要是不喜欢陆然姐姐就直接拒绝她，别老吊着人家，陆然姐姐长得那么可爱，肯定有很多人追她。"

　　纪泽北眉头皱起来，说："你有完没完？"

　　"我看陆然姐姐跟叶大哥倒是很般配，你这么不解风情，干脆我以后撮合他们两个。"

　　纪泽北："……"

　　陆然回到家，慢吞吞地走进卧室，直接往床上一扑，裹上被子就蒙头睡了。一觉睡到凌晨五点钟，她醒了，睁着一双眼睛怔怔地盯着天花板。她的脑袋里一团糨糊，直到听见隔壁纪泽北出门的声音，她的大脑才彻底清醒。她一下子坐起来，想起纪泽北和纪梓辰昨天晚上的对话，耷拉下脑袋，瞬间像霜打的茄子似的倒回床上，蒙上被子继续睡。她在房间里整整躺了一天，不想吃东西，也不想动。手机响过几次，她也没管。

　　外面的天色已经渐渐暗了下来，她看了眼床头柜上闹钟的时间，已经晚上六点钟了。

　　肚子开始叽叽咕咕地抗议。

　　她爬起来走出房间，手机不知道放在什么地方了。她找了很久，最后在客厅的沙发缝中找到，正打算叫外卖，门铃声响了。她顶着凌乱的头发去开门。

　　是叶知安。

　　看到她蓬头垢面的样子，叶知安吓了一跳。

　　"你想吓死谁？我还以为见到贞子了呢。"

　　陆然呵呵一笑，转身回屋。她窝在沙发里，在手机上点外卖，顺便问了问叶知安："你吃晚饭了没？我在叫外卖，要不要帮你一起点上？"

"不用，我已经吃过了，我就是过来看看你，顺便拿回我的卡。"

陆然"哦"了一声，起身从包里翻出叶知安给她的那张银行卡。

"你今天一天没出门？"叶知安把卡收好，上上下下打量着她。

此时的她披头散发，脸色煞白，还顶着一对像是熬了好几个通宵的黑眼圈，精神状态极差。

"出去干吗？外面那么冷。"

"你脸色很难看，是不是病了？"说话间，叶知安伸手探了一下她的额头，喃喃道，"体温倒是正常的。"

"我没事，昨天跟纪梓辰喝了点儿啤酒，今天有点儿宿醉而已。"

"喝了多少？"

"几罐啤酒。"

"我建议你以后别再碰酒了，酒量那么差还非要喝。"

陆然苦笑一声。点好外卖，她把手机放在茶几上，一脸疲惫地往沙发上一躺，心神不定地盯着叶知安看了一会儿，突然坐起来说："那个许佳嘉……"

话开了个头，她又打住了。

"许佳嘉怎么了？"

"没什么。"

好像没必要再打听什么了，纪泽北又不喜欢自己。

想到这里，她自嘲地一笑，笑完了又觉得有点儿委屈。

他给她的感觉，明明就是喜欢。这个男人太让人琢磨不透了。

她烦躁地抓了抓头发，身子一歪，倒在沙发上。

"陆然，你怎么了？"叶知安用怪异的眼神看着她，"你今天不太对劲啊，是不是受什么刺激了？"

她长舒一口气，说："我好得很。"

"好什么，你现在特别不正常，到底怎么了？"

"没怎么。"

"我还不知道你？赶紧说，受什么刺激了？"

陆然伤心道："纪泽北说他不喜欢我。"

叶知安吃了一惊："真的假的？"

纪梓辰那小子已经向他保证过了，说纪泽北肯定是喜欢陆然的。

"他亲口说的，还能有假？"陆然越说越委屈，一双眼睛红红的，快哭了。

"他怎么说的？"

"他说他不喜欢我，对我好是因为不讨厌。"

叶知安："……"

他和纪泽北认识好几年，还从来没见过纪泽北对哪个女孩子特别关照过，陆然是第一个。

"不讨厌已经很好了，你再努力一把，说不定不讨厌就变成喜欢了。"他安慰陆然。

陆然一个大白眼翻过去，说："你说得轻松，丢脸的又不是你。"

"这有什么丢脸的，大不了就是被拒绝。"

"不喜欢就是拒绝。"

"胡说，他不是说了不讨厌你吗？"

"……"

"老纪脸皮薄，他以前没谈过恋爱，我猜他情商肯定比一般人低。"

陆然沉默了。

"我觉得你在他面前还是应该好好打扮一下，男人都喜欢性感的，懂吗？性感！"叶知安开始给她支招。

她坐起来，一脸认真地看着叶知安。

"你的头发可以去烫个大波浪，另外穿衣风格最好也改变一下，你那些衣服都太素了，要妖娆，懂吗？妖娆！一定要穿能展示出你身材曲线的那种衣服……"叶知安不停地说。

陆然听着听着就忍不住打断叶知安："你说了这么多，是觉得我穿衣没品位吗？"

"当然不是，我的意思是，你的衣服不够女人，还有你的妆容，太淡，你记不记得许佳嘉的妆容？又精致又美。"

陆然一口气差点儿没喘上来。她最好的朋友在她面前一直捧她情敌的臭脚，她难免有些不爽了："你能不能别在我面前提许佳嘉？"

叶知安嘿嘿一笑："我就是给你打个比方，人家无论是妆容还是衣着，确实比你精致。"

陆然彻底无言以对了。

"明天我邀请纪泽北来我公寓，刚搬了新家，肯定要请朋友过来聚一聚，你到时候打扮好看点儿，我给你们制造机会。"叶知安边说边把她从沙发上拉起来，拽着她朝卧室走去。

"我帮你搭配一下明天的衣服。"他说。

进入卧室，叶知安拉开衣柜的门，大衣全是基本款，至于打底，更是跟"性感"两个字完全不沾边。

"小妹，"叶知安抬手打了个响指，一本正经地说道，"现在马上去洗漱，我陪你去商场置办一身行头。"

陆然："……"

"愣着干什么？赶紧的呀！"叶知安把她推进卫生间。

她洗漱完出来，外卖正好送到。

叶知安等着她把饭吃了，拉着她出门直奔商场，还净把她往大品牌精品店里拽，她的腰包瘦得可怜，单单一件打底就能让她肉疼到哭。

叶知安帮她挑外衣的时候，她偷偷拽了一下他的衣角，低声说："这里的衣服不太好看，我们去别家看看。"

"相信我的眼光。"

叶知安挑了件玫红色的大衣给她，又帮她搭配打底的衣服和裤子。

"去试试。"

她站着没动，垂眸盯着手上的一套"特务"装，有点儿嫌弃。

这是妥妥的许佳嘉风格。

"快去。"叶知安把她推到试衣间门口，"相信我的眼光，不会错的。"

她叹了口气，勉为其难地把叶知安挑的衣服试了一下。

尺码非常合适，但这是她有生以来第一次穿皮裤，感觉很别扭。

她走出试衣间的时候，叶知安眼睛一亮："我的眼光果然不错。"

"……"

她走到镜子前，发现自己穿上叶知安挑的衣服，完全变了个人，如果脸上再化个冷艳的妆容，简直就是"许佳嘉二号"。

"你觉得这样好看？"她冷冷地看向叶知安。

叶知安笑道："当然好看。"

她把大衣脱下来，单看自己穿着毛衣和皮裤的样子倒是很纤瘦，只是身材一般……看着这样的自己，她不禁想起许佳嘉来。对方个子比她高一点儿，比她还要瘦，身材很标致。人比人真是气死人！她拉着脸，很沮丧。

叶知安笑呵呵地问："这套衣服你喜不喜欢？"

"不喜欢。"

这根本就不是她的风格，她更喜欢简约时尚清新风，而不是这种女王风。

"既然你不喜欢，那这套衣服我买来送你好了，就当是你帮我布置公寓，我回送你的小礼物。"叶知安说完，把她推回试衣间，示意一旁的售货员，"一会儿把衣服包起来。"

售货员笑着点点头。

陆然换回自己的衣服走出试衣间，售货员立刻从她手上接过那套"特务"装去打包。

出了品牌店，叶知安拉着陆然去品牌彩妆专柜，一口气送了她好几支口红。

"你好像很希望我和纪泽北在一起。"她喃喃道。

叶知安："废话，你是我小妹，你喜欢的男人我当然要帮你追到手。"

"没别的原因？"

叶知安的脑袋猛摇，陆然却不信，她怀疑叶知安喜欢许佳嘉。

如果真是这样，那他一定知道许佳嘉喜欢的人是纪泽北。

他这么帮她，撮合她和纪泽北，是想让纪泽北这个情敌名草有主吧。

想到这些，她狐疑地盯着叶知安。

叶知安被她的眼神盯得心里发毛，问："你看我干什么？"

"你是不是喜欢许佳嘉？"

"……"

"你要是喜欢她就大方地承认，咱俩其实可以战略合作一下。"

叶知安窘迫地一笑，说："你别瞎猜了。"

"你不承认没关系，如果有机会我肯定会帮你的。"

叶知安不说话了，接过售货员递来的口红，转身去付账。

车子抵达公寓外面时，叶知安把车靠边停下，转头看着副驾上的人说："化妆不用我教你吧？"

"你会吗？"

"不会。"

"那你说这个有什么用？"

"明天记得好好打扮一下，越性感越好。"

陆然："……"

目送叶知安驾车驶离，陆然不慌不忙地走进公寓。

电梯抵达十八楼，她刚出电梯间，就发现纪泽北家的房门半开着，里面透出光来。

她下意识地放慢脚步，轻手轻脚地进屋，关上门松了口气。

突然门铃声响了。她预感是纪泽北或者纪梓辰。走到玄关处，她透过门上的猫眼往外面看了一眼，是纪泽北。她顿时慌张起来。她迟疑着，结果门铃声又响了起来。

男人杵在门外，一副不见到她誓不罢休的样子。

终于她还是给他开了门。

"有事？"她态度冷冷的。

纪泽北眉头微皱，把手里的小家伙拎起来递给她说："煤球好像得了皮肤病。"

她把猫接过来，仔细观察了一下，毛发很秃很软，身上确实起了一些小块的皮屑。

"病了你不去找医生，找我干什么？"

纪泽北回应得理所当然："你不是学医的？"

"我学的又不是兽医。"

"……"

"你带它去宠物医院吧，现在时间还早，医生应该还在的，或者你找家二十四小时营业的宠物医院。"陆然平静地说完话，把煤球塞给纪泽北。

正准备关门，纪泽北伸了一只脚进来。

陆然："……"

"你经常带猫去哪家医院？"

"我之前不是告诉过你地址和医生的联系方式了吗？"

"你跟我一起去。"

"给你一分钟出来。"男人霸道地说完，把脚缩了回去。

陆然很想直接把门关上，不理他，可一想到他主动来找她，她又有点儿心动。做了一会儿思想斗争，她拿起包走了出去。

纪泽北把煤球塞给她，转身回屋穿好大衣，拿了车钥匙和钱包出门。

她跟着他走进电梯，电梯下降的几十秒，两人相对无言。

从公寓抵达宠物医院快十点了，陆然经常带大黄来的这家宠物医院已经停止营业，纪泽北在手机地图上搜索附近二十四小时营业的宠物医院。

医生经过一番诊断，确定煤球只是营养不良，便推荐了一种幼猫食用的营养膏。回去的路上，两人依旧沉默不语，车内的气氛很沉闷。车子驶进公寓地下停车场，停下后，陆然抱着猫先下车，男人跟在她后面，脚步很轻。两人一前一后走进电梯，安静了许久的纪泽北突然开口说："许佳嘉今天一早向我递交了辞职报告。"

陆然诧异地转头看着身旁的男人，问："你同意了？"

"当然没有。"

"她想辞职跟我无关，那是她自己的决定。"她冷下脸。

纪泽北淡淡地看了她一眼，闷闷地"嗯"了一声。

电梯抵达十八楼，门一开她就把煤球塞给纪泽北，快步走了出去。她从包里掏出钥匙，不理睬身后的男人，开门进屋。

纪泽北走到自家门前时，陆然家的门"砰"的一声重重关上。

他一脸纳闷，感觉陆然有点儿莫名其妙，是自己说错什么了？

第十三章　我为你挂彩了

陆然生了一肚子闷气，一整晚辗转难眠，后半夜勉强入睡。翌日一早，她被闹钟吵醒，爬起来吃了一点儿东西，便进入书房修改之前写好的稿子。

纪泽北的专访稿她润色了好几次，临近中午的时候，她把稿子和纪泽北的一张侧颜照一起发到梁曼的邮箱，并附言："亲，稿子提前写出来了，你看一下，有问题电话联系，这周我有很重要的事要忙，不去公司报到啦。"

她窝在沙发里昏昏欲睡。一觉睡到下午四点钟，叶知安的电话打进来，提醒她今晚到他公寓聚会。她爬起来洗了个澡，然后将叶知安送的那套衣服穿在身上，就开始化妆。

按照叶知安的建议，单单发型她就折腾了一个多小时，临近六点的时候，她终于拾掇完毕。看着镜子里完全变了个人的自己，她感觉有点儿辣眼睛。黑色眼影，玫色的口红，妆容很艳丽，加上一身"特务"装，还真有那么一丝帅气。想起纪泽北昨天的话，她的心情是极差的，都挤不出一丝笑容来。这身打扮倒是跟她今天的心情很搭。

六点半的时候出门，由于堵车，她七点钟才到叶知安的公寓。进门时，她发现纪泽北已经到了，除了他，还有许佳嘉。

许佳嘉坐在客厅的沙发上，指间夹着一根细长的女式香烟，正眯着眼睛吞云吐雾。

"看上去还不错。"

叶知安将陆然从头到脚打量一遍，冲她竖起大拇指，然后拉着她进屋，把她推到纪泽北和许佳嘉面前。

看到她，纪泽北和许佳嘉都微微愣了一下。

纪泽北更是一副在看怪物的表情。

"你这是什么打扮？"纪泽北眉头皱起，脸色有些难看。

她心里翻了无数个大白眼，冷冷地朝叶知安瞪过去。

叶知安却得意地一笑，问："老纪，你不觉得陆然今天很漂亮？"

纪泽北："……"

许佳嘉掐了手里的烟，认真打量着陆然，唇角勾起一抹嘲讽的笑，那轻蔑的眼神仿佛在说："想模仿我，你还差点儿火候。"

陆然憋住火，在纪泽北身旁坐下。

纪泽北转头看着她，眼底是毫不掩饰的嫌弃，语气霸道得不容商量："赶紧把你的妆卸掉，丑死了。"

"……"

"快去。"

陆然坐着没动。

纪泽北瞬间觉得很没面子，说："我跟你说话，你没听到？"

"听到了。"

"听到了你还不动？"

"我觉得这样挺好的，你不就喜欢这款吗？"

纪泽北："……"

气氛忽然变得沉闷。

屋里的暖气很足，陆然热得出汗了，她起身脱了大衣，挂到玄关处的衣帽架上，一回头正好与纪泽北的目光撞上。

纪泽北在打量她这身装扮，似乎很不满意，眉头皱得紧。

"陆小姐这身行头可不便宜。"许佳嘉开口打破沉默，声音冷得像冰。

陆然冷笑道："叶知安送的。"

纪泽北面色微沉，耳边忽然响起纪梓辰说过的一句话："我看陆然姐姐跟叶大哥倒是很般配，你这么不解风情，干脆我以后撮合他们两个。"

好端端的，叶知安为什么要送陆然衣服？还是这么贵的。

"叶知安对你倒是很上心嘛。"许佳嘉微微扬了扬唇角。

陆然面不改色，说："怎么，你吃醋了？"

许佳嘉："……"

　　叶知安作为今晚的大厨一直在厨房忙活，四人餐端上桌，他解开围裙，将头探出厨房冲外面喊了一嗓子："开饭了。"

　　纪泽北最先入座，许佳嘉马上拉开他旁边的椅子坐下，这让陆然心中十分不爽。

　　无奈之下，她只好坐到纪泽北对面。

　　叶知安晚来一步，去挑红酒了，而且只拿来三只高脚杯，其中没有陆然的。"你不能喝酒，喝饮料吧，冰箱里有，自己去拿。"

　　陆然经过许佳嘉旁边时，对方突然伸脚绊了她一下，她差点儿摔倒。叶知安眼疾手快，一把抓住她的手臂，她这才免于当众出糗。

　　纪泽北在她险些栽倒的时候，猛地站起身，神情也有些慌乱。他的这一行为，让许佳嘉的脸色异常难看。陆然却暗暗有些得意。

　　纪泽北刚才完全就是本能动作，就算是傻瓜都看得出来，他在担心她。

　　去厨房拿了罐可乐，陆然坐回自己的位子上。

　　叶知安正在醒红酒，纪泽北已经开动了。

　　"老纪，味道怎么样？"叶知安笑呵呵地看着纪泽北。

　　"还不错。"纪泽北的回应淡淡的。

　　"不是吧？这就把我打发了？"他好歹是米其林三星大厨，一般人可吃不到他亲手烹制的美食。

　　"挺好的。"纪泽北改口。

　　叶知安不甘道："能不能给个准确的评价？"

　　纪泽北抬头，浅浅地一笑："非常好，不愧是米其林三星大厨。"

　　叶知安得意地说："这还差不多。"

　　醒好了红酒，叶知安从兜里摸出四张音乐会的门票。

　　"昨天订好的，三位赏个脸，陪我去听听？"

　　纪泽北皱眉道："无聊。"

　　"你们晚上又没有别的安排，如果实在不想去听音乐会，那我们就去酒吧好了。"

　　纪泽北眉头皱得更深了，一想到陆然喝醉酒的样子，就撇嘴道："酒吧太吵。”

“KTV？”

“吵。”

“那还是去听音乐会吧。”好歹是名家的音乐会。

尽管叶知安努力活跃气氛，可除了他，另外三人都耷拉着一张脸，气氛很沉闷。本来今晚他是想撮合陆然和纪泽北的，可许佳嘉在场，他不好发挥。唯独在许佳嘉面前他会有所收敛。

其实许佳嘉并不是他邀请来的，她是听纪泽北说他要亲自下厨，才决定一起来的。为了这事，他还特意加订了一张音乐会的票，而加订的这张票与另外三张票离得老远。他琢磨着到时候就委屈一下许佳嘉吧。

叶知安张罗着出发去听音乐会。

陆然是唯一没有喝酒的，纪泽北便把车钥匙给了她。

八点的时候，演出已经开始，四人安静进场。纪泽北最先找到位置，他刚坐下，陆然拽了一把跟在他身后的许佳嘉，接着往前冲刺几步，成功地坐到了纪泽北旁边。

她冲许佳嘉挑眉一笑。许佳嘉脸都绿了。

许佳嘉只能在陆然旁边坐下，而走在最后的叶知安瞬间有点儿想哭。

“那个……”他想回自己的位置，可话开了个头，还是作罢了。

许佳嘉毕竟是他喜欢的人，他还是不忍心把许佳嘉一个人晾着。

陆然就坐在纪泽北旁边，许佳嘉要盯着他们。

叶知安耷拉着脑袋，悄无声息地走开，在隔着好几排的地方找到了那个座位。

场内的灯光非常昏暗，只有台上的一束聚光灯。台下观众静谧无声，全都专注地听着台上的演奏。

陆然是第一次听音乐会，听着听着就开始犯困，脑袋左摇右晃强撑了很久，终于还是没撑住，脑袋一歪，靠在许佳嘉肩头睡了过去。

许佳嘉不可思议地转头看着她，十分嫌弃地伸手一推。她身子一歪，又倒向了纪泽北。眼看着自己那一推就要把陆然送到纪泽北那边，许佳嘉伸手想把人拽回来，怎料纪泽北出手比她快，一把就将陆然拽了过去，还将陆然的头轻轻放在他肩上。许佳嘉简直不敢相信自己的眼睛，她认识的纪泽北根本不可能干出这样的事来。一场音乐会长达三个小时，听得她窝了一肚子火。

陆然却是睡得又香又甜，一直到音乐会结束，台下观众热烈鼓掌，她才一脸蒙地醒来。

观众陆陆续续往外走。

陆然站起来，揉了揉有些酸痛的脖子，余光瞥见纪泽北正在揉肩膀。

她转头看他，他面无表情地说："你的脑袋应该有二十斤。"

"……"

可怜兮兮一个人听完整场音乐会的叶知安，起身冲他们挥了挥手。

许佳嘉提议去酒吧消遣一下，叶知安点头称是，陆然却说："我肚子有点儿饿。"

纪泽北抬腕看了眼手表："距离你吃完晚饭才过去三个小时。"

"我没吃饱。"叶知安做的西餐，量太少了，还不够她塞牙缝的。

纪泽北犹豫了几秒，对叶知安说："你们去酒吧，我带猪去吃饭。"

陆然眉头一挑，问："你说谁是猪？"

"你。"

"……"

四个人两两分开。

许佳嘉走时那个难看的表情，陆然记忆犹新。

她心情大好，开着车哼着小曲儿，载着纪泽北直奔自己经常光顾的一家二十四小时营业的烧烤店。

到了地方，纪泽北一看烧烤店的环境，顿时一脸嫌弃。

"换一家。"

陆然问道："为什么？"

"脏乱差。"

"有吗？"她觉得味道比环境重要。

纪泽北杵在门外不愿进去，她只好强行把他拽进去。

里面已经有几桌食客，人声嘈杂。

她知道纪泽北肯定没来过这种平价的饭馆，于是带他进了一个小包间。老板跟她很熟了，非常热情地来招呼。

"老样子吧。"她菜单都懒得看。

老板微笑道："没问题，酒也照上？"

她刚要拒绝，纪泽北却说："上吧。"

"好的，请稍等。"

老板前脚出去，陆然就苦着脸说："我可不喝酒，你知道我喝了酒什么德行。"

"我喝。"

"既然是你想喝，那我就不拦你了。"她嘴上轻描淡写，心里却乐开了花。

她特想看看纪先生喝醉酒什么样子，还有可能会被他强吻……光是想想那个画面就不禁脸红。

菜上来了，陆然所说的"老样子"几乎是满满一桌。

纪泽北看着坐在他对面吃得津津有味、毫不顾及形象的女人，竟莫名觉得她这个样子真实得有点儿可爱。

"你尝尝这个，一点儿都不辣。"陆然把一串烤青辣椒放到他盘里。

他没多想，拿起来慢条斯理地吃着，脸不红气不喘，毫无反应。

陆然都看呆了。

"不辣吗？"

男人"嗯"了一声。

陆然突然觉得不对劲。这里的烤青辣椒是出了名的辣，她故意说不辣是想逗逗他，结果他面不改色吃掉了一整串。

"再来一串？"

男人轻笑道："你以为我像你一样那么能吃？"

她呵呵一笑。

转眼间，纪泽北已经喝掉了四瓶啤酒，他不但没有醉，还非常平静，丝毫没有酒后的样子。他打开第五瓶啤酒，慢悠悠地给自己倒满一杯，一口饮了。

陆然傻眼了。这是个什么神仙人物？说好的酒量相当不好呢？

烧烤没吃多少，酒倒是没少喝。

陆然盯着男人看了一会儿，笑道："纪先生，你这酒量可以啊！"

纪泽北笑了："一般般。"

"最多能喝多少瓶？"

"不确定。"

"……"

想起纪梓辰说纪泽北酒量不好，酒品很差，他自己却是千杯不醉的话，陆然忽然明白了，吹牛的那个是纪梓辰，纪泽北才是真的千杯不醉。看来意外的惊喜是没有了。以后绝对不能和纪泽北一起喝酒，否则会被他灌得找不着北。

"你今天这身打扮是怎么回事？"纪泽北话锋一转，盯着她那张妆容浓艳的脸。

"叶知安说你喜欢性感的。"

纪泽北愣住了，问："什么？"

"我以为你喜欢这样的。"

"不喜欢。"

"那你喜欢什么样子的？"

"女孩子干干净净最好。"

他果然不喜欢浓妆艳抹的。

"你知道叶知安喜欢许佳嘉吗？"她非常小声地问。

"知道。"

"你什么时候知道的？"她有些吃惊。

"早就知道。"

"那你喜不喜欢许佳嘉？"

"她只是朋友。"男人回答得很干脆。

"那我呢？"她再一次低声问道。

纪泽北沉默地喝了一杯酒，抬眸看着她，乌黑的双眸亮如宝石，定定地看她许久，唇角微扬，笑问："你是不是在追我？"

"……"你终于发现了啊！

“如果是，你就再加把劲。”

陆然尴尬地笑道：“你的意思是，我还有机会？”

“我想知道你能坚持多久。”

在纪泽北过往的世界里，所有人都能被非常清楚地分类，许佳嘉早在几年前就已被他归为朋友一类，叶知安也是。

无论是在国外还是回国以后，纪泽北算是见过形形色色的女人了，可没有哪一个让他有怦然心动的感觉。在所有人都被他清清楚楚归类的时候，唯独陆然不知道该归到哪一类。她应该是朋友，但他又觉得她不只是朋友。

他感到很疑惑，因为不确定，所以当纪梓辰问他是不是喜欢陆然的时候，他只能回答不喜欢，但不讨厌。或许他在感情方面真的很迟钝，他从来没有主动追求过任何一个女人，既然陆然这般主动，不如给她一个机会。

陆然拿起酒瓶，把他的空杯倒满，冲他甜甜地一笑：“纪先生，其实我这人优点不多，但最大的优点就是不轻言放弃。”

“你加油。”

十一点半的时候，叶知安和许佳嘉到了环境很雅致的小静酒吧。店内播放着空灵的钢琴曲。两人在吧台坐下，各要了一杯威士忌。

许佳嘉一口气把一整杯喝下去，又要了一杯。叶知安恍惚地看着她，感觉她现在的心情糟透了。

“酒这么喝容易醉。”

许佳嘉淡淡地瞥他一眼，昏黄的灯光下，女人冷艳的双眸被衬得柔和了几分。她勾起唇角，笑得凉薄。

“来酒吧就是买醉的。”

叶知安沉默下去，几乎没碰过酒，一直安安静静地陪在她身边。

两杯酒下肚，她的眼眶泛了红。

“你为什么帮陆然不帮我？”她的脸上第一次露出了委屈和不甘。

今晚的聚会他并没有邀请她，她的加入只是个意外。

“你想开些，都这么多年了，老纪如果心里有你，你们早就在一起了。”叶知安小心翼翼地说。

"我才是最了解泽北的人。"她红着眼睛大声说。

"了解有用？"叶知安皱起眉头，声调也跟着高了些。

"你是不是喜欢我？"女人一双眼睛像是蒙上了水雾，注视着他的样子楚楚动人。

他张了张嘴，想说什么，可话到嘴边还是被硬生生地咽了回去。喜欢许佳嘉很久了，他觉得许佳嘉是知道的，这层窗户纸她只是不想捅破。

"喜欢一个人就要成全她，你能不能帮我？"许佳嘉表情认真地看着他，像是在恳求，又像是在命令。

他好像听见心里面有什么碎了。

"不带这么欺负人的。"他苦笑。

"难道你不想我幸福吗？"

许佳嘉有恃无恐，这自私到了极点的思维模式让他感到后脊背一阵阵发凉。

"两杯酒就醉了？"他转移话题。

许佳嘉冷下脸，转过头去不再看他，一个人闷闷地喝酒。

他在许佳嘉那里从来没受到过重视，他第一眼见到许佳嘉就喜欢她，可纪泽北太优秀了，以至于许佳嘉从来都看不到他。但纪泽北心里没有她，她再怎么努力，再怎么牺牲，结局都不会有任何改变。

他突然很心疼这个女人，但又气她，为什么她就是看不到自己？

在许佳嘉要第四杯威士忌的时候，他冲酒保摇摇头，示意酒保不要再上酒了。

许佳嘉瞪他一眼，对酒保说："再来一杯。"

酒保假装没看到叶知安的示意，又给了许佳嘉一杯酒。

"我要是喝多了，麻烦你送我回家。"丢给他这句话后，许佳嘉便端起酒杯，一饮而尽。

一直喝到深夜一点钟，叶知安还保持着清醒的头脑，但身旁的许佳嘉已经醉了。结完账，他扶着许佳嘉往外走。许佳嘉的手臂搭在他的肩膀上，脸颊嫣红，突然冲他笑嘻嘻地说："不如你直接把我送到泽北那里吧。"

叶知安瞪她："说什么疯话？"

"不是只有陆然才会借酒装疯卖傻。"

"你收敛一下行不行？"

叶知安压着火气，一出酒吧便到路边拦出租车。成功把许佳嘉塞进车里，他坐到她旁边，问她："你家住哪儿？"

她不说话，脑袋靠在车窗上愣愣地出神。

"你家住哪儿？"

"麻烦你送我去泽北家。"

叶知安示意司机开车，把自家地址给了司机。他带许佳嘉回到家，一进门，许佳嘉就吐了，还边哭边脱衣服。他帮许佳嘉收拾好全身，已经累得没有任何力气，最后靠在许佳嘉身边迷迷糊糊地睡着了。

翌日一早，天阴沉得很，风呼呼地刮。从窗户透进的风，吹得许佳嘉打了个寒战。她缩了缩身子，裹紧被子，突然感觉有什么东西在往她的被子里拱。她揉着快要炸裂的脑袋睁开眼睛，一把掀开被子，就见叶知安佝偻着身子，正在她的被子里睡着。

她的大脑一片空白，抬脚就将叶知安踹下了床。

叶知安"咚"的一声摔在地板上，瞬间清醒过来。他揉着被撞疼的肩膀爬起来，看到床上用被子紧紧裹住身子、一双眼睛瞪得老大的许佳嘉，柔声说："醒了？"

"你居然乘人之危？"

许佳嘉一颗心怦怦地跳，她的衣服在地上扔着，身上穿了件白衬衫，衬衫显然是叶知安的，而衬衫里面什么都没穿。她记不清昨天晚上上发生了什么事情，但预感很不好。叶知安一向是非常靠谱的人，她万万没想到他会趁她喝醉对她……

"没没没！你别冤枉我。"叶知安急忙解释，"你的衣服吐脏了，你身上穿的是我的衣服。还有，你的衣服都是你自己脱的，我没动手。"

"那你为什么会在我床上？"

"这是我的床好不好？"叶知安委屈得快要哭了。

"这件衣服是我自己穿的？"许佳嘉扯着自己身上的衬衣，恼羞成怒。

"不是，那件是我帮你穿的。"叶知安老老实实地交代，眼看着许佳嘉要发飙，他赶紧说，"你放心，我是闭着眼睛帮你穿的，我什么都没有看到，真的！"

他怎么可能什么都没看到？

"浑蛋！"她愤怒地抓起枕头朝他扔过去。

叶知安一歪头，枕头擦着他肩头飞过去，无声地落在地板上。

她不解气，爬起来就几个耳光"啪啪啪"地甩在叶知安脸上。

叶知安捂着被打的脸，委屈地大叫一声："你怎么回事？"

"你活该。"许佳嘉恼怒不已。

她爬下床，忍受着宿醉带来的不适感，抓起地上的衣服快速穿上，披上大衣，气呼呼地走了。

叶知安傻了。

早八点。

陆然和纪泽北走出烧烤店。

纪泽北一晚上喝了差不多十二瓶啤酒，酒品怎么样不好说，因为他压根儿就没醉，只不过走路有一点点晃。

她伸手扶他，他摆手道："没事。"

她莞尔一笑道："酒量这么好，适合做生意啊，应酬场上肯定能喝倒一大片。"

"夸奖了。"

上了路边停着的车，陆然系好安全带，启动，挂挡，给油，一系列动作非常熟练。

"今天不去买海鲜？"陆然问。

纪泽北靠在椅背上，说："去不了。"他是没办法开车的，而陆然一晚上也没睡。

"我可以开车送你去。"

纪泽北带她去过一次临海的小镇，她记得路。

"你不困？"男人转头看她。

她眨眨眼："不困。"

吃饱喝足，精神很好。

"那行吧。"纪泽北答应得有些勉强。

陆然把车掉头，他们出市区的时候已经八点半了。

"预计我们十点钟能回市里，赶得及吗？"她问副驾上已经昏昏沉沉快要睡着的男人。

纪泽北闷闷地"嗯"了一声。

车内安静极了，公路上来往车辆很少。陆然目视前方，盯着一眼望不到头的路，不多时就有些犯困。她睁大眼睛，拼命撑住。快要撑不住的时候，她就打开音乐，把声音开得很大。

突然炸响的音乐惊得副驾上的男人一激灵。他皱着眉，恍惚地看了眼窗外，又回过头来看认真开车的陆然，沉声道："声音关小一点儿。"

"不行。"她怕自己会睡着。

男人不说话了，靠在椅背上闭目养神。

陆然坚持着把车开到临海的小镇，将车停靠在码头，纪泽北下车，直接去找供应海鲜的老杨，不多时就搬了一个泡沫箱放到车的后备厢内。

"走吧。"

男人上车后，又靠在椅背上闭上了眼睛。

陆然依旧把音乐声开得很大，越炸裂越好。

回程中，她困得眼皮直打架，哈欠一个接一个，不知道强撑了多久。

迷迷糊糊中，她还能听到炸裂的音乐，但是意识已经渐渐模糊。她好像看见前面有好几辆车的影子，再然后，这些影子开始重叠，她快要抑制不住地合上眼皮了。

突然，一阵刺耳的喇叭声似乎要刺破陆然的耳鼓。她睁开眼睛的瞬间，前方一辆货车正迎面驶来，货车司机正疯狂地冲他们按喇叭。她慌了神，下意识地猛打方向盘。

一旁的纪泽北被惊醒了，有些恼怒地问："你刚刚是不是睡着了？"

"我……"话刚开了个头，迎接他们的已是路边的深沟。

陆然一声尖叫。

纪泽北则本能地将她一把揽过去，护住她的头。

车子翻进沟里，车身一阵剧烈的晃动，纪泽北只觉自己的手臂撞在车窗玻璃上，疼得他倒抽一口冷气。

货车司机看到这一幕，赶紧把车停在路边，下车朝他们翻车的地方跑过去。

"你们没事吧？"他朝下面喊了一嗓子，无人回应。

他赶紧打电话叫救护车。

侧翻的车子内，陆然半边身子压在纪泽北身上，男人的手臂一半挂在车窗外面，玻璃碴子把袖子划了好几道口子，手背被碎玻璃割伤，一片血肉模糊。

陆然抬起头来的时候，男人伸手捂住她的眼睛："别看。"

"你受伤了吗？"

"一点儿小伤，你把头转过去。"

她听话地转过脸去不看他，他则从毛衣里面的黑色背心上扯下一块布，快速将受伤的手包起来。

"车上的人，你们还好吗？"货车司机打完电话，继续冲他们喊。

陆然连忙应了一声："我们没事。"

她将头探出驾驶位这边的车窗，发现车子在漏油，瞬间慌了。

"纪先生，车漏油了，会不会爆炸啊？"

纪泽北："……"

"赶紧下车。"她用力推门，但车门被斜坡挡着推不开，她索性从天窗爬出去。

纪泽北看着她动作利索，像只猴一样越过车顶，顺着车尾滑到后备厢。她第一时间居然是去开后备厢，伸手搬那箱海鲜。

"陆然，你在干什么？"

"抢救刚买的海鲜啊！"

"你能不能先救人？"

纪泽北哭笑不得，要不是他的腿被卡住了，他根本不需要陆然帮忙。

陆然回过神来，赶紧放下手中的泡沫箱子，跑去拉开副驾的车门，对纪泽北一通生拉硬拽。

"等一下，安全带还没解开。"男人被她拽得胳膊生疼。

　　他拧着眉把安全带解开，陆然拼尽全力把他从车里拖出去。

　　车轮已经触底，倘若车身再下滑一点儿，纪泽北就被困在里面了，要想出来就得像陆然一样从天窗往外爬。

　　双脚落地的瞬间，陆然拉住他的手飞快地跑。

　　"离车远点儿，这车可能快爆炸了。"她边跑边喊。

　　只听身后"哐"的一声响，两人动作几乎同步，一下子扑倒在地。

　　男人的胳膊本能地护住陆然的头。

　　然而不是爆炸声，之后周围一片静谧。

　　陆然抬起头来，回头看着那辆侧翻在沟里的白色奥迪车，车身又往下坠了一下，发出"哐"的一声。

　　纪泽北无奈地叹了口气，看着陆然那受了惊吓的样子，忽然有些想笑。

　　跟她在一起，好像总是状况百出。

　　他起身，拍了拍衣服上的土，伸手拉起陆然。

　　她歪着脑袋看他背在身后的另一只手，有点儿担心地问："你的手是不是受伤了？"

　　"小伤。"

　　她把他往车外拉的时候，瞥见他的那只手上包着块黑布，他应该是不想让她看见血，担心她又晕过去。

　　"我已经叫了救护车。"路边站着的货车司机铆足劲冲他们喊了一声。

　　陆然冲那人挥了下手，喊道："谢谢。"

　　货车司机人还不错，在他们努力爬坡的时候伸手拉了他们一把，甚至还去车里把那一泡沫箱的海鲜给搬了上来。

　　"我可没有责任哦，是你们逆行，而且是你们自己翻到沟里的。"货车司机表情认真，还伸手一指自己身后的货车说，"我车上有行车记录仪。"

　　话外音无疑是你们休想把责任推到我头上。

　　陆然笑笑，说："知道不是你的责任。"

　　要怪就怪她自己疲劳驾驶。

　　"你的车买保险了吗？"她转头问纪泽北。

　　男人脸色有些苍白，用布包住的那只手依旧背在身后。

"买了。"

"是全险吗？"

"是。"

陆然暗暗松了口气："那就好。"

货车司机见他们没什么大事，告诉他们救护车再过十几分钟就到，然后就走了。

两人在路边站着，纪泽北掏出手机给保险公司打了电话，等了没多久，救护车就到了。

陆然搬上那箱海鲜，跟着纪泽北上了救护车。

抵达医院后，纪泽北随医生去处理伤口，陆然等在外面，内心十分不安。

也不知道纪泽北伤得重不重，他从始至终都没让她看过伤口。

焦急地等了半个小时，纪泽北终于从急诊室走出来，他的右手上包着厚厚的纱布，俊脸已经有了一丝血色。

她几步迎上去，问："医生怎么说的？严不严重啊？"

"不严重，缝了四针而已。"

"都怪我……"

纪泽北苦笑道："确实怪你。我的伤口不能碰水，生活上有什么需要，我就找你，没意见吧？"

陆然诚恳地说："没意见。"

"刚才接到保险公司的电话，车已经拖走了。"

"我会赔的。"陆然说。虽然肯定数目不小，但车子翻进沟里都是她的错，这责任她不能推卸。

"算了。"

"不能算了，车是我开进沟里的，我得负责任。"

"你有钱？"

"我……"她没钱，她快穷得叮当响了。

"只要你随叫随到，把我照顾好了，说不定我一高兴就不让你赔了。"

陆然挠挠头，说："你受伤都是因为我，照顾你理所应当，车是我开的，维修费我不能让你出。"

纪泽北正要说什么，她忙抢话："就这么说定了，我们走吧。"

她搬上那箱海鲜，大步往外走。

看着她瘦瘦小小的背影，纪泽北无奈地摇了摇头。他跟上去，两人走出医院，在路边拦了辆出租车。车子先驶到纪凡斋，陆然叮嘱司机等她后下了车，搬着一箱海鲜匆匆走进店里。

以往都是纪泽北一早就将海鲜送来，可今天送海鲜的人竟是个小姑娘，厨房中正在忙活的几个年轻厨师大眼瞪小眼。

陆然环视着偌大的厨房，没见到许佳嘉。她把海鲜箱子放下，冲几个厨师笑笑，说："纪老板有事，托我顺路帮他把海鲜送过来。"几个厨师没什么反应，她顿觉尴尬，非常识趣地转身往外走。来到大厅，她跟许佳嘉撞了个正着，对方从卫生间出来，穿着便服，眼睛红红的，像是没休息好，脸色也很难看。

陆然本想打个招呼，可想了想还是算了。她绕过许佳嘉想走，对方却叫住她，语带讥讽："你挺有手段的。"

"……"

"不过泽北不傻，不会被你那些手段耍得团团转。"

陆然无言以对。

她冷冷地看着许佳嘉，问："你这人是不是有被害妄想症啊？"

"你说什么？"

"我陆然从来不做亏心事，行得正，坐得端。"

"我不是告诉过你我和泽北的关系了吗？明知道自己是第三者，你还黏着泽北，有脸说自己行得正，坐得端？"

陆然撇嘴道："我当然知道你和纪先生的关系，你们只是普通朋友，我可不是什么第三者。纪先生亲口说的，他单身，他跟你只是朋友，你要是不信，需不需要我把他叫过来亲自跟你说？"

许佳嘉："……"

"还有事吗？"

许佳嘉被噎得说不出话来。

陆然嘚瑟地一笑："既然没事,那我就先走了,纪先生还在外面等着我呢。"留下铁青着一张脸的许佳嘉,陆然脚步轻盈地走出去。

上了出租车,她告诉司机公寓地址,便冲身旁的纪泽北抿嘴一笑。

纪泽北柔声道："你笑什么?"

"心情好当然要笑了。"

"……"把他的车开进沟里,他都因此挂彩了,她还心情好?

出租车抵达公寓。

陆然紧跟在纪泽北身后,发现他的外套袖子破了几道口子,想起车子翻进沟里的时候,男人本能地把她揽过去,护住她的头,她不禁心里一阵暖。

两人一前一后地走进电梯,沉默了许久的纪泽北突然开口:"你回去好好休息一下,晚上过来做饭给我吃。"陆然毫不犹豫地答应了。

"还要帮我洗头。"男人一本正经地说,目光淡淡地飘向她。

"洗头?"

这种事情难道不是去外面的理发店就可以搞定了?

纪泽北抬起包着纱布的手,问:"这是因为谁?"

"呃,其实……"

"晚上早点儿过来。"男人没给她把话说完的机会。

她笑着点点头:"行吧。"不就是头吗?洗!

陆然一进家门就冲进卫生间洗漱,之后换上睡衣便钻进被子里呼呼大睡。昨天通宵,今天又折腾到临近中午,她快困死了。

醒来时,整个人昏昏沉沉的,精神状态极差,但她记得纪泽北跟她说的话。她爬起来,进浴室洗了个澡,换上一身居家服,便敲响了纪泽北家的房门。

不多时,男人来开门。他穿着宽松的米色毛衣和黑色长裤,明显是刚睡醒不久。他伸手一指厨房的方向,说:"冰箱里什么都有。"声音清冷,带着一丝沙哑。

她从冰箱里挑选出几样食材,开始准备晚饭。

第十四章　你得为我负责

纪泽北坐在客厅的沙发上，安静地翻着一本书，时不时抬眸朝厨房望一眼。

这似乎是他第二次把自己的厨房交给陆然，心中难免有些不安，唯恐陆然那个冒失鬼把厨房折腾得一片狼藉。

半小时后，厨房传出抽油烟机的声响，他起身走过去，身子倚在门边，饶有兴趣地看着厨房里手忙脚乱的女人。

她穿着他的围裙，有点儿大，松松垮垮的，挥舞锅铲的样子笨拙得有点儿可爱。厨房的工作台是根据他的身高定制的，对陆然来说有点儿高，以至于她做什么都会下意识地踮着脚。

"需不需要帮忙？"他轻声问道。

抽油烟机轰轰的声音将他的声音完全淹没。

陆然丝毫没有发现到他在身后，他微笑着摇摇头，自讨无趣地走开。

他刚回到沙发上坐下来，手机就响了。

来电显示是叶知安。他不假思索地接听起来，还没等他开口说话，对方便问："纪凡斋几点下班？"

"晚十点。"

"问这个干什么？"

"纯属好奇。"

"……"

"你和陆然昨天吃到几点？"

"天亮。"

"哇，吃了个通宵。"

纪泽北扬扬眉，他是喝了一个通宵，而且是慢饮小酌，陆然才是真的吃了一晚上。

由于喝了不少酒，加上车子翻进沟里，受到了一定的惊吓，他今天的胃一直不太舒服。

事故发生时，货车的喇叭声不仅吵醒了陆然，还惊醒了他。他睁开眼睛的瞬间，就发现陆然双手撑在方向盘上，睡得迷迷糊糊……

跟陆然在一起，似乎要适应各种突发状况，一般人的心脏可能受不了。

"你知不知道许佳嘉住哪里？"叶知安有些突然地问他。

"不知道。"

电话那头的叶知安震惊了，一双眼睛瞪得老大："你开什么国际玩笑？"

许佳嘉跟着纪泽北回国都已经三年了，他居然不知道许佳嘉住哪儿？

此时的叶知安懒洋洋地躺在沙发上，手里拿着一个精致的蓝色小盒子，盒子里是一条手链，这手链是他在国外的时候买下来的。

现在许佳嘉对他有误会，他正好可以借这个机会把手链送给她，就当是道歉的礼物。

他辛苦照顾一晚上，许佳嘉却赏了他几个大嘴巴，生气的那个人应该是他，可他现在已经消气了，只想找机会跟许佳嘉解释一下，然后把放在身上的这条多年没能送出去的手链送到她手上。

"你想知道她住哪里，怎么不去问她？"纪泽北反问。

他支支吾吾地说："我没说我想知道她住哪儿。"

纪泽北无奈地轻叹一声，知道叶知安不过是嘴硬罢了。

"我真的不知道。"

"明白了。"

叶知安也没多说，便挂了电话。

纪泽北放下手机，拿起旁边的书，无聊地翻着。

临近七点的时候，厨房传出陆然的喊声："开饭了。"

纪泽北起身走向餐厅。

陆然把三道菜放在桌上，依旧是她拿手的番茄炒蛋、黄瓜炒蛋、胡萝卜炒蛋，他怀疑她只会炒蛋。

她摆好碗筷，冲他微微一笑："你将就一下，我手艺有限。"

"帮我洗手。"

"啊？"

"洗手。"

"哦。"

陆然走上前，男人立刻转身朝卫生间走去。她跟在男人后面，一直走进卫生间，认认真真地帮这个洁癖狂洗了手，两人才回到餐厅。

面对面坐下，她拿起筷子往纪泽北的碗里夹了些菜。

纪泽北端正地坐着，左手很困难地拿着筷子，费了好半天的力气，连一粒米饭都没能送进嘴里。他放下筷子，神色平静地看着陆然。

"不好吃？"

他沉默着。

"要不要我喂你？"

男人剑眉微挑，一改平静的脸色，浅浅一笑："要。"

陆然起身，端着自己的碗挪到纪泽北旁边，吃饭、喂饭两不误。

一顿饭吃了一个多小时，可算是把纪泽北这位爷给伺候好了。

纪泽北吃饱喝足了，起身走出餐厅，陆然还得收拾残局。

如果是自己家，她大概收拾一下就算了，可这里是纪泽北家，不把他家的厨房擦得一尘不染，瓷砖能照出人影来，她今晚恐怕出不了他家的门。她把厨房卫生打扫干净，仔细检查了几遍后，确认能交差，这才长舒一口气，慢悠悠地走出厨房。

想起还要帮纪泽北洗头，她耷拉下脑袋，可自己惹的事，就算跪着也得负责到底。她挽起袖子，拉起在沙发上坐着的纪泽北，说："跟我来。"

纪泽北有点儿失神，但还是跟着她进了卫生间。

"躺进去。"陆然伸手一指浴缸，语气不容商量。

"干什么？"

"你不是要洗头吗？"

"……是。"

"进去啊。"陆然又指了一下浴缸。

"凉。"

陆然转身走出去，没敢进他的房间，而是进了次卧。她把纪梓辰床上叠放着的一条毯子拿到卫生间，铺在浴缸里，纪泽北这才满意地抬脚跨进去，仰面躺下。她找来一个盆，兑好热水，又从外面搬来一把椅子放到浴缸一旁，角度正好是纪泽北的脑袋下面。接着她把那盆热水放到椅子上，像理发店里的洗头小妹，耐心十足地帮纪泽北洗头。

纪泽北闭着眼睛一脸享受，问："会做头部按摩吗？"

陆然噘噘嘴："不会。"

"不需要很专业，帮我按几下。"

"……"这位爷的要求还真多。

她尽可能下手轻一点儿，对方似乎很满意她的按摩力度，闭着眼睛一言不发。用了半个多小时帮男人洗好了头，她用毛巾擦干他的头发。"可以起来了。"她说。

男人躺在浴缸里一动不动。

"纪先生？泽北？纪泽北？老纪？小纪？"

男人依旧没反应。

她弯下腰贴近他的脸，听到很轻、很均匀的呼吸声，她无奈地一笑。

他居然睡着了。

陆然伸手轻轻戳了一下他的脸，他还是没反应。她挠挠头，一时之间不知道该怎么办了。如果不管他，就让他在浴缸里睡，会不会感冒？毕竟头发还没有吹干。

可看他睡得这么熟，她还真不忍心叫醒他。

她很无聊地蹲在浴缸边，单手托着下巴，静静地欣赏男人的睡颜。

纪泽北皮肤很白、很细腻，脸上没有一点儿瑕疵，五官非常精致，睡着的样子斯斯文文的，比他看杂志时戴着眼镜的样子还要安静、美好。

他不打呼噜、不磨牙，两瓣嫣红的唇微抿着，真是越看越好看。

她从兜里摸出手机，打开"照相机"，找好角度，对着这样的纪泽北按下拍照键，"咔嚓"一声，照片成功拍下。陆然被"照相机"的声音惊得一跳，发现纪泽北眉头微微皱了一下，以为他要醒。她慌慌张张地起身，脚下却是一滑，身体瞬间失去平衡，直直地扑向浴缸。

　　眼看着就要栽在纪泽北身上，她下意识地想寻找个支撑点，好像抓哪里都不合适，到处都滑溜溜的……

　　她猛地摔在男人胸膛上。

　　纪泽北闷哼一声，一口气差点儿没喘上来。惊醒的瞬间，他发现陆然趴在自己胸口上。

　　"你在干什么？"他吃惊地看着她。

　　她窘迫至极，脸唰地一片通红，又故作镇定地解释："不好意思，我刚刚脚下打滑。"

　　"还不赶紧起来？"

　　陆然双手撑着浴缸爬起来，快速整理了一下自己的衣服。

　　男人捂着胸口起身，抬脚跨出浴缸，做了几个深呼吸，很是无奈地看了一眼身旁的陆然。

　　又是突发状况。

　　他在犹豫要不要去买份意外险，以防万一。

　　"我帮你吹头发。"

　　陆然忙乱地把椅子拉到他面前，示意他坐下，又转身去柜子里拿出吹风机，插上电。

　　他抬手摸了一下自己的头，发现头上包着毛巾，把毛巾扯下来，随手一扔，然后坐在椅子上。

　　陆然小心翼翼地帮他吹着头发，也没管发型的重要性，只想赶紧把头发吹干溜回家。

　　"可以了。"男人温声提示道。

　　她微愣，说："还没吹干。"

　　"可以了。"

　　看着镜子里自己的脑袋已经非常接近多了毛的刺猬，纪泽北不得不赶紧制止她。

　　陆然闷闷地"哦"了一声，去客厅等着纪泽北，准备他一出来她就告辞。

　　几分钟过去，纪泽北还没露面，她有点儿累，转身走到沙发前坐下。

　　明晃晃的灯刺得她眼睛涩涩的，她靠在沙发上闭目养神。

手机突然响起来，炸裂的铃声既熟悉又刺耳。她从兜里掏出手机，来电显示是"唠叨淑"。这是她给贾静淑存的名字，她这个妈一来电话就免不了要唠叨。接起电话，她无精打采地喊了一声"妈"。

"声音怎么这么没精神？"贾静淑很讶异。

"吃饱了有点儿犯困而已。"

"一天天的，猪一样。"

"明天我去上京看看你，大概中午到，你陪我一起吃个饭，地方我都订好了。"

"选餐厅的事你怎么不问我？上京的美食我比较了解，你怎么没问我就订位了？"

"我订的是纪凡斋。"

"……"老妈的眼光和格调果然不错。

"听说泽北在上京开了家餐厅，好歹是熟人，照顾照顾他生意。"

"选得好！明天要不要我去接你？"

"不用，你中午直接去纪凡斋，报我的名字。"

"好，我大概中午十二点……"话还没说完，亲妈已经挂了她的电话。

听着"嘟嘟嘟"的忙音，她吐吐舌头，做了个鬼脸。

收起电话，她伸了个懒腰，一抬头正好看见纪泽北从卫生间走出来。他大致整理了一下发型，已经不那么像刺猬了。

其实他就算一脑袋毛都竖着，在她看来也仍然是好看的。

颜值高，发型不重要！

"纪先生还有没有别的吩咐？"她笑着问。

男人神色平静："跟你说过多少次了，叫我泽北。"

"老纪！"

"……"

陆然笑着起身："如果你没别的事情，我就先回去了。"

"嗯。"

她哼着小曲儿朝玄关处走去，身后响起一阵手机铃声，是纪泽北的手机。

她没在意，到了玄关处推开门，正要往外走，忽听纪泽北说："阿姨您好，位子订好了是吗？"之后一连说了几个"好"字才挂。

她忽然有一种感觉，刚刚那通电话有可能是她妈打来的。

贾静淑几分钟前才告诉她在纪凡斋订了位子，随后纪泽北又接到电话……

"谁打来的？"她问。

纪泽北淡淡地看了她一眼，回道："你妈。"

果然……

"她说明天要请朋友吃饭，订了四人位。"

"四人位？"

陆然感到很奇怪。

她还以为贾静淑是专程来看她的……

晚十点，天空飘起了小雪。

叶知安把车停在距纪凡斋不远的一个停车位上，远远地看着仍亮着灯的纪凡斋，不疾不徐地迈着步伐走了过去。店里下班的员工陆续走出来。

到了门前，他朝里面张望，没看到许佳嘉的身影。

一个年轻男店员走出来，他赶紧叫住那人礼貌地问道："许佳嘉走了没？"

"主厨还没走。"

"行，谢谢你。"

男店员五官端正，长得挺精神，他打量着叶知安，十分好奇地问："莫非你就是主厨的男朋友？"

男店员叫朱元，在厨房负责切墩儿，喜欢许佳嘉很久了，表白过一次，但许佳嘉告诉他，她已经有男朋友了。

起初他以为许佳嘉的男朋友是老板，可听店里的小姑娘们说，他们老板最近跟一个美食专栏作家走得很近，似乎在交往。

"未来男朋友。"叶知安答得很干脆。

朱元困惑地笑了笑，走了。

叶知安推开门走进店里，大厅里还有两个年轻女孩，她们似乎也准备离开了。

见有人进来，其中一个笑着迎上去，非常抱歉地说："不好意思，我们要下班了。"

"没关系，你们请便，我是来找人的。"

"请问你找哪位？"

"你们主厨。"

两个女孩对视一眼，笑了，好像误会了什么。

叶知安并不在意两个女孩打量他的目光，一双眼睛直勾勾地盯着厨房的方向。

不多时，许佳嘉走出来，一如既往的一身黑。

叶知安立刻走上前，嬉皮笑脸："我来接你下班。"

许佳嘉冷冷地瞥了他一眼，抬腿就走。

他跟上去，问："你是不是还生我气呢？"

许佳嘉沉着脸，丝毫没有理睬他的意思。

"昨天晚上是我不对，我不应该自作主张帮你换衣服，我是真没把你怎么着，你打都打了，是不是也该消气了？"

叶知安情急之下的一句解释，引得店里正准备离开的两个女孩不约而同地发出"哇"的一声惊叹。

许佳嘉脚步一顿，回头就见两个女孩笑嘻嘻地看着她。意识到这两个很喜欢瞎瞅寻思的人肯定又在自行想象她和叶知安的关系，她眉头一皱，沉声喝道："笑什么？不想下班了是吗？要不要我给你们安排些事情做？"

两人一听，连忙敛了笑，慌慌张张地离开了。

叶知安挠挠头，问她："这里还有别人吗？"

"没了。"

"那正好，我有话要跟你说。"

叶知安正了正衣领，从兜里掏出早就备好的礼物："这个送你。"

许佳嘉依旧冷着一张脸，淡淡地看了一眼他递上来的蓝色礼盒，没接。

"算是道歉礼物，你收下吧。"

"不用了。"

　　她转身往外走，关掉最后一盏灯。她出了门，正准备锁门，却发现叶知安还直直地站在店里。

　　"你在干什么？"她冲叶知安喊了一声。

　　"礼物你不收，我就不走。"

　　本以为许佳嘉会乖乖地进来，接过他手里的礼物，谁知她"哐哐"把门锁了，头也不回地上车离开了。看着女人驾车驶离，叶知安难以置信地瞪圆了眼睛。

　　这女人是铁石心肠吧？居然能干出把他锁在这里的事……

　　将礼盒装回兜里，他打算给纪泽北打电话，让纪泽北过来救他，谁知一摸兜，他才发现手机落在车上了。他烦躁地抓了抓头发，想起吧台有座机。他摸黑过去，把吧台表面摸了个遍，除了一个台历和一盆花，什么也没摸着。

　　他猜座机可能在吧台里面，刚爬到吧台上，正准备往里跳的时候，突然听到一阵高跟鞋的咔嗒声。他循声望去，昏黄的街灯下，一个纤瘦的身影经过窗前。

　　尽管光线很暗，但他一眼就认出那身影是许佳嘉的。他跳下吧台，朝门口走去。

　　许佳嘉用钥匙开了门，推开门的瞬间，女人冷着一张脸，伸手拽住他的衣领，十分霸道地将他揪了出去。把门锁好，她二话不说就朝路边停着的车走去。

　　他厚着脸皮在她后面追，在她坐上车的同时，拉开后座的车门坐了进去。

　　女人透过后视镜瞪他，眼神冷厉。

　　"下去。"

　　他摇摇头。

　　"我忙了一天，很累，想早点儿回家休息。"

　　"我的车送去保养了，我出来的时候太着急，忘了拿公寓钥匙，你就好心收留我一晚上呗。"

　　公寓钥匙、手机、钱包都在车上，他身上只有车钥匙，就算许佳嘉搜他的身，也不会发现他在撒谎，毕竟车子送去保养了，他兜里的车钥匙就是个摆设。

　　就在他为自己的即兴发挥沾沾自喜的时候，许佳嘉问他："身上有没有钱？"

"没有。"

"手机呢？"

"没电了。"

许佳嘉当即从钱包里取了几百元现金给他："去住酒店。"

他没接她给的钱："我没带身份证。"

许佳嘉皱着眉，思忖再三，她把手里的钱塞给叶知安，下了车。

叶知安不由得心生嘀咕。

此时此刻的许佳嘉走回到店门前，站在那里冲他招手，他瞬间明白了，她是打算把他安置在纪凡斋。

他的心一沉，这女人太狠了。

"过来。"许佳嘉叫他。

他坐在车里没动，女人几步走过来，硬生生把他从车里拽出去。

最终，她还是将他带回了纪凡斋。

开了角落里的一盏灯，她伸手一指休息室说："里面有张床，你将就一晚。"

"那个，我其实……"

他想告诉许佳嘉，他的车没被送去保养，他也没忘带公寓钥匙，可如果现在全招了，他在许佳嘉心里的形象只会更差。

"其实什么？"女人看着他，面无表情。

"没什么，我就是想谢谢你。"

"早点儿休息，明天你再联系开锁公司。"

说完，许佳嘉走了。

叶知安哑巴吃黄连——有苦说不出，只能眼睁睁地看着许佳嘉再一次把他锁在纪凡斋。

店里一到晚上九点钟，中央空调就自动关掉了，冷得让人窒息。

叶知安试图通过店里的座机电话联系纪泽北，不料纪泽北死活不接电话。他打给陆然，陆然也不接。

陆然睡觉如同死猪，吵不醒正常，可纪泽北为什么也不接电话？

意识到自己今天只能在这里凑合一晚，他认命地走进休息室。所谓的休息室，其实就是一个窄得连胳膊都伸展不开的小房间，里面只有一张跟他的身高极不匹配的单人床，他甚至都不能躺平把腿伸直，至于被子更是薄得可怜。他裹紧被子，在床上团成一团，哆哆嗦嗦地撑了一晚上。

纪凡斋的营业时间是上午十点到晚上十点，员工都是两班倒。

叶知安醒来时，是早上八点钟。不知道员工什么时候来，他在休息室里待不下去了，裹着被子走出去，来到靠窗的位置。

雪下了一夜，外面白茫茫一片，街道上有辆除雪车正在工作。

好在天放晴了，温煦的阳光透过窗洒进来。

晒了会儿太阳，他感觉不那么冷了。透过窗户，他能看到自己的车子就停在不远处，车顶上落了一层白白的雪。他真后悔在许佳嘉面前撒谎……

临近十点的时候，许佳嘉终于来了。

看到许佳嘉在外面停车，叶知安激动地起身，隔着窗户冲许佳嘉一个劲儿地挥手。

许佳嘉看到叶知安那个滑稽的样子，不由得唇角浅浅上扬，心想把他安顿在这里确实难为他了。她知道叶知安是个被从小娇惯大的富家少爷，没吃过什么苦头。她昨天气还没消，心里清楚他昨晚说的那些都是谎话，他是故意想让她带他回家。她一晚上没睡好，虽然担心叶知安，但她还是忍着没管他，她认为经过这一次，叶知安对她应该死心了。

她刚进店里，叶知安就冲过来一把将她抱住。

男人的举动将她惊得一愣。

"你可算来了，我想死你了。"

叶知安把她抱得很紧，回过神来的瞬间，她下意识地推开了他。

"回去吧，我要工作了。"她的声音不带任何情绪。

叶知安苦笑道："你怎么都不帮我带份早餐过来？"

许佳嘉依旧冷着脸："昨天不是给你钱了？早餐自己出去吃。"

叶知安："你吃过了吗？"

"嗯。"

许佳嘉踩着细跟高跟鞋，朝更衣室走去。

叶知安只好识趣地离开。走之前，他把许佳嘉给他的钱放在吧台非常显眼的地方，还留了张便条。许佳嘉换好工作服出来，瞥见吧台上有几张红票子和一张绿色便条，走过去，将钱和便条拿起来，便条上是四个龙飞凤舞的字——哥不缺钱。

她快步走到窗前，透过窗，无比清楚地看到叶知安上了停在不远处的一辆越野车，然后开走了。昨天晚上她就看到那辆车停在那里，虽然没看清楚车牌号，但她确定那是叶知安的车。

他的招数总体来说太老套……

朱元是除她以外，后厨中第一个到的。一进门，他就冲她笑着打招呼："主厨，早。"

她淡淡地回了个"早"字，转身走开。

朱元跟在她后面，到了更衣室，他停下脚步，望着她穿着工作服依旧婀娜的身影问了声："昨晚来找你的人，是你的追求者吧？"

许佳嘉没回应，朱元又说："我刚才看见他上车走了，开的可是辆豪车，应该挺有钱吧？"

"跟你有关系？"她冷着脸回头，"赶紧换衣服，打卡上班。"

"你们女人是不是都喜欢有钱的？"

"……"

"我要是那么有钱，上次你是不是就答应跟我在一起了？"

看着朱元唇角勾起的轻蔑笑意，许佳嘉面色阴沉，说："这份工作你能干就干，干不了就把位置让出来，有的是人想顶替你的位置。"

许佳嘉一脸不屑和嫌弃。

朱元立刻举手投降："惹不起，惹不起。"

叶知安开着车火速回家，进家门第一件事就是冲进浴室，痛快地洗了个热水澡。

身子彻底暖和过来，叶知安从冰箱里拿出一盒牛奶，一边把牛奶倒进杯中加热，一边给纪泽北打电话。

这一次，对方接了。

"跟陆然认识久了，你是不是被她传染了？"叶知安笑着说。

纪泽北一脸茫然："什么意思？"

"昨天晚上，我给你打了那么多通电话，你怎么不接？"

"你给我打过电话？"

他的手机上面只有来自店里座机电话的未接来电。

其实第一通电话打来，他就醒了，但那时已到下班时间，他懒得理，就将手机设置成了静音。

"那是你打的？"

叶知安挖苦道："不然呢？我还以为你跟陆然一样，睡觉睡成死狗了。"

"你才是死狗。"

叶知安无奈至极："重色轻友的玩意儿，还没怎么着呢就开始护着了。"

"我乐意。"

"给你提个建议啊，纪凡斋的那间休息室简直不是人住的，最好改善改善，那么小一张床，我躺上去腿都伸不直。"

"打电话过来就是为了显摆你腿长？"

"我是建议你把那床换了，换张大点儿的。"

"你没事睡员工休息室的床，是不是有病？"

"说来话长。"

叶知安耐着性子把昨晚发生的事情说了一遍。纪泽北听完，丢给叶知安两个字："活该。"

"损友！"

此时的纪泽北正打车去纪凡斋的路上。

他早上醒来，思忖再三，还是决定亲自到店里张罗一下。早上打车去海鲜市场挑了一些新鲜的海产品，准备送去店里。毕竟陆然的妈妈已经订了位置，总该给面子露个脸。

"你能不能找个机会跟许佳嘉说清楚？"叶知安突然插话说。

"说清楚什么？"

"你告诉她，让她对你死心。"

"她从来没有向我表明过心意，你让我怎么说？"

叶知安烦躁地抓了抓头发，想不通许佳嘉这么多年为何死活不向纪泽北告白，只是默默陪在他身边，他去哪儿她就跟去哪儿。

"你追女孩子不是很有一套吗？追啊！"纪泽北说。

叶知安唉声叹气："哪有你说的那么容易。"有时候他都怀疑许佳嘉没有心，想打动她简直太难了。

叶知安看向桌上放着的蓝色小礼盒，顿觉头疼。那礼物他都带在身上好几年了，不知道什么时候才能真正送出去。

"你自己的事情自己看着办，我还有事，回头聊。"

没等他再说话，纪泽北已经挂了电话。

叶知安走到桌前，拿起那个蓝色礼盒，越看越觉得碍眼，想了想，他将盒子扔进垃圾桶，转身朝卧室走去。

不多时，他又折回来，蹲在垃圾桶前，小心翼翼地把那个蓝色盒子捡了出来。

第十五章　你不怕我吃醋？

下了一夜的雪，气温也跟着降了好几度。

纪泽北到了纪凡斋，先把海鲜拿到厨房，见许佳嘉正在忙便没说什么，而是走到大厅来到吧台前，询问今天的订位情况。

"只有一桌订位，是一位姓贾的女士。"服务员说。

"位置安排在哪儿了？"

"一楼。"

"换到二楼的雅间。"

服务员挠挠头，表情有点儿为难地向他解释："贾女士订位的时候特意打听了老板你的情况，听说你平时坐在那个位置。"服务员伸手一指临窗的桌子，接着往下说，"然后贾女士就订了你的专属桌子。"

那原本是纪泽北的专属桌子，一般是不对外订位的。

"那位贾女士是老板认识的人吗？"

纪泽北淡漠地应了一声："朋友的妈妈。"

"那要帮她把订位换到二楼的雅间吗？"

"不用了。"

十一点四十的时候，贾静淑到了纪凡斋，服务员热情地迎了上来。

"我姓贾，昨天订了位。"

服务员立刻将她带到临窗的位子上。纪泽北坐在隔壁桌，非常悠闲地喝着茶，见她来了，当即起身礼貌问候道："阿姨您好。"

"泽北啊，你这里装修得可真漂亮，古香古色的。"

"阿姨请坐。"

纪泽北示意服务员拿菜单，贾静淑却很豪气地说："我约的人应该快到了，把你们这里最贵的茶先上一壶，等人到了再点菜。"

贾静淑拉着纪泽北坐下，和气地冲他笑道："你还记得我女儿陆然吗？"

纪泽北轻笑："当然记得。"她天天在他眼皮子底下蹦跶，想不记得都难。

"今天就是她男朋友的妈妈要来，这不双方家长见个面，先通个气，后面的事情就顺理成章了。"

纪泽北眉头一挑，问："男朋友？"他怎么不知道陆然有男朋友……

"是啊，我们然然的男朋友是个大律师。"

"哦。"

大律师，季东俞？

"我们然然从小就乖巧，又是医学院毕业的高才生，要模样有模样，要家世有家世，要不是她一直拖着不找男朋友，追她的人肯定都从上京排到滨市了。"

纪泽北："……"

"不是我说你啊，泽北，你看不上我们然然，那是你没福气，你不打算继承你爸爸的公司，就开了这家餐厅，现在餐饮业不好做，根本就不赚钱的。"

纪泽北："……"

他瞬间像是明白了什么。

贾静淑来这里吃饭，一是跟所谓的"陆然的男朋友的家长"见面，二是到他面前来炫耀她的宝贝女儿找了个大律师男朋友，顺便数落他一番。

"听说你的餐厅生意不好，阿姨昨天就想着一定要来照顾照顾你的生意。"

纪泽北沉沉一笑："阿姨您真是有心了。"

两人正说着话，季东俞来了，身旁跟着他母亲，是个心宽体胖、长得慈眉善目的中年女人。贾静淑一看见两人，立刻撇下纪泽北，非常热情地迎向两人。

"亲家母。"贾静淑过于激动了，上去就抓住了季母的手。

季母有点儿受宠若惊，笑着回应："亲家母，久等了吧？"

"刚来，赶紧坐。"

纪泽北起身坐回自己的位置，垂眸拿起报纸，就听贾静淑把季东俞夸得天花乱坠，什么小伙子长得真精神，本人比照片上帅气，没想到个子这么高……

纪泽北自动屏蔽贾静淑的声音，认真看报纸。

季东俞和贾静淑打完招呼，目光幽幽地朝纪泽北移了过去。他想起来了，他第一次见到纪泽北就是在这里，当时他向陆然道歉，因为相亲那天他出差，放了陆然鸽子。

贾静淑顺着他的目光看过去，发现他在看着纪泽北，笑问：“你认识泽北？”

季东俞收回目光，很平静地说：“见过几次。”

“他是我邻居的儿子，这家店就是他开的，生意不好，一直亏损，我难得来一次上京，所以就邀请你们来这里吃顿饭，帮熟人照顾照顾生意。”

一向冷静、可以做到自主屏蔽一切外界杂音的纪泽北，此时却有些心烦意乱。

纪凡斋的生意明明是有盈利的！

“咱们点菜吧。”贾静淑提议。

季母：“陆然还没来呢，要不等等她？”

“不等了，她应该在来的路上了，我们先点菜。”贾静淑说完，冲纪泽北招招手，“泽北，把菜单拿来。”

纪泽北忍耐着冲她淡淡一笑，唤了服务员过来。

服务员递上菜单，纪泽北转过头去，继续看报纸。

“把你们这里最贵的菜全上来。”贾静淑扫了一眼菜单后，便把菜单还给了服务员。

服务员以为自己听错了，站着没动。

“赶紧去啊，愣着干什么？”

贾静淑拿眼一瞪，服务员赶紧跑去下单了。

陆然是十二点准时到的，推开纪凡斋的门，还没等她向服务员报订位人的名字，贾静淑就冲她喊了一声：“然然，这里。”

她循声望去，看到贾静淑对面已经坐着两个人，分别是季东俞和一个面相很有福气的中年女人。更重要的是，纪泽北就坐在他们隔壁桌，沉着脸在看报纸，听到贾静淑喊她，纪泽北连眼皮都没掀一下。

气氛不对！

她大概猜到季东俞身旁的中年女人是谁了。

"然然，别站着，快过来啊！"贾静淑又叫了她一声。

她发现自己被贾静淑坑了。

贾静淑哪里是来上京市看她，叫她一起吃饭的，分明就是在撮合她和季东俞。双方家长都出面了，她今天要是老老实实过去，接下来不就到谈婚论嫁的阶段了？

"然然，过来！"贾静淑见她站着没动，语气加重。

她摇摇头。

贾静淑略感尴尬，冲季母笑了笑，起身朝陆然走了过去。

贾静淑把陆然拉到楼梯拐角，压低声音气呼呼地问："你这是干什么？"

"你这又是在干什么？"陆然反问。

"你不是都主动请季东俞吃过饭了？说明你对他很满意啊！既然满意，双方家长见个面不是很正常吗？"

"谁告诉你我对季东俞很满意？"

"不满意你会请他吃饭？"

"那是因为……"

贾静淑没等她把话说完，硬生生地拽着她朝临窗的位置走去。

"人已经来了，你给你老妈一点儿面子，听到没有？"贾静淑低声叮嘱她。

她在脑中酝酿了一大堆话，却被憋了回去。

陆然老老实实地在季东俞对面坐下，贾静淑拿眼一瞪，陆然勉为其难地跟季东俞和季母打了声招呼。季母打量着她，眼睛都笑弯了，对她很是满意。

菜陆续上桌。陆然闷闷地吃着，时不时偷看纪泽北一眼。

纪泽北坐在隔壁桌十分平静地看报纸，只是一份早报看了足足一个小时都没翻过页。

贾静淑和季母聊得火热，季东俞插不上话，索性把目光聚焦到对面的陆然身上，主动跟陆然搭话。

陆然有些爱搭不理，直到贾静淑在桌子底下偷偷用手掐了她腰一下，她才冲季东俞挤出一丝笑意来，勉强跟他交谈了几句。

一顿饭吃得陆然浑身别扭，好不容易挨到饭局结束，贾静淑却和季母约着要去逛商场，把她丢给了季东俞。

贾静淑去吧台买完单就和季母离开了，陆然和季东俞还面对面坐在位子上，此时陆然脸上的笑容已经收敛起来。

"你好像不太高兴。"季东俞哪壶不开提哪壶。

"今天的事情太唐突，我没准备。"她完全是被贾静淑骗来的，打死她都没想到，季东俞和他妈会出现在这里。

"双方长辈都在，有些话我不好直说，希望你回去以后跟你妈摊牌。"

季东俞抬了抬鼻梁上的眼镜，问："摊什么牌？"

"我们没在交往，希望她别误会我跟你的关系。"

"陆小姐是不是不喜欢我？"季东俞直爽地问。

陆然郑重其事地点点头。

"那陆小姐是否对我反感？"

陆然想了想，挠挠头说："反感倒不至于……"

"既然如此，是不是证明我还有机会？"

"季先生，我已经有喜欢的人了。"陆然直言。

季东俞若有所思地点点头，下意识地朝纪泽北看了过去。直觉告诉他，这个人就是纪泽北。

"我真的一点儿机会都没有了？"他仍不死心地问。

陆然没有犹豫，冲他点点头。

他很识趣地起身告辞："我明白了，打扰了。"

看着季东俞走出纪凡斋，陆然长舒一口气，转头朝纪泽北看过去，他还在盯着那一页报纸。

"纪先生，你别误会，今天的情况我其实也……"

听到她的声音，纪泽北放下手中压根儿就没翻过的报纸，转过脸来看着她，冷冷地说："我又没说什么，不必解释。"

纪泽北起身，经过她旁边时淡漠地说了句："跟我回家，我饿了。"

"……"

她拎起包，跟着纪泽北走出纪凡斋，男人在路边拦了辆出租车。回到公寓，她家都没回，直接去了纪泽北家。

纪泽北在沙发上坐下来，随手用遥控器打开了电视机，却没有专心看，而是拿着一根逗猫棒在逗煤球。

陆然放下包，把大衣脱了，挂在玄关处的衣帽架上，然后走进了厨房。她简单做了一份午饭给纪泽北，没等歇口气，男人说："把洗衣机里的衣服洗了。"陆然发愣：这是彻彻底底把自己当成保姆了？

纪泽北家的洗衣机动动手指按下启动键就行，这么简单的事情，居然还要使唤她。算了，谁让她把他的车开进沟里了……

把洗好的衣服晾到阳台上，她赶紧又去收拾餐桌。正忙着，包里的手机响了，来电显示是程远。休息时间接到他的电话，准没好事。

她一脸无奈地走到阳台去接听："喂？"

"纪凡斋老板的那篇专访文章我看了，写得不错。话说，你还记得之前的约定吧？"

"什么约定？"陆然一时有点儿记不起了。

程远提醒她说："陪我吃饭的事。"

"哦，记得。"

"要不就今晚吧？"

"……"

太突然了，陆然一点儿心理准备都没有。

"不知道你最近几天在忙什么，不过既然这周的稿子你都提前交了，我想你应该没有什么特别紧急的事。今晚有时间吧？"

"呃……程主编，今晚实在有点儿不巧，我妈来了，她难得来一趟上京，我想陪陪她。"

"那明天晚上？"

"不知道我妈明天会不会回去，她如果再留一天的话，明晚我可能还是没时间。"

电话那头的程远面色沉了沉："你可真难约。明天晚上如果你还是没有时间的话，这周五的稿子你就重写一份。"

"为什么要重写？"

"我要考虑一下那篇专访能不能用。"

"……"又拿这事威胁她。

"明晚我应该没什么事。"她尽可能心平气和。

"你确定？"

"确定，一定，以及肯定。"

"那行，就明天晚上。"

"好。"

挂了电话，陆然气得咬牙切齿，对着空气猛挥几拳，平复了一下情绪，她转身回屋。

纪泽北挑眉看着她。"谁的电话？"声音一贯的清冷。

"上司。"

"有工作安排？"

"没有。"

纪泽北没再说话，拿着逗猫棒继续逗煤球。

陆然回到厨房，把碗洗完，正打扫厨房的卫生时又接到贾静淑的电话，对方询问她和季东俞为何分手，她没好气地嚷嚷了一句："又没交往分什么手？我只是告诉他我跟他不合适。"

贾静淑没料到她反应这么大，沉吟半晌，问道："你之前不是搬家了？新家地址是哪里？"

陆然把地址告知母亲后便挂了电话。

打扫完厨房的卫生，确定纪泽北暂时没什么要求了，她回了家。

贾静淑在她进门后不久就来了，一进门就开始数落："季东俞这么好的条件，打着灯笼都难找，你到底有什么不满意的？"

"我不喜欢他。"

"你自己现在混了个什么样子，心里没数吗？你还挑，你有什么可挑的？你都二十五岁了……"贾静淑开启唠叨模式。

陆然窝在沙发里，静静地听着。

"你跟妈说，你还喜不喜欢男人？"贾静淑唠叨完了，突然一本正经地问她。

她在心里翻了个大白眼："你这问的是什么问题？"

"我就是担心你……"后面的话，贾静淑没好意思说。

她叹了口气，显然是拿陆然没办法了。

陆然无奈地一笑："你别瞎操心了。"

"那你为什么不找男朋友？"

"我正在努力，你净给我添乱。"

"努力？"贾静淑琢磨了一下这两个字的意思，不由得眼睛一亮，"你有中意的人了？"

"嗯。"

"谁啊？"

陆然有些不好意思起来，支吾了一会儿，说："纪泽北。"

贾静淑傻了眼，回想起自己今天在纪凡斋故意数落纪泽北，还在纪泽北面前炫耀她的宝贝女儿刚刚找了个律师男朋友……

"目前相处得还不错，只要你别再给我安排那些乱七八糟的相亲，我相信我和纪泽北的关系应该能很快确定下来。"陆然脸颊微微泛红。

贾静淑质疑道："上次你和泽北相亲，可人家泽北没看上你。"

"那是因为他腼腆。我快把他追到手了，不过我现在遇到了一点儿困难。"

"什么困难？"

"我把他的车开进沟里了。"

贾静淑不耐烦地问："你开他的车干什么？"

"我这么穷，只能开别人的车。"

贾静淑恨铁不成钢："我早就跟你说过，让你进你爸的医院，你非不听，非要自己出来折腾，折腾半天有个屁用。"

　　"我不喜欢医院的味道，而且我晕血。"

　　贾静淑气得不轻，好一会儿才平复了怒气，环视着这间公寓。环境倒是不错，地理位置也不错，便随口问了句："这房子的租金是多少？"

　　陆然顿时心里发虚："不用交租金。"

　　"什么？房东让你在这里白住？"

　　"这公寓是我买的。"

　　"没钱买车，你倒有钱买房？"

　　陆然咽了咽口水，站起身来，离贾静淑八丈远，嬉皮笑脸地说道："我用嫁妆钱买的。"

　　贾静淑："……"

　　回过神来的贾静淑抓起沙发上的抱枕就朝陆然砸了过去。

　　陆然轻松一闪躲过，又是嘿嘿一笑："妈，我薪水就那么多，租房的费用实在是太高了，你理解一下我嘛。"

　　"当初你就不该跟你爸吵架，你还信誓旦旦地说什么你要自力更生，那嫁妆钱是我跟你爸给你准备的，你用来买房，这是自力更生吗？"

　　陆然自知理亏，但还是强词夺理："反正早晚都要用的，我现在先借用一下嘛。"

　　"你把嫁妆钱用了，那你结婚的时候怎么办？"

　　"我可以晚两年结婚，嫁妆钱我再攒一攒。"

　　"就你那点儿薪水，攒个空气。"

　　陆然无话可说了，贾静淑也沉默了。两人一个坐着一个站着，静静地对视。

　　贾静淑多少有点儿懊悔，她没敢告诉陆然自己今天在纪凡斋数落纪泽北的事。纪泽北其实还不错，她都那样数落他了，买单的时候，收银员告诉她，老板吩咐过给她打五折，五折啊！生意都惨淡成那样了，还给她打五折……她当然是不缺那几个钱的，只是打心眼里觉得纪泽北这小伙子不错。

　　过了许久，贾静淑打破了沉默："你不是说纪泽北那小胖子特别讨厌吗？"

　　陆然挠挠头，开始装傻充愣："我说过这样的话？"

　　"说过。"

"我说的是他小时候讨厌，又没说他现在讨厌。"

"你真喜欢他？"

陆然表情严肃地点点头，还补了一句："特别喜欢。"

贾静淑瞪大双眼："既然你喜欢，那妈就不帮你安排别的相亲了，你自己看着办。"

"那车翻沟里的事……"

"明天妈给你转点儿钱，你买辆车，置办几身像样的衣服，别整天一副穷酸样，你这样是追不到男人的。"

陆然激动不已，上去就给贾静淑一个大大的拥抱。

"你真是我亲妈，我爱死你了。"

"起开！别挨我！"

贾静淑白了陆然一眼。

陆然的公寓是两居室，卧室只有一间，另一间被她改成了书房。陆然早早躺下，睡得迷迷糊糊的时候，听到手机响了一声。她摸黑抓起手机看了一眼，竟是纪泽北发来的消息："睡了没？"

她马上回复："没。"

"过来。"

"干吗？"

"我让你过来。"一条语音发过来，语气里明显夹带着一丝情绪。

她连忙爬起来，裹了件外套就去敲纪泽北家的门。

男人很快来开门，没等她开口，男人就抓住她的手腕，将她拽到阳台。

一股酸爽的味道立刻充满了鼻腔。

她下意识地掩住鼻子，说："好臭啊！"

男人伸手一指阳台角落的猫砂盆，语气不容商量："麻烦你，铲个屎。"

陆然："……"

他大半夜叫她来，就是为了让她给猫铲屎？

"煤球不是有全自动智能清洁猫砂盆，无须手动吗？"

"全自动那个坏了。"

陆然顿时有些哭笑不得。她看了一眼角落里的粉色猫砂盆，隐约记得这个猫砂盆是纪梓辰买的，跟她家那个一模一样。

纪泽北受不了阳台上的味道，转身进了屋。

陆然苦笑一声，拎着猫砂盆去卫生间，好在纪泽北给煤球用的是豆腐猫砂，遇水即化，可以直接冲进马桶。

纪泽北却是一脸不爽："记得把马桶冲洗三遍，消毒。"

陆然听了，嘀咕道："纪先生，你这是病，得治。"

她以为纪泽北没有听到她的话，谁料他随后跟进了卫生间。

男人倚在门边，一本正经地说："你有药？"

"……"

她捏着鼻子把猫屎铲了，然后把猫砂盆拎回阳台，又返回卫生间，在纪泽北的"监视"之下，把马桶冲洗三遍，仔细消毒。

看着她忙完这些，纪泽北说："这之后的铲屎任务都是你的，直到新的全自动智能清洁猫砂盆送到。"

陆然心中暗暗叫苦，问："那请问，新的猫砂盆什么时候送到？"

"一周左右。"

"什么快递这么慢，请一定给个差评。"

纪泽北："……"

"如果没有别的事，我可以回去继续睡觉了吗？"

纪泽北示意她可以走了。

陆然直奔玄关，推开门的瞬间，身后又响起纪泽北清冷的声音："你的上司是不是在骚扰你？"

她快速回头，对上男人清冷的眸子，苦笑道："应该是。"

"是就是，什么叫应该是？"

"如果他明天晚上骚扰我，你可以来救我吗？"

"你跟他明天有约？"

"被逼的，谁让他是上司。"

男人没说话，单手把窝在沙发上团成球的煤球拎起来，转身朝卧室走去。

陆然白了他一眼，走了。

第十六章　有惊无险

陆然一觉睡醒，已是第二天上午十点多钟，微信上有一条贾静淑的消息："我先回去了，你爸一天见不到我都不行，钱已经打到你账上，注意查收。"

陆然一下子爬起来，赶紧查了查自己的银行账户，钱妥妥地到账了。

她笑嘻嘻地给贾静淑回了条消息："钱已收到，谢谢。"

贾静淑几乎秒回："加油，争取今年把自己嫁出去。"

她无语了。距离春节还有不到两个月的时间，今年把自己嫁出去恐怕有难度，何况她现在连妆妆都没有。她在家里窝了一整天，临近傍晚时分纪泽北都没有找过她。昨天不是说让她给猫铲屎吗……六点的时候，程远的电话打进来，告诉她餐厅已经订好，并且决定亲自开车来接她。

陆然特意没打扮，扎了个丸子头，裹了件黑色棉服就出了门。

程远的车子就停在公寓外面，看到她的时候，他眼珠子差点儿瞪出来。

"你好歹收拾一下啊！"

陆然微微一笑："主编你是在说我素颜难看吗？"

"那倒不是。"

程远认真地打量她，她皮肤很白、很细腻，平时看惯了她带妆的样子，突然看到素颜有些不习惯，但细看，清清秀秀的其实很漂亮。

"跟我出来吃个饭，你就这么随意啊？"他笑着说。

她上了车，笑笑："主编不是说了吗，我们就是朋友之间吃个饭而已，我见朋友的时候就是这个样子的。"

"下次还是打扮一下比较好，就当给我个面子。"

陆然保持着脸上的笑容，心里却有点儿发忱。居然还有下次？

车子汇入车流，很快他们就抵达了目的地，是一家高档的法国餐厅。

停好了车，程远说："早知道你穿成这样，我应该带你去大排档。"

陆然当即接话道："现在去大排档还来得及。"大排档人多啊，程远若敢对她不敬，她就敢抄啤酒瓶给他开瓢。

"算了，我不喜欢大排档那种环境，什么人都有，乱。"程远说着，先下了车。

陆然解开安全带，正要开车门，发现程远快步来到副驾一侧，非常绅士地为她拉开车门。

"请。"他向她伸来一只手。

"谢谢。"

她下车，却没去牵他的手。

"陆然，你今天很不给我面子啊。"

她赔着笑脸："哪有哪有，我只是不太习惯。"

"多接触一下上流社会的人，慢慢你就习惯了。我认识几个大家闺秀，不得不说，出自名门的富家小姐确实跟普通姑娘不一样。"

陆然呵呵一笑，在心里鄙夷地说："你倒真是见多识广！"

"挽着我。"程远将手臂支起来。

她微微一笑："主编，这样不好吧？"

"这只是礼节。"她当然知道这是礼节。

"不好吧？男女授受不亲。"

"陆然，配合一下。"

她无奈地皱皱眉，有些勉强地挽住程远的手臂，随他进了餐厅。

他们的位置在二楼临窗的角落，灯光昏暗。面对面坐下，程远连服务生递来的菜单都没看，非常娴熟地点好了餐，还向服务生提了一大堆故作高雅的要求。

陆然的内心是崩溃的，平时没发现程远是个这么虚伪的人。

点好了餐，陆然盯着对面的男人，灯光暗得让她几乎看不清他的样子。

"这里环境还不错，我经常来。"程远说。

"我是第一次来。"

"你可以考虑一下写这里的专题，这家餐厅最近非常火。"

"尝尝味道再说。"

上菜之前，服务生先上来一道面包。陆然掰了一小块面包，抹上黄油小口品尝。接下来是一道冷菜，之后是汤。她点的是比较清淡的蔬菜汤，汤之后才是主菜。法餐的量相对比较小，以陆然的胃口，一份自然是不够的，她一共点了三道主菜。

"你觉得味道怎么样？"

陆然点点头："还不错。"

就她正在吃的这道油封鸭腿来说，味道是非常不错的。

这道菜用鸭腿做成，光是前期的准备工作可能就需要三十多个小时，但效果是惊人的。肉和盐、大蒜、百里香混合，并在一天内吸收这些味道，之后，烤得外焦里嫩，配上烤土豆和大蒜，口感极佳，但量是真的少。

"你要不要考虑写？"程远问。

她笑着摆摆手："暂时不，我想先把纪凡斋的系列专题写完。"

"你对纪凡斋好像情有独钟啊！"程远笑起来，似有所指地问，"是对纪凡斋的菜感兴趣，还是对人感兴趣？"

"都感兴趣。"陆然也没打算着掖着，实话实说。

"莫非你是对纪泽北感兴趣？"

"你不觉得他很神秘？"当年在M国蝉联两届美食大赛的冠军，传闻这与他背后的女人有关，他究竟是不是靠自己的实力获得冠军，以及他在"食神"挑战赛扔下厨师帽愤然离席一事，对陆然来说还是一个个未解之谜。

"原来如此，我还以为你对纪泽北的人感兴趣。如果真是这样，那我可要劝你一句。"

陆然眉头一挑，来了兴致："劝我什么？"

"传闻纪泽北的口味比较重，他喜欢年纪大的女人。我之前跟你提过的，他在国外混得风生水起，因为他背后有个老女人给他撑腰，你懂我的意思吧？"

"你觉得这传闻有几分是真，几分是假？"

"这世上没有什么事情是空穴来风，既然有这样的传闻，十有八九是真的。"

"那你知不知道他背后的老女人是谁？"

程远神秘一笑，忽然压低了声音说："据说是'食神'。"

"啥？"

"'食神'肖岚。至今还没人能在'食神'挑战赛上打败她，我都不记得她摘过多少届的桂冠了，简直是神仙人物，多少年了还稳坐'食神'宝座。"

"……"

陆然一时怔住，她简直不敢相信自己刚刚听到的。

"食神"肖岚，但凡美食界的人都听说过她，她年纪已经很大了，而且体态肥胖。传闻这个老女人非常风流，最喜欢长得白白净净的年轻男性。

陆然用力吞了一口口水，忽然间胃口全无。

"当年纪泽北获得挑战'食神'的机会，你知道有多少人看好他吗？高达百分之九十的人认为他能打败'食神'，可他在挑战'食神'大赛现场离席，自此就在人们的视野中淡去了。"程远像是来了兴致，继续这个话题，"纪泽北的确有两把刷子，他能不能打败'食神'我不好说，毕竟没有亲口尝过他做的食物，但我想他能蝉联两届美食大赛的冠军，这幕后肯定有推手。"

陆然沉默以对。

吃完了饭，程远亮出两张电影票，冲她笑笑："昨天就订好了，新上的好莱坞卖座大片，去看看？"

陆然只能勉强同意。

她一旦拒绝，程远就会拿纪凡斋的专题威胁她，她为了把这个美食专题写好，只能忍。

抵达电影院时，已是晚上十点。

不知程远是有意还是无意，两个座位非常靠后，而且是在不起眼的昏暗角落里。陆然的注意力始终不在大屏幕上，尽管她直视着前方，余光却始终注意着身旁的男人。

她能感觉到程远几次偷偷打量她，目光灼灼。

忽然，他的手搭在了她的膝盖上，顺着膝盖骨往上摸了一把。她侧了下身子，非常自然地将他的手推开。

"一会儿陪我去酒吧喝两杯吧。"程远的俊脸逼近，在她耳边呢喃。

她尴尬地笑道："看完电影就很晚了。"

"晚点儿有什么关系，我可以开车送你回去，如果你不想回去，还可以去我那里。"

"……"

陆然强忍住怒意，但明显地表现出不满："不了，看完电影我就回家。"

"陆然，你应该看得出来我很喜欢你，我约过你很多次，你一直不给机会，你可能觉得我在拿工作的事情压你，但我真的只是想要你给我个机会。"程远压低声音在她耳边絮叨。

她深吸一口气，努力平复着情绪："程主编，公司有规定，禁止办公室恋情。"

"你不说我不说，谁会知道？"

"程主编你别这样，你再这样，我现在就走。"

"陆然，给我个机会这么难吗？大不了要么你辞职，要么我辞职，这样就没有什么规定能阻止我们了。"

"……"

陆然暗暗咬着牙，已经忍无可忍地用一只手去摸鞋了。

"陪我去喝两杯，我有很多话想对你说。"说话间，程远的手又不老实地伸了过来。

她甩开他的手，警告道："麻烦你放尊重一点儿。"

"陆然，你怎么这么给脸不要脸呢？"

"程主编，不要仗着你是我上司，就可以对我进行骚扰。你跟公司里其他部门女同事的事情我已经听说了，我相信她们都不知道自己被耍了，我可以找她们一起向上面举报你。"陆然决定不给他好脸了。

程远不怒反笑："你威胁我？"

"是不是威胁，要看你怎么做了。"

"我程远还从来没有被人威胁过。"

"你以为我陆然从小是被吓大的？"

陆然不甘示弱，不料话音刚落，程远就扑了过来，一把将她抱住，像是发了疯一样撕扯她的衣服。

她刚想喊，他就伸手捂住了她的嘴。

她伸手脱了鞋，对着程远就是"哐哐"一顿砸。

程远的脑袋被鞋子打了好几下，疼得大叫，身子也缩了回去。

后面闹出动静，坐在前面的几个人回头朝他们望了一眼。

程远规规矩矩地坐好，一本正经地整理着自己的衣领，好像什么事情都没发生一样。

陆然趁机起身，拎上包，鞋都没来得及穿上，光着一只脚就往外溜。

本以为这样就结束了，谁知她前脚刚走出放映厅，程远就快步追了上来。

她加快步子跑，他在后面追。长长的走廊上不见一个工作人员。陆然刚喊了一声，程远就冲过来捂住她的嘴，将她掳进卫生间里。

"你别喊，我不会把你怎么样，我只是出来向你道歉。"程远惊慌失措地向她解释。

她瞪着大眼，心怦怦直跳。

"我现在放开你，你别喊，OK？"

她重重地点点头。

程远长舒一口气，缓缓抽回捂着她嘴的那只手。

"刚刚是我失态了。"他说，然而表情没有丝毫歉意。

陆然咽了咽口水，故作镇定地说道："说完了吗？说完了就让开。"

程远正好挡着门，她不好出去。

"陆然，你再好好考虑一下，给我个机会，我是真的特别喜欢你，只要你愿意，我可以把你打造成国内一流的美食作家。"

"我已经有男朋友了。"

程远咧嘴一笑，问："你认为我会相信你这么拙劣的谎话？"

"我真的有男朋友，如果你不信，我现在马上让他过来。"

程远嗤笑一声："有男朋友的人还被安排相亲？你肯定是随随便便拉个异性朋友过来冒充你男朋友。"

"程主编，我有没有男朋友跟我接不接受你其实完全是两码事，就算我单身，我也一样不会接受你。"

"伤心了。"

"麻烦你让开。"陆然尽可能心平气和。

程远却挡着门，并没有要放她走的意思。

只见他把身后的门一关，上前一步，一副不怀好意的样子。她不假思索地后退，快速躲进厕所的隔间里。她现在所在的位置是男厕所，酸爽的味道简直让人生无可恋。

"你出来，我们好好谈谈。"程远在隔间门外腆着脸说。

她没理睬，还算冷静地从包里掏出手机，给纪泽北发了一条消息，他却没回。

"陆然，我不可能在公共场合做出伤害你的事情，你出来，我送你回家。"

"我信你个鬼。"

陆然没好气地吼了一声，然后给纪梓辰打电话。纪梓辰那小子一天二十四小时手机不离身，很容易联系上。

电话打通，没等对方说话，她抢着说："把你哥的电话号码发给我，快点儿。"

"是我。"

回应她的是一个清冷而熟悉的声音。

"纪先生？"

"还叫我纪先生？"

"你赶紧来救我，我被变态堵在厕所里了。"

"位置。"

陆然正要回话，头顶一大片阴影笼罩过来。她惊恐地抬头，就见程远从旁边的隔间爬上来，居高临下地瞪着她，那双幽深黑亮的眸子，简直像要喷出火来。

他愤怒地一把夺了她的手机，她顿时也火冒三丈，伸手扯住男人的手臂，硬生生地将他从高处拽下来。程远摔在马桶上，闷哼一声。

两人挤在狭小的隔间里，陆然趁他还没回过神来，抄起手中的鞋子就对着他又是"哐哐"一顿砸。程远双手抱头蹲在地上，边叫边骂："你别以为你是女人我就不敢打你。"

"你还想打我？"

陆然怒不可遏，下手越发狠了，直到鞋跟都打断了，她还不打算收手。

"女人好欺负是不是？你是上司就了不起是不是？我让你骚扰女孩子，我让你骚扰女同事，我让你不要脸！"

陆然抬起的手突然被程远一把抓住。他力道极重，她只觉手腕疼得厉害，感觉骨头都快被他捏碎了。

"你打够了没有？"

"放手！"

"你要是打够了，接下来就轮到我了。"

陆然心头一沉："你什么意思，莫非你还想打人？"

程远抬起头来，额角上流着血，鼻子也在流血。

一看到那鲜红的血，陆然顿觉一阵眩晕感袭来。

"不，我这叫自卫。"程远咬咬牙，狠狠地抡起手臂。

然而他的巴掌还没落下，陆然就身子一歪倒在地上，头还在墙上磕了一下。程远用脚踢了陆然几下，她没反应，他顿时有点儿慌了。

缓了几秒，他坐在马桶上，抽了些纸擦了擦鼻血，把鼻血止住。他再看陆然，她仍昏迷着。

地上的手机突然响起来，铃声炸裂。

他心脏猛地一跳，抓起手机看了一眼，来电显示是纪梓辰。

他犹豫了一下，接起。

"你在哪儿？马上把位置告诉我。"一个清冷的、略有些急躁的声音响起。

程远心中十分慌乱，不知道该怎么办了。

他伸手推了推陆然的肩膀，她还是没有一点儿反应。

"你到底在哪儿？"电话那头的人突然低吼一声。

程远清了清嗓子，说："这里是W电影院二楼的男厕所，一个女人倒在这儿。"

说完，他挂了电话。

　　眼下的情况已经不是他能够控制的了，多一事不如少一事，还是三十六计走为妙。他将手机塞回陆然包里，伸手探了下陆然的鼻息，确定人没死，他便推开隔间的门慌慌张张地跑了。

　　上京大学附近的美食街，炸鸡店内。

　　纪泽北确定了陆然的位置，焦灼地起身付账。看到纪梓辰从卫生间出来，他把手机塞给纪梓辰，丢下一句"我先走了"便转身往外走。

　　纪梓辰一脸纳闷："哥，你去哪儿？"

　　"电影院。"

　　"看电影吗？带我一个。"纪梓辰把桌上那桶还没怎么动过的炸鸡拿上，快步追了出去。

　　纪泽北的车停在美食街外，这路段人来人往，想找个停车位很困难。

　　纪梓辰一路小跑着才勉强跟上纪泽北。

　　"哥，你能不能走慢点儿？一样是大长腿，你怎么这么快？"纪梓辰冲前面的人喊了一声。

　　纪泽北没回应，直奔路边停着的车子而去。上了车，他甚至没等纪梓辰系好安全带，便非常急切地启动车子，给了一大脚油门。

　　纪梓辰手里的一桶炸鸡差点儿撒出来。

　　"你慌什么？"纪梓辰惊问，"你拿我手机联系谁了？"

　　"你陆然姐姐出事了。"纪泽北拧着眉，面色阴沉得很，恨不得把车开得飞起来。

　　纪梓辰心里一紧，将炸鸡桶放在杯架上，问他："陆然姐姐出什么事了？"

　　他沉着脸专心开车，一连超了好几辆，而且是在丝毫没有减速的情况下。

　　纪梓辰捂着心口，吓得脸都白了。

　　"哥，你别慌，千万别慌，注意安全，行车不规范，亲人泪两行啊！"

　　纪泽北像是没听到似的，仍在提速，逮到机会就超车。

　　"陆然姐姐到底出什么事了？"纪梓辰追问，"刚刚是陆然姐姐打来的电话吗？哥，你说话呀！"

"你闭嘴，我现在没空理你。"

原本二十分钟的车程，纪泽北超速超车，用十分钟就赶到了电影院。

将车停稳，他先下车，快步冲进电影院。纪梓辰慌忙跟上去。

纪泽北甚至都懒得等电梯，顺着楼梯通道跑到二楼，找到男厕所的时候，里面已经围了几个人，场面闹哄哄的。他挤进人群，发现一个年轻小伙蹲在一个隔间外面，正伸手探陆然的鼻息。

陆然倒在马桶旁边，身上的衣服有被撕扯的痕迹。

他上前，一把将那人推开。

"陆然？"他轻拍陆然的脸颊，她没有丝毫反应，额头上有一片红肿，脚上也没穿鞋子。

身后围观的几人七嘴八舌："我们进来的时候就看见她在这儿。"

"我们不知道发生了什么。"

"她是你认识的人吗？"

"有没有叫救护车？"他回头看着几人。

几人面面相觑，都摇了摇头。其中一人掏出手机要打电话，他却没有耐心等救护车了，看到纪梓辰从外面挤进来，他把角落里的女士包抓起来扔给纪梓辰。

纪梓辰接住包，还没来得及询问发生了什么，就见纪泽北沉着一张脸抱起陆然，大步走了出去。

"哥，等我啊！"

纪梓辰拎着陆然的包追出去。

又经历了一段生死时速后，他们来到距离电影院不远的一家医院。看着纪泽北眉头紧锁，颇有些吃力地将陆然抱下车，纪梓辰惊愕地发现他右手上的纱布已经染了一片红。

"哥，你的手……"

纪泽北没等纪梓辰把话说完，便抱着陆然冲进了急诊室。

"哥！"

纪梓辰喊了一声，纪泽北连头都没回。

确认陆然没有外伤，但怀疑她头部受创，可能存在脑震荡的风险后，医护人员将她先转移到病房，纪泽北和纪梓辰跟着去了病房。

纪泽北需要帮陆然办理住院手续，纪梓辰从他手里夺过钱包说："我去，你赶紧找医生把你的手处理一下。"纪泽北垂眸，这才发现自己的手流血了，刚刚抱陆然的时候用力过猛，缝合的伤口可能崩开了。

"会办住院手续吗？"他问纪梓辰。

"没办过，但我长着嘴，会问。"

"那行，你去办。"

纪泽北去急诊室处理右手，伤口果然裂开了。止了血，重新缝合、包扎伤口后，他快速返回病房，发现陆然已经醒了。纪梓辰守在一边，病房里还有一个医生和两个护士。

医生正在询问陆然有没有什么不适。

"头晕，有点儿想吐。"

医生对症开了些药，让护士赶紧准备给病人输液。

纪泽北上前，询问医生需不需要做脑CT。

"要做的，先等病人当前的症状缓解，输完液就带她去做CT。"医生边说边开好了单子，让纪泽北去交费。

纪泽北忙活完再回到病房时，陆然已经输上液了，躺在床上迷迷糊糊地看着他。

纪梓辰坐在床边，捧着炸鸡桶，正在吃炸鸡。

"程远对你做了什么？"他径直走到陆然面前，柔声询问。

陆然摇摇头。

"他有没有打你？"

"应该没有。"

"什么叫应该没有？你好好想想，你的头是怎么伤的？"

"我晕血自己摔倒的，可能不小心撞到了头。"

纪泽北将她一阵打量，并没有发现外伤。

"哪儿来的血？"

"我用鞋子抽程远，把他打得流鼻血了。"

“程远是你上司？”

陆然点点头。

完全是因为晕血，摔倒的时候自己撞到了头？

厘清了头绪，纪泽北心中略为宽慰。但这晕血的问题确实得想办法解决或者克服一下。

“哥，你的手没事吧？”纪梓辰插了句嘴。

陆然朝纪泽北包着纱布的手望去，纱布雪白，明显是刚刚换过的。她问：“你手怎么了？”

“没事。”

纪梓辰忙说道：“我哥他……”

话刚开了个头，纪泽北就一巴掌招呼到他的后背上，漠然说道：“吃你的炸鸡。”

他闭了嘴，没敢再继续往下说。

纪泽北在床边坐下，视线转移到陆然有些苍白的脸上，一脸严肃地说道：“关于晕血这个问题，你有没有想过看心理医生？我可以给你推荐一个。”

“我不看心理医生，我心理没问题。”

“我不是说你心理有问题……”

“反正我不看心理医生。”

纪泽北沉默了，过了一会儿又说：“那你有没有想过克服晕血？”

“想过，我还试过呢，但不行。”

“你用的什么方法？”

“杀鸡。”

“然后？”

“鸡满屋子跑，抓了一晚上才抓住，但我下不了手。”

“所以？”

“我把鸡送给孟忆了，她第二天就把鸡炖了，连口汤都没给我留。”

纪泽北：“……”

“我听说可以喝番茄汁，但我还没试过。”

纪泽北顿时眼睛一亮，说：“出院后试试。”

“番茄汁太酸了。”

“……加糖。”

陆然注视着他：“如果是你做给我喝的话，就算不加糖我也可以接受。”

“头不晕了？不想吐了？”

“晕。”

“那就乖乖睡一觉。”

陆然“哦”了一声，老老实实地躺好。闭上眼睛之前，她瞥见纪泽北的手放在床边，男人的手指白皙修长，食指上不知何时多了一枚戒指，没有过多的纹饰，是很简洁大方的男款戒指。

食指戴戒指代表的是单身，渴望恋爱。不久前他才给了她机会，让她加把劲儿，莫非他很期待她，很渴望跟她谈恋爱？她伸手把他的手握住，没去观察男人的脸色，唇角勾起一抹浅笑，心满意足地闭了眼。

纪泽北守在床边一直没动过，陆然睡着以后，紧紧抓着他的手，他想把手抽出来都不行。

“哥，我困了。”吃完炸鸡的纪梓辰眯着眼睛，哈欠连连。

纪泽北瞥了一眼腕上的手表，已经过了十二点。

一直忙着陆然的事，他几乎把这个弟弟忘到了九霄云外。

学校的门禁是十二点，纪梓辰今晚是回不去学校了。

“身上有钱吗？”他问。

纪梓辰点点头。

“去我那儿睡吧，明天早上记得喂猫。”

“你不回去？”

“我留下来。”

“哥，你的手真的没事吗？”

纪梓辰还记得他手上的纱布浸了血的样子，貌似很严重。

“没事。”

“那我先回去了。”

纪梓辰起身，打着哈欠往外走，拉开病房的门，又像是想起了什么似的，回头对纪泽北说：“对了哥，我大概帮你记了一下交通违法次数，你今晚一共违法了四次。"

　　纪泽北："……"

　　"建议你还是自己处理比较好。对了，你的车呢？你为什么要租车？"

　　"滚回去睡觉。"

　　纪梓辰挠挠头："不说算了。"他甚至都不清楚纪泽北的手是怎么受的伤。

　　纪泽北一夜没睡，本想等陆然输完液，带她去把脑CT做了，排查一下有没有脑外伤和颅内出血的情况，结果陆然睡得很沉，他不忍心叫醒她，便一直守在床边。他的手被陆然紧紧握在掌中一晚上，抽都抽不出来。天刚蒙蒙亮的时候，他靠在椅子上打了个盹儿。他睡觉一向很轻，隐隐感觉到床上的人在动，他睁开眼睛，发现陆然醒了，正睁着一双黑亮的眼睛看着他。

　　足足盯着他看了十几秒，她愣愣地问："你是谁？"

　　"……"开什么国际玩笑！

　　"这是哪里？"

　　"陆然，别闹。"

　　"陆然？"

　　"你的名字。"

　　"你是谁？"

　　"你不记得我？"

　　陆然呆呆地摇了摇头，神情十分茫然。

　　纪泽北心头一沉，下意识起身就要去叫医生，不料手还被陆然紧紧地抓着。

　　他回头，就见床上原本表情木讷的人低着头在偷笑。

　　"故意的？"

　　陆然嘿嘿一笑："我就想逗逗你。"

　　"无聊。"

　　陆然松开他的手，笑呵呵地说："那么狗血的事情怎么可能发生在我身上？"

美美地睡了一觉醒来，她感觉自己好多了。

"如果没什么大问题，就办出院吧。"她不喜欢医院的味道。

纪泽北心有余悸地看着她，问："你有没有哪里不舒服？"

"没有。"

"脑CT还没做。"

"我觉得可以不用做。"她没觉得身体有什么不适，头晕和想吐的症状已经得到了缓解。

好歹是医学院毕业的，她清楚自己的情况，轻微脑震荡而已，不需要住院治疗。

"钱已经交了。"

她犹豫了几秒，喃喃道："要不，做一下？"

"我先帮你买早餐，想吃什么？"

"什么都行。"

"等着。"

纪泽北大步走出去，没到医院的食堂，而是去外面打包早餐，还不忘到超市买一双拖鞋。陆然的鞋子丢在电影院的厕所里了，他当时急着把陆然往医院送，根本没想太多。他记得陆然很喜欢佩奇猪，所以特意买了一双有粉红猪图案的拖鞋。

将早餐和拖鞋带回病房，陆然已经等得非常着急了。

他把鞋子放在床边，她立刻起身，趿拉着拖鞋跑出去找卫生间。

陆然吃完了饭，他带她去做CT，检查结果显示她头部没什么问题，他放心地帮她办了出院手续。回去的路上，陆然坐在副驾驶位上，一直垂眸盯着脚上的粉色佩奇猪拖鞋。纪先生似乎对她的喜好了如指掌。

"这双鞋我可以放在你家吗？最近经常出入你家，放一双拖鞋比较方便。"她抬头问专心开车的男人。

纪泽北淡淡地看了她一眼。"随便你。"声音清冷，不带丝毫情绪。

"这是你的新车？"

"租的。"

因为她，他昨天晚上不到二十分钟就违法了四次！

作为一名老司机，他一向非常遵守交通规则，自从拿到驾照，这还是他第一次违法。

车子驶进公寓地下停车场，下了车，陆然紧跟纪泽北的步伐，两人一起进入电梯。

"昨天你怎么没找我？"陆然问。

纪泽北淡淡地看着她，问："找你干什么？"

"你不是说让我给猫铲屎？"

"我弟弟在的话，我会优先使唤他。"

"……"

陆然突然想起来，她昨天的电话是打给纪梓辰的，接听的人却是纪泽北。

"你们昨天在一起啊？"

男人"嗯"了一声，电梯抵达十八楼，他先走出去。

陆然慢悠悠地跟在后面，正从包里掏钥匙的时候，男人脚步一顿，回头说："直接来我家。"

"哦。"

虽然刚出院，但她还肩负着照顾纪泽北的重任呢！

跟着纪泽北进了门，室内的电视机开着，纪梓辰大爷似的窝在沙发里，手里拿着一袋零食，正吃得有滋有味。

"陆然姐姐，你没事了？"纪梓辰冲她笑笑。

纪泽北看了眼茶几上扔得乱七八糟的瓜子皮和果屑，径直走到纪梓辰面前。

纪梓辰心虚得很，连忙端正坐好，还顺手划拉了一下茶几上的瓜子皮，小声嘟囔："给我十分钟，我马上打扫干净。"

"你怎么不去上课？"

"没课。"

"早饭吃了吗？"

"吃的外卖。"

纪泽北点了下头，发现煤球的碗里有足够的粮和水，便伸手指着阳台说："记得铲屎。"

纪梓辰："……"

"你还有九分钟。"

"……"亲哥！

他放下手里的零食袋，起身收拾茶几。

陆然上前想帮忙，纪泽北却将她拉住，语气不容商量："你什么都不用做。"

她受宠若惊。

"那你叫我来干什么？"

突如其来的问题让纪泽北微微失神。

沉默了一会儿，他说："那你回去好好休息。"

陆然笑着点点头，问："中午给你做好吃的，你想吃什么？"

"……"

一个只会炒蛋的人，谁给她的勇气说出这种话？

"快说，你想吃什么？"陆然一脸期待地看着他。

他想了想，说了一道烹饪起来没什么难度的家常菜——宫保鸡丁。

"还有呢？"

"其他随意。"

"好。"

陆然从包里翻找出钥匙，回了自己家。

昨天晚上她休息得还不错，现在精神状况非常好。一整天没管大黄了，发现大黄的碗已经空了，她赶紧给这个小祖宗添粮加水，然后又去阳台铲屎。把猫伺候好了，她正准备外出买食材，包里的手机突然响了起来。

看到来电显示是梁曼，她顿时有种不祥的预感。

犹豫了几秒，她还是接了。

梁曼的声音压得很低沉："程主编让你来公司一趟，他找你。"

"……"果然没好事。

"我跟你说，程主编今天是带伤来的，也不知道被谁打得鼻青脸肿的。"

陆然干笑了两声。

"你十点前能到吗？"

"能。"该来的早晚都会来。

她和程远之间闹得这般不愉快，她估摸着这次凶多吉少。

换了身衣裳，她于九点钟准时出门，抵达公司时是九点二十分。

梁曼一看到她，便起身迎向她。

"我有话跟你说。"梁曼非常小声地说，边说边拉她进了卫生间。

确定卫生间里没有别人，梁曼把门关上，表情严肃地问她："程主编约你，你有没有赴约过？"

"……"

"你有没有赴约过？"

陆然一时之间有些举棋不定，她不知道该不该跟梁曼透露昨天晚上发生的事。

"他有没有约过你？"她反问。

梁曼叹口气，说："约过，但我拒绝了。"

"约过你几次？"

"大概四五次。前两天他找我谈话，说公司可能会裁员。我在想，我可能就在要被裁掉的那一拨里。"

"裁员？"

"今天一早我就听人事部的人说你在被裁掉的员工名单里，而且是程主编突然让加进去的，你是不是得罪他了？"

陆然："……"

"我可能也会被裁掉，不过我倒不担心，我打算跟我男朋友去国外，你呢？"

陆然摸了摸后脑勺，她还没有想过这个问题，忽然被告知她是即将被裁掉的员工之一，她有点儿蒙。

"你一会儿看到程主编的样子，千万忍住别笑。我猜他可能是勾搭哪个小姑娘，被人家男朋友打了，下手还不轻，真是活该！"梁曼说着，"扑哧"一声笑了。

陆然点了下头："既然他找我，那我先去他办公室一趟。"

"行，你去吧。"

出了卫生间，陆然直奔主编办公室。

以往透过落地玻璃窗，从外面就可以看到办公室内部，包括程远的一举一动，今天程远却拉下了百叶窗。

她上前敲门，听到里面传出一声"请进"。她深吸一口气，推开门，昂首挺胸地走进去。

程远坐在沙发上，面色阴沉得很，一张脸肿得像猪头。他的额头上贴着一个创可贴，鼻子又红又肿。

陆然看到他这个样子微微有些惊讶，她都不知道自己昨天晚上下手这么狠。

"来了。"程远淡淡开口，抬头看了她一眼，便从茶几上的烟盒里抽出一支烟，衔在嘴里用打火机点燃。猛吸了一口，他将烟一口吐出，没像往常一样示意她坐。

"知道为什么叫你来吗？"

"有话直说，别拐弯抹角的。"都要把她裁掉了，她没必要给他好脸。

"你把我打成这样，我就不跟你计较了。"程远说完，又吸了一口烟，将烟气吐出，紧接着说，"公司高层上个月下达了一项裁员的指令，眼下已经快到月底了，非常不幸的是各个部门都有被裁掉的员工，专栏作家中你的口碑最差，就算我想留你，也留不了。"

陆然面无表情看着沙发上的程远，鄙夷地说道："说完了？"

"其实你昨天如果乖一点儿，也不至于走到今天这一步。"

陆然冷冷地一笑。

程远抬起头来，幽深的眼睛定定地盯着她，说："由于你对上司实施暴力，非常抱歉，这个月的薪水我是不会发给你了，你收拾一下东西就可以走了。"

陆然料到会是这样，转身要走，程远却又将她叫住，说："最后再通知你一个好消息。"

她脚步顿住，没有回头，听着程远继续说下去："关于纪泽北的那篇专访文章，这周五会上我们杂志人物专访首页。瞧，你对我这么不友好，我还是愿意帮你。"

她没说话，拉开门大步走出去，回到自己的座位后，将桌上的私人物品收了收，抱着不大的纸箱迅速离开。

大厅的同事几乎都在看她，三三两两地窃窃私语着。

"陆然是被裁掉了吧？"

"应该是。"

"怎么没走正常流程，直接收拾东西走人了？"

"谁知道啊！"

"话说程主编被人打了，那张脸肿得跟猪头一样。"

"那种人被打纯属活该！"

陆然等电梯的时候，梁曼来送她。

梁曼跟她拥抱了一下，安慰她说："好好加油，作为你的编辑，我对你写的文章评价还是很高的。"

她笑起来，说："谢谢。"

"以后要常联系啊。"

"好。"

电梯门关上的时候，梁曼依旧在冲她挥手。她保持着脸上的笑容，直到看不到梁曼了才敛了笑，无奈地叹了口气。

出了写字楼，她打车回家，将箱子放到书房。想起自己扬言中午要给纪泽北做好吃的，她赶紧下楼，去附近的超市购买食材。

回公寓的路上，她偶遇纪梓辰。他在楼下的商店里买了一大包零食。

"垃圾食品要少吃，吃多了对身体不好。"她说。

纪梓辰哈哈一笑："你怎么跟我哥一样，他也总跟我说这样的话。"

"你哥在干什么？"

"在睡觉，他好像一整晚都没睡。"

两人一起走进公寓电梯，纪梓辰像是想起了什么似的，问她："你知不知道我哥的手是怎么伤的？"

被问起这事，陆然有些不好意思起来。

"这事怪我。"

纪梓辰追问："为什么怪你？"

"我把你哥的车开进沟里了，他的手是那个时候伤的。"

难怪纪泽北要租车！

"他的车还在维修，撞得挺严重的，短时间内应该还不能提车。"

纪梓辰惊讶地点了下头。

出了电梯，见陆然掏钥匙开门，他问："我能不能去找大黄玩？我哥在睡觉，我一个人无聊。"

陆然笑笑："当然可以。"

看了眼手机上的时间，已经十一点了，她得赶紧准备午饭了。

纪梓辰在客厅拿根逗猫棒，跟大黄玩得不亦乐乎。

陆然在厨房忙活，纪泽北守了她一整晚，她不想做些黄瓜炒蛋、胡萝卜炒蛋糊弄他。她在手机上搜索了很多食谱，按照步骤，还算顺利地炒了几道菜。其中有纪泽北想吃的宫保鸡丁，还有辣子鸡、红烧肉、一道素菜和一份汤。陆然将头探出厨房，冲纪梓辰喊了声："饭好了，叫你哥过来吃饭。"

"我突然肚子有点儿疼，要去一下卫生间，你去叫我哥起床好不好？"纪梓辰边说边把钥匙给了她，不知是有意还是无意，他一溜烟跑进了卫生间。

她拿着钥匙开了隔壁1802室的门，径直朝纪泽北的卧室走去。

推开门，她朝里面望了一眼。

纪泽北躺在床上睡得很沉，她轻手轻脚地靠近，伸手戳了一下男人的肩膀，他没醒。

"纪先生，该吃饭了。"她小声喊。

纪泽北眉头微微皱了下，她以为他要醒了，谁知他翻了下身，背对着她又睡了过去。

她伸手推了推他的肩膀，他冷冷地说了句："出去，别吵我。"

"……"

他是把她当成纪梓辰了吗？

"纪先生，饭好了，你吃点儿东西再睡吧。"

"我不饿。"男人的语气中透着一丝不耐烦。

"要不我给你送过来？"

"我说我不饿。"依旧是不耐烦的语气。

她有点儿失落。虽然知道他是因为守了她一晚没休息好，但她非常认真地准备了一顿午饭……她起身走出去，轻轻将门关上，回了自己家。

发现她一个人回来，纪梓辰有点儿诧异："我哥呢？"

"他说他不饿。"

"他是不是吼你了？"

纪梓辰发现陆然的情绪有些低落。

"我哥他起床气很重，一般情况下我是不敢吵他睡觉的。"

陆然恍然大悟道："那你怎么不早说？"

"我吵他，他肯定会发脾气，但换作你的话，我想他的态度应该会不同。"

"……"

"你不知道我哥昨天有多担心你。"

陆然难以置信地睁大眼睛："是吗？"

"我从来没见过他那么着急，他抱你的时候手都流血了，纱布上染的都是血。"

陆然心头一沉，问："严重吗？"

"不知道，他自己去急诊室处理的伤口。"

"哦。"

她转身走进厨房，先给纪泽北留了饭菜，然后招呼纪梓辰吃饭。

吃饱喝足后，她让纪梓辰把饭菜带过去，等纪泽北醒了以后热给他吃。

纪梓辰走后已是下午两点多。

她把碗筷收拾完，进入书房打开电脑，耐着性子找工作。上京市专做美食的杂志不多，《品味天下》算是美食类最大的一家杂志社，如今被裁员，她忽然不知道以后该做什么工作了。

她在招聘网上投了几份简历，感觉被通知面试的可能性不大，毕竟她是医学院毕业的，专业不对口。无奈之下，她给孟忆打去一通电话，铃声响了很久，对方才接起来。今天是工作日，她估计孟忆很忙，便长话短说："晚上老地方见面？"

"行。"

"忙不忙？"

"有点儿忙。"

"那你先忙，晚上见。"

"好。"

挂了电话，她继续浏览招聘网，甚至给几家食品公司投递了简历，应聘的职位大多是办公室文员一类的。

一下午的时间，她几乎都耗在书房里，傍晚时分，她穿上外套，出发去见孟忆。

孟忆很喜欢吃一家饭店的铁板烧，上学的时候她们就经常去，那家店就在孟忆就职的律所附近。

她刚走进门，便看到孟忆坐在老位置上冲她招手。

"你今天怎么下班这么早？"她笑着走过去，拉开孟忆对面的椅子坐下。

孟忆淡淡一笑说："今天应该我去幼儿园接孩子，你突然给我打电话，我就让保姆去接了。"

"点菜了吗？"

"点了，老样子。"

陆然端起水壶给自己倒了杯水。

"我听说你和季东俞的事情吹了？"

"嗯。"

"他之前还跟我说他挺喜欢你的。"

陆然挠挠头："能不能不提他？"

孟忆举手投降："行，不提他，说说你吧，最近怎么样？"

"刚被解雇。"

孟忆吃了一惊："解雇?"

"得罪上司了。"

"那你接下来打算找什么工作?"

"还没想好。"

"我建议你去医院上班,你好歹学的是这个专业。"

陆然苦笑道："算了吧,你明知道我晕血。"

孟忆白了她一眼,揶揄道："你以为你刚去就能当医生?要先实习的!大不了当个值晚班的医生。"

"……"

"读了好几年医学院,不去医院上班的话,你学这专业干什么?简直浪费。"

陆然唉声叹气："学医是我爸的意思。"

"话说,我们律所倒是缺个办公文员,你有没有兴趣?"

"没兴趣。"倘若去了,那她跟季东俞就会抬头不见低头见,光是想想那个画面,她都觉得尴尬。

"工作你先自己找着,如果没有合适的,你就来我们律所上班,办公文员的工作还是比较轻松的。"

陆然敷衍地点了点头,说："到时候再说。"

"我还是希望你克服一下晕血的问题,然后到医院工作。"孟忆一本正经地说。

"我会试试看的。"

"如果你经济上有什么困难,就跟我说。"

她摆摆手说："没什么困难。"毕竟老妈刚给自己转了一笔巨款。

吃完饭已是晚上九点多钟,孟忆开车将陆然送到公寓楼下。陆然谢过孟忆,乖乖回了家。

前脚刚进屋,就来了一条微信新消息,她点开一看,是纪泽北发来的:"你去哪儿了?"他应该是来找过她。

她放下包,回道："晚上跟朋友吃饭去了。"

对方秒回："你过来。"

"哦。"

以为纪泽北又要她给猫铲屎，她拿着钥匙和手机走出去，敲响了隔壁的门。

等了几秒，纪泽北来开了门。

"一下午没见，你就想我啦？"她冲纪泽北挑眉一笑。

男人精神状态不错，像是没听到她的话似的，淡淡地说："先进来。"

他侧身将她让进屋，轻轻拉起她的手，带她朝厨房走去。

她垂眸，看着男人紧紧将她的手握在掌中，心里甜得要溢出蜜来。

印象中，这似乎是纪泽北第一次主动拉她的手。

"纪先生，你是不是还没吃晚饭？"

"吃过了。"

到了厨房门口，男人的脚步突然停下来。

"把眼睛闭上。"

她一脸不解："闭眼干什么？"

"闭上。"

"哦。"

她听话地闭上眼睛。男人松开她的手，走到她身后，轻轻握住她的肩膀，脚步缓慢地将她带进厨房，直接来到案台前。

案台上放着一碗鸡血。纪泽北睡醒以后，让店里的厨师杀了一只鸡，专程送过来，血还是新鲜的。

"准备好接受刺激了吗？"

陆然好奇地问道："你到底准备了什么？"

纪泽北没说话，心里有些没底。

他不确定让陆然直接面对这一碗鸡血到底是好是坏，但他从网上查了很多资料，据说想要克服晕血，必须直面鲜血。

"你是不是给我准备了什么惊喜？"

"并没有。"对她来说，这应该更像是惊吓。

"不是惊喜你还让我闭眼？"

陆然忽然有点儿紧张，深吸了一口气，隐隐闻到一股腥腥的味道。

"这是什么味？"有点儿像血。

纪泽北下意识地握紧她的双肩，问："准备好了吗？"

她心脏突突地跳，越发觉得鼻腔中充斥着血腥味。这种感觉令她心慌，顿觉不适。她下意识地往后退，不小心踩到了纪泽北的脚。

听到身后的男人"嗷"的一声，她连忙往前迈了几步，膝盖不知撞到什么东西上面，磕得生疼。

她睁开眼睛，伸手去揉自己的膝盖骨，一张脸却差点儿扎进一碗殷红的血里。入眼一片红，她只觉一阵眩晕，之后就什么都不知道了。

醒来时，她躺在客厅的沙发上，纪泽北坐在一旁，神色凝重地看着她。

没等她缓过神来，男人先开口道了歉："对不起，我的方法可能有问题。"

她哭笑不得，特意把她叫过来，就是为了让她看那一碗血？

"我想帮你克服晕血。"

她平复了一下心绪，缓缓坐起身，用商量的语气说："能不能先从番茄汁开始？"

"你确定喝番茄汁有用？"

"听说有用。"

男人沉默了几秒，问她："你现在想不想喝？"

她猛摇头。

刚缓过劲来，她怕自己一看到番茄汁就想到那碗血。

"想克服晕血，关键还是要放松心情，你太紧张了。"纪泽北表情依旧严肃。

她长叹一口气："我太难了。"

纪泽北起身走进卫生间，拿了一条毛巾："擦擦汗吧。"

陆然尴尬地接过毛巾。

"你休息一会儿，走之前，记得把猫屎铲了。"男人说完，转身去厨房处理那碗鸡血。

　　陆然听后，意识到男人找她其实还是要她来铲屎的。

　　忙活完了，她准备离开的时候，纪泽北叫住了她："你把你上司打了，工作有没有受影响？"

　　"已经被解雇了。"

　　"……"

　　"对了，你的车维修费用大概是多少？"

　　纪泽北并不想聊这个话题，他从一开始就没打算让陆然承担修车费。

　　"保险公司还没有来电通知。"

　　陆然"哦"了一声，见男人似乎没有其他的话要说，她便回家了。

　　第二天，她照常给纪泽北准备早饭和午饭。她问他晚上想吃什么，他却说："晚上有事，不用管我。"吃完午饭，她把厨房、卫生间打扫完，在客厅没见到纪泽北的人，喊了一声："纪先生，如果没有其他事情，我就先回去了。"

　　男人的声音从书房传出来，"你等等。"

　　陆然等在原地，很快就看到纪泽北从书房走出来。

　　"被解雇的事你想就这么算了？"

　　陆然没说话，工作没了可以再找，但想到程远的所作所为和公司里那些被他骚扰的女同事，她说："要不报警吧？"

　　"得有证据。"

　　"公司到处都是监控，程远不可能精准地避开每一个摄像头；我想公司里的那些被他骚扰过的女同事应该也会作证的！"

　　纪泽北点点头说："走，我陪你去报案。"

　　到警局报了案，说明详情，陆然打电话给梁曼，说了自己被程远骚扰并已经报警的事。

　　梁曼说："做得好！程远不会有好果子吃的。"

　　"警察很快就会去公司调查取证，你知道程远骚扰了哪些女同事吗？"

　　梁曼沉默了会儿，说："大概知道。"

　　"你和她们谈谈，方便的话我过去，我们一起找她们聊聊，程远的行为太过分了，我们应该集体举报他。"

"那你过来一趟吧。"

纪泽北将陆然送到《品味天下》楼下，陆然道了声谢，让他先回去了。

晚上，陆然没回来，但打来电话，说跟同事在外面吃。

纪泽北一个人懒得下厨了，约上叶知安在外面吃饭。

叶知安看见他手上包着纱布，好奇地问："你手怎么了？"

"不小心碰伤了。"

"你这么细心的人还会不小心碰伤手？"

"跟你的小妹在一起，难免。"

叶知安嘿嘿一笑："你们还保持着联系呢？"

"嗯。"

"我很好奇你们接下来的发展。"

纪泽北无奈地叹息："哎，我在考虑要不要买份意外险。"

"意外险？"

"你的小妹让我萌生了这种强烈的念头。"

"她干什么了，让你萌生这种念头？"

"她开车的时候睡着了，差点儿跟一辆货车撞上，还把我的车开进了沟里……"纪泽北很平静地讲述之前发生的意外。

叶知安听完，倒不显惊讶。

"她是有点儿冒失，但这种情况算少数，没必要买意外险吧？"

纪泽北不置可否地点点头："以后再说。"

两人在餐厅没有停留太久，吃完就各自回去了。

晚上睡觉前，纪泽北拿起手机，发现微信上有一条新消息，是陆然发来的一个卖萌表情包，他浅浅地勾起唇角。陆然被程远堵在卫生间里，因为联系不上他，才电话打到纪梓辰那里，他思索了一会儿，把自己的手机号码发送了过去。

"这是我的手机号码。"

此时的陆然正窝在沙发里看泡沫剧，看到动情处，哭得稀里哗啦。她一边用纸巾擦眼泪，一边拿起手机。纪泽北发来了两条微信，上面有他的电话号码。她兴奋不已，赶紧把号码存到通讯录中，并立即用自己的手机给他拨打过去。

铃声响了一下，对方就接了起来。

"纪先生，是我，这是我的号码。"

"嗯。"男人的声音淡漠、清冷。

"你晚上去哪儿了？"

"跟叶知安见面，一起吃了顿饭。"

"他还没开始工作？"

"正式入职是下月初。"

今天已经二十三号，距离下月初没几天了。明天就是平安夜，之后是圣诞节，不晓得这两天纪泽北有没有什么安排。

"圣诞节快到了。"她说。

男人没回应，这让她有点儿尴尬，但她还是厚着脸皮问："平安夜和圣诞节，你有约了吗？"

"暂时没有。"

"那明天你要不要跟我一起吃晚饭，然后再去看场电影？"

"如果没有特别的安排的话，可以。"

"我现在就订票。"

没等纪泽北说什么，陆然就挂了电话，很快，她把订票页面发给纪泽北："票订好了。"

躺在床上的纪泽北点开图片，发现陆然订的是一部爱情电影，看片名有些悲情。

"你喜欢看这种电影？"他回复。

"听说评价不错。"

"好的，那就这样吧。"

第十七章　和我交往吗

陆然忽然有种想哭的冲动，是又激动又感动得想哭。她真的没想到纪泽北会一口答应她吃饭、看电影。

她忽地起身，没想太多，匆匆忙忙跑出去，敲响了纪泽北家的门。走廊上寒风阵阵，她出来得太急，都忘了穿件外套。

她冻得瑟缩着身子，好在纪泽北很快就来开了门。

男人穿着睡衣，是很简单大方的黑灰格子男款睡衣。

"有事？"

她不知道该说什么，此时此刻，没有任何语言能够形容她的心情。她难以抑制激动的情绪，上前一步，紧紧地抱住纪泽北。

纪泽北很意外，下意识地往后退了一步，不料她往前跟了一步，将他抱得更紧，微烫的脸颊紧贴在他的胸膛上。他的大脑短暂地陷入空白，只听得到自己心脏剧烈跳动的声音。

"你这是干什么？"回过神来的瞬间，他想推开她。

她却抱着他不撒手。

"不干什么，就是想抱抱你。"

"……"又占他便宜，这次连个理由都没有。

"纪先生，我们要不要交往看看？"她趁热打铁，抬起头来看着男人俊朗的脸，一脸期待地问。

这突如其来的问题让纪泽北的大脑有点儿死机。他一个人生活久了，很享受这种单身生活，一直以来他都没有考虑过交女朋友的事情。可如果对象是陆然的话，倒是可以试试。

没有立刻听到男人的回答，陆然心头不禁微微一沉。

"你先考虑考虑。"她挤出一丝笑来。

男人点了下头，问："现在你可以放手了吗？"

她极不情愿地收回搂在男人腰间的手，道了声"晚安"。

她故作镇定地走到自己家门前，却愕然发现自己两手空空。把睡衣的兜摸了个遍，果然忘了带钥匙。该死的，最近怎么总是忘东忘西的？

暗暗骂了自己一句"笨蛋"，她回头，发现纪泽北倚在门边，似笑非笑地看着她。

"没带钥匙？"

她苦笑着点点头。

"进来吧。"

纪泽北转身进屋，她快步跟进去。迎面就是一股暖暖的气息。屋子里有淡淡的茉莉香。

以前她不知道这个味道是从哪里来的，现在她知道了，他用的消毒水就是这个味道。

把门关上，她听到纪泽北淡淡地说："你可以睡我弟弟的房间。"

"谢谢。"

"晚安。"

纪泽北回了房间，刚躺在床上，就听到外面一阵窸窸窣窣的声音，不知道陆然在忙什么。

他闭上眼睛，不知不觉地睡着了。

陆然给猫铲完屎，然后洗了把脸，便进入纪梓辰的房间。

这个房间总是打扫得干干净净，以便纪梓辰随时过来小住。床上用品像是刚换过的，有种清香。

关掉台灯，房间内陷入一片漆黑。眼睛渐渐适应了黑暗，窗前洒落的月光使她能大概分辨室内的格局。她定定地盯着天花板，一想到纪泽北就睡在隔壁房间，她毫无睡意。

在床上翻来覆去很久，她终于有些困倦，迷迷糊糊快睡着时，她突然听到"咔嗒"一声响。

好像有人在开她的房门。

她一下子坐起来，借着月光，看到门缓缓打开一条缝，紧接着一团黑乎乎的东西跳到了她的床上。她打开台灯，在柔和的光线下，煤球轻轻地"喵"了一声。小东西凑到她跟前，蹭了蹭她，之后就钻进了她的被子，眯着眼睛咕噜咕噜地睡觉。陆然又惊又喜，这小家伙居然会自己开门。关了灯，她躺下去，怀里抱着毛茸茸的猫，听着咕噜咕噜的声音，不知不觉地睡着了。

翌日一早，纪泽北准时醒来。

他刚想起身，却发现他的旁边不知何时睡着一个人。

陆然睡得很沉，呼吸很均匀，居然没打呼噜，令他感到意外。

不，重要的是，他昨天明明是让她到纪梓辰的房间去睡的。

"陆然。"他叫了一声。

她没反应。

"陆然，醒醒。"

又叫了几声，她依旧一动不动。

纪泽北无奈地一笑，明知道她睡着以后像小猪一样叫不醒，他居然还试图叫醒她。帮她掖了掖被子，他起身走出去。

出了房间，纪泽北去厨房给自己倒了杯水喝，之后到客厅的沙发上躺了一会儿。临近八点的时候，他起来，进厨房做早餐。

由于右手还包着纱布，碰不得水，他简单地做了两份三明治，正热着牛奶，忽听房间里传出一阵手机铃声。

他快步走过去，推开房间的门，发现陆然醒了。

她是被他的手机铃声吵醒的。

她迷迷糊糊地揉了揉眼睛，坐起来，喃喃地问："几点了？"

"八点。"

纪泽北拿起手机，来电显示是许佳嘉。

他接起来，还没开口说话，许佳嘉就开始向他抱怨："你不要再让朱元代买海鲜了，他挑的海鲜不行。"

"不新鲜？"

"岂止是不新鲜，还买贵了。"

"从明天开始我去买。"

"你最近到底在忙什么？也不见你来店里了。"许佳嘉的声音听起来很不高兴。

他笑道："有点儿私事。"

陆然这时才发现自己不在纪梓辰的房间，而是在纪泽北的房间，不由得惊呼一声："我怎么在这里？"

纪泽北："……"他也想知道。

电话那头的许佳嘉听到女人的声音，瞬间震惊了，问："谁的声音？"

没等纪泽北回应，许佳嘉追问："你家里有女人？"

他淡淡地看了陆然一眼，刚要说话，许佳嘉急道："是不是陆然？"

"是。"

"泽北，你……"

"我这边有点儿事情要处理，先挂了。"

没等许佳嘉再说什么，他果断地结束通话。

将手机放下，他定定地看着床上脸颊潮红的陆然，一字一句地问道："你是不是梦游？"

陆然呆住了，摇摇头。

"那你为什么会在我的房间？"

"我……"她只隐约记得半夜去过一趟卫生间，回来的时候可能是进错了房间。

纪泽北的房间和纪梓辰的房间紧挨在一起，一样的门，室内格局也差不多，而且她是摸黑，压根儿就没意识到自己进了纪泽北的房间。

意识到问题所在，她马上认错："我不是故意的，我走错房间了。"

纪泽北沉默了几秒，边往外走边说："早饭准备好了，卫生间的柜子里有新的牙刷和毛巾，洗漱一下过来吃饭。"

"哦。"

目送男人走出房间，陆然还有一点儿晕乎。

纪泽北已经坐在桌前等她了，他正在看报纸，听到脚步声没抬眼，淡淡地说了句："今天应该很堵车，晚上去吃饭，我们最好步行。"

　　她点了下头，又听男人说："穿暖和一点儿，今天降温了。"

　　拉开椅子坐下，她拿起三明治咬了一口，抬眼看着对面专心看报纸的纪泽北。叮嘱她穿暖和一点儿，这种事情难道不是男朋友才会做的？

　　"纪先生，昨晚我问你的事情，你认真考虑了吗？"她大着胆子问。

　　男人掀了下眼皮，神情淡漠地问："什么事情？"

　　"就是昨天晚上……"算了，不提了。她感觉纪泽北完全没把她的话放在心上。

　　见她不说话了，男人垂眸，继续看报纸。像是想起什么似的，男人突然又抬头对她说："我帮你联系了开锁公司。"

　　"哦。"这已是纪泽北第二次帮她联系开锁公司了。

　　"你这种丢三落四的毛病一直都有？"

　　"……"

　　"总不能一遇到这种情况就找开锁公司。如果你对我放心，可以放把钥匙在我这里，以防万一。"

　　陆然挠挠头。

　　"行不行？"纪泽北问她，"你放心，我没有偷偷潜入别人家的习惯。如果你对我不放心，也可以放在叶知安那里。"

　　她想了想，笑道："还是放在你这里比较方便。"

　　男人淡淡地"嗯"了一声，放下报纸，端起杯子喝了一口牛奶。

　　"中午不用管我，我去店里。"

　　陆然点点头。吃完饭，她等到开锁公司的人来开了锁后，将一把备用钥匙交给纪泽北，便回了家。打开电脑，陆然看了看之前投出的简历，居然没有一个回复的。

　　在家赖到傍晚时分，她开始梳洗打扮，还换上了一身厚厚的衣服，裹得就像只冬眠的熊。

　　六点钟，纪泽北的消息发过来："好了没？"

　　她回了一个"嗯"字，就背上包出了门。

　　纪泽北也很快出来，与平时的打扮没什么两样，身穿黑色大衣，围着一条米色围巾。

男人打量了她一眼，笑了，说："穿得不少。"

"圣诞节要下雪的，电影里都这么演的。"

"你电影看多了。"

纪泽北试过给几家餐厅打电话订位置，但都没订到，他只好在纪凡斋交代了店长一声，给他在二楼留一个两人的桌位。

即便是平安夜，店里的桌位仍然无法像别家餐厅那样全部订出去，生意真是越来越惨淡。

想到这里，他嘴角一撇，笑得有些无奈。

上京市的几条主干道已经封路，禁止车辆通行。

和平路是最靠近美食街的，而这条路上一到晚上就会有很多摆摊的小贩，吃的、喝的、玩的应有尽有。

陆然看中一个摊位上包装非常精致漂亮的平安果，正准备掏钱包，纪泽北走到摊位前，支付了十块钱，买了一个。

"送你。"

她心中窃喜，伸手接过平安果，想着应该送给纪泽北一个。男人像是猜到她在想什么，笑着说："我不喜欢吃苹果，别破费。"

陆然正想说什么，肩膀突然被经过的路人撞了一下，一个趔趄，纪泽北手疾眼快，一把将她揽了过去。

他搂住她的肩膀，说："跟紧我。"平安夜，街上的人摩肩接踵。

两人散步般走在和平路上，看到什么好玩的，陆然都会忍不住拽着纪泽北上前凑凑热闹。

纪泽北问道："不能先去吃饭吗？"

陆然往头上戴了一个毛茸茸的兔子耳朵的发卡，问他："好看吗？"

"丑。"

她撇了撇嘴，随手挑了一个狐狸耳朵的发卡，趁纪泽北不注意的时候，踮起脚戴在他头上，还把摊位上的镜子拿到他面前："你很适合这个，送你了。"她笑呵呵地说。

纪泽北："还不错。"

两人朝着纪凡斋走去。

满大街都是圣诞节的装饰，纪凡斋这古香古色的饭店亦是，门口还有一个微笑的圣诞老人作为迎宾，每当有人进店，圣诞老人就会笑着说一声"欢迎光临"。一楼有一棵圣诞树，上面挂满了小玩意儿，还有很多用彩纸精致包装的小礼盒。陆然听店长说，进店用餐的客人临走的时候可以从树上挑一个小礼物。她看中了一个紫色礼盒，因为这是树上唯一的紫色礼盒。

她问纪泽北："我可以现在挑小礼物吗？"

纪泽北浅浅一笑："可以。"

她上前几步，从圣诞树上拿下那个紫色小礼盒，跟着纪泽北上了楼。

他们在二楼临窗的位置享用美食的时候，许佳嘉正在厨房里忙得不可开交。

虽说纪凡斋的生意不如别家餐厅那么火爆，但平安夜的预订还是比平时多得多。

许佳嘉正忙着，忽听朱元八卦地说："我刚才去卫生间，遇到前厅的服务员，你们猜怎么着，老板带了一个女人来店里吃饭。"

"老板有女朋友了？"

"肯定是有了，平安夜带出来共进晚餐的女人，不是女朋友谁信呢？"

"长什么样子？"

"好像是那个美食专栏作家，叫陆什么来着，记不清名字了。"

"那个专栏作家啊，我听服务员说过，长得挺清秀的。"

"没想到咱们老板喜欢这一款。"

听着几个人兴奋地聊着，许佳嘉的脸却黑成了锅底。平安夜这么重要的日子，纪泽北居然跟陆然一起过？之前每年的圣诞节她都邀他一起，可他从来都是拒绝的，还说什么这种洋节日没什么好过的。

"主厨？主厨？"

朱元叫了许佳嘉好几声，她才回过神来，面露不悦地问道："怎么了？"

"菜焦了。"

"……"

二楼，临窗的桌位上。

陆然迫不及待地拆开紫色礼盒，里面是一个粉红佩奇猪的钥匙扣。她惊喜不已："我运气居然这么好，挑到了自己喜欢的礼物。"

纪泽北笑而不语。

其实圣诞节的小礼物都是粉红佩奇猪钥匙扣，只是礼盒包装的颜色不同。

"我太喜欢了。"陆然边说边从包里掏出钥匙，把佩奇猪挂在了钥匙扣上。

"好不好看？"她晃了晃手中的钥匙扣。

纪泽北点点头："那头猪跟你很像。"

陆然哈哈大笑："跟你才像。"

尽管店内有些忙碌，但上菜速度丝毫没有放慢。

两人享用完晚餐，没在店内久留，而是朝着电影院的方向走去。陆然非常配合地没穿高跟鞋，裹得又非常严实，丝毫不冷。能够跟纪泽北一起过平安夜，她一路蹦蹦跳跳的，兴奋极了。经过美食街的时候，陆然要吃这吃那，他都给她买。

到了电影院，他手里拿着一桶炸鸡，两边的杯架上已经放着饮料和爆米花了，陆然手里还捧着几袋零食。

她边看电影边吃，嘴巴从电影开场就没有停过。纪泽北的注意力几乎没在电影上，而是难以置信地看着身旁的女人没完没了地吃。

把几袋零食吃完，她从他手中接过炸鸡桶，还时不时伸手从他旁边的爆米花桶中抓爆米花吃。

电影播放到后半段的时候，她随着剧情陷入悲伤，眼泪哗哗地流。

料到看这种悲情电影她可能会哭，他从兜里摸出事先备好的纸巾递给她，她接过去，边吃炸鸡边抹眼泪。

"太感人了。"她哭着看他一眼，吸了吸鼻子，又啃一口炸鸡。

纪泽北："……"这女人的胃应该是铁打的！简直是个神仙人物，跟她一比，猪的饭量也不过如此。电影结束，桶里的炸鸡也没剩几块了。

她还想拿着炸鸡桶和爆米花桶离开，被他一把拦住："差不多就行了，想撑死？"

陆然眼眶红红的，却语气坚定："我不觉得撑。"

"……"

他的阻拦没成功，她把炸鸡桶和爆米花桶抱在怀里，随着人流往外走。

他怕她吃噎着，便将自己那杯没怎么动过的橙汁拿上了。

他们离开电影院时，已经快十二点了。

而他到路边拦车的时候，发现陆然还在吃炸鸡。

"好可怕的女人，太能吃了。"他嘟囔了一句。

这种惊为天人的女人，普通男人可养不起。

坐车回到公寓，两人一起进入电梯。

吃完所有炸鸡的陆然终于没再盯着手里的爆米花。

"吃饱了？"他似笑非笑地睨着她。

她开心一笑道："好久没有这么放肆地吃顿饱饭了。"

"……"合着她平时那让他大跌眼镜的食量已经算是控制了？

电梯抵达十八楼，两人一前一后走出电梯。

他前脚进门，手机就响了起来。看到来电显示是许佳嘉，他并不是很想接，索性把手机放在桌上，直接回房间换衣服。他正在卫生间洗漱，门铃声忽然响起。以为是陆然来了，他快步走到玄关处开门，然而门打开，站在门外的是许佳嘉。

女人脸颊冻得微红，衣着有些单薄，双手揣在兜里，身子微微瑟缩着，没等他说话，她便侧身进屋。

"我等了你两个小时，你怎么才回来？"

他微怔，问："你在哪里等我？"

"当然是楼下，不过你别担心，我在车上等，没在外面冻着。"

"等我有事？"

"没什么事，我只是想过来看看你。"

其实她十点下班后就赶来了，按了半天门铃都没人应。她大着胆子按响陆然家的门铃，一样没人应。猜到纪泽北还和陆然在一起，她本想离开，奈何不亲眼看到他们在一起，她不会相信纪泽北会花时间在陆然身上。她索性回到车上一直等到现在。当她亲眼看到纪泽北和陆然走进公寓，她既气愤又伤心。她在纪泽北身上浪费了几年的大好青春，到头来他身边却有了别的女人，她不甘心。她不觉得自己比陆然差，她比陆然漂亮，比陆然有头脑，可以说各个方面都胜过陆然，可为什么纪泽北就是看不到她，反而被陆然吸引了目光？

在沙发上坐下来，她苦笑道："能不能倒杯水给我？"

纪泽北沉默地走进厨房，接了杯热水给她。

她双手捧着杯子，浅浅地抿了一口，问他："你去哪儿了？"

"看电影。"

"跟谁？"

"陆然。"

"……"

"不早了，你该回去了。"纪泽北下了逐客令。

她低下头，盯着手中冒着热气的水，眼眶泛红，滑落的眼泪正好滴到杯子中。

"你是不是喜欢陆然？"她深埋着头，低声问。

纪泽北没有片刻迟疑，回答说："应该是。"

"她到底哪里好？"

"她很有趣。"

"只是因为她有趣？"

许佳嘉抬起头来，一副泪眼婆娑的样子。

纪泽北心头微微一沉，问："你哭什么？"

"我为什么哭，你不知道？"

纪泽北选择了沉默。如果许佳嘉接下来要向他表明心意，他正好可以借这个机会跟她把话说清楚。他向来不关心男女之事，在国外的时候，一心只想学好厨艺，赢得比赛，根本没意识到许佳嘉对他有好感。

他是回国以后与叶知安几次通话，从叶知安那里听说的。

她是一个非常专业的厨师，作为一家餐厅的老板，他很想留住她这个主厨，况且这么多年的朋友了，他不好跟她撕破脸。

本以为许佳嘉会说些什么，谁知她用手背擦掉眼泪，一脸倔强地起身说道："再过几天是你生日，你打算怎么过？"

他顿觉无奈。

"你知道的，我不过生日。"

"那你想要什么生日礼物？"

"不用破费，我什么都不缺。"

许佳嘉失望至极："你跟我很见外。"她想象不出纪泽北和陆然相处的时候是什么样子的，但她印象中的纪泽北似乎总是对她非常客气。

即便已经是好几年的朋友，他始终彬彬有礼，甚至不曾跟她大声说过话。

"时间不早了，你已经忙了一天，还是回去休息吧。"他再一次委婉地下了逐客令。

许佳嘉知道继续待在这里只会让纪泽北反感，便道了声"再见"，出了门。

等到电梯上来，门开了，她却有些犹豫，最终她还是没有进电梯，而是转身敲响了1801室的门。

陆然正窝在沙发里撸大黄，晚上吃得太多，她不敢立刻睡觉，怕发胖，也担心消化不良。听到敲门声，她趿拉着拖鞋，起身去开门。

看到门外站着的人是许佳嘉，她不禁一愣。

"我可以进去吗？"许佳嘉的语气一如既往的冰冷。

她犹豫了一下，侧身将人让进屋。

环视了一眼布置得非常温馨的客厅，许佳嘉回头看着她，鄙夷地一笑，问："你刚搬来不久？"

"嗯。"

"难怪，我记得这间公寓空了好几年。"

"你找我有事吗？"陆然有种不祥的预感。

"你是因为喜欢泽北才故意租下他隔壁的公寓的吗？如果是这样，那你真的很有心机。"许佳嘉自顾自地说着话，并不回答她的问题。

她忍不住笑了："这公寓是我遇见纪先生两周前买的，在那之前，我并不知道他住在这里。"

"你觉得我会相信你的话？我听说你们小时候就认识。"

陆然揉了揉额角，突然有点儿烦躁："你找我到底什么事？"

"故意接近泽北，整天在他面前装疯卖傻，有意思吗？"

"你才装疯卖傻！你喜欢纪先生又不敢直说，怎么，怕被拒绝？还是一旦你表明心意，他马上就会拒绝你，所以你不敢？"许佳嘉咄咄逼人，陆然自然不想给对方好脸色，反唇相讥道。

她的话噎得许佳嘉脸色不好看。

"陆然，我警告你，别动我的男人。"

"你的男人？"

"我认识泽北很多年了，我比你了解他，他对你不过是觉得新鲜，等他玩腻了，很快就会把你甩了，我才是待在他身边最久的那个人。"

陆然撇嘴道："这么久了他都不喜欢你，你可长点儿心吧。"

"你……"

看着许佳嘉一张脸憋得通红，陆然笑起来："许小姐，天涯何处无芳草，何必单恋一棵草？我劝你看看身边的人，或许你会发现更适合你的人。"

许佳嘉一听这话的意思，马上意识到陆然所指的身边人是叶知安。许佳嘉更加恼怒，为了逞一时口舌之快，质问道："你又是否看过身边的人？"

"我身边的人就是纪先生。"

"那叶知安呢？"

"他是我哥们儿。"

"是吗？看来你不知道叶知安从高中时代就开始喜欢你，并且暗恋你多年了。"

陆然一点儿都不信许佳嘉的话："你别胡说八道。"

叶知安如果喜欢她，会那么努力地撮合她和纪泽北？叶知安喜欢的人明明是许佳嘉。

"我是不是胡说八道，你自己感受。叶知安对你好不好，你心里有数。"

陆然翻个大白眼："我懒得跟你说那么多。"

"离泽北远一点儿，否则别怪我不客气。"许佳嘉警告一句，没等陆然回嘴，便扬长而去，还将她家的门重重地摔上。

陆然顿时窝了一肚子的火。她在沙发上坐下来，越想越气，本来就因为晚上吃得比较多而没有睡意，被许佳嘉一刺激就更精神了。她掏出手机，拨通了叶知安的电话。

铃声响了很久，对方才接起来。

叶知安带着重重的鼻音，还一连打了三个喷嚏。

"你感冒了？"

"重感冒。"

自从在纪凡斋将就了一晚上，第二天夜里他就感冒了。

"吃药了没？"陆然问。

"吃过了。"

"我明天去看看你，正好有事情要跟你说。"

"你大概几点来？"

"下午。"

"好，我在家等你。"叮嘱叶知安多喝热水、注意保暖后，陆然挂了电话。

她发现微信上有几条新消息，点开一看，是纪梓辰发来的。

"我哥的生日马上就要到了，十二月三十号。他很多年没过生日了。陆然姐姐不考虑给我哥准备点儿惊喜吗？我觉得他肯定会喜欢的，嘻嘻。"

得知这一消息，她忽然意识到纪泽北只比她大一天，她的生日是三十一号，而且他们两人是同年出生的。

生日挨得这么近，彼此应该都不容易忘记对方的生日。

她马上回复纪梓辰的消息："我应该给你哥送什么礼物呢？"

纪梓辰秒回两个字："随便。"

她轻笑一声，问："随便的意思是什么都可以？"

"你送的礼物，不管是什么他都会喜欢的。"陆然觉得纪梓辰这话说得太满了。

很快，纪梓辰发来一条语音："对了，忘了跟你说，我哥他喜欢吃巧克力。"

"真的假的？"

很少听说有男人喜欢吃巧克力的。

"不过他不喜欢外面卖的那些，他想吃的时候，会自己动手做。"

"我知道了。"

既然纪泽北喜欢吃巧克力，那她倒是可以试着做一下，只是她的手艺太差，不确定做出来的巧克力味道怎么样。

"目前我能帮你的就这些，剩下的就看你自己的了。"纪梓辰发来文字消息，后面加了一个笑嘻嘻的表情包。

她回了一个"OK"的手势表情后，开始安排明天的事情。

她下午要去叶知安那里，倒是可以在回来的路上购买制作巧克力的材料，晚饭后，她有大把的时间好好研究一下怎么制作巧克力。好在距离纪泽北的生日还有好几天。不过，只送巧克力似乎太寒酸了。她急得直挠头，由于不太相信自己的手艺，她需要做两手准备，万一巧克力制作不成功呢？

好想送情侣戒指！要不偷偷送男款的戒指给他，女款的自己留着，等关系正式确定以后她再戴？关于生日礼物的问题，她琢磨到凌晨两点半，终于困得撑不住，迷迷瞪瞪地睡着了。

陆然一觉醒来，已是早上八点多钟。她爬起来快速洗漱，第一时间敲响了纪泽北家的房门，奈何没有人应。

他这么早就外出了？

她知道他最近不负责购买海鲜，所以不再凌晨五点出门。

她有点儿扫兴地准备回家，电梯"叮"的一声响，她朝电梯间看了一眼，纪泽北从电梯里走出来。

"纪先生，你去哪儿了？"

"海鲜市场。"

"你又去给店里买海鲜了？"

"主厨抱怨员工买的不新鲜，我只好亲自去。"

"我还说帮你做早餐，结果你不在。"

"我吃过了，你呢？"

她摇摇头。像是料到会是这样，男人掏出钥匙开门，丢给她一句："我准备了你的那份，来吃。"

"哦。"

她喜眉笑眼地跟着纪泽北进屋。男人进厨房，端出她的那份早餐，鸡蛋饼和豆浆还是热的。

她从男人手中接过早餐："有糖吗？"

"已经加过糖了。"

她会心一笑，端着早餐坐到饭桌前，大口大口地吃鸡蛋饼。

纪泽北好像很清楚她的食量了，给她留了四张鸡蛋饼、满满一大杯豆浆。

鸡蛋饼的味道好极了，然而她喝了一口豆浆，险些一口喷出来。

太咸了！纪泽北在豆浆里加的应该不是糖，而是盐。

她惊讶地看向纪泽北，男人已经在客厅的沙发上坐下，戴上眼镜，垂眸看报纸。

"你确定加的是糖？"她朝外面问了一声。

男人眼皮都懒得掀，淡淡地应了一声："是糖。"

"……"

明明是盐。

"你加多了。"

男人的回应依旧淡淡的："有吗？我不觉得太甜。"

她感觉到不对劲。一想到纪泽北把盐当成糖加进豆浆中，她不禁打了个寒战。与此同时，她想起不久前和纪泽北一起吃烧烤，男人吃了一整串青辣椒，却毫无反应。

难道他没有味觉吗？

"我觉得太甜了。"她故意朝外面又喊了一声。

纪泽北放下手中的报纸，起身朝她走来。

他端起她手边的杯子，浅浅地尝了一口豆浆，顿了几秒，说："还好，你认为很甜？"

她瞪大了眼睛，点点头。

他果然尝不出味道。

"你早上喝了一杯？"

男人笑了："没你这么大杯。"

"你记得多喝水。"

男人用怪怪的眼神看着她，她哈哈一笑说："这豆浆太甜，多喝点儿水，尽量把糖分稀释一下，不然很容易发胖。"

男人"嗯"了一声，转身回到客厅，继续看报纸。

她没敢再喝那杯豆浆，把鸡蛋饼吃完，她给自己倒了杯水喝。

吃饱喝足，她把碗、盘收拾了，将剩下的豆浆倒掉，然后倒了一大杯水放到纪泽北面前，笑着说："一定要多喝水。"

纪泽北："……"

中午，她负责洗菜、切菜，纪泽北负责炒菜。吃的时候，陆然发现每道菜都没有咸味，都是甜的。这男人显然把糖罐和盐罐搞混了。他家里的调料罐都是一模一样的，而她最近经常出入他的厨房，调料用过后，盐罐和糖罐的位置可能是放错了。难怪纪泽北不让别人随便进他的厨房，里面所有的东西都摆放得井井有条，调料罐都是按顺序放置的。

她弄混了调料罐的位置，导致纪泽北把盐当成糖，把糖当成了盐。

趁着洗碗和打扫厨房的工夫，她偷偷打开两个罐子，分别尝了下味道，分出糖和盐以后，她把两个罐子换了下位置。忙完以后，她走出厨房，发现纪泽北靠在沙发上睡着了。

她下意识地放轻脚步，走进纪梓辰的房间拿了条毯子盖在他身上，然后轻手轻脚地出了门。她回家穿上外套，出门直接打车去了叶知安那里。叶知安感冒非常严重，没心思自己下厨，中午叫了外卖，叫的是非常清淡的粥。等他吃完了饭，她叮嘱他吃了药，两人坐在客厅的沙发上。叶知安故意离她很远，打喷嚏都会用纸巾捂住口鼻，说是不想传染她。

她笑笑，说："好端端的怎么突然感冒了？"

"别提了，都是我自己作的。"

陆然追问原因，叶知安把自己在纪凡斋的休息室里将就睡了一晚的事情说了，她不可思议地说："许佳嘉就把你安顿在那里不管了？"

叶知安委屈巴巴："可不是嘛，那女人太狠了。"

"说到许佳嘉，其实她昨天晚上找过我。"

叶知安一愣："她找你干什么？"

"让我离纪泽北远一点儿。"

"……"

"她还说，你高中时代就喜欢我，已经暗恋我很多年了。"

听到这话，叶知安忍不住"扑哧"一声笑了，差点儿连鼻涕泡都喷出来。

陆然赶紧把抽纸递给他，他接过纸，一边擤鼻涕一边笑道："她这么跟你说的？"

"嗯。"

"别听她胡说。"

"我当然不会信她的话，我知道她是故意那么说的。"

叶知安把揉成团的纸扔进旁边的垃圾桶，吸了吸红红的鼻子，喃喃道："她太爱钻牛尖角了。"

陆然沉默着。

"这么多年了，老纪如果喜欢她，他们早就在一起了，何必等到现在？可她就是不明白这个道理。"

陆然伸手挠了挠鼻子，不大愿意继续聊许佳嘉，提起许佳嘉她就心烦。

想到纪泽北分不出盐和糖，她小心翼翼地向叶知安打听："你知道纪泽北的味觉出问题了吗？"

叶知安惊呆了："啥？"

"他的味觉好像出了点儿问题。"

"不可能。"

曾经在美食大赛上轻轻松松把他打败，还有机会向"食神"发起挑战，对味道的敏锐度超乎常人的纪泽北，怎么可能会有味觉方面的问题？

他的脑袋摇成了拨浪鼓，死活不信陆然的话。

"他今天早上往豆浆里加糖，可味道是咸的，差点儿咸死我。他尝了一下，认为不太甜，这难道不能证明他味觉失常了？"

叶知安难以置信地看着她，问："真的假的？"

"我骗你干什么？"

叶知安沉默了一会儿，笑了："估计是你搞错了，纪凡斋菜谱上的那些菜都是他的杰作，他如果味觉出了问题，不可能制作出那么精致又美味的菜品。"

他的话让陆然不禁开始怀疑自己是否搞错了。

正巧这时，陆源给她打来了电话。

她接起来，还没开口说话，陆源就直截了当地问："听大嫂说，你被杂志社解雇了？"

"……"

好事不出门，坏事传千里啊！

"有没有兴趣到医院来上班？现在正好缺个值夜班的医生。"

陆然苦笑道："二哥，你知道我不喜欢医院。"

"值个夜班而已。有两三个值班医生，不止你一个人，所以你不用担心太多。"

"哦。"

"如果你觉得没问题，就马上过来一趟，我正好有空。"

"现在？"

"对，现在，给你十分钟打车过来。"

挂了电话，她把这个消息跟叶知安说了，叶知安理解地说道："那你赶快去，我准备睡一觉。"

"我明天再来看你，你记得多喝点儿热水。"

出了公寓，她打车直接到上京医学院附属医院。

陆源已经升为外科主任，见陆然来了，他马上打算带她去人事办公室搞定工作的事情。

陆然却不急，将他叫住，说："你先坐下，我有事情向你请教。"

陆源抬腕看了眼手表，眉头紧锁："二十分钟后我有个手术方案会议。"

"不会耽误你太久。"

"什么事，你快说。"

陆源平日里非常严肃，跟她大哥陆清性格完全不同，工作起来一向雷厉风行。

她直接问他："一个人如果失去味觉是什么原因？"

陆源微愣了一下，反问："你味觉出问题了？"

"不是我。"

"谁？"

"朋友。"

陆源拧着眉，严肃、认真地说："对失去味觉的发病机制，医学界其实还没有研究透彻。可能是常见的病毒感染，病毒损伤了支配味觉的一些神经，导致神经炎，引起了味觉的减退或者丧失。在支配味觉的神经中，鼓索神经支配三分之二的味觉，往往中耳炎或者手术损伤了鼓索神经，味觉便会减退或丧失。还有一种可能是中枢神经系统疾病，味觉的中枢部位损伤了，也会引起味觉的丧失。"

陆然听得有点儿蒙。

"你朋友是所有的味道都尝不出来？"

"今天早上他分不出糖和盐，还有一次吃青辣椒，他一点儿都不觉得辣。"

话音刚落，陆源就瞪了她一眼。

"辣是味觉吗？"

"不是吗？"

"你五年都学了些什么？居然连这种常识都不知道。"

陆然一脸尴尬，她对医学毫无兴趣，心思根本就没放在学业上，在学校就是混日子。

因为晕血，她本来就没打算毕业后从事医生这个职业，而且像她这种冒冒失失的性格，实在不适合从医。

"辣不是味觉，那是什么？"

陆源恨铁不成钢地又瞪她一眼："痛觉啊，笨蛋。"

她心头重重一沉。"痛觉？"难道纪泽北连痛觉都丧失了？

她瞬间感觉纪泽北得了什么大病，可细细一想，她之前不小心踩到纪泽北的脚，纪泽北还疼得"咝"了一声。

她把他的车开进沟里的时候，他的手受了伤，他当时疼得脸都白了。

那他到底是有痛觉还是没痛觉？

"二哥，如果味觉丧失，还尝不出辣味，这种是什么情况？"

"这种情况……"陆源一时间也说不清楚，思索了一会儿，继续说道，"让你朋友先到耳鼻喉科检查看看，但极有可能是神经出了问题，最好也挂个神经内科。"

"哦。"

"你先跟我去把工作的事情办妥了。"

陆然撇了撇嘴，她很想拒绝，但陆源已经说了，只是值夜班而已，或许她可以胜任。

事后陆然没有回公寓，而是直接让出租车开到距离公寓不远的一家商场，先去地下超市购买制作巧克力需要的材料，又到楼上逛了逛。她考虑送纪泽北情侣戒指作为生日礼物，特意到珠宝店里看了看，还真相中了一对，是对非常别致的属相戒指。她和纪泽北都属猪，那对戒指上面恰好是一对小猪。然而看到昂贵的标价，她有些犹豫了。

"小姐，这对属相情侣白金戒是定制款。"售货员见她一直盯着那对戒指，微笑着对她说。

她狠狠心、咬咬牙："我要了。"

"不好意思，这一对已经有人预订了。"

"啊？"

"这是一位先生预订的情侣戒，如果小姐喜欢的话，可以定制。"

"定制要多久？"

"最快需要一个月的时间。"

"一个月？那来不及的。"

再过几天就是纪泽北的生日了。

她思来想去，觉得跟别的情侣戴一样的戒指很不爽，她宁愿不要。

没等售货员再给她介绍别的情侣戒，她就离开了珠宝店。拎着制作巧克力的材料回到家，她把东西放下便敲响了纪泽北家的房门。

纪泽北来开门时，手上的纱布拆了一半，见是她，他很平静地说："你来得正好，帮我换药。"

"哦。"

她快步进屋，看到药箱在茶几上放着，便跟着纪泽北走过去。

男人在沙发上坐下来，把她拉到旁边，示意自己已经从药箱中拿出药来摆在桌上了，说："就用这个。"

陆然换药的手法还算娴熟，男人手背上的伤口缝了四针，她在清理创面的时候小心翼翼。

上药的时候，她看到纪泽北眉头微皱了一下，忙问："疼吗？"

"有一点儿。"看来他是有痛觉的。

然而不排除他故意装作正常的样子，她暗暗咬了咬牙，故意用药棉在他的患处加重力道戳了一下。

男人"嘶"的一声，瞪大眼睛看着她。

"疼吗？"

纪泽北："废话！"

好像是真疼，不是装的。

"对不起，我刚刚不是故意的。"

纪泽北："……"

当他瞎了？他亲眼看到她故意用药棉戳他的手。换好药，陆然用纱布把患处包扎好，收拾起药箱，故作镇定地问他："你之前发生过什么事故，或是生过什么病做过手术没有？"

男人懒懒地抬起眼皮瞥了她一眼："问这个干什么？"

"就是问问。"

"没有。"

"确定没有？"

"没有。"

陆然纳闷了，没有发生过什么事故，没有做过手术，那可以排除他是事故或者手术损伤神经，导致丧失味觉和部分痛觉的了。

"你以前吃辣椒是不是都不觉得辣？"

男人用怪异的眼神看着她，许久没回应。

她微笑道："上次我们吃烧烤，你吃青辣椒时摆出一副一点儿都不觉得辣的样子，其实那家的青辣椒特别辣。"

纪泽北沉默以对，显然不想谈论这个话题，没等她继续说下去，他便转移话题道："晚饭想喝粥。"

"好，我去准备。"

"我有事出去一趟。"男人起身，径直朝玄关处走去。

从衣帽架上取下大衣穿上，围好围巾，他一边换鞋一边对陆然说："我不带钥匙了，你一会儿帮我开门。"

陆然重重地点点头，目送男人出了门，转身走进厨房。

她在手机上搜了些滋补粥的制作方法，又从冰箱里挑出需要用到的食材，开始准备晚饭。

另一边，纪泽北开车抵达商场，把车停进地下停车场，乘电梯上楼，直奔一家珠宝店。他找到之前那名服务过他的售货员，没等他说话，售货员便从玻璃展柜中取出一对白金属相戒指。

"先生，您预订的属相戒指。需要帮您包装吗？"

"嗯。"

"好的，先生请稍等。"

纪泽北到一旁的沙发上坐下，一名工作人员给他倒了杯水。

等了十几分钟，售货员将包装好的礼盒递给他，盒子是淡蓝色的，有成年人手掌那么大。

拿着礼盒离开珠宝店，他本意是乘电梯直接离开，可在等电梯的时候，他垂眸看着手中的礼盒，忽然觉得有些匪夷所思。

他为什么会准备情侣戒指？

离陆然的生日只剩几天了，他可以随便送份礼物，可怎么就偏偏定制了属相情侣戒？

电梯到了，门打开，旁边的几人陆续走进去。

他犹豫了一会儿，直到电梯门关上，才转身走回商圈中心，随意逛了逛。在儿童玩具区看到的粉红佩奇猪玩偶，有沙发抱枕那么大，他不假思索地停下脚步，脑海中忽然闪过纪梓辰说过的一句话："陆然姐姐很喜欢佩奇猪，你要是想送她小礼物，送佩奇猪再合适不过，最好一家四口猪打包一起送。"

货架上的确有四只猪，看起来都差不多，脑袋的形状就像吹风机。

他想不明白陆然为什么会喜欢这样畸形的猪，明明一点儿都不可爱。

让售货员把一家四口猪打包好，他去收银台付了账，打算陆然的生日就送这一家四口。

拎着大包小包到了停车场，他把东西放到后座，开车返回。

车子驶进公寓以后，他下意识地拎着礼物走向电梯。一想到自己没带钥匙，陆然待会儿会帮他开门，他又折回去，把礼物放回车上。既然是生日礼物，自然是等她生日那天再送给她，提前让她看到，就不算是惊喜了。

纪泽北两手空空地上了楼。

"纪先生，粥快煮好了。"

他淡淡地"嗯"了一声，走进卫生间去洗手，之后耐心地等着晚餐。

"纪先生，你去哪儿了？"陆然随口问了一句。

他想都不想就扯了个谎："去店里处理了一点儿事情。"

"哦。"

陆然进厨房看了一眼锅里的粥，似乎煮得差不多了，她盛出两碗，还将自己特意准备的两道小菜端出来。

正吃着饭，男人突然说："你生日是不是快到了？"

她震惊不已："你怎么知道？"

"小时候你在家办过生日派对，我记得是十二月三十一号，没错吧？"

"没错。"

真是受宠若惊！

小时候的事情他居然还记得这么清楚。

"生日打算怎么过？"

她笑起来，说："每年生日我都回家，我爸妈给我过，今年的话应该也不例外。"

男人眼眸微眯，表情有一丝怪异："一把岁数的人了，还要父母给你过生日？”

“是他们要给我过生日，我自己其实不太在意这些事情。”

“所以生日那天你会回滨市？”

“当然了。生日过完第二天就是元旦，反正要回家的，难道元旦你不回家？”

一个很平常的问题，却让男人脸色微微一变。

觉察到纪泽北的神情不对劲，陆然心里顿时有点儿慌。自己又说错什么了？

片刻后，纪泽北淡淡地说：“元旦我不回去。”

“距离这么近，为什么不回家？”

男人反应平淡：“店里忙。”

陆然觉得有些可笑，纪凡斋的生意有多惨淡她能不知道？

再说店里有店长在，根本不需要他这个老板做什么，他就是去了也是坐在窗边喝茶看杂志，忙不过是借口。

“春节你回不回？”

男人沉默不语。

“也不回？”陆然看着他。

他眉头皱起来，语气有些不耐烦：“你问这么多干什么？”

“如果你回家，我可以搭你的车回去。”

“我留在这里过年。”

“一个人？”

“有问题？”

陆然摇摇头，没再说什么。

吃完饭，她收拾好餐桌，起身准备回家试做一下巧克力。

听到陆然回到隔壁，防盗门关上的声音，他穿上大衣，乘电梯去了停车场，从车上把一家四口猪，还有那个蓝色礼盒拿上楼，并把东西放到书房。

与此同时，陆然在厨房认真地制作巧克力。这是她首次尝试，从网上搜出来的制作方法非常详细，需要用到的食材分别是可可粉、可可脂、砂糖、鲜牛奶，需要用到的工具是微波炉、模具等。陆然购买了各种形状的巧克力模具，等巧克力冷却，她把巧克力从模具里倒出来，发现自己首次尝试做出来的巧克力非常精致。

她拿起一块尝了尝，比在外面购买的巧克力味道差一些，砂糖的量似乎没加够，味道偏苦了些。她打算重做，可一想到纪泽北丧失味觉，压根儿就尝不出味道这回事，她索性打算蒙混过关。室内的暖气比较足，室温较高，她把巧克力包装好放进冰箱里冷藏，之后就躺在沙发上悠闲地追剧。

迷迷糊糊的不知道睡了多久，她被一通电话铃声吵醒。她对自己的手机铃声都有应激反应了，铃声一响，不管她睡得有多沉，瞬间就能清醒过来。

电话是老妈打来的。

"你的生日快到了，什么时候回家？"贾静淑问。

"生日当天一早回去。"

"好，我跟你爸都帮你准备好生日礼物了。对了，你跟泽北的事情进展得怎么样了？"

"挺好的。"

贾静淑觉得陆然的回答有些敷衍，于是千叮万嘱："泽北如果不喜欢你，你千万不要厚着脸皮黏着人家，姑娘家家的，这样非常掉价，知道吗？"

"我知道。"事实是纪泽北不仅没有拒她于千里之外，还记得她的生日。

"泽北条件是不错，可他的店你也看到了，生意冷冷清清，他妈都抱怨纪凡斋生意赔本，你找他还不如找季东俞，人家是大律师，家境好，人长得又帅，反正上次妈见到季东俞觉得非常满意。"

"是我找男朋友，又不是你找，你满意有什么用？"

"死丫头，就会跟我顶嘴。"

"我又没说错，我找另一半，那是要跟我过一辈子的。"

一想到季东俞经常挂在嘴边的那句"我妈说"，她就无奈得想笑。

若真跟"妈宝男"在一起，她肯定会被活活气死，而对方却浑然不知她为什么会生气。

"妈，你还有事吗？没事我挂了啊，困了。"

"天天不是饿就是困，怎么活得像头猪？"

"还不是你生的？"

"……"

陆然抬头看了一眼墙上的挂钟，已经十点多了。

"妈，我真的困了。"

"你等一下，我还有事情要问你。"

"什么事？"

"我听说你被杂志社解雇了。"

"我二哥跟你说的？"

"不是。"

"那就是孟忆跟你说的了。"

"没大没小，孟忆是你大嫂。"

"你到底想说什么？"

"我想劝你回滨市，到你爸的医院来上班。妈知道你晕血，但跟着你爸的话，你会比较轻松。他不会安排你做什么，你就帮他打打下手。"

"我不去。"

所有人都劝她从医，可她对这方面没有丝毫兴趣。

几年医学院她是混下来的，专业知识匮乏，再加上毕业后她没有从事这方面的工作，该忘的不该忘的，她已经全忘了。

"你是不是担心回滨市跟泽北相处的时间就少了，所以不愿意回来？"贾静淑耐心地问。

"不是，妈，我实话跟你说，我当不了医生。"

"晕血可以想办法克服，我们可以帮你。"

"纪先生已经在帮我了。"作为女人，月事已经让她头疼不已。

"妈，工作的事情你就不要操心了，我会看着办的，行吗？"

听筒中传来贾静淑的一声叹息："妈还不都是为你好？你说你读了好几年医学院，毕了业却不愿意进医院，早知道这样，当初就该让你读别的专业。"

陆然挠挠头，一时间竟无言以对。她是家里的小女儿，从小受宠，在学习上，她不像大哥、二哥那么刻苦钻研，她最大的爱好是吃和写作。为了将两样结合起来，她才到美食杂志社应聘，成了一名美食专栏作家。

　　眼下已经临近过年了，如果年前工作的事情还搞不定，那就年后再慢慢找。她有稳定的住处，不需要为房租的事情担忧，生活开销她能应付，贾静淑给她的钱她还没用。如果可以，她想把晕血的问题克服了，然后再好好地找份工作。上京市的美食杂志不多，《品味天下》算是最大、最知名的了，虽然被解雇了，但她还有别的选择，小一点儿的杂志社也可以，抑或找出版社投稿，万一出版了，说不定还能名利双收。

　　再者，听梁曼说，程远前几天被拘留，出来后就被解雇了，或许自己还有回《品味天下》杂志社的可能。

　　"其实工作的事情妈不想催你，如果你和泽北能顺利交往，然后结婚，倒是个好归宿。"贾静淑说完，重重地叹了口气，紧接着又说，"可妈思来想去还是不放心你，上次你回来，妈安排你和泽北见面，江文佩后来给了我明确答复，说泽北没看上你。"

　　"……"

　　"相亲的时候都没看上你，你现在倒追，就算追到手，他对你能一心一意吗？女孩子太主动，有时候反倒不好。"

　　陆然心里有些烦躁："妈，你能不能不要操心了？我求你了。"她刚二十五岁，再说她五官端正，家世很好，怎么可能没人要？

　　"泽北那孩子从小性格就有点儿怪，妈怕你跟了他受欺负。"

　　"不会的，他对我特别好。"

　　"是吗？"

　　"那可不，他眼里、心里都是我，已经看不见别的女人了。"陆然把牛皮吹上天，好让这个唠叨的老妈放宽心。

　　"那你什么时候把他带回来让我们见见？"

　　"你不是见过他了？"

　　"我是说，以男朋友的身份带回来让我们见见。"

　　"这个嘛，看他的时间。他最近有点儿忙，临近过年，纪凡斋的生意越来越好，他有点儿走不开，元旦他都忙得回不了家，春节的话有可能也不回去。"

"编，接着编。"

"……"

"说起这事来，我倒要给你提个醒。"

"什么？"

贾静淑突然压低了声音，很神秘地说："江文佩不是泽北的亲妈，而是继母。"

"啊？"

"泽北的妈好像在国外，听说是个美食家还是什么的，反正是个很牛气的人物。她在泽北很小的时候就丢下他，一个人跑到国外打拼，说起来，这孩子还挺可怜的，难怪小时候那么不乖。"

"……"

"别以为我不知道他小时候往咱们家游泳池里扔石头的事，我是亲眼看到过的，还有，你头上的那个疤是他推你，你才摔倒磕伤留下的，我没说错吧？"

"你看见了？"

"没看见他推你，但看见他当时翻墙跑了，你衣服上有脏手印，我就猜到是他推的你。"

陆然沉默以对，又听贾静淑说："没想到你小时候就包庇他，被他欺负不说，还撒谎说自己不小心摔倒了。"

"……"她并没有包庇，她那时胆小，怕纪泽北事后找她麻烦。

"行了，我就不唠叨了，你要么工作，要么嫁人，你自己看着办。"

"……"

"挂了。"

结束通话后，陆然过了好一会儿才回过神来，她起身去卫生间洗漱，临近十一点的时候躺上床，却翻来覆去睡不着。

想起老妈让她把纪泽北以男朋友的身份带回家就头疼。

到目前为止，一直是她追在纪泽北的屁股后面各种献殷勤，纪泽北并未表现出丝毫的主动与亲近。不过可以肯定的是，在纪泽北心里，她已经开始占有一席之地了。

第十八章　传说中的女人

在床上辗转难眠，胡思乱想到后半夜，陆然终于有了一丝困意。大黄跳到她床上，发出咕噜咕噜的声音。

第二天下午，她去看了看叶知安，回来的路上在报亭看到了《品味天下》最新一期的杂志，她买了一本拿回家。她写的那篇纪泽北的专访真的在人物专访版块的首页上。而她将文章发给梁曼的时候，附上了一张纪泽北的照片，是纪泽北开车时，她偷拍的侧颜照。

令她万万没想到的是，就是这张照片给纪凡斋带来了生意，许多小姑娘为了一睹纪凡斋老板的绝世美颜而来，纪凡斋的生意一下子变得火爆起来。

连续三天爆满，让纪泽北有点儿意外。他很纳闷店内为何突然来了这么多顾客，还全是女的。当许佳嘉把《品味天下》杂志拿给他看的时候，他才恍然大悟。

"她在被解雇前，总算是干了件正事。"许佳嘉一脸不屑地说。

纪泽北不以为然："其实她的文章写得不错，并不止这一篇写得好。"

"你用不着夸她，生意突然好起来，多亏了你这张脸。"

"……"

陆然的一篇专访文章让纪凡斋的知名度大增，作为老板，纪泽北一下子成了名人。

来店里的小姑娘，运气好的能见到他，对一些女孩的拍照要求，他基本上是谢绝的。

到三十号这天，店内的生意没有前几天那么火爆了，中午和晚上一到饭点就爆满的势头已经过去，但客流量依旧不错。

纪泽北早上去过店里一次，把海鲜送到以后，他便回了家。

陆然没有像往常那样来找他，他按响她家的门铃，并没有人应，以为她还在睡觉，便没有继续打扰。

　　早餐他已经提前放到她家的餐桌上，她醒来之后自然会热着吃。实际上，陆然早就起床了，纪泽北按响门铃的时候，她在门内透过猫眼看着他，两人之间只有一门之隔。

　　今天是纪泽北的生日，她想给他准备个惊喜。看到纪泽北回了家，她取下衣帽架上的外套穿在身上，轻手轻脚地出门，去超市购买食材，顺便去蛋糕店把预订的蛋糕带回来。

　　回来的时候，她依旧轻手轻脚，如同做贼一样。

　　这公寓哪儿都好，就是隔音效果不好，如果她动静过大，纪泽北是能够听到的。既然是惊喜，自然不能让纪泽北知道。小心翼翼地用钥匙开了门，她把东西拎进去，轻轻把门关上。

　　之后，她透过门上的猫眼盯着过道，确定纪泽北家的房门没什么动静，她这才松了口气。把食材拎进厨房，她立刻给纪梓辰和叶知安各发了一条微信消息，通知他们下午三点钟准时过来为纪泽北的生日做准备。

　　她觉得单独发消息太麻烦，索性把纪梓辰和叶知安拉进群聊，三个人商量着今天谁都不要联系纪泽北，到晚上再给他一个惊喜。

　　中午，陆然简单地煮了一碗面吃，之后在微信上给纪泽北发了一条消息，告诉他自己跟孟忆在逛街，要傍晚时分才能回来，并且邀请他六点钟来家里吃晚饭。

　　利用下午的时间，她好好地研究了一下菜谱。临近三点的时候，纪梓辰和叶知安一起来了。陆然提前交代他们来的时候动作一定要轻，不要按门铃，不要搞出任何响动，快到门口的时候发消息给她，两人十分配合。

　　收到叶知安的消息，她走到玄关处，从猫眼往外望了一眼，看到两人等在外面，手上各拿着一个礼盒。叶知安的礼盒体积不小，是个长方形的盒子，不知道里面装着什么。

　　陆然好奇地问了一句，叶知安笑着说："里面是一把菜刀。"

　　"……"

　　"身为一个好厨师，好菜刀必不可少，这刀可不便宜呢！"

陆然嫣然一笑，转头看了眼纪梓辰手中非常精致小巧的礼盒，问道："你给你哥准备的什么礼物？"

纪梓辰故意跟她绕弯子："你猜。"

"对了，你跟陶碧瑶现在的关系怎么样了？"

纪梓辰顿时一脸得意："目前成了好朋友。"

陆然教他的办法还是很有用的，至少陶碧瑶不讨厌他了。

"恭喜你。"

"不过只是朋友，还没成为男女朋友。"

陆然正想说什么，兜里的手机突然响了。她掏出手机，看了眼来电显示，是个陌生号码。

她接起来，听筒中是一个陌生女人的声音，听声音猜测是个中年女人。

"离我儿子远一点儿。"

她备感莫名："你打错了吧？"

"我警告你，离我儿子远一点儿。"

"神经病啊！"

陆然没等那女人再开口，果断地挂了电话。

陆然给叶知安和纪梓辰切了盘水果，她继续在厨房研究菜谱。提前把需要用到的食材洗好、切好，临近五点的时候，她开始准备晚餐。六点的时候，陆然已经把菜都端上了桌，摆放好了碗筷。她把蛋糕从盒子里拿出来，插好了蜡烛，手上拿着打火机，就等着纪泽北来敲门了。

六点一刻的时候，门铃声终于响了。

她赶紧把蛋糕上的蜡烛点燃，然后示意叶知安关灯。

叶知安已经等在灯的开关旁，伸手按灭了灯，室内光线瞬间变得昏暗，只剩下陆然手中蛋糕上的微弱的烛光。

陆然缓步走到门前，纪梓辰和叶知安非常配合地走到她身侧，纪梓辰顺手打开了门。

陆然起头，三人唱起了《祝你生日快乐》。

只是令三人大吃一惊的是，门外站着的人根本不是纪泽北，而是一个肥胖的中年女人。女人衣着奢华，打扮得十分时髦。

陆然愣住，歌声戛然而止。她盯着门外的女人，忽然觉得这女人有些面熟，但一时间又想不起在哪里见过。

"请问你是？"

话刚开了个头，中年女人就上前一步，把她手里的蛋糕打翻在地，紧接着一巴掌招呼到她脸上。

"啪"的一声响，她半边脸都麻了。

叶知安和纪梓辰都被这一幕震惊得傻了眼。

陆然摸着被打的脸，又气又恼地瞪着眼前的女人，问："你是谁啊？"

"这是你没礼貌地挂我电话的回礼。"女人的语气很不友好。

陆然恍然大悟，刚才她挂掉的那通电话是这个女人打来的，可她并不认识这个女人。

"我最后警告你一遍，离我儿子远点儿。"女人说完，"砰"的一声关上了门，三人不约而同地被惊得一激灵。受到惊吓最大的并不是陆然，而是叶知安。

此时的陆然还有点儿摸不着头脑，她不知道刚才找上门来的女人是谁。叶知安却慢慢从刚才的情形中回过神来。那女人是"食神"肖岚，他挑战过肖岚，但失败了。肖岚怎么会认识陆然？还让陆然离她儿子远点儿？传闻肖岚有过一段婚姻，但是她的那段婚姻非常短暂，不曾听说她有儿子啊！

蛋糕被打翻在地的时候，蜡烛全灭了，室内陷入一片漆黑。

叶知安用手摸到灯的开关，将灯打开。白炽灯突然亮起，有些刺眼。他眯起眼睛看着陆然，发现她脸颊上有一个清晰的巴掌印，半边脸颊都有些红肿了。

"陆然，你认识'食神'肖岚？"

陆然震惊不已："她是肖岚？"

"你不认识她？"

"不认识，我只在网上看过关于她的消息。"陆然压根儿记不清那女人长什么样子，只知道有点儿胖。

可见到肖岚本人，她发现那女人虽胖，但很有福相，皮肤很白。

"她为什么打你？"

陆然仍然不明就里："你问我，我问谁？"

"你纠缠人家儿子了？"

陆然大声嚷道，"她儿子是谁我都不知道，我纠缠个鬼啊！"话音刚落，她像是想到了什么，惊呼一声，"难道是……"

叶知安似乎也想明白了，两人对视一眼，异口同声道："纪泽北？"

陆然知道纪泽北和"食神"肖岚之间有些难听的传闻，大抵是纪泽北靠肖岚这个老女人上位，夺得了两届美食大赛的冠军，甚至有机会向肖岚发起挑战。

她忽然想起贾静淑之前打来电话透露给她的消息，纪泽北不是江文佩亲生的，江文佩是他继母。纪泽北的生母在他很小的时候就抛弃他，到国外闯荡去了，听说是个美食家。

而肖岚稳坐"食神"宝座已经多年，当然她不只有"食神"这一个名号，她还是一个非常出色的品评家、美食家。

是她，一定是她。她就是那个狠心抛弃纪泽北，独自一人跑到国外打拼的女人。

陆然和叶知安大概厘清了这层关系，但纪梓辰还丈二和尚——摸不着头脑。

他看看陆然，又看看叶知安，追问道："你们在说什么？这里有我哥什么事？"

"刚刚那个女人是'食神'，她叫肖岚，是你哥的生母。"叶知安解释。

纪梓辰瞪大眼睛："什么？"

"你妈是你爸的第二任老婆，肖岚是第一任，而纪泽北是你爸跟肖岚的孩子。"

纪梓辰一直以为纪泽北跟他是亲兄弟。家里没有纪建国前妻的照片，也没有人提起过她。然而细细一想，纪泽北好像从来没有叫过江文佩一声妈……

"这是真的吗？"他惊惶地看着叶知安。

叶知安面色微沉，说："恐怕是真的。"

"可是我哥从来没有说过他妈妈的事情。"

厘清头绪的陆然已经面色平静地蹲下去，收拾被打翻在地的蛋糕，然而一想到肖岚厉声警告的话，她心里便不免有些委屈。

为什么肖岚要她离纪泽北远一点儿？是觉得她配不上纪泽北？一个远在国外的人，怎么知道她和纪泽北之间的事情？所有的疑问在她脑中炸开，她红了眼眶，眼泪大颗大颗地落下来。

偏偏在这个时候，门铃声响了。纪梓辰伸手推开门，门外站着的人是纪泽北。

他一身正装，发型精心打理过，明显是特意打扮的。

"抱歉，我……"他想说他有事，耽搁了一点儿时间，来晚了。

然而话才开了个头，他就看见陆然蹲在地上，正在收拾奶油溅得到处都是的蛋糕。

她在哭。

他面色一沉，问："怎么回事？"

听到他的声音，陆然抬起头来。与纪泽北的目光撞上的那一刻，她连地上的蛋糕都不管了，起身朝着卫生间跑去。她将自己关进卫生间，清洗掉满手的奶油，洗了把脸，对着镜子拍了拍脸颊，确定自己的状态还不错，才重新走出来，出现在纪泽北的视线当中。

蛋糕还在地上扔着。

纪泽北已经进了屋，站在餐厅门口，看着一桌子丰盛的菜肴，又回头看了看客厅茶几上放着的精致礼盒，神情有些恍惚。

"你们这是准备给我个生日惊喜，结果蛋糕掉地上了？"他推测了一下刚刚看到的情况。

叶知安正准备说什么，陆然抢在前头说道："对，就是这样，我太笨手笨脚了，一个不小心蛋糕就掉了。"

纪泽北开心大笑："一个蛋糕而已，至于哭？"蛋糕当然不至于让她掉眼泪。她压下心中的委屈，冲纪泽北淡淡地一笑："看来今天晚上没有蛋糕吃了，但是我准备了你喜欢的东西。"

叶知安感觉陆然好像不打算告诉纪泽北肖岚来过的事，挠挠头，索性闭上嘴不提这事，还给了纪梓辰一个眼神，甚至凑到纪梓辰旁边小声叮嘱了一声："你别乱说话。"

纪梓辰若有所思地点点头，转身从茶几上拿起自己准备的礼物递给纪泽北说："哥，生日快乐。"叶知安也赶紧送上自己备好的礼物。陆然从冰箱里取出亲手制作的那盒巧克力："听说你喜欢吃巧克力，这是我自己做的，但是味道不敢保证。"

看着三人送给自己的礼物，纪泽北有点儿飘飘然。他已经好多年没过生日了。他把三人的礼物全部收下，依次打开。他自然是先品尝了一下陆然制作的巧克力。

陆然不期待他能有什么特别的反应，毕竟他连味觉都丧失了。

"有点儿苦，"纪泽北笑起来，"糖少了。"

她愣住了，问："你吃得出来？"

巧克力制作成功之后，她尝过，味道确实偏苦，因为她砂糖的量加得有点儿少。纪泽北是丧失了所有味觉，还是咸和甜他尝不出来，但是能尝出苦的味道？她的思绪瞬间一团糟，他到底有没有丧失味觉？

对于叶知安送的菜刀，纪泽北无奈地一笑："你就不能准备点儿像样的礼物？哪有生日礼物送菜刀的。"

叶知安得意地说道："我向来如此标新立异，你还不了解我？"

最后，纪泽北拆开了纪梓辰送的礼物，是一枚非常精致的领带夹，似是黄金的，款式看起来非常特别。

纪泽北平时很少穿西装，这领带夹很大概率会被他压在箱底。不过领带夹的样式选得不错，他抬手摸了摸纪梓辰的头，眉目柔和地说道："谢了。"

难得纪泽北态度这么温和，纪梓辰忽觉不好意思起来。他挠挠头说："虽然没有蛋糕了，但陆然姐姐准备了一桌子菜，我们吃饭吧，我都饿了。"

四个人围坐到餐桌前，边吃边聊，气氛非常温馨。

"你明天一早回滨市？"纪泽北突然问陆然道。

"不出意外的话，应该早上就走。"

纪泽北了然地点了下头。

叶知安一脸纳闷，问："你回滨市干什么？"

陆然笑了笑，说："我生日，我每年都回家过的，你要不要来？"

"好啊。"叶知安一口应下来。

陆然不提，叶知安完全把她生日的事抛到九霄云外去了。

纪梓辰急了："我也要去。"

"好，都来。"

陆然抬头看了眼纪泽北，迟疑了几秒，问他："你来不来？"

纪泽北有些犹豫，最终还是摇了摇头。

陆然不免感到失望。

如果纪泽北愿意跟她回滨市过生日，她在贾静淑面前多少能抬起点儿头来，哪怕是装一下样子，起码能让那个整天为她的终身大事操心的老妈安心。

然而，一想到肖岚对她的态度，她忽然对这段关系没有信心了。

她心中有太多疑问，而且看纪泽北的样子，他好像并不知道肖岚回国的事。

"你希望我跟你回去？"纪泽北看着她，目光灼灼。

她丝毫没有掩饰，重重地点点头。

纪泽北沉默了一会儿，说道："我考虑考虑。"

纪梓辰暗暗替他着急："你还考虑什么？跟陆然姐姐回家多好啊！"

叶知安紧接着说："就是，扭扭捏捏像个大姑娘似的。"

纪泽北："……"

陆然没说话，叶知安为了活跃一下气氛，提议道："吃完饭我们去唱歌吧？"

纪泽北想都不想就拒绝道："没兴趣。"

"老纪，认识你这么多年，我还从来没听过你唱歌呢。"

叶知安这么一说，陆然忽然来精神了："纪先生，一起去吧，今天是你生日，我给你唱生日歌。"

"那就去吧。"纪泽北不想扫了陆然的兴，答应得有些勉强。

吃完饭，四个人一起出了门，乘坐叶知安的车抵达一家KTV娱乐会所。

陆然先点了一首《祝你生日快乐》，拉着纪梓辰一起唱给纪泽北听。纪泽北坐在沙发上，笑着听完。陆然的歌声跟她的人一样甜美，而叶知安正忙着让服务生上酒、果盘和小吃。

有叶知安和纪梓辰这两个活跃气氛的小能手，包厢里总算有了一点儿生日聚会的气氛。

纪泽北一如既往的安静，他始终坐在沙发上，没喝酒，也拒绝唱歌，直到叶知安帮他点了一首《喜欢你》，还强行把麦克风塞到他手里。这是他非常喜欢的一首粤语歌，而且陆然一脸期待地看着他，他心中虽抵触，但又想表现一下，于是勉为其难地答应就唱这一首。

陆然眼睛都亮了，目不转睛地注视着纪泽北，不料纪泽北一开口，她差点儿笑出来。她以为像纪泽北这么完美的男人，歌声一定很好听，结果他没有一句在调上。叶知安没憋住，捧腹大笑，纪梓辰也笑得前仰后合。看到他们两个笑成傻人，陆然也终于忍不住了。她加入两人的队伍，三个人的笑声几乎把纪泽北的歌声都压了下去。

纪泽北故作镇定地停下来，把麦克风放下，一张俊脸瞬间红得像是要滴下血来。

"你继续，一首歌要唱完整。"叶知安边笑边怂恿道。

纪泽北上前切了歌，然后坐回沙发上，咳嗽两声说："说了不唱歌，非要让我唱。"

"老纪，我发现你有谐星的潜质。"叶知安打趣道。

纪泽北瞪他："滚蛋。"

"真没想到你五音不全，难怪这么多年你从来不在人前唱歌。"

纪泽北："……"人后他也不唱，他自己都受不了自己的歌声。

"我终于发现老纪的缺点了，心理平衡了。"

纪泽北白了叶知安一眼，目光一转，恰好与陆然的视线撞上，她在看着他，嘴角噙着浓浓的笑意。他的脸更红了。早知道会这样，他还不如不唱，本来想表现一下，岂料高估了自己。

"我今天喉咙不太舒服。"他说。

陆然笑着点点头："听出来了。"

之后，纪泽北再没有拿起过麦克风，一直听着另外三人在唱。唱到十二点多，陆然和叶知安已经有些醉意了。纪泽北作为唯一没有喝酒的人，头脑是十分清醒的，考虑到陆然一早要回滨市，他说："时间不早了，今天就到这里吧。"

叶知安显然还没有尽兴，摆摆手说："不行不行，现在才几点啊，接着唱。"

"明天你们要起早。"他提醒道。

叶知安这才想起明天要跟陆然回滨市的事，点头一笑道："行吧，今天就到这里。"

叶知安找代驾就近先把陆然和纪泽北送到公寓楼下，本想接下来送纪梓辰回学校，结果纪梓辰跟着陆然他们下了车，冲他嘿嘿一笑说："别忘了明天早上八点来接我和陆然姐姐。"

"没问题。"

"你可不要睡过头。"陆然叮嘱道。

他拍拍胸口："放心，误不了你的事。"

目送越野车驶离，三人走进公寓。

电梯缓缓上升，纪梓辰突然大笑起来。

纪泽北用怪异的眼光盯着他，问："笑什么？"

"哥，你唱歌真难听。"

"……"

陆然也忍不住想笑，被纪泽北拿眼一瞪，硬生生地憋住了。

电梯抵达十八楼，纪泽北先走出去。陆然以为他生气了，赶紧追上去说："纪先生，我们是跟你开玩笑的。"

纪泽北闷闷地"嗯"了一声，掏出钥匙开门。

"那我回去了，过两天见。"

陆然转身准备回自己家，纪泽北却突然叫住她说："等一下，我有东西要给你。"

她惊喜地回头，问："什么东西？"

"你等一下。"

纪泽北开门进屋，陆然伸着脖子往里面看，发现他进了书房。

纪梓辰好奇纪泽北要给陆然什么东西，没急着进屋，杵在玄关处等着看好戏。

纪泽北很快便从书房出来，怀里抱着四个粉色玩偶，是佩奇猪一家四口。

纪梓辰差点儿又没憋住笑。他发现他哥真的不太会讨女孩子欢心，今天是陆然的生日，这生日礼物也太随便了。

只见纪泽北抱着四个玩偶径直走出去，将四只猪一下子塞到陆然怀里，面色平静地说道："生日快乐。"

陆然脸都红了："谢谢，我好喜欢这四只猪。"

"我觉得它们更像吹风机。"

陆然哈哈大笑："原来你也这么觉得。"

"……"

纪梓辰晃了晃脑袋，没想到四个玩偶会让陆然这么高兴。

"抱歉，明天我不能跟你回滨市。"眼下礼物已经送到陆然手中，他的任务完成了。

陆然猜到会是这样的结果，并不感到意外，她点头一笑："纪先生，晚安。"

"晚安。"

纪泽北转身往回走，陆然突然叫住他。

他回头，就见陆然几步走到他面前，踮起脚凑近他，还闭上眼睛嘟起了嘴。

她这是想亲他？

女人一靠近，他便闻到她身上浓重的酒气。他本能地抗拒，又不想强硬地推开她，于是下意识地跟着踮起脚。

她抬头，等着他的吻，时间一分一秒地过去，却始终没等到。

他们都这么熟了，他还送生日礼物给她，对她照顾有加，而她都这样主动了，他该给点回应才对。

她把眼睛睁开一条缝，发现纪泽北的头微微向后躲，她又努力踮高了脚，他也跟着踮高。

陆然："……"

她忽然有种被纪泽北嫌弃了的感觉。

女人这么主动，男人如果不回应的话，基本上可以断定这个男人对这个女人没有丝毫兴趣。

她有点儿伤自尊，故作镇定地放下脚，抬手揉了揉额角说："我好像喝得有点儿多了。"说完，没等纪泽北回话，她转身走到自家门前，匆忙掏出钥匙开门进屋。

看着防盗门重重关上，纪泽北回屋，纪梓辰撇着嘴，一边摇头一边发出"啧啧啧"的声音。

"有屁就放。"

纪梓辰长叹一口气，说："哥，让我说你什么好？陆然姐姐想要一个 kiss（吻），你是真不懂还是装不懂？"

"我知道。"

"那你为什么不亲她？你还踮脚，你还躲！"

"酒味太重了。"

纪梓辰："……"

"早点儿休息。"

纪泽北面无表情地从他身旁走过，大步回了房间。

纪梓辰掏出手机在微信上给陆然发消息，解释他哥刚才的行为，陆然只回了一句"快睡觉，明天一早要回滨市"。

此刻的陆然躺在沙发上，一想起自己踮着脚向纪泽北索吻，纪泽北却一脸嫌弃的样子，就感觉全身的血液都在往脸上涌。这下脸丢大了。

洗漱之后，她躺在床上怎么都睡不着，天蒙蒙亮的时候，她终于有了一丝困意，可她不敢睡，怕自己睡过去，天塌下来都醒不了。于是，她爬起来洗漱，趁着时间尚早做了三份三明治，她吃了一份，另外两份是给叶知安和纪梓辰准备的。把三明治装入一个餐盒后，她甚至不敢在沙发上躺一下，唯恐自己睡着。

临近八点的时候，门铃声响起。她跑去开门，来人是纪梓辰。

他睡眼惺忪地说："陆然姐姐，叶大哥到了，在楼下。"

"那我们出发吧。"

叶知安的车就停在路边。叶知安显得有些没精神，开车的时候连连打哈欠。陆然只要一想到自己疲劳驾驶把纪泽北的车开进沟里就不敢睡，一路上，一双眼睛直勾勾地盯着叶知安，还把车上的音乐声开到最大，以防叶知安睡着。

车子停在院子里的时候，贾静淑披了件大衣出来迎接，当她看到驾驶位上下来一个年轻男人的时候，表情微微一变。

"这位是？"

陆然连忙介绍道："叶知安，我高中同学，你还记得吗？"

贾静淑眼睛都亮了，笑着打量叶知安一番说："几年不见，变帅了。"

叶知安咧嘴一笑，一把搂住贾静淑的肩膀，嬉皮笑脸地说道："我是回来给陆然过生日的。"

"你什么时候回国的？"

"最近。"

"还走吗？"

"不走了。"

"我跟你说，陆然这个傻人前不久刚拒绝了一门好亲事，对方是个律师，长得一表人才，家世又好，可她瞧不上人家。"

叶知安附和道："是吗？"

"可不。"

陆然黑了脸，冲贾静淑翻白眼，都过去的事了，她居然还要提。

贾静淑丝毫不理睬陆然的白眼，领着叶知安进屋。

"你终于愿意回来接管家里的生意了？"她笑着问叶知安。

"不不不，生意有我哥呢，没我什么事，我该干吗干吗。"

"那你要干吗？"

叶知安扬扬眉："明珠大酒店邀我去做主厨，我已经答应了，过了元旦就正式上班。"

"上京？"

"对。"

"那就麻烦你多照应着点儿陆然了，她一天天冒冒失失的，现在工作又丢了，我都替她操心。"

叶知安："阿姨你放心，我肯定好好照顾她。"

贾静淑回头看了一眼跟在后面臭着一张脸的陆然，笑呵呵地说："你看看人家知安，年纪轻轻事业有成，再看看你。"

陆然："……"

　　贾静淑拉着叶知安到沙发上坐下，跟叶知安聊得不亦乐乎，打听着叶知安的个人情况。

　　陆然无奈地坐在一边，她发现贾静淑在得知叶知安还是单身以后，一个劲儿地冲她挤眉弄眼。

　　"昨晚我没睡好，有点儿困，你们聊，我去睡一会儿。"

　　她快步走上楼，回了自己的房间，刚在床上躺下，手机就响了。

　　来电显示是纪泽北，她眼睛一亮，连忙接起来："纪先生？"

　　"安全到家了吗？"

　　"到了。"

　　"我改变主意了。"

　　"嗯？"

　　"我正在回滨市的路上。"

　　陆然一跃而起，瞬间紧张不已，心脏怦怦直跳。

　　"你大概多久到？"

　　"中午。"

　　"好，我等你。"

　　陆然定定地坐在床上，用了几秒钟的时间回神，纪泽北果然还是在意她。

　　她抑制住激动的心情，飞快地跑下楼。

　　贾静淑和叶知安还在沙发上说笑。看到她慌慌张张地跑来，贾静淑眉头皱起，唠叨道："你看看你，整天冒冒失失的，跑那么急干什么？当心摔着。"

　　她笑着跑上前，深吸一口气，一把将叶知安拉到一旁，小声说："纪先生要来，他已经在路上了。"

　　叶知安一愣："真的假的？"

　　"当然是真的，他刚才打过电话，说大概中午到。"

　　贾静淑好奇地看着两人："你们在说什么悄悄话？"

　　陆然顿时有些得意："妈，你的未来女婿要来，你可一定要好好招待。"

　　"未来女婿？"贾静淑眉头一挑，"你是说泽北？"

　　"除了他还能有谁。"

　　贾静淑撇了撇嘴，起身去厨房，准备加菜。

另一边，纪泽北已经开着车上了高速。

他拧着眉，面色阴沉得很。在决定回滨市之前，他见到了肖岚。

她说是为了他的生日而来。确切地说，昨天她就下飞机了，只是没有勇气出现在他面前。

肖岚是今天的回程航班，她在走之前，终于还是去见他了。肖岚来到纪泽北家门口，犹豫着敲响了房门。纪泽北开门后下意识地想要关门，肖岚却抢在他前头，侧身进屋。她打量着他的公寓，还算满意。

"隔壁那个女人怎么回事？"

"不关你的事。"

"我不准你和她在一起，那样的女人，怎么配得上你？"

他冷冷地一笑："你管得未免有点儿多，我跟谁交往，不需要得到你的同意。"

"你和佳嘉已经在一起这么长时间了，你怎么能抛下她，选择别人？男人一定要有担当和责任感。"

"谁告诉你我和许佳嘉在一起？"

"难道你们没交往？"

"当然没有。"

"佳嘉是我看中的儿媳妇，除了她，谁都不行。"

肖岚的话让他恍然大悟。

她这次回来，不完全是为了他的生日，她是被许佳嘉"请"回来的。

然而许佳嘉的如意算盘打错了，肖岚的话根本就吓不住他。

"那个陆然非常没礼貌，我简直不明白你是怎么想的，放着许佳嘉这么能干的女人不要，偏偏喜欢那么一个呆头呆脑的。"

"你见过她？"

"昨天见过，她在帮你准备生日聚会，对我的态度十分恶劣，还骂我是神经病，气得我给了她一巴掌。"

纪泽北暗暗咬牙，垂在身侧的双手紧握成拳。

"你打她了？"

"她没礼貌！"

"你马上走，我现在不想看见你。"

肖岚气得不轻："你对我就这个态度？"

"你只是生了我，并没有养育过我，还有，你做过的那些事情，让我对你非常失望。"

"泽北，我承认我的方法有些极端，但我都是为了你好，你站在我的立场上想一想，我那么做还不是希望你以后能有所成就？对了，你现在的病情怎么样了？妈帮你找了一个口碑非常好的心理医生，你收拾一下东西跟我一起走，咱们先把病看好，行不行？"肖岚语气软下去，几乎是在恳求。

他沉着脸背过身去，甚至不想多看她一眼。

"泽北，我知道你气我，但你不能一直这样下去，否则，你的前途就都毁了。"

"我让你走！"

"泽北……"

"走！"

如果对方不是肖岚，他肯定会让她滚。

从回忆中回过神来，他深踩一脚油门提速。想起自己昨晚去陆然家，陆然正蹲在地上收拾蛋糕，他终于明白是怎么一回事了，都是肖岚干的。仔细想想，陆然当时的脸颊的确是通红的。

她并不是因为蛋糕掉在地上而哭的，而是因为肖岚动手打了她。

他居然丝毫没有发觉她的异常，还拒绝跟她回滨市陪她过生日。

如果不是肖岚的那番话刺激到了他，他不会开着车行驶在去滨市的高速路上，他应该谢谢肖岚，让他意识到陆然对他来说的确很重要。

陆然把纪泽北要来的消息告诉叶知安和贾静淑以后，忽然意识到少了一个人。

纪梓辰好像一直没进来，她问叶知安："纪梓辰呢？"

叶知安反问道："他没跟来？"

"我没看到他。"

"是不是还在车上？"

"我去看看。"

陆然快步走出去。

叶知安的车就停在院子里，她走上前，透过车窗发现纪梓辰在后座睡得四仰八叉的。

她返回屋里，拿了车钥匙，开了车门锁，将熟睡中的纪梓辰摇醒："困就到客房里睡吧。"

纪梓辰睡眼惺忪地看着她，问："到了？"

她微笑着点点头，没敢告诉纪梓辰，她和叶知安都把他给忘了。

"我想先回家一趟。"

"行。"

"生日派对什么时候开始？"纪梓辰一边揉眼睛一边问她。

"没有派对，就是一家人一起吃个饭而已，你中午十二点的时候过来。"虽然每年都回家过生日，但基本上没什么特别节目，而且生日蛋糕要到晚上的时候才能吃。

事实上，她没怎么好好吃过蛋糕。

她的生日比较特殊，在每年的最后一天，第二天就是元旦，大哥、二哥就算工作到很晚，也还是会在三十一号尽量赶回来，一大家子人吃顿团圆饭。而孟忆每次都会在她吹灭生日蜡烛之后，把她的脸摁进蛋糕里，好好的蛋糕便吃不成了。

"有个好消息，你哥已经在回来的路上了。"她笑着对纪梓辰说。

纪梓辰眼睛一亮，整个人顿时精神了："他终于想通了？"

"应该是。"

"我先回家看看我妈，一会儿再过来。"

"去吧。"

目送纪梓辰朝着他家走去，陆然锁了叶知安的车，转身进屋。

纪梓辰用钥匙开了门，家里有些冷清。

他在书房找到了江文佩，她正坐在书房的沙发上垂眸看书。

不知她在看什么书，十分入神，他推开门走到她身旁，她都没有发觉。

"妈！"他叫了一声。

江文佩一激灵，诧异地抬起头来。与他的目光对视上，她松了口气，微微一笑说："你什么时候回来的？"

"刚刚。"

"你这孩子走路怎么没声音，吓我一跳。"

"陆然姐姐今天过生日，我跟她一起回来的，一会儿要去给她过生日。"

"你哥呢？"

江文佩不提纪泽北还好，一提起来，他就不由得想起自己跟纪泽北是同父异母的关系。

他皱了皱眉，一本正经地问："妈，我哥是不是你生的？"

江文佩面色一白："好端端的，怎么突然问这个？"

"我就是想知道我哥是不是你亲生的。"

江文佩放下手里的书，平静地说："不是。"

在纪泽北还很小的时候，她就嫁给了纪建国。一直以来，她都对纪泽北视如己出，可纪泽北似乎并不愿意接受她，虽然对她非常客气，但过分客气总让她有种疏离感。

就连纪建国和纪泽北的关系也是非常紧张的。

纪泽北逢年过节不愿意回家，其实更大的原因是跟纪建国关系不和睦。

纪建国希望纪泽北能接管纪氏地产，可纪泽北在国外私自从商学院退学，跑去学厨师，他的行为把纪建国气了个半死。

自那之后，父子俩的关系就一直很僵。

"你对我哥的生母知道多少？"纪梓辰追问。

江文佩长叹一口气，示意他坐下。

他听她耐心地说："其实我对你哥的生母知道得并不多，但我听你爸说，她生了你哥以后，没有尽过一天做母亲的责任，就跟你爸离了婚，独自一人去国外追梦了。"

纪梓辰红了眼眶："我哥好可怜！"

最终他还是没忍住，"哇"的一声哭了起来。

江文佩苦笑着摸摸他的头，安抚道："以后对你哥好一点儿，不准惹他生气。"

他重重地点点头。

"对了，元旦你哥回不回来？"

纪梓辰吸了吸鼻子，说："他正在回来的路上。"

江文佩眼底现出了笑意："那我去吩咐保姆一声，把今天的晚饭准备得丰盛一点儿。"

临近十二点的时候，纪泽北终于抵达了滨市。

把车停在路边的停车位上，他下车，径直朝着陆然家走去，又下意识地朝自己家看了一眼。瞧见纪梓辰从屋里跑出来，他停下了脚步。

纪梓辰很快就发现了他，兴奋地冲他挥手："哥！"

他等着纪梓辰来到面前，淡淡一笑："家里都还好吗？"

"挺好的。爸今晚有应酬，要很晚才回来。妈听说你回来，让保姆给我们做好吃的呢，晚上有口福了。"

纪泽北平静地笑了笑。

贾静淑等候纪泽北多时了，看到兄弟俩一起来了，连忙上前热情地招呼。

"泽北来了啊，快来坐。"

贾静淑对沙发上的叶知安说："你们先聊着，我去楼上叫陆然，这丫头一回来就睡觉，都不知道招呼朋友。"

目送贾静淑上了楼，纪泽北在叶知安身旁坐下。叶知安嬉皮笑脸地看着他："老纪，我发现你这人有点儿口是心非。"

纪泽北不以为然："有吗？"

"你不是不来吗？"

"我改主意了。"

"什么原因？"

"你猜。"

　　叶知安白了他一眼："还卖关子。"

　　纪泽北沉沉一笑，没接话茬。

　　二楼，贾静淑敲响陆然房间的门，无人应答，她便推门走了进去。

　　陆然把头蒙在被子里，睡得香沉，呼噜声震天响。贾静淑走上前，将被子掀开一点儿，陆然没什么反应，呼噜声依旧。她顿时有些哭笑不得，接着伸手推了推陆然的肩膀。陆然不但没醒，还翻了个身继续睡。她居高临下地看着熟睡的人，捏着下巴想了想，掏出手机，果断地拨出陆然的电话号码。陆然的手机响了起来，铃声炸裂。

　　陆然一激灵，猛地睁开眼睛，看到贾静淑站在床边微笑地看着她，她还想睡。

　　"泽北来了，你别睡了，马上就要吃午饭了。"

　　贾静淑挂掉电话，伸手拉了她一把。

　　她呆呆地坐在床上，大脑似乎有点儿死机。

　　"我睡了多久？"

　　"大概两个小时。"

　　陆然下床，进卫生间洗了把脸。贾静淑在外面等着她，见她出来一副素面朝天的样子，硬生生地把她拉到自己的卧房。

　　她坐在梳妆镜前，一脸无奈地看着忙活的贾静淑。

　　"妈，你别挑你那些难看的衣服给我。"

　　贾静淑瞪她："哪里难看？这都是今年的流行款，你懂什么？"

　　陆然："……"

　　在贾静淑的摆弄下，她非常勉强地换了衣服，上了妆。

　　看到纪泽北坐在沙发上和叶知安有说有笑，她加快脚步上前，与纪泽北的目光对上。没等她开口说话，纪泽北便起身，一把拉住她的手，一边拽着她往外走一边说："我有话跟你说。"

　　陆然傻了眼，任由纪泽北拉着她一路走出去，留下贾静淑、叶知安和纪梓辰三人大眼瞪小眼。

　　出了家门，纪泽北拉着她走下台阶，止步后，他回头看着她，面色凝重地问："肖岚昨天跟你说了些什么？"

陆然尴尬不已，一时间不知道该如何回应。

"她找过你的事情，我已经知道了。"

"哦。"

"她打你了？"

陆然尴尬地挠挠头，闷闷地"嗯"了一声。

纪泽北皱眉，问："她都跟你说了什么？"

"她让我离你远一点儿。"

"她说话不算，不准听她的。"

陆然愣住了，有些惊讶地看着眼前的男人。

她正胡思乱想的时候，纪泽北转身走到车旁，从车上取出一个小礼盒："送你的。"

"生日礼物？"

"嗯。"

"昨天你不是送过了？"陆然嘴上这样说，双手却非常快速地将礼盒接了过来。

她准备拆盒子的包装，纪泽北却说："现在不要打开。"

"哦。"

她停下来，冲男人笑笑，把盒子收好，拽着男人进屋。

午饭已经准备好了，几个人移步到餐厅。

"她大哥、二哥要晚上才能赶回来，中午就我们几个人，大家别见外，就当这里是自己家，吃好喝好。"贾静淑招呼道。

纪泽北非常自然地在陆然身旁坐下，他时不时地给陆然夹菜的举动，看得贾静淑眉眼都含着笑。"泽北，你和我们然然是从什么时候开始交往的？"

纪泽北抬起头，神色淡淡地看向贾静淑，老老实实地说："我们还没开始交往。"

陆然："……"

叶知安忍不住苦笑，纪泽北太实在了。

坐在纪泽北另一边的纪梓辰暗暗伸手掐了一下他的胳膊，他眉头一挑，扭头地看向纪梓辰："你掐我干什么？"

纪梓辰："……"没救了！

贾静淑表情有些尴尬，不是说纪泽北是以未来女婿的身份来的吗？

她瞥了陆然一眼，发现陆然的脸色有些难看，便低着头安静地吃饭，脑袋都恨不得扎进饭碗里。

吃完饭，纪梓辰吃喝着要切蛋糕，陆然笑着说："蛋糕要晚上吃。"

"还要等到晚上？"

"我大哥、二哥他们要晚上才回得来。"

"可是我妈说晚上要我和我哥回家吃饭，我们可能没办法陪你切蛋糕了。"纪梓辰有点儿沮丧。

他原本是奔着陆然的生日来的，可一想到纪泽北跟他、他妈妈有机会坐下来吃顿团圆饭，他还是决定舍掉蛋糕。

纪泽北没说话，似是默许了纪梓辰的话。

陆然后知后觉地点点头，说："没关系，反正蛋糕最后会糊我脸上，一口都吃不成。"

纪梓辰冲她抱歉地一笑，问："现在我能不能借用我哥一下？"

"借用？"

"我妈好久不见他，都想他了。"

没等纪泽北反应，纪梓辰已经拽着他朝玄关处走去。

他回头看着陆然，说："我应该今晚回上京。"

"明天就元旦了，你不多留一天？"

"不了。"

陆然还想说什么，但纪泽北已被纪梓辰拽走了。

她快步走到窗前，透过窗看着兄弟俩走在一起。纪泽北的手臂非常随意地搭在纪梓辰的肩头，两人有说有笑，看得她唇角不由得勾起一抹笑意。

目送两人的身影消失在视线范围中，她立刻从兜里掏出纪泽北给她的礼物，迫不及待地拆开包装。

叶知安好奇地凑过来。

"什么东西？"

"纪先生送我的。"

"礼物？"

她开心地点点头，小心翼翼地将盒盖打开，惊讶地发现里面放着一枚戒指。这戒指她见过，是她之前逛珠宝店的时候看中的属相戒指。

她记得这是一对属相情侣戒，当时她想买下来，售货员却告诉她，戒指是一位先生预订的。难道那位先生就是纪泽北？吃饭的时候，她没注意看纪泽北的手，不知道他有没有戴戒指。

"老纪可以啊！都送戒指了。"叶知安似是如释重负般说道。

陆然激动不已，赶紧把戒指戴在手上，然而试了几根手指，只有无名指能戴上，尺寸刚刚好。

"戴右手的无名指，可就证明你在热恋中了。"叶知安挑眉冲她笑。

她脸颊一热，有些不好意思起来。

"不过老纪的品位……怎么说呢，送戒指倒是没什么问题，问题是他为什么挑了一枚'猪'戒指。"

"因为我属猪。"

叶知安笑了："我也属猪，老纪好像也属猪。"

"废话，我们仨同年的，当然都属猪。"

一旁的贾静淑看着陆然那副欢天喜地的样子，无奈地摇了摇头。

她一想到纪泽北当着陆然的面，说出那句"我们还没开始交往"的话，就不禁替陆然捏了一把冷汗。

她忍不住想，陆然到底看上纪泽北哪里了？放着好好的大律师不要，非要倒追姓纪的。

"妈，你看，好不好看？"陆然快步走到贾静淑面前，伸手显摆无名指上的戒指。

她嘬嘬嘴："好看有什么用，人家都说了没跟你交往。"

一句话噎得陆然脸上的笑容立刻僵住。

叶知安笑呵呵地打圆场："阿姨，这种事情要慢慢来，急不得。老纪情商有点儿低，反应迟钝，等他反应过来就好了。"

贾静淑仍然觉得纪泽北和陆然之间没戏。

"我之前叮嘱过你的，不要过分热情，女孩太主动，掉价。"她叮嘱陆然。

"……"

本来开开心心地回来过生日，却被贾静淑的一番奚落弄得有些心情沉重了。她不想待在这里听贾静淑一直唠叨，索性拽着叶知安出门，让叶知安陪着自己到附近散会儿步。两人慢吞吞地来到一处公园，非常默契地朝公园里走去。

在一张长椅上坐下来，叶知安叹口气说："别把你妈的话放在心上。"

陆然轻笑："我没放在心上。"

她只是觉得贾静淑太不理解她了，上大学的时候，有个非常优秀的学长给她写情书，然而这段恋情还没开始，就被贾静淑扼杀在了摇篮里。

大学几年她再没想过谈恋爱的事情，浑浑噩噩地毕了业，还没来得及为自己以后的工作和生活规划一下，贾静淑就开始操心她的婚姻大事了。她相亲无数，当真没有一个瞧得上眼的，倒不是她多挑剔，而是真的对那些相亲对象无感。直到一次错误的相亲，她把纪泽北误当作相亲对象，意外地对纪泽北产生了好感，结果却被贾静淑这般不看好。

女追男怎么了？谁说女生主动追求得来的爱情就不幸福？

不管贾静淑怎么想，她都觉得纪泽北是喜欢她的，不然他不会专程从上京赶来，还定制了属相情侣戒指。

"我能不能问你个问题？"她转头看着身边的叶知安。

叶知安正从兜里掏烟，准备点上一支。

她皱了下眉，问："感冒刚好就抽烟，喉咙不疼了？"

"不疼了。"

"……"

"你要问什么？"

陆然抬手搔了搔耳朵，支吾了一会儿说："你觉得纪泽北喜不喜欢我？"

"喜欢。"

叶知安脱口而出，这让陆然有些讶异。

"你怎么这么肯定？"

"我跟他认识几年了，从来没见他对哪个异性这么认真。"

"那许佳嘉对他来说算什么？"

"当然是朋友。"

"男人和女人之间有单纯的友谊吗？"

"当然有，比如你和我。"

陆然忍不住笑了，一直以来，她都没把叶知安当成男人看待过，而叶知安也没把她看作女人。

"你和梓辰都觉得纪泽北喜欢我，有时候我也这么觉得，可是他为什么到现在还不接受我？"

叶知安一把搂住她的肩膀，嬉皮笑脸地安抚道："我不是说了嘛，这种事情要慢慢来，急不得。老纪情商低，他以前没谈过恋爱，我猜他都不知道喜欢一个人的感觉。"

"如果我认认真真向他表白，他会不会拒绝我？"

"这个嘛……"叶知安抓耳挠腮，"我不是老纪，我不知道他心里是怎么想的，但你可以试一试，说不定他会接受你。就算不接受，你也还可以再战，反正你最大的优点就是脸皮厚。"

"有你这么夸人的吗？"

"放心，我打赌他不会拒绝你。"

被叶知安安抚了一会儿，陆然攥紧了拳头，终于暗暗下定决心，今晚就向纪泽北表白。不管怎样，她都要试一试。

"戒指这东西是随随便便能送的吗？"叶知安冲她眨巴眨巴眼，"大胆告白吧，我支持你。"

她郑重其事地点点头。

两人在公园坐了一会儿，她觉得有些冷，拉着叶知安离开公园去了一家咖啡厅。两人面对面坐着，各要了一杯热饮，捧着杯子暖手。

"几点回去？"叶知安问她。

她掏出手机看了一眼，已经下午四点多了。

"天黑之前回去就行。"她真的不想再听贾静淑唠叨了。

第十九章　你我约定

　　他俩回去的时候，天已经完全暗了下来。

　　家里灯火通明，十分热闹。

　　孟忆把陆艾梦和陆艾忆带来了，而陆源把他的未婚妻李雨诗也请来了。

　　李雨诗笑容温婉："陆然，生日快乐。"

　　陆然笑着道了声谢，却发现陆丙先没在。

　　"我爸呢？"

　　贾静淑："还没回来。对了，我之前跟你说的话，你有没有好好考虑一下？"

　　"什么话？"

　　"到你爸的医院帮忙啊。"

　　陆然连忙摆手，没等她说话，陆源抢着说："我已帮她安排了工作，她会去我们医院。"

　　贾静淑眼睛一亮："是吗？在哪个科室？外科吗？"

　　陆源："夜班的值班医生。"

　　贾静淑怔愣了一下，她对陆源的安排不是很满意，可不管怎么说，陆然可算同意到医院上班了。虽然不是到陆丙先的医院帮忙，但在上京医学院附属医院，有陆源这个外科主任照应着似乎也还不错。

　　她走到陆然面前，笑着说："尽快克服晕血的问题，别跟自己的前途过不去。"

　　陆然闷闷地"哦"了一声。

　　陆然强颜欢笑着，等到陆丙先回来，一大家子人围到餐桌前吃饭。

　　陆艾梦和陆艾忆吵得她实在头疼。

　　她情绪有些低落，但面上没有表现出来。最后她闭上眼睛，对着蜡烛许愿，吹完蜡烛，陆艾梦和陆艾忆立刻吵着要吃蛋糕。

就在她拿起刀准备切蛋糕的时候，一只手突然附在她在后脑勺上，一把将她的脸摁进了蛋糕里。

周围瞬间响起一阵哄笑声。她抬起头来，眼睛都不敢睁开，满脸都是奶油。

叶知安把一盒抽纸递给她，她擦了擦脸，再看面前的蛋糕，已经完全不能吃了。

眼看着陆艾梦和陆艾忆要哭出声来，孟忆笑着走进厨房，又拿来一个新的蛋糕。

"今天大家都有蛋糕吃。"

陆然苦笑道："你能不能不要每次都这么对我？"

孟忆笑了笑，说："这是咱们高中时候的生日传统，你以前不是经常把我的头往蛋糕里摁？"

"那是以前。"

用纸巾把脸上的奶油擦干净，陆然仍然觉得自己的脸黏糊糊的。她走进卫生间，好好地洗了一把脸，再出来时，孟忆已经把蛋糕切好，分给在座的人，还特意留了一块最大的给陆然。

想起纪梓辰中午就说想吃蛋糕，陆然把自己的蛋糕分成三小块，分别装在三个盘子里，让叶知安帮她拿了一盘，说："我们给隔壁送去。"

叶知安秒懂，跟着她一起出了门，径直朝旁边的纪家走去。

"我是隔壁的，我来……"陆然话刚开了个头，保姆就认出她来，笑着侧开身，将她和叶知安请进屋。纪泽北和纪梓辰正陪着江文佩在餐厅吃饭，他们端着蛋糕进去的时候，纪梓辰开心极了。

"陆然姐姐，你已经切完蛋糕了？"

他本来想吃完饭就过去给陆然庆祝生日的，没想到晚了一步。从陆然手中接了蛋糕，他冲纪泽北挤眉弄眼："哥，你还不赶紧招呼一下。"

纪泽北淡淡地看了陆然一眼，伸手接过她递来的蛋糕，直接交给江文佩，说："我就不吃蛋糕了。"

最近他发现自己的味觉时好时坏，这块蛋糕给他是浪费。

由于他们还在吃饭，陆然把蛋糕送到，便拉着叶知安回去了。

家里的气氛仍然闹哄哄的，她在沙发上坐下来，低头玩手机。叶知安凑过来，跟她打了几局游戏，临近九点的时候低声对她说："明天是元旦，得跟我爸妈过节。我可能明天晚上或者后天一早回上京，你需不需要搭车？"

"需要。"

"行，到时候我联系你。"

"好。"

她起身，一直送他到外面，看着他上了车。

"开车注意安全，到家给我发个消息。"

叶知安冲她嘿嘿一笑，从车上拿了一个礼盒给她："生日快乐。"

她接过礼物："谢谢。"

"今晚表白以后，不管结果如何，记得告诉我一声。"

她挠挠头，有点儿担心地说："如果被拒绝，我就不跟你说了，嫌丢人。"

"你放一百二十个心，老纪绝对不会拒绝你。"叶知安语气十分笃定。

陆然再次坚定了信心。目送叶知安的越野车驶离，她转身正准备进屋，余光瞥见旁边纪家庭院的灯亮起来，她停下脚步，抬眼望去。

纪泽北从屋里走出来，他身后跟着江文佩和纪梓辰。

"哥，你能不能在家里住一晚？"纪梓辰恳求道。

纪泽北面露难色："不了。"

"泽北，这里是你的家，你随时都可以回来，不用管你爸。他刀子嘴豆腐心，其实他经常念叨你，说你都不回来看他，他是很想你的。"江文佩苦口婆心地说。

纪泽北将信将疑地一笑。"是吗？"他还以为纪建国巴不得他永远不要回来。

"你们进去吧，我去一下隔壁。"

看着江文佩把纪梓辰拉进屋，关上门，他转身朝陆然这边走来。

出门的时候他就发现陆然站在院子里。

"在等我？"

来到陆然面前，男人温柔一笑。

陆然不答反问："你要回上京了？"

"嗯。"

"元旦一个人过？"

"不出意外的话，应该是一个人。"

"你送的礼物。"陆然抬手，亮出右手无名指上的戒指。

她朝纪泽北的手看去，发现他并没有戴戒指。

"喜欢吗？"男人笑问。

她心花怒放地点点头，问："这是一对属相情侣戒吧？"

纪泽北微愣，问："谁告诉你的？"

"我在珠宝店看到过这对戒指，本想买下来，但被人预订了，那个人是你吧？"

纪泽北忽然说不出话来，他没想到陆然在珠宝店看到了他预订的戒指。如她所言，戒指是属相情侣对戒，是他特别为他们的属相定制的。

他只送了女款给她，男款他还留着，但他到目前为止还不打算戴那枚戒指。

"你知道戒指戴在右手无名指上代表什么吗？"陆然问他。

他犹豫了一下，点点头，又问："为什么不戴别的手指？"

"没办法，只有无名指戴着合适，好像是命中注定的一样。"陆然边说边冲他挑眉，得意地问道，"你不觉得这是注定的？我们看中了同一对戒指，而且戒指刚好只能戴在我的无名指上。"

纪泽北勾唇一笑："你想说什么？"

"我们交往吧？"

纪泽北沉默了。

"我喜欢你，你戒指都送了，难道我们还不算正式交往吗？"

纪泽北依旧没说话，脸上的笑容渐渐收敛了，神色变得有些严肃。

陆然感觉自己可能会被拒绝，她不安地看着眼前的男人，发现他的表情越来越认真。她心里忽然有些没底，但她还是耐心地等着他的回复。

两人就这样面对面地站着，僵持了好一会儿，纪泽北终于开口说话了。

"暂时还不能。"

她一颗心狠狠地抽了抽："为什么不能？"

"我还没做好心理准备。"

"你不喜欢我？"

"……不是。"

他自己都说不清对陆然的感觉，应该是喜欢的，而且陆然很有趣，对他来说很特别，只是他还没办法承诺陆然一段稳定的恋爱关系。对他来说，没有什么感情是长久稳固的，如果注定会抛弃或者被抛弃，那又何必要开始？

就连生他的人都可以毫无愧疚地将他抛弃，何况是别人？他对自己没有信心，对陆然一样没有信心。

但陆然完全不能理解，她不甘心地问道："不是不喜欢，为什么不能交往？"

"我不明白。"她低下头，眼眶有些湿润。

纪泽北轻轻将她揽进怀里抱了抱，安抚道："给我一点儿时间。"

"所以你这是拒绝我了？"

陆然抬起头来，眼泪汪汪地看着他。

"是。"

"拒绝我，还要我给你时间？"

纪泽北诚恳地点点头，眼神十分坚定。

她不知道该说些什么好了，抹了一把脸上的眼泪，毅然决然地说道："我们定个时间，三个月怎么样？"

"你说了算。"

"如果三个月以后，你还是不想接受我，那我就放弃。"

"好。"纪泽北答应得非常痛快。

她从男人怀里挣脱出来，背过身去抹眼泪。

"我该回去了。"

她"嗯"了一声，又听男人说："不送送我？"

"送。"

把眼泪擦干，她回头冲纪泽北温柔一笑。

纪泽北示意自己的车已经转停到自家庭院外的路边，她便跟着他走过去。

"早点儿休息。"男人站在车旁，从兜里掏出车钥匙，淡淡地对她说。

她本想叮嘱他开车注意安全，岂料纪建国开着车回来了。

纪建国看到她和纪泽北站在车旁，表情微微愣了一下。纪建国停好车，很快朝他们走来。纪建国沉了沉脸，语气有些不悦："什么时候回来的？"

纪泽北："今天中午。"

"回来都不通知我？"

"你在忙。"

"你眼里是真没我这个爸爸了？"纪建国恼怒道。

纪泽北面色平静，没有接话，而是转头看了陆然一眼，叮嘱陆然好好休息，便拉开车门准备上车。

纪建国一把将他拉住。

"明天元旦，能不能留下来过节？"

纪泽北有些惊讶，张了张嘴，刚要答应下来，不料纪建国又补了一句："正好聊聊到公司上班的事。"

纪泽北顿时很无奈："这个问题我们已经聊过了。"

"你是我儿子，你不接管我的公司，谁来？"

"你还有一个小儿子。"

"我打算送梓辰到国外去留学。"

"你问过他的意思？"

"没有。"

"你总是这样，按自己的意愿规划别人的生活。"

纪建国恼怒起来："当初我送你去读商学院，你倒好，瞒着我退了学，去报考皇家厨院，你学什么不好，学厨师？"

"厨师怎么了？"

"我就是看不起厨师。你跟你那个妈一样，自私自利，狼心狗肺。你别忘了，当初是她抛下你不管的，你怎么还步了她的后尘？"

纪建国的话有些重了，这让纪泽北异常气愤。

他冷下脸，一字一句地说道："我学厨师跟她没有一点儿关系，你不要扯她。"

"你以为我不知道你在国外的时候跟肖岚来往亲密？"

　　"没有来往亲密这样的事。"纪泽北从来没给过肖岚机会，倒是肖岚，总是找机会接近他，还做了一些让他嗤之以鼻的事。如果不是肖岚，他或许不会精神压力过大导致味觉失常。

　　他的味觉时有时无，还在国外的时候，他就接受过非常正规、详细的检查，奈何查不出病因。他也看过心理医生，但效果是微乎其微的。

　　今天，因为见到肖岚，得知肖岚打了陆然，他一路驱车赶回滨市，神经高度紧绷，以至于中午和晚上的饭菜，他都尝不出任何味道。

　　陆然为他准备生日，做了一桌子菜给他，还亲手制作巧克力，当时他尝出了巧克力的味道。他发现陆然是一个可以让他非常放松的人。然而，她今晚的表白让他备感压力。

　　他怕自己配不上她的喜欢。他太了解自己，他骨子里是冷漠自私的，如果有一天他伤害了陆然，他肯定会讨厌这样的自己。有时候，他真的像极了无情的肖岚。

　　"我看过关于你的报道。"纪建国铁青着一张脸。

　　传闻纪泽北赢得美食大赛的冠军有黑幕，因此纪泽北当时虽然人气非常高，却是红得发黑。纪建国认为，美食界对纪泽北的质疑太多，加上当时他才二十岁，在精神压力过大的情况下，难免会想投靠肖岚，毕竟肖岚是他的生母。纪建国一直觉得纪泽北突然从商学院退学，改学厨师，一定是肖岚怂恿的。

　　当年跟肖岚交往的时候，他就知道肖岚梦想着有朝一日能够成为"食神"，可怀孕成了她继续前进的绊脚石。她一度想把孩子打掉，是他坚决不肯。最终，两人达成共识，他娶她，而她婚后相夫教子，同时可以在家研究食谱，他甚至愿意为她开一家餐厅。

　　她当时非常高兴，答应得非常痛快，可没想到孩子一生下来，她就变了。她得到出国深造的机会，她要离婚……

　　回想起这些，他都替纪泽北感到愤愤不平。

　　可谁能想到纪泽北居然喜欢做菜，这小子还瞒着他去报考皇家厨院，走上了跟肖岚一样的道路。

　　"我跟她没什么关系。"纪泽北黑沉着脸。

　　纪泽北不想再跟纪建国争执下去，转头看了陆然一眼，坐进车里，关上车门准备离开。

纪建国火冒三丈，上前拉开车门，将纪泽北从车里拽出来。

"我不是让你留下来过节吗？难道我这个当爸的说的话你都不听了？"

纪泽北正在气头上，异常冷漠地回道："不用了，你去跟你的老婆孩子一起过吧。"

话音刚落，纪建国就抬起手臂，一巴掌甩在他脸上。

"啪"的一声响。

陆然一颗心狠狠地疼了一下，她赶紧拉住纪建国，唯恐纪建国再动手。

看着纪泽北一侧通红的脸颊，她红了眼，示意他快走。

纪泽北上了车，纪建国试图阻拦，但被陆然千方百计拦住了。

车子快速驶离。纪建国恼怒地甩开陆然："你这孩子怎么回事？"

"叔叔，你不能这样，纪先生都二十好几的人了，你怎么能动手打他？"

"我的家务事跟你没关系。"纪建国气呼呼地说完，转身大步就走，进屋之前，他忍不住回头冲陆然呵斥一声，"都是因为你，本来泽北可以留下来跟我们一起过节的。"

陆然她现在终于理解纪泽北为什么不愿意回家了，家里有这么个咄咄逼人的父亲，他哪敢回来？陆然满腹心事地回了家，坐在沙发上，脑海中不断闪过纪泽北与纪建国争执的画面。

"姑姑，妈妈说你今天晚上会给我们讲睡前故事。"陆艾梦和陆艾忆跑过来，一左一右拉着她的手，笑嘻嘻地对她说。

她抬头朝孟忆望去，孟忆正在看着她，两人视线对上，孟忆冲她点了下头。

她却有些犹豫，实在放心不下纪泽北。他带着气一个人开车走夜路，身边却连个陪他的人都没有。迟疑再三，她起身走到孟忆面前，将孟忆拉到一旁小声问："你开车了吗？"

"没有，你哥开车了。"

她又转身去找陆源："二哥，你的车能不能借我用一下？你明天回上京的时候，跟大哥的车吧。"

陆源问："那雨诗怎么办？"

"她没开车？"

"她跟我车来的。"

陆然忽然有些头疼，她发现自己没车真是不方便。她决定回上京以后尽快买车，以防以后再遇到这种情况。

家人指望不上，她只得打电话联系出租车公司，还真让她叫到了一辆车，出租车半小时后就停到了小区外面。她收拾了一下自己的东西，准备离开。

贾静淑诧异极了，问："你要走？"

"我有点儿事情要回去。"

她没等贾静淑再追问，就快步走出去，上了出租车。

一大家子人都跟出来，目送出租车驶离。

"这孩子怎么了？"贾静淑一脸纳闷。

孟忆若有所思地一笑，说："可能真有什么重要的事。"

"没工作，没男朋友，她能有什么重要的事？"

"说不定很快就有男朋友了。"

贾静淑还想追问什么，孟忆没给她机会，转身进了屋。

而陆然乘坐的出租车，此时已经上了高速。她犹豫着要不要给纪泽北打一通电话，告诉他自己正在回上京的路上。从手机通讯录中找出纪泽北的电话号码，她做了半天思想斗争，最终还是没有拨打电话。她想给纪泽北一个惊喜。她回来，就是为了陪纪泽北过节的。北方的习俗是元旦要吃热乎乎的水饺，而她恰好会包饺子，等出租车到达目的地，陆然在公寓里歇了一会儿就到市场中买了菜、肉还有饺子皮。

带着这些东西回到公寓，她直接敲响纪泽北家的门。

门铃声响了很久，门终于开了。

陆然拎起手里的食材，还想在纪泽北面前显摆一下，谁知门被打开，出现在她眼前的人不是纪泽北，而是许佳嘉。

她愣住，许佳嘉也愣了。

不过许佳嘉很快收敛了愣怔的表情，笑着说："泽北还在睡觉，你来干什么？"

……

未完，敬请期待